단테『신곡』읽기

단테 『신곡』 읽기

7가지 주제로 읽는 신곡의 세계

프루 쇼 **지음** | 오숙은 **옮김**

READING DANTE

교유서가

시는 생각으로 만들어지는 게 아니라,

단어로 만들어집니다.

—말라르메, 드가와의 대화에서

· 이 책은 『단테의 신곡에 관하여』(저녁의책, 2019)를 재출간한 것이다.

차례

들어가는 말

단테가 위대한 시인이라는 건 많이들 알지만, 정작 그의 작품을 읽어본 사람은 별로 없다. 단테의 걸작 『신곡*Divine Comedy*』은 하나의 모험담이다. 신비로운 저승세계로 여행을 떠나 지옥, 연옥, 천국을 거쳐 마지막에 신을 직접 대면하기까지의 순례 과정을 소개한다. 넓게 보면 『신곡』은 시대와 장소를 막론하고, 생각하는 사람이라면 누구나 하게 되는 고민을 두루 다룬다. 인간이라는 존재는 무엇을 뜻하는가? 우리는 인간의 행동을 어떻게 판단할 것인가? 삶에서, 또는 죽음에서 무엇이 중요한가? 『신곡』에서는 이런 테마들이 흥미진진한 이야기를 통해서, 그리고 독특하게 생기 넘치고 생생한 언어로 탐색된다.

『신곡』의 정확한 제목은 『희극*Commedia*』이다. 이 작품은 중세 최고의 시이며 서구 문학에서도 위대하기로는 단연 첫손에 꼽힐 것이다. 『신곡』은 당대에 엄청난 성공을 거두며 금세 베스트셀러가 되었다. 오늘날까지도 대부분의 교양인들에게 계속 읽히고 있으며, 700년 넘게 수많은 시인과 미술가, 작곡가에게 영감을 주었다. 그러나 즐거움을 위해 책을 읽는 현대의 독자들에게 지옥, 연옥, 천국에 관한 1만 4000여 행의 시는 생각만 해도 어마어마하고 생소해서 읽을 엄두가 나지 않을 수 있다.

이 책의 목표는 독자들을 단테의 시로 안내하는 것이다. 그 대상은 문학과 시를 사랑하는 일반 독자들—이탈리아어를 알든 모르든, 어디에 있든 언어를 사랑하는 사람들—이다. 나는 이 책에서 주로 단테의 시가 가진 힘, 즉 놀라운 상상력, 강렬한 감정, 언어적 탁월함, 그리고 테마 편성 기술을 알리는 데 중점을 두었다. 단테는 시각적인 것과 본능적인 것을 환기시키는 능력, 한 세계를 상상하고, 놀랄 만큼 경제적이고 정확한 언어로 그 세계에 형식과 내용을 부여하는 능력이 뛰어났다. 그는 우리에게 친숙한 세계의 광경과 소리, 냄새를 곧바로 연상시킴으로써, 매우 그럴듯하면서도 한없이 이상한 허구의 세계로 독자들을 안내할 수 있었다. 그리고 그 세계에는 생생하고 강렬한 감정과 도덕적 고민을 지닌 개인들을 거주시켰다. 그가 만나는 사람들은 열변을 토하고 그들과의 대화는 드라마로 가득하다. 단테는 그들의 거침없는 힘과 무한한 다양성을 다루면서 모든 범위의 인간적 감정을 표현했다. 희망, 두려움, 분노, 기쁨, 후회, 향수, 갈망, 애정, 혐오, 불안, 슬픔, 놀람, 우울, 호기심, 절망까지.

수준 높은 상상력과 표현들, 다양한 감정이 이야기—단테의 여행담과 도중에 그가 만난 사람들의 사연—에 담겨 우리에게 전해진다. 그가 만나는 사람들 모두 신의 심판을 받았다. 그들이 생전에 했던 행위들이 용납될 수 있는가를 두고 절대적인 최종 판결이 내려졌고, 우리는 그 결과를 알고 있다. 이런 지식과 함께, 우리가 그들에게 느끼거나 느끼지 않는 연민이 엮어내는 대위법 속에서 인간 행위의 궁극적 의미가 뚜렷이 부각

된다. 자신 또는 누군가의 행위에 대해 생각할 필요성을 느끼고 그 행위의 의미를 이해하려 애쓴 적이 있다면, 누구든 이 시에서 눈을 뗄 수 없음을 알게 될 것이다.

『신곡』을 소개하기 위해 내가 택한 방법은 정통적이지 않다. 나는 단테의 생애와 관련된 사실이나 저승의 세 영역으로의 여행 과정을 요약하거나 개괄하지 않는다. 그렇게 설명하면, 특히 이 시를 처음 접하는 독자는 세부 내용에 질린 나머지 이 작품의 중심 사상에 담긴 힘을 깨닫기 힘들 수 있다. 나는 이 책의 각 장을 테마를 중심으로 구성했으며, 중요한 에피소드 위주로 설명했다. 체계적인 방식을 따라 한 에피소드에서 다음 에피소드로 넘어가기보다는, 전체 이야기에 흩어진 만남들과 장면들을 연결하여 그 연관성을 보여주려 했다.

단테가 여러 테마를 편성한 방식은 이 시의 기적 같은 업적 가운데 하나지만, 바그너의 〈니벨룽의 반지〉를 들을 때 라이트모티프(Leitmotiv, 유도동기. 악극·표제 음악 따위에서, 주요 인물이나 사물 또는 특정한 감정 따위를 상징하는 동기. 곡 중에서 반복하여 사용함으로써 극의 진행을 암시하고 통일감을 줄 수 있다―옮긴이)를 다루는 정교하고 복잡한 방식을 당장에 감상하기 힘들듯이, 『신곡』을 처음 읽을 때는 그것을 짚어내기가 어렵다. 그러나 독자는 『신곡』을 쓰는 단테의 머릿속에 그 작품 전체를 그린 매우 풍부한 지도가 있고, 그의 귀는 이야기들이 서로 공명하는 소리에 예리하게 조율되어 있음을 느낀다. 나의 바람은 이 책의 일곱 개 장이 어느 정도 그것을 느끼게 해주었으면 하는 것이다. 『신곡』 안내서들이 때로 그렇듯, 독자가 그 시를 읽는 수고를 덜어주는 것은 나의 목표가 아니다. 나의 목표는 여러분이 당장 『신곡』을 집어들고 읽고 싶다는 욕구에 불타게 만드는 것이다.

단테의 삶과 작품은 젊은 시절 피렌체에서 사귄 두 친구에 의해 형성
되었다. 두 친구 모두 시인이었다. 그중 요절한 한 명을 단테는 연옥에서
만난다. 다른 한 명은 단테가 이 시 속에서 만날 **수 있는** 사람이 아닌데,
작품에 설정된 저승 여행의 시기에 아직 살아 있었기 때문이다. 그러나
이 두번째의 "가장 친한" 친구—우연히도 무신론자인—는 이 시에 지워
지지 않는 자취를 남겼으며, 가장 많이 떠올리게 되는 사람이기도 하다.
첫번째 장은 피렌체의 불안한 정치사와 사회사를 배경으로 단테와 이
두 친구의 우정을 다룬다. 이 장의 테마는 문학적 우정과 경쟁이지만, 정
치적 불안정과 동요도 함께 다룬다.

단테의 경험에서 시와 정치라는 중요한 두 가닥은 그의 삶의 이 단계
에서는 나란히, 매우 뚜렷하게 펼쳐진다. 단테는 30대의 대부분을 정치
가이자 시인으로서, 피렌체의 공적 생활에 열성적으로 참여하며 보냈다.
정치 활동의 결과 1302년에는 피렌체의 당파 싸움에서 패한 쪽에 연루
되어 추방을 당한다. 피렌체 시절은 그의 성숙기 시를 낳은 온상이 된다.
그의 시를 성숙시킨 것이 바로 추방의 경험이기 때문이다.

첫째 장은 단테의 출발점이 어디인지, 그리고 정치가로서의 실패와 시
인으로서의 성취가 어떻게 불가분의 관계에 있는지 보여준다. 19세기의
어느 유명한 이탈리아인이 말하기를, 피렌체는 단테의 동상이 아니라 단
테를 추방했던, 알 수 없는 피렌체 관리의 동상을 세워야 했다고 한다.
망명 경험이 없었다면 단테는 『신곡』을 쓰지 않았을 것이다. 아니 쓰지
못했을 것이다.

둘째 장은 예술과, 예술과 권력의 관계를 다룬다. 세계라는 무대에서

상황을 바꿀 힘을 쥐고 있으면서도 그러지 못하는 중요한 배우들—교황들과 황제들—에게 단테는 해명을 요구한다. 최고의 악당은 교황 보니파키우스 8세인데, 단테가 놀랄 만큼 직설적으로 공격하는 수많은 부패한 성직자 중 한 사람이다. 이들 부도덕한 교황들이 저승에서 맞는 운명은 브뤼헐의 그림처럼 강렬하고 전복적인 모습을 보여준다.

전기(傳記)와 예술 사이의 관계—살아낸 경험과 그것이 상상 속에서 전환되어 표현된 문학 사이의 관계—는 셋째 장의 테마다. 『신곡』은 지극히 자전적인 것 같지만 그런 용어로 고정되기를 거부한다. 이 시는 저자가 살았던 삶의 드라마 속으로 우리를 유혹하면서도, 동시에 보편적 관심사를 이야기함으로써 어느 정도는 그 저자를 수수께끼로 가려버린다. 단테가 이 작품의 저자이자 작품 속에서 여행을 떠나는 순례자인 것처럼, 단테는 그 자신이면서도 보통 사람이다.

『신곡』에서 사랑은 인간 행동을 이해하는 열쇠를 제공한다. 중간을 차지하는 넷째 장은 시인 단테가 젊었을 때 사랑이라는 테마를 어떻게 다루었는지, 그리고 성숙기에는 그 테마를 어떻게 발전시키고 탐색했는지를 보여준다. 단테를 움직였던 것은 인간 삶의 동력으로서 불가항력인 듯한 사랑, 욕망, 성적 매혹이 가진 힘에 대한 인식과 자유의지를 조화시키려는 욕구였다. 아울러 그는, 인간은 스스로의 삶과 행동에 대해 유의미한 선택을 할 수 있으며, 그 선택에 책임을 질 수 있다고 확신했다.

지옥과 천국은 영원하며 시간의 바깥에 있다. 즉 시간을 초월한다. 지옥과 천국에서 시간은 아무런 역할을 하지 않을 수 있다. 그러나 연옥에서 시간은 굉장히 중요하다. 이 시에서 가장 서정적이고 가장 많은 생각을 하게 만드는 몇몇 대목은 중간계에서 시간의 흐름을 나타내는 부분이다. 여행중인 단테는 그들이 살아 있을 때 알았던 많은 사람들, 친구와 적, 시인과 관리 들을 만난다. 죽은 그들을 만나면서 옛 기억이 떠오르고, 자신의 과거 삶을 다시 생각한다. 개인적인 기억과 함께 문화적 기억은 이 시에서 풍부한 이음매가 되어 인류 역사의 초기까지 우리를 데려간다. 저승세계에서, 그리고 이 시 자체에서 시간의 역할을 다섯 째 장에서 탐색해본다.

제네바의 유럽입자물리연구소(CERN)에서 대형강입자가속기를 이용하는 연구원들은 다양한 존재의 바탕을 이루는 수학 원리의 단순성과 아름다움을 이야기한다. 프랙털 기하학은 아주 작은 것부터 아주 거대한 것까지의 자연현상을 통합하는 또하나의 근본적 구조 원리다. 현대 과학자들이 이런 발견에서 느끼는 흥분은 바로 단테의 시가 수(數)와 그 의미에 관해 전할 때의 흥분과 같다. 우주의 구조와 기능, 인간의 창의성과 수의 관계는 여섯 째 장의 주제다. 단테는 당대의 과학 논쟁에 관해 교육받은 독립적인 사상가였다. 그의 관심사는 우주적이다. 또한 지엽적이며 내밀할 만큼 사사로워서 개인적 양심이라는 내면세계를 보여준다. 현실의 두 질서가 매끈하게 연결된다. 수에 관해 생각해보는 일은 단테의 우주관과 인간관을 이해하는 데 도움이 된다. 그리고 그가 상상했던 세계와 그것을 묘사하는 이 시 모두를 감상하게 해준다.

한 언어란 군대를 거느린 한 방언이라는 말이 있다. 독자 여러분은 이탈리아어가 위대한 한 시인을 거느린 방언이라고 말할 수 있을 것이다. 단테의 시대에는 "이탈리아어"가 없었다. 그는 자신이 태어난 피렌체의 방언으로 글을 썼고, 단테로 인해 오늘날 우리는 그 언어를 이탈리아어라고 부른다. 그는 『신곡』을 씀으로써 피렌체어를 나머지 모든 방언보다 확실하게 우위에 올려놓았다. 마지막 일곱째 장은 이런 역사적 현실을 탐색한다. 「천국」에서 단테는 인간의 이해를 넘어선 현실, 즉 신의 형상을 인간의 언어로 표현하려고 시도한다. 이 시에서 가장 맑고 감동적이며 눈부신 시행 가운데 일부는 이 대목에서 찾을 수 있다. 이 마지막 장에서는 『신곡』의 언어가 지닌 독창성과 시적인 힘을 이해해보고자 한다. 영어권 독자들이 단테 언어의 특성―그 범위, 리듬의 다양성과 활기찬 힘―을 조금이나마 느끼도록 하려는 바람에서 인용은 이탈리아어로 싣고, 나의 산문 번역을 그 뒤에 실었다(이 책에서는 독자의 편의를 위해 한국어 번역을 먼저 싣고 이탈리아어 원문을 그 뒤에 실었다―옮긴이)

내가 아는 작가 두 명에게 단테의 작품을 읽어본 적이 있는지 물었다. 교양 인문학자이기도 했던 그 두 사람은 거의 한목소리로 이렇게 답했다. 번거롭게 왜 읽어요? 이 책에서 나는 번거롭더라도 꼭 단테를 읽어야 하는 이유를 보여주고 싶다. 19세기 혁명 사상이 대중 의식 속에 스며들어 전통의 종교적 사고방식에 도전하기 시작하던 시기의 한 이탈리아 시인[시인이자 문학사가인 조수에 카르두치(Giosuè Carducci, 1835~1907)를 가리킨다. 1906년 노벨 문학상을 받았다―옮긴이]은 단테에 관한 소네트를 쓰면서, 마지막 행의 간결한 경구로 요점을 표현했다. 설사 신은 죽었다 해도 위대한 예술은 살아남는다고.

Muor Giove, e l'inno del poeta resta.
(신은 죽는다, 그리고 시인의 노래는 남는다.)

등장인물

다음은 『신곡』의 등장인물들과 작품에서 언급되는 사람들이다. 『신곡』에는 등장하지 않지만 이 책 본문에서 언급되는 사람의 이름은 이탤릭체로 표시했다. 동시대 인물들의 사망 날짜를 표시한 것은 단테가 저승에서 만난 인물 가운데 최근에 죽은 이들이 얼마나 많은지 보여주기 위해서다(마치 우리 시대 작가가 저승에 간 로널드 레이건과 마거릿 대처가 맞이한 운명에 관해 글을 쓰는 경우와 비슷하다).

교황 니콜라우스 3세(NICOLAUS III) 단테의 청소년기에 재위했던 교황(재위 1277~1280). 단테는 성직 매매자의 원에서 그를 만난다(「지옥」 19곡).

교황 보니파키우스 8세(BONIFACIUS VIII) 1294년부터 1303년까지 재위했던 교황이자 단테의 숙적. 그의 교황칙서 『거룩한 하나의 교회*Unam sanctam*』는 영적, 세속적 사안에서 교황의 절대권력을 선언했다.

교황 아드리아누스 5세(ADRIANUS V) 1276년 한 달 남짓 재위했던 교황.

교황 요한네스 21세(JOHANNES XXI) 1276~1277년 교황직에 있었다. 스페인의 페드로라 불리기도 한다. 아리스토텔레스의 논리학에 관한 중대 저서 『최고의 논리학Summule logicales』 저자이기도 하다. 동시대 교황으로는 유일하게 단테의 천국에서 만날 수 있다.

교황 켈레스티누스 5세(CELESTINUS V) 세상을 등진 은둔자였으나 압력에 굴복해 1294년 7월 교황이 되었다. 그리고 후계자인 보니파키우스 8세의 압력을 받고 1294년 12월에 퇴위했다고 알려진다. 「지옥」 3곡에서 이름이 밝혀지지 않은 채 "비겁함 때문에 중대한 거부를 했던 사람(colui che fece per viltade il gran rifiuto)"이라고 경멸적으로 묘사되는 인물이 거의 확실해 보이지만, 그 인물은 예수의 운명을 결정하기를 회피했던 본디오 빌라도를 가리키는 것일 수도 있다.

교황 클레멘스 5세(CLEMENS V) 교황청을 아비뇽으로 옮긴 프랑스인 교황(재위 1305~1314). 이후 7년 동안 교황청은 아비뇽에 있었다. 그는 「지옥」 19곡에서 "법칙을 모르는 목자(un pastor sanza legge)"로 묘사된다.

구이도 구이니첼리(GUIDO GUINIZZELLI) 볼로냐의 시인. 단테가 이탈리아 선조들 가운데 가장 존경했던 전 세대 시인이다. 1276년에 사망했다.

구이도 다 몬테펠트로(GUIDO DA MONTEFELTRO) 기벨린당 정치가이자 로마냐 출신의 군벌. 말년에는 수사가 되었다. 불운하게도 교황 보니파키우스 8세의 꾐에 넘어가 교황의 적인 콜론나 가문을 패배시키고 그 거점인 팔레스트리나를 정복하는 방법을 조언했다. 이 일로 그는 지옥에서 사기의 조언자들 사이에 보내지고, 단테는 「지옥」 27곡에서 그를 만난다. 1298년에 사망했다.

구이도 다 피사(Guido da Pisa) 카르멜회 수사. 「지옥」에 관한 최초의 주석서 중 한 권을 라틴어로 썼다(1328?~1333).

구이도 델 두카(GUIDO DEL DUCA) 로마냐의 귀족. 그에 관해서는 알려진 것이 거의 없다. 「연옥」 14곡에서 덕망과 명예를 누리며 살던 아름다운 시절이 지났음을 한탄한다.

구이도 카발칸티(GUIDO CAVALCANTI) 13세기 피렌체의 시인이자 카발칸테 데 카발칸티의 아들. 단테의 시적 스승이자 친구로, 단테의 『새로운 삶*Vita nova*』은 그에게 바친 저작이다.

다윗(DAVID) 구약성서 속의 왕, 예언자, 시편의 저자.

단테(DANTE) 『신곡』의 저자이자 주인공. 1265년 피렌체에서 태어났고 망명 중이던 1321년 라벤나에서 세상을 떴다. 시 속의 등장인물 단테와 그 시를 쓴 시인 단테(이탈리아어로 personaggio와 poeta, 라틴어로는 agens와 auctor의 차이)를 구분하면 편리하다. 등장인물 단테는 때로 순례자 또는 (미국에서는) 여행자로 언급된다. 일부 독자들은 제3의 단테, 즉 순례자와 시인의 등장을 지휘하는 저자를 식별하는 것이 도움이 된다고 생각하기도 한다. 그러나 독자들은 그 순례자 역시 시인이기도 하다는 사실을 늘 염두에 두어야 할 것이다. 주인공 단테의 이름은 딱 한 번 나오는데, 「연옥」 30곡 55행에서 베아트리체가 죽은 지 10년 후 주인공이 지상낙원에서 처음 그녀를 만날 때다. 그녀는 기억 속에서 그의 배신을 떠올리며 그를 나무란다. 그녀의 입에서 나온 첫마디가 그의 이름이다.

레비(Levi) 프리모 레비는 이탈리아의 화학자이자 작가로 아우슈비츠 생존자다. 그곳에서의 경험을 저서 『이것이 인간인가*Se questo è un uomo*』에서 이야기했다.

레오나르도 브루니(Leonardo Bruni) 15세기 전반기 피렌체의 서기장(1410~1411, 1427~1444). 단테의 시적 재능보다는 시민적 덕목을 강조하는 전기를 썼

다. 지금은 전하지 않는 단테의 편지 속에도 등장했다.

룩셈부르크의 하인리히 7세(HEINRICH VII) 단테가 이탈리아반도에서 황제 권력 회복에 희망을 걸었던 인물. 자신의 사명을 다하지 못하고 1313년 베네벤토에서 숨을 거두었다.

리페우스(RIPHEUS) 고결한 트로이인(『아이네이스』에서는 트로이인들 중 '가장 올바른 사람iustissimus unus'으로 묘사된다). 단테는 정의에 헌신한 그를 천국에 데려다놓았다.

마르스(MARS) 고대 로마의 전쟁의 신. 피렌체의 옛 수호성인. 이후 세례 요한이 수호성인이 되었다. 그곳에 있던 마르스 상은 마르스 신전 위에 세례당이 지어지면서 중세에 폰테 베키오 옆으로 옮겨졌다. 마르스 상은 피렌체의 남쪽 끝, 세례당은 북쪽 끝에 있었으므로, 중세 피렌체는 "마르스와 세례자 사이 (Marte e 'l Batista)"에 있다고 할 수 있었다. (60쪽 지도 참조.)

마르코 롬바르도(MARCO LOMBARDO) 롬바르디아의 궁정 대신. 그에 관해서는 알려진 것이 거의 없다. 자유의지에 관한 철학적 문제를 제기하고 교황령과 제국의 관계에 대해 단테를 일깨운다.

마스트로 아다모(MASTRO ADAMO) 단테가 「지옥」 30곡에서 만난 플로린 화폐 위조범. 1281년에 화형당했다.

만델스탐(Mandelstam) 오시프 만델스탐(1891~1938)은 러시아의 시인이다. 스탈린에게 체포되어 국내 유배를 당했고 임시수용소에서 죽음을 맞았다. 1933년에 「단테에 관한 대화」를 썼다.

만프레디(MANFREDI) 황제 프리드리히 2세의 서자. 1266년 베네벤토전투에서 사망했다. 단테는 「연옥」 3곡에서 파문당한 사람들 사이에서 그를 만난다.

미노스(MINOS) 지옥의 두번째 원 입구에 서 있는 괴물 같은 존재. 죄인들을 심판해 꼬리로 죄인을 감아 죄에 합당한 심연의 원으로 데려간다. 미노스는 『아이네이스』의 지옥에서도 똑같이 심판자의 역할을 한다.

발루아의 샤를(CHARLES DE VALOIS) 프랑스의 필리프 3세(용담왕)의 셋째 아들이자 필리프 4세(미남왕)의 동생. 발루아의 샤를은 1301년에 공정한 평화 중재자의 역할을 맡아 피렌체로 갔지만 사실상 흑당의 지지자였고 교황 보니파키우스 8세와 결탁하고 있었다.

베르길리우스(VERGILIUS) 기원전 19년에 사망한 로마의 시인. 생존 시기가 빨라서 그리스도 구원의 메시지를 통해 구원받지 못했다. 그가 쓴 서사시 『아이네이스』 6권에는 아이네이아스가 아버지 안키세스를 찾아 지하세계로 떠나는 여행 이야기가 나오는데, 이것은 저승 여행담의 모델이 되었고, 단테의 지옥에서도 많은 부분(지옥의 강들―아케론, 스틱스, 플레게톤, 코키토스―과 미노스, 케르베로스 등을 포함해 지옥의 괴물들 및 감시자들)에 청사진을 제공했다. 베르길리우스는 어두운 숲에서 단테를 구해주고 단테를 데리고 지옥의 심연으로, 연옥의 산으로, 그리고 그 꼭대기의 지상낙원까지 간다.

베르나르 뒤 푸제(Bernard du Poujet) 1329년 볼로냐에서 단테의 『제정론*Monarchia*』을 불태우라고 명령했던 추기경. 아울러 단테의 유골을 해체해 그 책으로 태워버리려고 했다.

베아트리체(BEATRICE) 비록 증거는 빈약하지만 대체로, 단테가 어릴 때 사랑했고 1290년 스물넷의 나이에 사망한 피렌체 소녀 베아트리체 포르티나리로 여겨진다. 『새로운 삶』은 그녀를 향한 단테의 마음을 시로 나타낸 작품으로 산문 서사가 딸려 있다. 『신곡』에서 베아트리체는 저승의 두번째 안내자로 등장해, 지상낙원에서부터 여러 천구(天球)를 거쳐 지고천까지 단테를 데려간다.

벰보(Bembo) 토착어에 관한 책 『토착어 산문*Prose della volgar lingua*』을 쓴 르

네상스시대 저자. 이 책은 단테의 언어와 스타일의 일부 측면에 매우 비판적이다.

보나준타 다 루카(BONAGIUNTA DA LUCCA) 단테보다 한 세대 앞선 토스카나 토착어 시인. 「연옥」 24곡에서 단테의 "새롭고 감미로운 문체(dolce stil novo)"를 언급하면서 단테가 선배들을 능가한다고 인정한다.

보에티우스(BOETHIUS) 로마의 정치가, 철학자(480?~524?). 파비아의 감옥에 갇힌 동안 『철학의 위안Consolatio Philosophiae』을 썼지만, 결국 그곳에서 고문을 받고 처형당했다. 그의 책은 중세에 가장 많이 읽힌 영향력 있는 저서 중 하나가 되었다.

보카 델리 아바티(BOCCA DEGLI ABATI) 피렌체의 배신자. 겔프파 기를 든 기수의 손을 베어 군대가 갈 곳을 알리지 못하게 함으로써 몬타페르티전투에서 겔프파의 패배를 불러왔다.

보카치오(Boccaccio) 단테보다 한 세대 뒤의 작가. 『데카메론』을 비롯해 많은 산문과 운문 작품을 썼다. 단테를 숭배해서 『신곡』을 세 번이나 필사해 책으로 엮었고, 단테의 전기를 썼으며, 『신곡』 공개 낭송회를 처음 시작했다.

보티첼리(Botticelli) 15세기 피렌체의 화가. 곡마다 하나씩 『신곡』의 장면을 그린 아름다운 그의 드로잉은 그가 단테의 걸작을 잘 알고 직관적으로 이해하고 있음을 보여준다.

본콘테 다 몬테펠트로(BONCONTE DA MONTEFELTRO) 아레초의 기벨린파 지도자. 캄팔디노 전투에서 사망했지만 유해는 발견되지 않았다. 단테는 「연옥」 5곡에서 그를 만나는데, 죽음의 순간에 회개함으로써 지옥행을 면했다고 한다. 구이도 다 몬테펠트로의 아들이며 1289년에 죽었다.

브루네토 라티니(BRUNETTO LATINI) 피렌체의 정치가. 연대기 작가 조반니 빌라니(Giovanni Villani)에 따르면 피렌체 시민들에게 수사학과 시민 지도력을 가르쳤다고 한다. 모국어(프랑스어와 이탈리아어)로 많은 저서를 썼고 키케로의 한 작품을 번역했다. 1260년부터 1266년까지 프랑스에서 망명생활을 하다 피렌체로 돌아온 후 중요한 공직을 많이 맡았다. 1294년에 사망했다.

브루투스(BRUTUS) 율리우스 카이사르를 살해한 자. 은인을 배신한 죄로 지옥의 밑바닥에서, 머리 셋 달린 사탄의 무시무시한 입에서 잘근잘근 씹히는 모습이 발견된다.

비에리 데 체르키(Vieri de' Cerchi) 피렌체 겔프파 백당의 지도자.

빌라니(Villani) 조반니 빌라니는 단테와 동시대를 살았던 피렌체 사람이다. 피렌체 역사를 다룬 중요한 연대기를 썼다. 1348년을 휩쓴 흑사병으로 사망했다.

사탄(SATAN) 루시퍼라고도 불린다. 반란 천사들을 이끈 지도자. 그가 천국에서 추락하며 지옥의 심연과 연옥 산이 만들어졌다. 지구 중심의 얼음 속에 갇힌 채, 세 개의 머리로 3대 반역자인 유다, 브루투스, 카시우스의 몸을 씹어 먹고 있다.

살라딘(SALADIN) 이슬람교도 장군(1138?~1193). 1187년 십자군을 물리치고 예루살렘을 되찾았다. 패배한 그리스도인들에게 보여준 아량으로 유명하다. 『신곡』에서는 림보의 나머지 '위대한 영혼들(spiriti magni)'과 떨어져 서 있다.

성 베르나르두스(BERNARDUS) 12세기 시토 수도회 수사, 클레르보의 수도원장. 성모 마리아에 대한 헌신과 관상적 신비주의로 유명하다. 『신곡』의 마지막 곡에 있는 지고천에서 단테가 신의 머리를 향해 다가갈 때 단테의 안내자다.

성 아우구스티누스(AUGUSTINUS) 4대 교부 가운데 한 사람(354~430). 많은 저작을 남겼는데, 어린 시절과 그리스도교 개종을 이야기한 자전적인 『고백록』, 창조의 삼위일체적 구조에 관해 묵상한 『삼위일체론』이 대표적이다.

성 파울루스(PAULUS, 바울) 다마스쿠스로 가는 길에 개종한 것으로 유명한 유대인. 개종 후 그리스도의 사도가 되어 이방인들을 선교하러 여행을 떠났다. 신약성서에서 상당한 부분을 차지하는 로마인들에게 보낸 편지, 고린토인들에게 보낸 편지, 갈라디아인들에게 보낸 편지, 에페소인들에게 보낸 편지, 골로사이인들에게 보낸 편지, 데살로니카인들에게 보낸 편지 등을 썼으며, 이후 그리스도교 신학의 토대를 놓았다. 단테는 다른 세계로의 여행을 시작하면서 베르길리우스에게 "저는 아이네이아스도 바울로도 아닙니다(Io non Enëa, io non Paulo sono)"라고 말함으로써 아이네이아스와 파울루스만이 저승세계를 직접 경험했다고 알려진 인간이며 자신은 그들의 자취를 따르고 있음을 강조한다.

성 페트루스(PETRUS, 베드로) 원래는 어부였으나 최초의 사도가 되었고, 나중에는 그리스도의 서기가 되어 그리스도에게서 천국의 열쇠를 받았다. 이후 로마 주교가 되었다. 「천국」 27곡에서 그는 그 시대의 교황청이 "피와 악취의 시궁창"이 되었다며 교황의 타락을 비난한다.

세례 요한(JOHANNES) 예수의 선도자이자 사촌. 황야에 살았고 살로메의 부탁을 받은 헤롯왕에게 참수당한다. 피렌체의 수호성인이며, 산조반니 세례당의 이름은 그를 기린 것이다. 단테는 "나의 아름다운 산조반니(nel mio bel San Giovanni)"에서 세례를 받았고 말년에 그곳에서 계관시인이 되기를 바랐다. 피렌체 금화의 한쪽 면에 세례자 요한의 모습이 새겨져 있었다.

소르델로(SORDELLO) 만토바 출신의 이탈리아 시인. 프로방스어로 시를 썼다.

스타티우스(STATIUS) 서기 1세기에 태어난 로마 시인. 그의 서사시 『테바이스*Thebais*』는 베르길리우스의 『아이네이스』와 함께 단테에게 중요한 영감을 주었다. 그는 단테가 연옥에서 만난 사람 중 유일하게 정화 과정을 마쳤다. 그의 그리스도교 개종이 단테가 꾸며낸 허구인지는 확인되지 않았다.

아담(ADAM) 인류의 조상이자 최초의 언어 사용자. 단테가 지고천에 들어가기 전 마지막으로 이야기를 나누는 사람이다. 그는 단테에게 언어의 자연적 변이를 깨닫게 해준다.

아르노 다니엘(ARNAUT DANIEL) 단테가 존경했던 12세기 프로방스의 시인. 「연옥」 26곡에서 모국어 "최고의 대장장이"로 찬양받는다.

아르놀포 디 캄비오(Arnolfo di Cambio) 피렌체의 위대한 조각가이자 건축가. 1300년에 피렌체의 새 대성당 정면을 설계했으며, 그 정면에서 가장 눈에 띄는 위치에 200년 넘게 놓여 있던 교황 보니파키우스 8세의 석상을 조각했다.

아리스토텔레스(ARISTOTELES) 단테에게는 "지식 있는 사람들의 스승('il maestro di color che sanno)"이었던 그리스 철학자. 인간 지식의 모든 분야에 걸쳐 그가 남긴 많은 저서는 수 세기 동안 서구 그리스도교 세계에서 자취를 감춘 채 아랍어 번역본과 주석서를 통해 전해지다가 단테가 태어나기 전 세기에 라틴어로 번역되었다. 그 번역서에 대한 설명과 해석, 그리고 그 가르침을 그리스도교 교리와 융합할 필요성은 스콜라 철학의 주요 초점이 되었다.

아베로에스(AVERROËS. 이븐루시드IBN RUSHD) 아랍의 위대한 철학자. 아리스토텔레스 저서의 주석서를 썼다. 중세에는 종종 "주석자"라고만 불렸다. 그가 그리스도교도가 아님에도 단테가 그를 림보에 놓은 사실은 주목할 만하다.

아비센나(AVICENNA. 이븐시나IBN SĪNĀ) 또 한 명의 위대한 이슬람 철학자. 단테는 그를 림보의 "위대한 영혼들" 사이에 놓았다.

아시시의 성 프란키스쿠스(FRANCISCUS) 프란체스코 수도회 설립자(1182~1226). 교황 인노켄티우스 3세는 프란키스쿠스가 로마의 라테라노 교회를 들고 있는 꿈을 꾼 후 그를 성인으로 추증했다. 평생 소박하고 가난하게 살았던 것으로 유명하다. 이탈리아의 수호성인이다.

아우구스투스(AUGUSTUS) 그리스도가 탄생할 당시의 로마 황제. 단테가 보기에 아우구스투스의 통치는 그리스도 탄생 이전의 세계 평화를 위해 신의 섭리에 따라 미리 정해져 있었다.

아이네이아스(AENEIAS) 베르길리우스가 쓴 서사시 『아이네이스』의 주인공. 트로이를 떠나 이탈리아까지 가는 그의 여행과 도중의 모험담은 중세에는 인생의 알레고리로 해석되곤 했다.

아퀴나스(AQUINAS) 아리스토텔레스의 철학과 그리스도교 신앙의 교리를 융합하려 했던 대표적인 스콜라 철학자. 간단하게는 이름인 토마스로 불리기도 한다.

안키세스(ANCHISES) 아이네이아스의 아버지. 『아이네이스』 제6권에서 지하 세계에 있는 아들을 찾아간다. 이 에피소드는 단테가 「천국」 15~17곡에서 고조부 카차구이다를 만나는 장면과 공명한다.

앙주의 샤를 1세(CHARLES D'ANJOU) 프랑스 왕 루이 9세(1214~1270)의 동생. 그의 후손인 앙주 가문―앙주라는 성은 프랑스 서부의 한 지역과 연관이 있음을 말해준다―은 프랑스 카페 왕조의 방계 왕족이다. 앙주의 샤를 1세는 1265년에 시칠리아 왕이 되었고, 1266년에 베네벤토에서 만프레디를 물리쳤다. 시칠리아 만종 사건으로 알려진 1282년의 봉기로 시칠리아 왕국을 잃었다.

앙주의 샤를 2세(CHARLES II D'ANJOU) 앙주의 샤를 1세의 첫째 아들. 1285년부터 1309년까지 나폴리 왕이었다. 예전에 시칠리아 왕국이 지배했던 내륙 지역에 앙주 왕가의 지배를 확립했다. 거액의 돈을 받고 딸을 결혼시킨 그는 「연옥」 20곡에서, 노예 소녀를 팔아넘기는 해적처럼, 최고가를 제시한 자에게 딸을 팔았다며 선조인 위그 카페로부터 꾸지람을 듣는다.

오데리시 다 구비오(ODERISI DA GUBBIO) 아름다운 세밀화로 유명한 필사본 채식화가. 1299년에 사망했다.

오티모(*Ottimo*, "최고") 『신곡』의 한 초기 주해서(1333~1340)에 주어진 이름. 이 책의 저자인 피렌체 사람 안드레아 란차(Andrea Lancia)는 단테를 개인적으로 알고 있었다.

우골리노(UGOLINO) 피사의 기벨린파 백작, 정치가. 정치적 배신의 벌로 자녀들과 함께 탑에 감금되어 굶어죽는 끔찍한 죽음을 맞았다. 1289년에 사망했다.

위그 카페(HUGH CAPET) 프랑스 카페 왕가의 시조. 「연옥」 20곡에서 동시대 후손들(앙주의 샤를과 발루아의 샤를)의 파괴적인 야망과 탐욕을 심하게 꾸짖는다.

유스티니아누스(JUSTINIANUS) 로마 법전을 편찬했던 6세기 로마의 황제. 「천국」 6곡에서 로마제국의 역사는 신의 계획을 완수했다고 당당하게 설명한다.

오디세우스(ULYSSES, 율리시스) 전설적인 그리스의 영웅. 트로이 함락 이후 그가 펼친 모험은 호메로스의 『오디세이아』의 주제다. 단테는 오비디우스의 『변신』을 통해 오디세우스를 알게 되었다.

자코포 디 단테(*Jacopo di Dante*) 단테의 아들. 『신곡』에 대한 간단한 운문 요약서(『카피톨로*Capitolo*』)와 빈약한 주석서 한 권을 썼다. 아버지가 죽은 후 『신곡』의 완결본 한 부를 피렌체에 가져갔고, 그 작품이 곧바로 피렌체에서 큰 인기를 얻었다.

조토(GIOTTO) 단테와 동시대를 살았던 피렌체 최고의 화가. 그의 기법은 회화 그리기 과정을 혁신적으로 변화시켰다.

차코(CIACCO) 단테가 지옥에서 처음 만나는 피렌체 시민. 탐식의 원(「지옥」

6곡)에 있다. 차코는 "돼지" 또는 "거세한 수돼지"를 뜻하는 경멸적인 별명일 가능성이 높다.

치마부에(CIMABUE)　피렌체의 화가(1240?~1302?). 조토의 스승으로 그 시대에 걸출한 화가였지만 제자인 조토에게 가려졌다.

카발칸테 데 카발칸티(CAVALCANTE DE' CAVALCANTI)　단테의 친구 구이도 카발칸티의 아버지. 단테는 이단자의 원에서 그를 만난다(「지옥」 10곡).

카셀라(CASELLA)　단테의 어린 시절 친구. 단테의 시를 음악으로 만들었다. 단테는 「연옥」 2곡에서 그를 만나는데, 그에 관해서 우리가 아는 것은 『신곡』에 나오는 내용이 전부다.

카차구이다(CACCIAGUIDA)　단테의 고조부(1091?~1147?). 제2차 십자군원정 때 신앙을 위해 싸우다 예루살렘에서 죽었다.

카토(CATO)　로마의 정치가. 진실성과 도덕적 올곧음으로 유명하며, 폼페이가 카이사르에게 패하자 우티카에서 자살했다. 비록 단테의 도덕적 우주에서 자살은 죄악이지만, 단테는 그를 연옥의 수호자로 선택했다.

코르소 도나티(CORSO DONATI)　피렌체 겔프 흑당의 지도자. 포레세 도나티, 피카르다 도나티와는 형제지간이다. 보니파키우스 8세, 발루아의 샤를과 결탁해 1301년 10월 쿠데타로 피렌체를 장악했다. 이 일로 단테는 추방당하게 된다.

콤파니(Compagni)　디노 콤파니는 피렌체의 상인이었다. 단테와 동시대를 살면서 피렌체의 정치 생활에 적극적으로 가담했다. 피렌체 역사 연대기를 썼는데, 가끔 신뢰가 가지 않는 부분이 있지만, 그럼에도 그의 연대기는 세기의 전환기에 일어난 사건들을 기록한 소중한 목격담이다.

크리스토포로 란디노(Cristoforo Landino)　피렌체의 인문주의자. 『신곡』의 방대한 주석서를 썼다. 1481년 출간된 이 책은 보티첼리의 드로잉을 기초로 만든 판화들로 꾸며져 있었다. 이 책은 피렌체에서 인쇄된 최초의 『신곡』 판본이었다.

키케로(CICERO) 로마의 정치가, 웅변가, 작가. 그가 쓴 『우정론*De amicitia*』은 단테가 베아트리체 사후에 공부했던 두 저서 가운데 하나다(다른 하나는 보에티우스의 『철학의 위안』이다). 단테는, 그 두 권의 책은 시작이 힘들지만 계속 읽으면 굉장히 보람이 있으며 그 두 저작을 공부하면서 철학에 대한 열정이 생겼다고 말한다. 키케로가 『의무론*De officiis*』에서 폭력과 사기를 구분한 기준은 지옥의 낮은 곳을 구성하는 밑바탕이 되었다.

트라야누스(TRAJANUS) 로마 황제(재위 98~117). 진실함과 정의에 대한 헌신으로 유명하다.

파리나타 델리 우베르티(FARINATA DEGLI UBERTI) 피렌체 기벨린당 지도자. 1260년 시에나 동맹군과 함께 군대를 이끌고 몬타페르티 전투에서 겔프당에 승리를 거두었다. 전투가 끝난 후 승전군이 자신의 고향 피렌체를 파괴하지 않도록 막았다.

포레세 도나티(FORESE DONATI) 단테의 어린 시절 친구로 단테와 조잡한 소네트들을 교환했다. 코르소, 피카르다와는 형제지간이다. 1296년에 사망했다.

프란체스카 다 리미니(FRANCESCA DA RIMINI) 동시대를 떠들썩하게 만든 치정 사건의 주인공. 시동생과 정사를 가졌다는 이유로 남편에게 살해되었다. 사망 시기는 1283~1285년이다.

프란체스코 디 세르 나르도 다 바르베리노 인 발 디 페사(*Francesco di ser Nardo da Barberino in Val di Pesa*) 피렌체에 작업실을 가지고 있었던 전문 필경사. 딸의 결혼 지참금을 마련하기 위해 『신곡』을 100부나 써낸 것으로 유명하다. 매우 아름다운 그의 필체로 쓰인 필사본은 2부가 전한다. 그의 필사본은 시의 저자가 쓴 자필 원고의 레이아웃을 반영한다고 확신할 만하다.

프리드리히 2세(FRIEDRICH II)　신성로마제국의 마지막 황제. 1250년에 사망했다.

플루토(PLUTO)　지옥의 네번째 원 수호자. 알아듣기 힘든 말로 단테와 베르길리우스를 맞이한다.

피아 데 톨로메이(PIA DE' TOLOMEI)　다른 여자와 결혼할 기회를 얻으려는 남편에게 살해되었다는 사실만 알려진 인물. 단테는 「연옥」 5곡에서, 연옥의 입구에 있는 뒤늦은 회개자들 사이에서 그녀를 만난다.

피에트로 디 단테(Pietro di Dante)　단테의 둘째 아들. 성공적인 변호사가 되었고 20년(1340?~1360)에 걸쳐 『신곡』의 긴 주해서를 세 가지 판본으로 써냈다.

피카르다 도나티(PICCARDA DONATI)　수녀원에서 납치당해 강제로 결혼하게 된 수녀. 코르소와 포레세의 누이다. 그녀의 운명은 폭력의 피해자가 되어 서약을 지키지 못한 이들이 과연 유죄인가 하는 문제를 제기한다.

필리프 4세(PHILIPPE IV, 미남왕)　프랑스의 왕 필리프 3세(용담왕)의 둘째 아들. 발루아의 샤를의 형이다. 미남왕 필리프는 1285년에서 1314년까지 프랑스의 왕이었다. 재위 기간 동안 공격적인 영토 확장의 야망을 보였고 교황에게 내는 세금을 피하려고 다양한 술책을 펼쳤다.

1장
우정

내 아들은 어디 있는가? 왜 같이 오지 않았는가?

(mio figlio ov'è? e perché non è teco?)

(「지옥」 10곡 60)

미덕(이것이 없으면 우정은 불가능하다)이 첫번째다.

그러나 그다음의 것, 가장 위대한 것 중

두번째로 유일한 것은 우정이다.

— 키케로, 『우정에 관하여』

    단테의 『신곡』은 쓰인 지 거의 700년이 지난 지금도 수많은 독자들에게, 심지어 단테와 종교가 다른 독자들(어쩌면 그들에게는 더욱더)에게도 강렬한 힘을 가진 작품으로 남아 있다. 왜 그럴까? 단테는 그냥 그리스도교도가 아니라 가톨릭교도다. 그것도 중세 가톨릭교도다. 그의 시는 중세세계의 성격, 그 세계 안에서 인간의 위치에 관한 믿음을 구체화하고 표현한다. 그 세계는 종교적이면서 과학적이지만, 그 신학은 한물갔고 그 과학은 완전히 틀렸다.

그뿐 아니라 『신곡』은 위계와 심판으로 (제법 공정하게) 설명할 수 있는 선과 악, 미덕과 죄악에 관한 도덕적 우주관을 투사한다. 그러나 위계니 심판이니 하는 말은 오늘날 독자가 쉽게 흥미를 느끼거나 공감할 만한 단어가 아니다. 이 시가 들려주는 저승의 세 영역 여행담은 지옥에 간 사람은 벌을 받고, 죽기 전에 죄를 뉘우친 사람은 천국에 갈 준비를 하면서 정화하고, 진정 선한 사람은 지복을 누린다는 이야기니, 서술 구도와 도덕적 선명성의 관점에서는 단순해 보일 수도 있다. 그렇다면 이 시의 매력은 무엇일까?

단테는 정통 종교의 틀 안에서 글을 쓴다. 그럼에도 이 시는 독자가 어떤 신앙을 가지고 있든, 또는 신앙이 없어도 독자를 감동시키고 자극하며, 인간 조건에 관한 가장 근본적인 질문을 고민하게 만드는 힘이 놀랍고도 매혹적이다. 단테는 훌륭한 가톨릭교도지만 독립적인 사상가이기도 하다. 그는 인간은 어떠해야 하는지, 그리고 사회에서, 우주에서 개인의 위치는 어떠해야 하는지 이해해보기로 한다. 이는 시대나 종교적 믿음 체계를 초월한 보편적 관심사다. 결코 중세 가톨릭 정설의 대변자라 할 수 없는 그는 동시대인들이 당황하고 심지어 위험하게 여길 만한 결론에 도달하기도 한다.

이런 독립적 정신은 이 시의 초반부터 드러난다. 지옥의 맨 가장자리라는 특혜적 위치에서 우리는 고대의 위대한 철학자들과 시인들—대표적으로 호메로스, 플라톤, 아리스토텔레스―을 만난다. 그 가운데는 역시 주목할 만한, 이슬람의 위대한 두 철학자 아베로에스와 아비센나도 있다. 지옥에 떨어진 사람들과는 달리, 이들 사상가와 작가는 물리적으로 고통받지 않는다. 지옥에 떨어진 사람들과는 달리, 이들은 쾌적한 환경에 둘러싸여 있다. 빛, 아름다운 건축물, 초록의 풀밭, 선한 대화까지, 아마도 옥스퍼드나 케임브리지 교정을 떠올리면 될 것이다. 베르길리우스와 호메로스를 비롯한 고전시대 작가들이 종종 여기 모여 시에 관한 담론을 나눈다. 이들이 받는 벌이라고는 천국에서 배제되었음을 아는 것이 전부다. "희망 없이 열망 속에서 살고 있다(sanza speme vivemo in disio)." 신성(神聖)에 대한 짝사랑 같은 열망이 언젠가 충족되리라는 희망은 전혀 없다. 그것만으로도 충분한 벌이다.

가톨릭 신학은 과거의 위대한 이교도 사상가나 대가에 대해 그런 규정을 전혀 만들지 않았다. 통상적으로, 세례를 받지 못하고 죽은 어린 아이들만 지옥의 바깥 고리인 림보(limbo는 "가장자리"를 뜻한다)에 간다고 보았다. 아브라함과 모세 같은 유대교 족장들도 한동안 림보에 있다가 그리스도가 사망한 후에 비로소 그리스도에 의해 천국으로 올라갔다. 이교도는 아무리 남다른 미덕을 쌓고 지혜로운 삶을 살았더라도 결코 여기에 들어가지 못했다.

단테 사망 후 채 10년이 지나지 않은 1320년대에 『신곡』의 초기 주석서를 썼던 카르멜회 수사 구이도 다 피사(Guido da Pisa)는 분명 이 시인을 찬양했다. 그러나 이런 예를 비롯해 그 비슷한 예에서 엿보이는 비정통적 사고방식에 대해서는 처음부터 거리를 두어야 한다고 느꼈다. 이 시에서 믿음에 반하거나 교회에 반하는―vel contra fidem vel contra sanctam ecclesiam―부분을 설명하다가 무심코 할 수 있는 말을 미리 취소하는 사전 취소 공식―ex nunc revoco et annullo을 쓴 것이다. (1950년대 말 시드니대학교의 독실한 가톨릭 여학생들은 철학 강의 노트 모든 페이지의 위쪽 구석에 바로 이런 의미의 모노그램을 써놓음으로써 똑같은 선제적 행동을 하곤 했다.) 구이도 다 피사는 단테가 시인으로서 말하는 것이지 신학자로서 말하는 것이 아니라고(poetice et non theologice loquitur) 설명한다. 『신곡』이 지닌 불후의 매력은 단테가 신학자로서가 아니라 시인으로서 썼다는 사실, 정확히 거기에 있다. 그의 세계관은 종종 동시대인들을 깜짝 놀라게 했고, 오늘날에도 여전히 도발적이다. 그렇지만 『신곡』을 걸작으로 만드는 것은 그 관점을 표현하는 방식이다.

이 시는 저승 여행담을 들려주지만, 한편으로는 중대한 심리적 위기―그리고 그 위기가 어떻게 해결되는가―에 관한 이야기로 볼 수도 있다.

> 우리 인생길의 한가운데서,
> 나는 올바른 길을 잃고
> 어두운 숲속에서 헤매고 있었다.

> Nel mezzo del cammin di nostra vita
>   mi ritrovai per una selva oscura,
>   ché la diritta via era smarrita. (「지옥」 1곡 1~3)

이것은 모든 독자가 연관 지을 수 있는 경험이다. 살아온 과거가 더는 의미 없어지고 앞길은 보이지 않는 지점에 도달한 사람이면 누구라도,

미래를 마주할 때 혼란스럽고 불안하고 절망적인 사람이면 누구라도, (요즘 식으로 말해) 상담을 받고 치료사를 찾고 실패를 경험한 적 있는 사람이면 누구라도 비슷한 심경을 겪는다. 미국의 작가 윌리엄 스타이런(William Styron)은 처음 심각한 우울증에서 벗어났을 때 단테의 한 줄을 인용해 그 경험을 묘사했다. 그것은 「지옥」의 마지막 행, "우리는 밖으로 나와서 다시 한번 별들을 보았다(e quindi uscimmo a riveder le stelle)"였다.

자신의 과거를 인식하고 자기 삶의 의미를 이해한다는 것은 이 이야기의 구성 원리 중 하나다. 뒤늦게야 여러 사건의 참된 의의를 알아차리면서 패턴을 이해하는 회고적 시선은 개인적, 사회적 영역 모두에서 작용한다. 단테는 자신이 길을 잃었다는 사실, 절망적인 현재 상황과 그런 상황에 이른 과정을 이해하게 된다. 그리고 그 상황과 주변 세계의 상황이 어떻게 연관되는지, 앞으로 동료 인간들과의 관계 속에서 자신은 어떤 역할을 해야 하는지 알게 된다.

개인적 위기에 관한 이야기는 세계무대에서의 정치적 사건이라는 폭넓은 배경 속에서 펼쳐진다. 그 넓은 배경 역시 고통스럽게 얻은 새로운 통찰을 가지고 회고적 시선으로 돌아볼 때 비로소 모든 것이 맞아떨어지고 이야기의 윤곽이 뚜렷해진다. 개인사와 정치사가 떼려야 뗄 수 없는 관계에 있다. 개인적 삶의 만족은 정의와 평화의 명령에 따라 질서가 잡힌 세계에서만 누릴 수 있다. 이 세계에 그런 상태를 초래하는 것이 시인의 임무가 되고, 그가 쓰는 시는 그의 도구가 된다.

문학의 위대한 테마들이 모두 여기에 있다. 욕망, 시간, 기억. 복수, 용서, 속죄. 사랑과 미움, 충성과 배신. 파괴성과 자멸. 추방과 귀향. 다양한 인간들과 지략, 인간적 번영에 필요한 조건들. 인간의 나약함, 인간이 스스로를 속이고 자기 삶을 이야기하면서 왜곡된 인식을 투사하는 방법들. 돈과 권력, 그것에 대한 집착이 개인적인 삶과 사회 구조에 끼치는 해로운 효과. 전쟁과 평화, 세계가 최고의 질서를 누릴 방법. 지적 야망과 지식에 대한 갈망. 예술가가 자신의 매체와 벌이는 싸움. 이 모든 것이 하나의 이야기 구조 속에 구현되어 있다. 그 이야기의 구체적인 세부들은 지극히 개인적이고 암시적이지만, 인간 행위에 대한 통찰과 인간 행복에 대한 관심은 보편적이다.

이야기 구조는 단순하다. 주인공이 저승세계의 세 영역을 여행하면서 죽은 이들의 영혼을 만나고 그들과 이야기를 나눈다. 주인공은 우선 로마의 시인 베르길리우스의 안내를 따라 원뿔형의 지옥 구덩이 속으로 내려갔다가 연옥의 산을 올라간다. 그다음에는 그가 젊었을 때 피렌체에서 사랑했던 여인 베아트리체의 안내로 연옥 산꼭대기에서부터 여러 천국을 거쳐, 창조된 시공의 세계 밖에 있는 지고천(낙원)까지 간다. 여기, 이 시의 마지막에서 주인공은 신을 만난다. 안내자 선택이 독특하다. 평범하게 생각했다면 누구나 알 만한 종교적 안내자, 즉 어떤 성인이나 천사, 또는 신학자가 나왔을 것이다.

지옥과 연옥의 지리학 역시 매우 독창적인데, 주인공 단테가 여행하고 우리가 읽는 과정에서 비로소 뚜렷해진다. 지옥은 지구 중심을 향하는 거대한 깔때기처럼, 지하 심연 주변으로 동심원을 이루는 거대한 아홉 개의 원으로 되어 있다. 중심인 지하 심연에는 루시퍼가 갇혀 있다. 이 아홉 개의 원에 각각의 죄악을 분배한 원리는 성서나 그리스도교에서 나온 것이 아니라, 아리스토텔레스와 키케로의 비행과 악행에 대한 개념

그림 1
보티첼리가 그린 단테의 지옥.

을 토대로 하고 있다. 이것은 단테가 만들어낸 구도다.

　예루살렘의 대척점에 있는 남반구의 바다에 솟은 연옥 산 역시 그 발상 면에서는 독창적이지만, 연옥이 정화하는 죄의 성격에 대한 위계는 보다 정통적이다. 그 산의 계단식 사면은 저마다, 교부들이 말하는 일곱 가지 대죄 가운데 하나에 해당한다. 산 밑에는 뒤늦게 회개한 이들, 따라서 지금 그 산을 올라가는 여행의 출발을 늦추어야 하는 이들을 위한 대기구역이 있다(연옥 입구). 이곳은 단테가 만들어냈다. 에덴동산, 즉 죄악을 저지르기 전의 아담과 이브가 살던 원래 고향인 지상낙원을 연옥 산의 꼭대기에 놓은 것도 마찬가지로 단테의 생각이다. 이 마지막 사항은 특히 의미심장하다. 단테는 저승세계의 지리학을 상상하면서 그리스도교 세계에서 중요한 두 일화와 연관시킨다. 에덴동산에서의 추방을 초래한 아담의 죄악, 그리고 그 죄를 갚는 그리스도의 십자가형, 이 두 가지를 대표하는 지상낙원과 예루살렘이 지구의 중심을 통과하는 같은 축위에 놓인다.

이 이상한 영역을 지나는 단테의 물리적 여행은 정신적, 심리적인 여행, 지식과 이해의 여행과 맞물린다. 주인공은 여행하면서 배운다. 여행이 끝날 때쯤 그는 영적 위기만 해결한 것이 아니다. 그 경험을 시로써 기록할 능력을 갖춘 사람이 된다. 영적, 미적 발전도 똑같은 궤적을 따라간다. 애초에 그 시인이 혼란과 절망의 상황에 놓이지 않았다면, 그 상황을 깨닫고 극복하지 않았다면 그 시는 나올 수 없었을 것이다. 그 궤적은 선형이면서도 원을 그린다. 우리의 끝에 우리의 시작이 있다. 이 여행담은 무엇보다도, 그 여행에 관한 시를 쓸 수 있게 되기까지의 이야기다.

그 이야기 도중에 등장해 상당 부분 동안 펼쳐지는 두 가지 테마는 그의 발전을 짚어볼 수 있게 해준다. 그 테마가 바로 시인으로서 단테 자신의 이력과 공적 생활에서의 야망이다. 이 두 테마는 단테와 구이도 카발칸티(Guido Cavalcanti)의 관계를 다룰 때 함께 나오는데, 이번 장에서 살펴볼 그의 청년기 두 우정 중 첫번째다. 근본적으로 작가들 사이의 우정인 이 관계는 그 청년들이 살던 도시의 정치적 격변을 배경으로 전개되었다. 그 우정 속의 긴장과, 결국 결별에 이르게 된 이유는 적절한 때에, 그 정치적 배경을 더 자세히 살펴보면서 이해하기로 하자.

카발칸티는 단테보다 열 살 많았는데, 13세기가 저물던 시기 피렌체 문화에서 가장 빼어난 사람 중 하나였다. 그는 남다른 지성과 재치, 약간은 은둔자 같은 귀족적 태도로 유명했다. 동시대 연대기 작가인 디노 콤

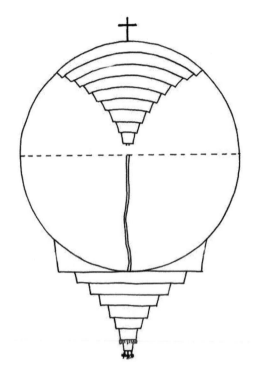

그림 2

단테의 우주에서, 꼭대기에 지상낙원이 있는 연옥 산은 예루살렘의 대척점에 있다. 따라서 인류가 타락한 장소(에덴동산)는 십자가형을 통한 인류 구원의 현장과 같은 축에 있게 된다. 지옥과 연옥은 루시퍼(사탄)가 천국에서 추락하며 생겨났다. 아홉 개의 거대한 원으로 된 지옥 구덩이에서 퍼내진 흙이 일곱 개의 단이 있는 거대한 연옥 산을 이루었다.

파니(Dino Compagni)는 카발칸티를 "정중하고 대담하지만 오만하고 고독하며 공부에 열심인" 사람으로 묘사한다. 그런 카발칸티의 명성은 그가 세상을 뜬 뒤에도 쉽게 사라지지 않았다. 약 50년이 지난 후 보카치오는 『데카메론』의 한 이야기에서 카발칸티를 다루면서, 그를 한패로 끌어들이기를 바라는 혈기 왕성한 난봉꾼들을 만난 그가 자칫 곤란해질 수 있는 위기를 태연하게 넘긴 일화를 들려준다. (버트런드 러셀이 회원이 되기를 거부하자 당황한 옥스퍼드 벌링던 클럽이 그를 괴롭히며 다시 생각해보라고 압력을 넣었던 사건은 그에 맞먹는 현대의 예일 것이다.)

『데카메론』에서 이 이야기는 여섯번째 날, 재치 있는 말로 곤란한 상황을 모면한 사람들의 이야기에 소개된다. 말을 타고 가던 난봉꾼들이 피렌체의 세례당 옆 묘지에서 생각에 잠겨 혼자 걷고 있는 카발칸티와 마주친다. 그들은 카발칸티를 어느 무덤에 몰아세우고 놀려댄다. 자네는 우리와 어울리기 싫은 모양인데, 만약 자네가 신이 존재하지 않는다는 것을 발견하면 어떻게 하겠나? 난처해진 카발칸티는 이렇게 대답한다. 여러분이 여러분 집에 있을 땐 나에게 무슨 말이든 마음껏 할 수 있는 법이지요. 그런 다음 그는 무덤 위로 가볍게 몸을 날려 순식간에 사라졌고, 난봉꾼들은 어안이 벙벙해져 자기들끼리 물었다. 대체 무슨 말이야? 정신이 나갔나보군. 그 가운데 한 사람은 말속의 뼈를 이해하고 생각 없는 동료들에게 설명한다. 무덤은 죽은 자들의 집이다. **우리**는 정신적으로, 또 영적으로 죽은 사람이니 이 묘지가 우리의 집이다.

구이도 카발칸티도 단테처럼 시인이었다. 아직 스무 살도 안 된 젊은 단테는 이름을 알리고픈 조급한 마음에서 여러 시인에게 한 편의 소네트를 보냈다. 그 소네트에서 그는 혼란스러운(그리고 사실상 약간 그로테스크

그림 3
세례당 밖에서 난봉꾼들과 마주친 구이도 카발칸티.

한) 꿈을 묘사했고, 그 의미에 관해 이야기해달라고 부탁했다. 카발칸티
가 역시 소네트 형식으로 답장을 보내왔고, 이렇게 두 사람의 우정이 시
작되었다. 나이 많은 카발칸티는 훨씬 어린 단테의 멘토가 되었고 머잖
아 그의 가장 친한 친구(primo amico)가 되었다. 나중에 단테는 베아트리
체에게 바친 초기의 서정시들을 작은 책(libello)으로 묶어 산문 해설을
달아 『새로운 삶』이라는 제목을 붙였고, 그 책을 카발칸티에게 헌정했다.

연애시인이었던 카발칸티는 자신의 숙녀에 관한 매우 아름다운 소네트
들을 썼는데, 그녀를 바라보는 사람들에게 그 존재만으로도 영향을 미치
는 효과를 이렇게 묘사한다.

다가오는 그녀 누구일까, 뭇 남자의 시선을 뺏고
눈부심으로 공기를 떨게 만들고 사랑을 가져와
어떤 남자도 말을 잃고 한숨짓게 만드는 그녀는?

Chi è questa che vèn, ch'ogn'om la mira,

　　che fa tremar di chiaritate l'âre

e mena seco Amor, sì che parlare

　　null'omo pote, ma ciascun sospira?

이보다 저속한 느낌의 시들도 있지만, 그의 시는 모두 똑같이 섬세하고 언어 감각이 뛰어나다. 어느 시는 숲속에서 친절한 양치기 여인을 우연히 만난 사건—사실상 그렇고 그런 성적인 만남—을 이야기한다. 그러나 조잡한 느낌이 전혀 없으며, 솔직히 그다지 육체적이라는 느낌조차 들지 않는다. "어느 작은 숲에서 양치기 여인을 만났네, 내 마음엔 그녀가 별보다 아름다웠지(In un boschetto trova' pasturella/più che la stella—bella, al mi' parere)."

카발칸티의 시 중 가장 야심 차며 눈부신 기교와 지성을 뽐내는 어려운 작품은 사랑의 성격에 관한 철학적인 송가(「한 숙녀가 내게 묻네Donna me prega」)다. 이 시에서 사랑은 이성의 통제를 벗어난 어둡고 파괴적인 힘, 기본적으로 인간 경험의 부정적인 측면으로 분석된다. 실제로 사랑하면, 마음이 괴롭고 정신적으로 혼란스러울 수밖에 없다고 그는 말한다. 이렇듯 가장 친한 친구가 걸작에서 그토록 강렬하게 표현했던 그 암울한 관점에 대해 성숙한 단테가 보내는 응답이 바로 『신곡』이었다고 이해하는 방식도 있다.

그러나 카발칸티와의 우정이 편안하지는 않았을 것이다. 카발칸티는 신을 믿지 않았다. 당시 피렌체 지식인들 사이에선 드물지 않은 일이었다. 보카치오는 카발칸티가 신이 존재하지 않는다는 증거를 찾으려 애쓰면서 많은 시간을 보냈다고 지나가듯 언급한다. 보카치오의 동시대인으로『신곡』의 모든 측면에 풍부한 설명을 단 중요한 주석서를 썼던 벤베누토 다 이몰라(Benvenuto da Imola)는 이 두 젊은 능력자의 자질을 포착하고 그들을 피렌체의 두 눈이라 부른다. 이 두 사람만이 그 도시의 현실을 제대로 보고 있다고 암시하는 듯하다.

구이도 카발칸티는『신곡』에 직접 등장하지 않는 중요한 인물이다. 비록 단테가 그 시를 쓰기 한참 전에 세상을 떴지만, 허구 속 저승 여행의 시기인 1300년 봄에 그는 아직 살아 있었다. 따라서 단테는 그 친구가 지옥에 갈 운명인지(무신론자였으므로) 아니면 구제받을 운명인지(큰 곤경에 처해 생각을 바꿀 가능성을 결코 배제할 수 없으므로)에 대한 질문을 피할 수 있었다. 카발칸티는 불과 몇 달 후인 1300년 여름에, 피렌체를 집어삼킨 정치적 소용돌이와 도시 폭력의 직접적인 결과로 사망하게 된다.

1300년은 단테에게나 피렌체에나 중대한 한 해였다. 그해의 벽두에 교황 보니파키우스 8세는 희년(禧年)을 선포했다. 이는 사상 첫 희년이었으며, 2000년에 있었던 새천년의 희년은 700주년 기념일이었다. 보니파키우스는 희년 선언문에서, 로마에 순례를 와서 산피에트로 바실리카와 산파올로 바실리카를 특정 횟수만큼 방문하는 모든 신자들에게는 죄를 사해주겠다고 약속했다. 단테는 그 희년에 로마에 갔을 가능성이 있다.「지옥」에서 직유법을 사용한 한 대목은 로마에 엄청난 수의 순례자들이 밀려들자 이에 대한 대책을 목격이라도 한 듯 정확히 묘사한다. 순례 교회들은 티베르강 건너편에 있었다. 강을 건너는 다리는 하나뿐이었다. 원시적인 교통 통제 방식을 써서, 그쪽 방향으로 가는 순례자는 다리의 한쪽으로, 반대쪽에서 오는 사람들은 다른 한쪽으로 가도록 했다. 지옥에서 유혹자들과 뚜쟁이들의 좁은 원에서 두 줄을 이루어 서로 반대 방향으로 가는 죄인들이 마치 로마의 다리를 건너는 그 순례자들 같다고 단테는 말한다. 지옥의 영혼들과 독실한 순례자들을 대조하는 이 대목에서 아이러니를 눈치채기란 어렵지 않다.

1300년의 피렌체는 런던에서 레반트까지 유럽 전역을 상대로 하는 상업 및 금융의 국제적 중심지로서 번성하는 활기찬 도시였다. 상업적 성공과 기업가적인 에너지 덕택에, 피렌체는 일찌감치 유럽 대륙의 금융 수도가 되었다. 페루치 가문, 바르디 가문 같은 피렌체의 은행가 가문들은 교황은 물론, 몇몇 잉글랜드 왕을 포함해 여러 국왕을 상대했다. 피렌체 상인들의 발길이 미치지 않는 곳이 없었고, 종종 그들은 외국에 든든한 현지 사업 식민지를 건설하기도 했다. 피렌체의 영향력이 얼마나 널리 뻗쳐 있었는지 교황이 흙, 공기, 불, 물과 나란히 피렌체인들을 세계의 다섯 번째 원소로 선언했던 일은 유명하다.

이 도시의 부와 번영은 번창한 섬유산업 덕택이었다. 모직물과 실크의 원료를 수입해 솜씨 좋은 장인들이 직물을 만들면 사치품으로 수출했다. 따라서 주변 시골에서 피렌체로 인구가 유입되었다. 1300년 무렵 피렌체 주민은 10만 명이 넘었다―중세에는 엄청난 거대도시였다. 크기로는 베네치아와 밀라노만이 이에 맞먹었다. 이보다 큰 도시는 파리뿐이었다. 무려 3만 명의 주민이 모직물 생산으로 생계를 꾸렸다. 몇 세대 전에 비해 도시는 다섯 배로 커졌다. 이렇게 엄청나게 불어난 인구를 수용하기 위해 13세기에만 두 번이나 성벽을 새로 확장했다. 한 번은 1258년에, 또 한번은 1284년과 1334년 사이였다. 두번째 확장 사업은 대략 단테가 살아 있을 때 벌어졌는데, 불과 한 세대 만에 예전 면적의 거의 여섯 배에 이르는 면적이 성안으로 편입되었다. 피렌체는 엄청난 인구 증가를 겪고 있었다.

13세기가 저물 무렵 도시의 지위와 번영에 대한 자부심으로 야심 찬 재개발 계획이 진행되었다. 훗날의 방문객들에게 피렌체의 상징이 될 중세 도심의 건물들이 신축되거나 대대적인 재건 및 확장이 이루어졌다. 대성당 건설은 1290년대 중반에 시작되었고, 이름도 산타레파라타에서 피렌체의 상징인 백합을 기념해 산타마리아 델 피오레("꽃의 성모 마리아")로 바뀌었다. 이 대성당의 새로운 정면 공사는 피렌체의 대건축가 아르놀포 디 캄비오(Arnolfo di Cambio)의 설계를 토대로 1298년에 시작되었다. 아르놀포는 엷은 색 석조의 널찍하고 거대한 네이브(nave, 교회 건축에서, 좌우의 측랑 사이에 놓인 중심부—옮긴이)로 유명한 프란체스코회 교회 산타크로체도 설계했다. 같은 해에 팔라초 베키오가 될 건물이 세워지기 시작했다. 피렌체 정부의 선출된 최고위직 관리들이 머물 거처로 (아마도 역시 아르놀포에 의해) 설계된 이 건물은 건목치기 벽과 총안(銃眼)이 있는 흉벽, 으리으리한 탑이 있어 요새 같은 느낌을 주었다. 이 도시의 운명에 대한 자존감과 자신감은 바르젤로(초기 코무네 정부가 있던 자리로 지금은 박물관이다) 성벽에 놓인 표석에 반영되어 있다. 1255년에 놓인 이 표석은 지금도 그 자리에 있다. 새겨진 글귀는 피렌체를 "바다와 땅, 지구 전체를 소유한(que mare, que terram, que totam possidet orbem)" 도

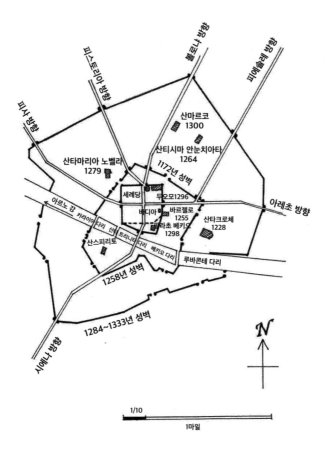

피스토리아 방향

볼로냐 방향

피에솔레 방향

피사 방향

산마르코
1300

산티시마 안눈치아타
1264

산타마리아 노벨라
1279

1172년 성벽

세례당

두오모1296

아르노 강

카라이아 다리

바디아

바르젤로
1255

산타크로체
1228

산 트리니타 다리

팔라초 베키오
1298

아레초 방향

산스피리토

베키오 다리

루바콘테 다리

1258년 성벽

1284~1333년 성벽

시에나 방향

N

1/10

1마일

그림 4

13세기(1258년과 1284~1333년)에 건설된 두 개의 새 성벽은 피렌체의 엄청난 확장을
보여준다. 1087년경의 중세 성벽은 최초의 로마 성벽보다 조금 더 큰 면적을 에워싸고 있
었다.

시라고 일컫는다. 피렌체인들은 그들의 도시가 정비되어가는 모습에 황홀해했다.

그러나 피렌체가 유럽의 상업 및 금융 수도로 성장하고 사업적 성공을 거두는 이면에서는 정치적 불안이 수십 년째 이어지고 있었다. 이즈음의 역사를 간략히 정리해본다면 단테의 복잡한 위치, 카발칸티와의 우정에 대한 부담감을 이해하는 데 도움이 될 것이다. 토스카나 지방의 모든 도시가 그랬듯 피렌체는 코무네, 다시 말해 독립적인 자치 도시국가였다. 이때는 격렬한 정치 논쟁과 과감한 입헌적 개혁의 시기였다. 격변의 세기말에 이르러, 피렌체는 번갈아 권력을 공유하는 민주정부 체제를 진화시켰다. 선출된 여섯 명의 집단인 프리오리(priori)가 2개월씩 최고 행정부(일종의 내각)를 맡고, 이들의 짧은 임기가 끝나면 다시 새로운 여섯 명으로 교체되는 식이었다. 프리오리 체제는 옛 귀족 가문들의 오만과 권력 남용을 억제하기 위해 1282년에 만들어졌다. 그 도시의 번영을 일구어낸 것이 바로 떠오르는 중간계급과 하층계급—은행가, 상인, 직물 노동자, 염색공—의 근면성과 진취성이었다.

영향력 있는 소수 가문이나 개인이 권력을 독점하는 것을 막기 위해 고안된 이 체제는 견고한 권력 기반 형성을 제어하는 데는 도움이 되었지만 불안정성이라는 치명적 약점이 있었다. 단테는 「연옥」의 한 유명한 독설에서 이 체제로 인해 시민 생활의 모든 측면이 끊임없이 변하는 상황을 한탄한다. 피렌체를 상대로 직접 이야기하면서 그는 이렇게 말한다.

네가 기억하는 기간만 해도
법과 화폐와 공직, 풍습, 사람들까지

너는 얼마나 여러 번 바꾸었느냐!

Quante volte, del tempo che rimembre,

    legge, moneta, officio e costume,

    hai tu mutato, e rinovate membre!

(「연옥」 6곡 145~147)

"사람들을 바꾸는 것"(즉 시민 정치 성원의 변화)은 한 정치 집단이 새로 지배권을 잡은 경쟁 집단에 의해 추방당한 결과였다. 한 집단이 추방당하면, 반대파가 피렌체로 복귀했다. 단테가 태어난 1260년대에는 기벨린파와 겔프파의 권력투쟁이 벌어지고 있었다.

　1242년경 피렌체에서 처음 사용되기 시작한 기벨린과 겔프라는 이름은 원래 독일어 이름으로, 슈바벤에 있던 호엔슈타우펜 왕가의 성(城) 이름인 바이블링겐(Waiblingen)과 신성로마제국의 마지막 황제 프리드리히 2세(재위 1220~1250)와 대립하던 왕가의 성(姓)인 벨프(Welf)에서 따왔다. 이탈리아 문자로 옮겨져 현지 어법에 차용되면서 바이블링겐과 벨프는 기벨린과 겔프가 되었는데, 각각 황제파와 반(反)황제파(즉 친교황파)를 대표했다. 신성로마제국의 기원은 800년의 카롤루스의 대관식으로 거슬러 올라가지만, 최근 들어 그 권세는 치명적으로 약화되어 있었다. 황제와 교황의 권력투쟁은 무려 100년 넘게 유럽 정치를 지배해왔다. 신성로마제국 황제가 한때 제국 영토였던 부유한 도시국가들에 대한 통제권을 되찾으려 하면서, 특히 13세기 중반 북부 이탈리아에서는 그 싸움이 격렬했다. 피렌체에서는 1260년에 기벨린파가 권력을 잡고 겔프파를 몰아냈지만, 단테가 태어난 이듬해인 1266년에는 거꾸로 피렌체에서 쫓겨났다. 1300년 당시 겔프파는 30년 이상 피렌체에서 권력을 유지하고 있었다.

그러나 권력이 공고해지면서 피렌체 내의 겔프파는 백당과 흑당, 두 분파로 분열되었고, 이 두 분파 사이의 권력투쟁은 이전 세대 겔프파와 기벨린파 사이의 투쟁만큼이나 파괴적이고 분열적이었다. 겔프파와 기벨린파의 분열이 대체로 친교황파와 친황제파, 그리고 그 정책을 반영했던 반면, 피렌체 내 백당과 흑당의 분열은 전혀 이념적 근거 없이 그저 피렌체 통제권을 둘러싼 권세가 연합의 치열한 경쟁관계를 반영했을 뿐이다. 백당과 흑당이라는 이름은 이웃한 도시 피스토이아에서 들어온 것이다. 피스토이아의 겔프파 내에서 두 형제가 두 분파로 갈라서게 되었는데, 한 명은 금발이었고 다른 한 명은 흑발이었다. 그래서 그 지지자들은 백당과 흑당으로 알려지게 되었다.

동시대 연대기 작가로서 피렌체 정치에 활발하게 참여했던 디노 콤파니는 이 분열을 틀어진 혼인 동맹과 상처받은 가문의 명예라는 관점에서 바라본다. 그의 글에서는 오래전 겔프파와 기벨린파가 처음 갈라설 때의 이야기가 섬뜩하게 반복된다. 그때의 분열 역시 두 권세가 사이의 혼인동맹과 관련이 있었는데, 마지막 순간에 신랑이 마음을 바꾸면서 동맹이 위험해졌다. 두 경우 모두, 버림받은 신부의 친척들이 분노해 망신당한 가문의 명예 회복을 위해 복수를 맹세했다.

그러나 백당과 흑당의 분열은 별개 스캔들의 결과가 아니라 권세가들을 단합시켰던 요소와 관련해 생각하는 것이 좋다. 당시 피렌체는 가부장적 사회였다. 오직 부계의 남자 후손들만 유산을 물려받았다. 그렇게 상속받은 재산을 나눌 수는 없었다. 따라서 한 대가족의 모든 남자 성원은 공동 소유의 집과 재산을 지키는 것이 유리했다. 이처럼 가족 또는 씨족의 확고한 충성심은 일체의 시민적 의무나 공동선을 위한 광의의 책임보다 더 중요했다. 막강한 권세가들은 하층 계급의 지지를 구했고, 덜 중요하고 덜 부자인 동료 시민들에게서 그들이 끌어내는 충성심은 권력과 위신의 가늠자였다.

세기말의 몇십 년 동안 피렌체에서는 겔프파가 권력을 다졌고 아울러 정부 체계가 진화했다. 코무네의 정치가 더욱 민주화되는 과정의 일부로서, 부유한 엘리트 가문의 권력이 서서히 축소되는 사이, 정치적 대표권은 우선 대규모 길드로, 나중에는 보다 작은 규모의 길드로—사실상 중간계급과 노동계급—까지 확대되었다. 한편 다수(비록 전부는 아닐지라도) 엘리트 가문은 귀족 혈통이었고, 그들의 부와 권력은 피렌체 주변 시골의 토지와 도시 내부의 상당한 부동산에 기반을 두고 있었다. 이런 부동산들은 특징적으로 높은 탑이 있는 요새화된 저택의 형태를 띠었는데, 라이벌 가문과 싸움이 일어났을 때는 이 탑이 요새로 사용되었다. 관청 건물이나 저택에는 공공 공간을 마련해 쉽게 교전지로 바꿀 수 있도록 했고, 탑에서 아래쪽 거리를 향해 화살을 쏘거나 돌 같은 무기를 던졌다. 이 무렵 피렌체에는 탑이 있는 요새화 저택이 150채 정도 있었던 것으로 보이지만, 여러 가문의 정치적 운명이 바뀜에 따라 끊임없이 허물어지고 새로 지어지곤 했다.

길드는 같은 직업이나 사업 회원들의 조합으로, 회원들의 이익(그리고 표준)을 보호했다. 규모가 큰 길드는 변호사, 은행가, 의사, 상인 등을 대표하는 길드였다. 이보다 작은 길드로는 공예업자와 숙련공, 특히 모직산업 노동자 길드가 있었는데, 피렌체가 유럽의 금융 허브로서 발군의 위치를 차지하게 된 배경에는 13세기 동안 대거 성장한 모직산업이 있었다. 크고 작은 길드들은 함께 포폴로(popolo, 민중)를 이루었다. 포폴로 란 용어는 거의 예외 없이, 그 도시 인구 전체를 뜻하는 게 아니라 권세가들—종종 유력자 또는 간단히 거물을 뜻하는 그란디(grandi)로 불렸다—의 이익에 맞서는 일부 집단을 가리켰다. 격변하는 피렌체 정치의 중심에는 포폴로와 그란디 사이의 갈등이 있었다. 그란디의 권력을 축소하려는 시도는 세기말 몇십 년간 진행된 법률 개혁의 배경이었다. 1282년 단테가 어렸을 때 있었던 프리오리 제도의 시행은 판도를 바꿀 중대한 한 걸음이었다.

프리오리의 자격은 길드 회원에게만 주어졌다. 프리오리 6명을 구성하는 각각의 프리오리는 항상 피렌체의 서로 다른 지역, 서로 다른 길드에서 나왔다. 이들은 길드 회원에 의해 선출되었다. 금융업과 직물산업의 활발한 중심지로서 피렌체의 번영은 크고 작은 길드 성원들의 사업적 재능과 근면성에 달려 있었다. 이른바 '정의의 법령(Ordinamenti di giustizia)'의 핵심 조항은 그 도시의 번영을 뒷받침하는 상업적 현실을 반영하고 있었고, 그 현실을 새로운 선거법에 명시했다. 1293년에 시행된 이 법령은 여태 피렌체 통치의 모든 직책에서 배제되었던 소규모 길드의 상당 부분에까지 정치적 대표권을 확대했고, 거꾸로 수많은 권세가들에게서 공직자 피선거권을 박탈했다. 무려 70개 가문 이상이 배제되었고, 약 3000명이 선거권을 박탈당했다. 이 법령에 대한 반발도 없지 않았다. 세기말에는 그 법령을 뒤집거나 파괴하려는 시도가 끊이지 않았다. 이런 긴장은 이해관계들의 폭발적인 갈등으로 이어졌고, 엘리트 가문들 사이에서, 엘리트와 포폴로 사이에서, 그리고 이해가 전혀 다른 큰 길드와 작은 길드를 대변하는 두 분파의 포폴로 사이에서 끊임없는 갈등이 빚어졌다.

이제 한 길드의 회원이 되는 것은 피렌체 정치에 참여하는 데 없어서는 안 될 자격 요건이었다. 활발한 직업 활동을 하지 않아도 회원이 될 수 있었지만, 결정적으로 귀족이나 상층계급 시민은 회원 자격이 없었다. 정치 활동을 열망하던 단테는 공직 진출 자격을 얻기 위해 의사 및 약종상 길드에 들어갔다. 이 복합 길드는 환자를 치료하는 의사들과 약재, 향신료, 약, 전문 상품 등의 수입업자를 대변하고 있었다. 아마도 철학 및 자연과학 연구와 의료행위의 관련성 때문인지, 지식인이 이 길드를 선택하는 것은 드문 일이 아니었다. 그러나 단테의 친구 카발칸티는 유서 깊은 귀족 집안 출신이었고, 그 때문에 정치에 참여할 기회를 누릴 수 없었다. 이와 같은 법률상의 중요한 변화는 피렌체 정치에서 하나의 전환점이었다. 또한 그것은 10년 넘게 문학적으로 유익하게 협력하고 시적 관심을 공유하던 "가장 친한 친구"와 단테가 결국 각자의 길을 가기 시작한 분기점이었을 수도 있다. 그래도 카발칸티는 단테가 처음 시인으로 활동할 때 곁에 있었다. 그는 자기보다 어린 작가를 응원하고 지원해주었고, 단테는 결코 그걸 잊지 않았다.

정치적 야심가였던 단테는 파란만장하게 펼쳐지는 피렌체 정치에 열정적으로 참여했다. 1290년대 중반 그 야망이 구체적 형태를 띠어가는 동안, 단테는 시정을 관장하는 다양한 평의회에서 일했다. 도시 운영은 그런 평의회 활동을 통해 이루어졌다. 구성원이 36명인 것부터 300명인 것까지, 다양한 규모의 평의회 다섯 개가 있었고, 의원 전부는 약 3만 유권자들 중에서 길드 회원들에 의해 선출되었다. 단테는 '카피타노 델 포폴로(Capitano del Popolo)'(문자 그대로는 "인민의 선장"을 뜻하며 대체로 코무네의 군부 수장에 해당한다)의 특수평의회에서 일했다. 이 특수평의회는 프리오리 선출 절차를 재고하고 있었다. 단테는 백인평의회에서도 일했다. 1300년 봄에는 피렌체 대사로서 이웃 도시인 산지미냐노에 파견되어, 토스카나 겔프파의 새 군사 지도자 선출과 관련해 피렌체인들에게 협력해달라고 설득하는 임무를 맡았다. 그는 최전성기를 누리고 있었다. 정치 경력은 꽃을 피우고 있었다.

그 경력은 1300년 여름 정점에 올랐다. 단테는 피렌체 최고의 선출직 의결기구인 프리오리 중 한 명이 되어 법적 임기 2개월 동안 재직했다. 공교롭게도 그의 재직 기간은 거의 10년째 이어지던 파벌 간 긴장이 폭발하기 직전의 시기다. 피렌체 내 서로 다른 그란디 가문 간의 갈등으로, 서로 다른 포폴로 분파 간의 갈등으로 긴장이 표출되고 있었다. 그러나 이 또한 피렌체 성벽을 넘어선 더 큰 정치적 풍경과 이어져 있었고, 이탈리아 반도의 많은 부분을 집어삼켰던 교황과 황제 사이의 더 큰 갈등과 관련되어 있었다.

토스카나의 나머지 대도시들(시에나, 피사, 루카, 아레초, 피스토이아)과 마찬가지로, 피렌체는 정치적 자치체였다. 자유—교황이나 황제의 지배로부터의 자유—수호는 모든 시민이 공유하던 최우선의 목표였다. 토스카나에서 특정 시기에 특정 두 도시의 관계는 한 도시에서 어느 가문이 지배권을 쥐고 있는지에 따라, 그리고 뒤질세라 서로 충성을 요구하는 교회와 황제와 관련해 그 도시가 어떤 정책을 선호하는지에 따라 서로 적대 관계일 수도, 조심스러운 협력 관계일 수도 있었다. 로마와 교황

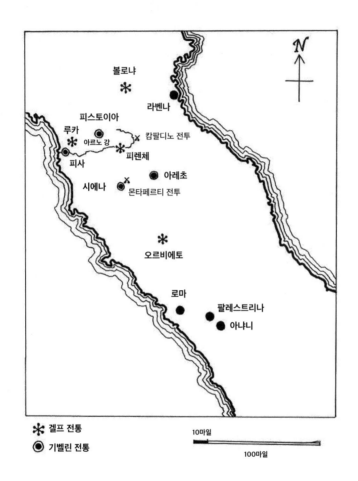

볼로냐
✳

라벤나
●

피스토이아
루카   ●
✳   아르노 강   ✳
피사   피렌체
칵팔디노 전투
×

시에나   아레초
●
×
몬타페르티 전투

✳
오르비에토

로마
●   팔레스트리나
●
아냐니
●

✳ 겔프 전통
◉ 기벨린 전통

10마일

100마일

그림 5
1300년경 이탈리아 중부의 겔프파와 기벨린파 충성 분포도.

령은 손에 잡힐 듯 가까웠다. 그 지역을 정치적으로 지배하려는 교황의 커져가는 야심은 독립적 코무네인 토스카나 도시국가들의 생존을 잠재적으로 위협했다. 겔프파가 지배한 피렌체는 이론상 교회의 동맹이었지만 흑당과 백당으로의 분열은 그 동맹의 문제적 성격을 반영하고 또 악화시켰다. 교황이 말로는 사심 없는 우려와 평화의 열망을 천명했지만, 사실상 흑당의 명분을 옹호한다는 사실은 사건이 전개될수록 명백해졌다. 아마도 교황이 흑당 지도자들을 통해 피렌체를 통치할 수 있다고 생각했거나, (많은 이들이 의심하는 것처럼) 토스카나 전체를 통치하려는 더 큰 야심을 가지고 있었기 때문일 것이다.

겔프 흑당 지도자는 "일 바로네(il Barone)"라고 불리는 코르소 도나티(Corso Donati)였는데, 카리스마가 있었지만 오만하고 폭력적이었다. 코르소는 20년 동안 피렌체 정치의 중심에 있었다. 그는 포폴로 성원의 죽음에 책임이 있는 권세가의 집과 재산을 파괴할 수 있다고 명시한 새 헌법을 뒤집으려는 뻔뻔스러운 시도를 했다. 코르소 도나티는 난투극중에 벌어진 한 시민의 죽음에 연루되었다가 다른 사람에게 죄를 뒤집어씌우고 처벌을 면한 경력이 있었다.

애초 그란디의 권력과 횡포를 억제할 목적으로 도입되고 다듬어진 입법 프로그램은 1280년대와 1290년대에 급속히 진화하면서 바로 그와 같은 권세가들을 겨냥하고 있었다. 사실 도나티는 카발칸티와 마찬가지로, 1293년의 입법으로 공직 피선거권이 확실하게 배제된 피렌체의 70여 개 가문 출신이었다. 단테, 구이도 카발칸티와 같은 겔프 백당이었고, 따라서 공정한 목격자는 아니었을 디노 콤파니는 코르소를 풍채가 당당하고 예리한 지성을 갖춘 뛰어난 웅변가라고 묘사하면서도 "로마인 카틸리나를 닮았지만, 더욱 잔인하며 (…) 머릿속으로 항상 나쁜 짓을 생각하던" 사람이라고 말했다. (율리우스 카이사르의 무자비하고 방탕했던 정적이자 키케로의 유명한 『카틸리나 탄핵*In Catilinam*』 연설에서 비난받았던 카틸리나는 폭력과 기만의 대명사였으니 코르소의 잔인함이 그를 능가했다는 것은 결코 보통의 업적이 아니다.)

코르소 도나티와 단테는 혼인 관계로 연결되었다. 단테의 아내 젬마 도나티(Gemma Donati)는 코르소의 먼 친척 형제였고, 두 가문은 피렌체의 한가운데, 북으로는 세례당과 남으로는 바르젤로성(팔라초 델 포데스타로도 알려진)이 있는 중심부의 지척에 살고 있었다. 아름다운 암적색과 흰색 대리석 외장재로 덮인 산조반니 세례당은 수백 년 동안 피렌체 종교 생활의 중심이었다(그리고 그 도시 독립의 상징이었다). 방어용 탑과 총안을 갖춘 견고한 정사각형 석조 건물인 바르젤로 성은 수십 년째 코무네 정부청사로 쓰이고 있었다. 단테와 젬마의 약혼 배경에 관해서는 전혀 알려진 바가 없지만, 두 사람은 단테가 열한 살이던 1277년에 약혼했다.

단테와 도나티 가문이 살았던 중심 지구는 포르타 디 산피에로라고 알려져 있었다. 피렌체는 그와 같은 여섯 개 지구, 즉 세스티에리로 나뉘어 있었고, 저마다 성문 이름으로 불렸다. 포르타 디 산피에로 지구에 여섯 명의 프리오리가 2개월 임기 동안 사는 탑인 토레 델라 카스타냐가 있었다. 프리오리는 안전을 위해 이 탑에 갇혀 지내면서 동료 시민들과의 접촉으로부터—물리적 폭력과 협박으로부터—보호를 받았다. 이들은 법에 따라 탑 안에서 먹고 자며 생활했다. 잠을 자기 위해 집에 가는 것은 프리오리에서 사임하는 것과 같았다.

백당의 지도자는 비에리 데 체르키(Vieri de' Cerchi)였다. 체르키 가문도 포르타 디 산피에로 지구에 살았지만, 피렌체 전역에 부동산을 가지고 있었다. 이들은 도나티 가문과는 철천지원수 사이였는데, 도나티 가문은 귀족도 아닌 이들 상인 가문이 부를 쌓으며 정치적 존재감을 과시하는 것이 못마땅하면서도 두려웠다. 콤파니의 설명에 따르면 체르키 가문은 "태생은 천하지만 유능한 상인들이며 매우 부유했다. 그들은 입성이 좋았고 시종과 말을 많이 거느렸으며 과시하기를 좋아했다".

이 두 권세가의 관계 악화와 내전으로 치닫던 그 가문 사람들을 추적하다보면 몇몇 사건이 눈에 띈다. 1280년 체르키 가문은 굉장히 웅장한 대저택을 구입했다. 도나티 가문과는 거의 옆집이나 다름없는, 피렌체에서 가장 큰 저택이었다. 콤파니는 이 허세적 부동산 구입과 그로 인한 질시가 두 가문의 증오의 첫번째 원인이라고 특별히 언급한다. 1289년 비에리 데 체르키와 코르소 도나티는 캄팔디노 전투에서 피렌체 군대와 동맹군을 이끌고 아레초의 기벨린파와 싸웠다. 이 전투에서 단테도 피렌체군으로 열심히 싸웠다. 전투는 피렌체의 승리로 끝났고, 사실상 토스카나에서 기벨린파의 희망은 무너졌다. 코르소와 비에리 모두 남다른 용맹을 떨쳤다. 그러나 전투가 끝나자마자 이들은 다시 등을 돌리고 폭력적이고 위험한 관계로 돌아갔다.

두 분파 사이의 긴장은 1300년에 구체화되었는데, 그 이유는 지금도 짐작하기가 힘들다. 도시의 불안은 대중적인 봄맞이 5월 축제와 함께 절정에 이르렀다. 전통적으로 이 축제에서는 피렌체의 젊은 남녀들이 무리를 지어, 반쯤 에워싸인 중정이 있는 주택들 사이를 다니며 거리에서 악기를 연주하고 노래를 부르곤 했다. 도중에 두 무리가 만나 충돌했다. 싸

그림 6
14세기 프레스코화에 묘사된 세례당(세부).

움은 폭력적으로 변했고, 그 와중에 한 남자의 코가 잘렸다. 콤파니는 이 운명적 사건이 "시민들 사이에 커다란 증오를 초래했으니, 우리 도시에 대한 파괴"라고 설명했다. 가해자는 도나티 가문의 한 성원이었다. 코를 잃은 남자는 체르키 가문 사람이었다. 이 사건으로 시민들의 파당이 명확해졌고, 거리에서는 적대적인 권세가들과 그 추종자들 사이에 노골적인 폭동이 일어났다. 고질적인 거리 폭력과 무질서는 내전 상태로 접어들었다.

두 달이 채 지나기 전인 6월 23일, 선출된 길드 지도자들이 피렌체 축일을 하루 앞두고 도시 수호성인인 세례 요한에게 제물을 바치러 세례당으로 행렬하던 중 또 한번의 무력 충돌이 일어났다. 그들이 세례당으로 가던 중 일부 그란디가 그들을 불러 세우고는 거칠게 밀쳐대고 뭇매를 때렸다. 그란디들은 캄팔디노 전투에서 피렌체를 지키기 위해 싸웠음에도 자신들에게는 공직 진출이나 도시의 행사 참여가 금지되어 있다고 불평했다. 길드 성원들과 그란디 사이에 오랫동안 부글거리던 원한과 악감정이 다시 한번 폭발했다.

다음날, 불과 1주일 전에 지명된 새 프리오리 여섯 명이 회의를 열었다. 무너져가는 도시 질서와 들끓는 거리 소요에 직면해, 이들은 정치적 불안을 선동하고 있는 양측의 주모자들을 추방하기로 투표했다. 체르키 가문에서 세 명이 추방되었으나 비에리 자신은 추방령을 모면했다. 작년에 이미 추방되었으나 망명지에서 불안을 선동하던 코르소 도나티에 대해서는 추방령을 재확인했다.

단테는 이 새 프리오리 중 한 명이었다. 이들 프리오리가 추방한 사람 가운데는 단테의 친구 구이도 카발칸티도 있었다. 구이도는 토스카나에

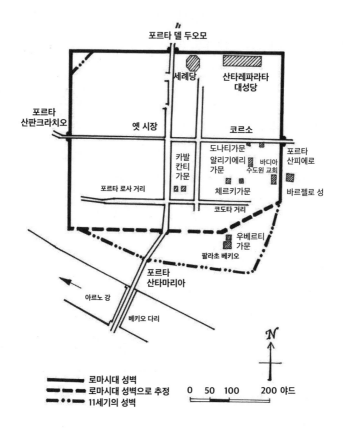

포르타 델 두오모

세례당

산타레파라타
대성당

포르타
산판크라치오

옛 시장

코르소

도나티가문

카발
칸티
가문

알리기에리
가문

바디아
수도원 교회

포르타
산피에로

포르타 로사 거리

체르키가문

바르젤로 성

코도타 거리

우베르티
가문

팔라초 베키오

포르타
산타마리아

아르노 강

베키오 다리

N

로마시대 성벽
로마시대 성벽으로 추정
11세기의 성벽

0   50   100   200 야드

그림 7

피렌체 중심부, 주요 거리와 공공건물, 그리고 알리기에리가, 카발칸티가, 도나티가, 체르키가의 집들과 탑들이 표시되어 있다.

서 추방 생활중에 말라리아에 걸렸다. 그 여름이 지나기 전 단테의 "가장 친한 친구"는 세상을 떴다.

카발칸티는 백당 지도자는 아니었지만 적대적인 가문끼리 거리에서 뒤엉켜 싸울 때 그 소요에 적극적으로 가담한 주요 인물이었다. 지식인이었던 그는 코르소 도나티가 특히 경멸하던 표적이었다. 코르소는 그를 '빗장' 또는 '말뚝'이라는 뜻의 "카비키아(Cavicchia)"라는 별명으로 불렀다. 이 별명은 카발칸티가 철학자의 가면을 쓰고 있지만 실은 어리석으며, 성적으로 일탈했고 심지어 여자 같다는 두 가지 의미를 동시에 내포한다. 콤파니는 이 과장된 두 인물―한쪽은 작가이자 지식인, 또 한쪽은 카리스마가 있지만 폭력배인―사이의 증오가 백당과 흑당의 분열을 일으킨 또다른 주요 원인이라고 지목하고 있다. 그의 말에 따르면 코르소는 카발칸티가 스페인의 산티아고 데 콤포스텔라로 순례를 가는 길에 그를 살해하려고 했다. 카발칸티는 피렌체에 돌아온 후, 한 공공 광장에서 대놓고 코르소를 죽이려고 했다. 단테의 가장 친한 친구, 초연함과 꼼꼼함, 절묘하게 다듬은 시로 유명했던 시인이자 지식인 카발칸티는 사실도시 게릴라이기도 했다.

구이도 카발칸티는 『신곡』에는 등장하지 않는다. 그러나 그 시에 직접 등장하지 않는다 해도 정신적으로 그의 존재감은 막강하다. 그가 그림자처럼 등장하는 잊지 못할 에피소드가 있다. 지옥 이단자의 원에서 단테는 구이도의 아버지 카발칸테 데 카발칸티(Cavalcante de' Cavalcanti)를 만난다. 여기가 「지옥」 10곡이다. (100개의 부분으로 나뉜 이 시의 각 부분을 곡canto이라고 한다.) 이곳은 영혼 불멸과 내세의 가능성을 부정하는 자들이 가는 이단자의 원에 속해 있다. 구이도의 아버지도 아들처럼 무신론자였다. 초기의 한 주석가는 그 아버지는 무지해서 잘못했다지만 그 아들은 지식으로 자기 과오를 변론하려 했다고 설명한다. 이단자들은 죄인들의 석관이 사방에 흩어진 방대한 묘지에서 벌을 받는다. 삶이 무덤 속에서 끝난다고 생각했던 사람들은 영원히 무덤 속에서 지내게 되어 있다.

이 원에서 단테는 무덤 하나를 같이 쓰는 두 죄인을 만나 이야기를 나누는데, 그중 한 명이 친구의 아버지다. 다른 한 명은 얼마 전 피렌체 역사에서 거의 전설이 된 파리나타 델리 우베르티(Farinata degli Uberti)다. 단테가 태어나기 한 해 전인 1264년에 사망한 파리나타는 피렌체 기벨린파의 위대한 지도자로, 1260년 몬타페르티 전투에서 시에나군과 연합해 피렌체 겔프파를 물리쳤다. 그 결과 겔프파는 피렌체에서 쫓겨났다. 그러나 전투가 끝난 이후 엠폴리 평의회에서 승자들이 피렌체를 완전히 쑥대밭으로 만들자고 제안했을 때, 파리나타 홀로 강력히 반대하며 그 도시를 구했다. 피렌체인들의 숙적인 시에나인들이 피렌체를 파괴하려 덤빌 때 피렌체를 지켜낸 것이다. 기벨린파였으니 그는 당연히 적이었지만, 이 일로 단테는 그를 영웅이자 애국자로 보았다.

한 무덤을 같이 쓰는 이 두 죄인은 공교롭게도, 둘 다 피렌체인이었고, 무신론자였을 뿐 아니라 권세가 출신이었다. 이들은 또한 사돈 관계였다. 구이도 카발칸티는 파리나타의 딸과 결혼했다. 그런 결혼이 대개 그렇듯, 인척관계를 맺음으로써 피렌체 내 적대적 정파 사이에 안정과 평화를 도모하기 위한 계획 혼인이었다. 약혼이 성사되었을 때 카발칸티의 나이는 불과 열두 살이었다. 단테는 이런 가문 간 결탁을 이야기하지 않지만, 동시대의 독자들은 잘 알고 있었을 것이다.

단테는 안내자인 베르길리우스와 함께 무덤 사이를 조심조심 걸으면서 아무 죄인에게나 말을 걸어도 되는지 베르길리우스에게 물어본다. 그러던 중 갑자기 큰 목소리가 단테를 부른다. 단테의 말투 때문에 그가 토스카나 사람, 사실상 피렌체 사람임을 알아본 것이다. 피렌체 억양은 예나 지금이나 매우 뚜렷하다.

> 오, 살아서 불의 도시를 지나며
> 그토록 정중히 말하는 토스카나
> 사람이여, 부디 여기 머물러주오.
> 그대의 말투를 보니 아마도
> 내가 그리도 괴롭혔던
> 고귀한 고향 그곳 출신인가보오.

> O Tosco che per la città del fuoco
>   vivo ten vai così parlando onesto,
>   piacciati di restare in questo loco.
> La tua loquela ti fa manifesto
>   di quella nobil patrïa natio,
>   a la qual forse fui troppo molesto.   (「지옥」 10곡 22~27)

단테는 두려워서 본능적으로 베르길리우스에게 붙어 서지만, 베르길리우스는 대답해주라고 격려한다. "돌아보아라! 무엇하느냐!(Volgiti! Che

fai?)" 단테는 몸을 돌리고, 석관에서 일어선 파리나타를 본다. 상반신이
보이는데 영웅처럼 당당하고 꼿꼿하다.

> 그리고 그의 활짝 편 가슴과 눈썹은
> 지옥을 몹시 경멸하는 듯했다.

> ed el s'ergea col petto e con la fronte
> com'avesse l'inferno a gran dispitto. (「지옥」 10곡 35~36)

단테가 다가가자 파리나타가 묻는다. "그대의 조상은 누구요?(Chi fuor
li maggior tui?)" 단테는 조상을 밝힘으로써 겔프파임을 드러낸다. 파리나
타의 반응은 이 두 정파 사이의 깊은 적대감을 강조한다.

> 그들은 나와 내 조상들,
> 그리고 내 당을 몹시도 적대했고
> 그래서 내가 그들을 두 번이나 쫓아버렸다.

> Fieramente furo avversi
> a me e a miei primi e a mia parte,
> sì che per due fiate li dispersi. (「지옥」 10곡 46~48)

1248년과 이어서 1260년, 기벨린파가 승리해 겔프파를 두 번이나 피
렌체에서 쫓아냈다며 으스대는 말에 단테가 비웃는다. 겔프파는 쫓겨났

는지 몰라도, 두 번 다 돌아왔소. 당신네 사람들은 그 기술을 배우지 못했지요. 겔프파는 1251년에, 그리고 1266년에 다시 기벨린파를 축출했고, 이후 피렌체를 지배했다. 동향 출신이라는 명목으로 매우 호의적으로 시작되었던 대화는 거들먹거리는 적대감으로 변질되어버린다.

대화는 이제 두번째 인물이 등장하면서 중단된다. 열린 석관에서 일어난 그는 턱까지만 보이게 머리를 내밀었다. 초조하게 주변을 두리번거리며 누군가를 찾는 듯하더니 이내 흐느끼며 말한다.

> 그대가 높은 재능 덕에
> 이 출구 없는 감옥에 왔다면
> 내 아들은 어디 있는가? 왜 같이 오지 않았는가?

>   Se per questo cieco
> carcere vai per altezza d'ingegno,
> mio figlio ov'è? e perché non è teco? (「지옥」 10곡 58~60)

구이도의 아버지 카발칸테 데 카발칸티다. 그의 말과 그가 받는 벌로 그를 알아본 단테가 대답한다.

> 내 힘으로 온 게 아니라,
> 저기 나를 기다리는 저분이 인도하시는데
> 당신 아들 구이도는 그를 경멸했던 모양입니다.

Da me stesso non vegno；

colui ch'attende là. per qui mi mena

forse cui Guido vostro ebbe a disdegno. (「지옥」 10곡 61~63)

자기 친구의 무신앙을 넌지시 언급하는 이 격언 투의 말은 종교적 믿음으로 인한 그들의 이념적 결별을 암시한다. 베르길리우스는 단테를 데리고 베아트리체에게로 가고 있고, 이어서 베아트리체가 단테를 천국으로 데려갈 것이다. 그러나 카발칸테를 절망하게 한 건 그보다 단순한 구문론적 문제다. 그는 이렇게 외친다.

뭐라고 했느냐?

그가 어쨌다고? 아직 살아 있지 않다고?

달콤한 햇빛이 그 아이 눈을 비추지 않는다고?

Come？

dicesti 'elli ebbe'？ non viv'elli ancora？

non fiere li occhi suoi lo dolce lume？ (「지옥」 10곡 67~69)

단테가 사용한 과거 시제 ebbe는 구이도가 죽었음을 암시하는 듯하다. 카발칸테의 다급한 되물음은 그게 아니라고 다짐받고 싶어하지만, 대답하기 전 단테의 머뭇거림은 최악을 확인해주는 것 같다. 카발칸테는 무덤 속으로 쓰러지고는 더이상 모습을 보이지 않는다.

파리나타는 마치 그 비통한 막간이 없었던 것처럼, 정확히 아까 중단되었던 부분으로 돌아가 계속 단테에게 말을 건다. 그들이 그 기술을 터득하지 못했다면 자신은 지옥에서 이 벌을 받는 것보다 더 고통스러웠을 거라고 말한다(ciò mi tormenta più che questo letto). 그러나 머지않아 단테는 그 도시로 돌아가는 기술을 터득하기가 얼마나 어려운지 깨닫게 된다. 이것―미래의 추방에 대한 지나가는 언급―은 단테에게는 덜 중요한 수수께끼다. 단테는 카발칸테가 자기 아들이 죽었는지 살았는지 모른다는 사실에 이미 어리둥절해하고 있다.

파리나타는 계속해서, 피렌체 사람들의 법은 우베르티 가문에 왜 그렇게 잔인한지 묻는다. 나머지 기벨린파 가문이 귀환을 허락받았을 때에도 그들에 대한 추방령은 철회되지 않았다. 피렌체의 오랜 숙적 시에나로부터 굴욕적인 패배를 맛보게 한 파리나타에 대한 영원한 벌로서, 피렌체 도심에 있던 우베르티 가문의 집들은 모두 파괴되었다. 그렇게 치워진 그 공간에는 다시 건물을 세우지 않았다. 오늘날까지도 그 공간은 시뇨리아 광장의 일부를 이룬다. 특히 팔라초 베키오가 있는 쪽인데, 바르젤로 성에서 불과 몇백 미터 거리다. 세기의 전환기에 바로 그 자리에, 프리오리를 수용하기 위한 팔라초 베키오가 지어졌다는 것은 우베르티 가문이 그 땅에 집을 지을 가능성은 절대 없다는 걸 뜻했다. 사망하고 19년 후, 단테가 감수성 강한 열여덟 살이 되던 해에, 파리나타는 이단으로 선고받았다.

단테는 그런 가혹함을 부른 것은 바로 몬타페르티 전투에서 대학살을 당한 피렌체군의 기억이라고 설명한다. 아르비아강이 피렌체 병사들의 피로 붉게 물들었음은 동시대 연대기 작가들이 보고했고, 단테는 그 전투에 참가했던 삼촌을 통해 들었을 것이다. 그 전투에서 4000명의 피렌체 겔프파가 전사했다고 추산된다. (이탈리아인들의 기억은 오래간다. 오늘날 축구경기에서 시에나 팬들은 여전히 "몬타페르티! 몬타페르티!"를 외치며 피렌체 팬들을 비웃는다.) 파리나타는 그 전투는 자기 혼자 싸운 게 아니었지만 전투가 끝난 후 토스카나 기벨린파와 황제 연합군이 피렌체의 운명을 결정하기 위해 모였을 때 피렌체를 옹호하며 파멸에서 구한 것은 자기 혼자였다고 단테에게 상기시킨다.

분위기는 바뀌고, 단테는 머릿속의 의혹을 풀고 싶어한다. 죽은 영혼들은 미래를 내다보지만 산 자들의 세계에서 지금 벌어지는 일은 모르는 것 같으니, 내 생각이 맞는 걸까? (파리나타는 단테의 앞날을 자신 있게 암시하지만 현재 기벨린파의 불운을 모르고, 카발칸테는 자기 아들이 죽었는지 살았는지 모른다.) 파리나타가 대답한다. 그들은 멀리 떨어진 사건들은 알지만, 그 사건들이 가까이 있거나 실제로 일어날 때면 그에 대한 지식이 사라져버린다고. 이것은 지옥의 영혼이 받는 벌에서 가장 잔인하면서 정교한 한 측면으로, 사실상 육체의 벌이 아닌 정신의 벌이다. 이런 상태는 치매와 비슷해 보이지만, 자신이 무엇을 모르는지 온전히 알고 있기 때문에 더욱 고통스럽다. 구이도는 불과 몇 달 후인 1300년 여름에 죽음을 맞이한다. 지옥의 이 법칙을 적용한다면, 그가 죽은 때는 이 가상 여행의 시기인 그해 봄에 충분히 가깝다.

「지옥」 10곡에서 일련의 사건에 관한 이런 압축적인 설명은 이제 막 그 힘을 발휘하기 시작한다. 밀도 있는 역사적 언급―피렌체에 똑같이 강한 애정을 가진 동향의 시민 사이에 오가는 몇 마디의 날카로운 질문과 더 날카로운 대답에서 그 도시의 피비린내 나는 50년 역사가 환기된다―에 못지않게 개인적인 요소들도 복잡하다. 카발칸테의 첫마디는 라이빌 의식(두 젊은 시인 모두 똑같이 재능 있지 않은가?)과 함께, 단테가 카발칸티를 버리거나 심지어 배신했음(그렇지 않다면 왜 같이 오지 않았는가?)을 암시한다.

장면은 빠르게 펼쳐진다. 어떤 설명이나 해석도 없다. 모든 것은 주고받는 대화로 이루어진다. 대화는 매우 극적이며, 한 만남이 다음 만남으로 이어진다. 등장인물의 신체적 태도나 동작만큼이나 말과 어투도 대조적이다.

우선 눈에 띄는 것은 단테와 얘기를 나누는 두 사람의 차이다. 파리나타는 초연하며, 거의 움직임이 없이 신중하지만, 카발칸테는 심란해서 가만히 있지를 못한다. 전자는 괴로운 소식을 듣고도 극심한 자제력을 보이는 반면 후자는 드러내놓고 괴로워한다. 전자는 직설적으로 주장하고 후자는 짧게 여러 번 질문한다. 그러나 실은 이들의 공통점이 훨씬 중요하다. 둘 다 산 자들의 세계에 계속 집착하고 있고, 그들이 생전에 에너지와 관심을 쏟았던 유일한 대상의 운명을 알고자 하는 절박한 욕구가 있다. 그것이 정파의 운명인지 재능 있는 아들의 운명인지는 사실 중요하지 않다. 산 자들의 세계에 그렇게 신경쓰고 있는 그들은 내세에서 삶의 가능성을 보지 못한다. 돌투성이 지옥 풍경 속에서 그들은 같은 운명을 맞고 있다.

10곡은 구조상으로도 만족스러울 만큼 대칭을 이룬다. 첫째 절과 마지막 절에서는 단테와 베르길리우스 둘뿐이다. 두번째와 네번째 절에서 단테는 파리나타에게 말을 건다. 중심 절에서는 카발칸테를 만난다. 카발칸테가 아들 구이도에 관해 괴롭게 묻는 부분(아직 살아 있지 않다고?)은 136행 중 68행으로 정확히 중심 부분이다. 호흡은 매우 빨라서 오해와 부분적인 설명이 맞물리며 이어진다. 단테는 친구의 아버지를 배려하는 마음에서, 구이도가 죽지 않았다고 말해달라고, 그리고 자신이 왜 대답을 머뭇거렸는지 설명해달라고 파리나타에게 부탁한다.

그러나 다른 관점에서 보면 단테의 행동은 문제의 소지가 있다. 그는 서로 다른 당파의 충성심을 완벽하게 보여주는 감정적인 대화에 곧바로 빠졌다. 여전히 지역 정치에 깊이 휩쓸린 남자의 모습이다. 만약 저승세계로 떠난 물리적 여행을 지식과 이해의 정신적 여행과 대응시킬 수 있다면, 정신적 여행의 한 가닥은 주인공이 받는 정치 교육이다. 여행이 끝날 때쯤 단테의 정치적 관점은 처음 출발할 때와는 근본적으로 달라져 있을 것이다. 이 정치적 테마는 시 전체를 통해 계속 펼쳐지며 진화하게 된다.

단테의 미래에 닥칠 고난의 흐릿한 암시는 우리가 나중에 살펴볼 테마다. 파리나타는 단테에게, 고향으로 돌아가는 것이 얼마나 힘든지 알게 될 거라고 말한다. 실제로 단테는 채 2년도 지나지 않아서, 교황의 개입으로 피렌체 당파 사이에 치열하게 음모가 벌어지던 1302년 피렌체에서 추방당한다. 파리나타가 그를 만나 심란했던 것처럼, 격언 투의 말 때문에 단테는 파리나타와의 만남에 잠시 심란해진다. 두 사람 모두 자신이 어쩔 수 없는 괴로운 소식을 알게 된 것이다.

마땅히 유명세를 누리는 이 10곡에 압축된 모든 테마들—당파 논쟁과 정치 싸움으로 분열된 피렌체의 상태, 이웃 코무네들과의 전쟁 관계, 시적 재능과 라이벌 의식, 시를 위한 소명의 사용, 개인적 또는 공적 영역에서의 충성과 배신—은 시가 진행되는 동안 반복되고 발전된다. 바그너의 〈니벨룽의 반지〉의 모티프들처럼, 이런 테마들이 오랫동안 등장하지 않는 법은 결코 없으며 심지어 한두 행만으로도 충분히 곧바로 그 테마를 전면에 환기시킨다. 단테가 이런저런 테마를 편성하는 기술은 이 시의 화려함 중 하나다.

이 강렬한 테마들—우정, 시, 피렌체의 파멸적 상태—은 이 여행의 한참 후에 나오는 에피소드에서 다시 합쳐진다. 연옥의 산꼭대기 근처 탐식가들의 테라스에서 단테는 오랜 친구인 포레세 도나티(Forese Dona-ti)를 만난다. 포레세는 코르소의 형제인데, 겔프 흑당의 무자비한 지도자였던 코르소는 반패권법을 노골적으로 위반했다가 한 번 이상 피렌체에서 추방되었다. 그러나 구이도 카발칸티와는 달리, 코르소는 나중에 다시 돌아와 피렌체의 여러 사건에서 적극적인 역할을 했지만 비참한 결말을 맞았다. 앞에서 보았듯이 도나티 가문은 유서 깊고 막강한 권세가였다. '정의의 법령'이 피렌체에서의 영향력을 통제하려던 대상인 바로 그런 가문 중의 하나였다. 그러나 포레세는 공직을 맡지 않았다. 이 가문의 셋째 자녀이자 이들 형제의 누이로 단테가 「천국」에서 만나게 될 피카르다(Piccarda) 역시 공직과는 무관했다.

연옥의 탐식가들이 받는 벌은 극심한 배고픔과 갈증으로, 살아 있을 때 지나치게 많이 먹고 마신 것을 바로잡기 위한 것이다. 이들의 모습은 강제수용소 피해자들을 섬뜩하게 예감한다. 가죽만 남은 야윈 얼굴, 앙상한 몸과 쑥 꺼진 눈. 따라서 생김새만 보고는 누가 누구인지 모른다. 그래서 단테는 포레세를 곧바로 알아보지 못한다. 포레세가 옛친구를 보고 놀랍고 반가워 소리치자 비로소 단테는 그 목소리를 알아듣는다. 예상도 못한 상황에서 마주쳐, 즉각적으로 표현되는 서로 간의 깊은 애정은 이 사건을 전체 시에서 가장 감동적인 만남의 장면으로 만든다.

포레세는 실체 없는 그림자 같은 몸이 된 죽은 망령들도 극도의 굶주림과 갈증에 시달릴 수 있다는 역설을 설명한다. 그는 연옥에서 받는 벌의 성격을 놀랍게 정의하는데, 이는 참회의 고통이 무엇인지를 이해하는 열쇠다. "괴로움이라 말할 게 아니라 위로라고 해야겠지(io dico pena, e dovria dir sollazzo)." 여기서 벌은 천국에 가기 위한 전제조건이기 때문에 망령들은 기꺼이, 사실상 기쁘게 벌을 감내한다. 설사 고통스러울지라도 벌은 지복으로 가는 일시적 단계다. 반면에 지옥에서의 벌은 영원하고 절대 불변이다. 지옥에 떨어져 벌받는 영혼들은 애초에 그들이 죄악을 저질렀던 그 정신 상태를 완강하게 고집하고 있으며, 파리나타와 카발칸테는 그 완벽한 예다. 육체적 벌은 그들이 행동으로 보여주는 정신적 완고함—신에 대한 의도적인 거부—만큼 중요해 보이지 않는다.

단테는 죽은 지 5년도 안 된 포레세가 어떻게 연옥 산을 그렇게 많이 올라왔는지 묻는다. 어째서 저 아래 연옥 입구, 삶의 마지막에야 신에게 귀의한 자들이 가는 산 아래 대기구역에 있지 않을까? 영적으로 태만해서 미적거리다 임종에서야 회개한 자들은 산을 오르기 전에 기다려야 하는 지체의 벌을 받는다. 포레세는 사랑하는 아내 넬라의 기도 덕분에 빠르게 올라올 수 있었다고 설명한다. 그녀는 선하고 경건했고, 부끄러운 줄 모르고 사치하며 천박한 유행을 좇던 피렌체 여인들과는 달랐다. 사르데냐의 바르바자(방탕함의 대명사였던 지역) 여인들이 오히려 "뻔뻔한 피렌체 여자들(sfacciate donne fiorentine)"보다 더 정숙하다.

포레세는 단테에게 살아 있는 사람이 어떻게 저승을 방문할 수 있는지 설명해달라고 한다(단테의 몸이 드리우는 그림자에 다른 영혼들도 관심을 가진다). 단테의 대답은 넌지시 그리고 약간은 모호하게 두 사람이 공유했던 과거를 언급한다.

> 그대가 나와 어찌 지냈는지,
> 내가 그대와 어찌 지냈는지 떠올린다면
> 지금 그 기억은 더욱 가슴 아프겠지.

> Se tu riduci a mente
> qual fosti meco, e qual io teco fui
> ancor fia grave il memorar presente. (「연옥」 23곡 115~117)

그는 베르길리우스에 의해 무절제한 삶에서 구제되어, 지금 베르길리우스를 따라 베아트리체에게 가고 있다. 이 시에서 단테는 유일하게 포레세에게만, 베아트리체와 관련해 편하고 친숙하게, 그녀를 아는 사람이라면 알아들을 이름으로 말한다. 다른 사람들에게 꼬박꼬박 사용한 설명적인 완곡어법("천국의 여인donna del ciel" 같은)은 전혀 필요하지 않다. 두 사람 모두를 부끄럽게 만드는 과거에 대한 언급은 구체적이면서 일반적이다. 과거는 "저곳의 삶(quella vita)", 단테가 베르길리우스에게 구조되었던 어두운 숲—너무도 암담해서 천국에서 주는 직접적인 도움을 통해서만 빠져나올 수 있는 도덕적, 영적 일탈 상태—과 명쾌하게 동일시된다. 그러나 일탈의 정확한 성격에 관해선 명쾌한 설명이 없다. 오늘날의 일부 독자는 "그대가 나와 어찌 지냈는지, 내가 그대와 어찌 지냈는지"라는 암시적 대목은 두 청년의 과거 동성애 관계를 암시한다고 받아들인다(그러나 초기 이 시의 주석가 어느 누구도 이 대목을 그런 식으로 해석하지 않았다). 가장 잊히지 않는 몇몇 행이 그렇듯, 이 대목은 그럴 가능성을 제기하지만 해결해주지는 않는다. 우리는 이들의 만남이 애틋하고 기쁘지만, 그럼에도 불구하고 이들이 공유한 일부 과거에 대한 기억은 고통스러우며—그리고 그래야 하며—둘 모두에게 부끄러움의 원천이라는 확실성만을 받아들인다.

한편 우리는 이들의 비행에는 문학적인 차원이 있었다고 확신할 수도 있다. 포레세와 단테는 소네트를 교환하면서 저마다 세 편씩 여섯 편으로 된 하나의 연작을 만들었다. 이것이 '텐초네(tenzone)', 즉 논쟁시라고 알려진 일종의 운문 편지다. 이 소네트들은 예전에 사랑을 주제로 삼아 카발칸티와 교환했던 소네트와는 매우 다르다. 여기서 어조는 전투적이며 익살 섞인 독설이 오간다. 두 시인은 욕지거리를 교환하고 저마다 상대를 능가하기 위해 화려하고 터무니없는 주장을 한다. 단테는 포레세의 탐식과, 그 탐식을 채우기 위한 도둑질을 비난한다. 그러다가는 필시 감옥에 가게 될 것이다. 포레세는 단테의 아버지(당시엔 사망한)가 연루된, 아마도 고리대금업과 관련된 수치스러운 사건을 암시한다. 단테는 아마 구빈원에서 삶을 마칠 것이다.

이 소네트 교환에서는 욕설의 독창성으로 보나 그것이 전달하는 언어적 기백으로 보나 단테가 앞선다. 포레세의 아내는 이불이 적절치 않아서(포레세가 외도를 했거나 무력했음을 노골적으로 암시한다) 한여름에 감기에 걸린다. 포레세는 사생아이니, 그 어머니에게 물어보지 않는 이상 생부가 누구인지 알 길이 없다. 아마도 처음엔 '임프로페리움(improperium)', 즉 모욕시라는 전통 장르를 재기 넘치게 재가공한 것에 불과했을 두 친구의 익살스러운 시 교환은 여기서 도덕적으로 문제될 만한 사건이 되어 버린다. 자신을 변론할 수 없는 애꿎은 제3자(포레세의 아내와 어머니)까지 끌어들여 생각 없이 욕보이는 그 무례함은 두 젊은 시인의 천박한 소네트 교환이 아무리 풍부한 언어적 재능을 보여준다 할지라도 기백이 넘친다기보다는 걱정스럽다.

더욱 심각하게도, 포레세의 아버지를 문제삼는 시행은 무심코 종교를 모독하는데, 포레세의 아버지와 포레세는 요셉과 그리스도만큼이나 거의 관련이 없다는 것이다. 포레세를 모욕하기 위해, 그리스도라는 단어가 압운 위치에 온다. 『신곡』에서 그리스도라는 단어는 절대 다른 단어와 압운을 이루지 않는다. 「천국」에서 그리스도가 압운 위치에 오는 경우가 네 번 있지만, 항상 그 단어를 반복해서 그 자체로 압운을 이룬다. 이는 단테가 텐초네에서 보여주었던 치기어린 재능 남용을 보상하기 위해 『신곡』에 사용한 방식 중 하나라고 종종 주장되어왔다. 연옥에서의 만남은 분명 이 소네트 교환의 나머지 측면들을 상쇄하고 있다. 포레세의 아내를 가리키는 다정한 단어들("내가 정말 사랑했던 홀어미 된 그녀a vedovella mia, che molto amai"), 저승세계에서 빠르게 산을 올라가도록 해줌으로써 지금 포레세에게 은혜를 베푸는 착하고 다정한 그녀에게 바치는 헌사가 그것이다.

어깨를 드러낸 피렌체 여성들의 패션에 관해 포레세가 하는 통렬한 말들—"젖꼭지까지 가슴을 내보이고 다니는(mostrando con le poppe il petto)"—은 호화 직물 생산의 중심지였던 피렌체의 남다른 위치를 떠올리게 한다. 피렌체인들은 모직물과 실크를 가공하고 다루는 기술과 방법을 고안했고 다른 도시의 경쟁자들이 알지 못하도록 그것을 비밀에 부쳤다. 유리한 지리적 입지 덕분에 피렌체는 잉글랜드와 스페인으로부터 양모를, 아시아로부터 실크를 수입해 완성된 사치품 직물을 재수출하며 큰 이익을 남겼을 뿐 아니라, 포레세가 맹렬히 고발하듯 사치스러운 패션의 재료를 현지 시장에 공급하기도 했다. 그는 이런 피렌체 패션이 너무 외설적이어서 머지않은 미래에 설교단의 설교자들로부터 비난을 받게 될 거라고 말한다. 실제로 1310년 피렌체 주교는 위반하면 파문한다는 전제로 여자들이 몸통의 일부를 노출하는 옷을 입지 못하게 금지하는 법을 도입했다.

단테가 보기에 피렌체의 부와, 그 부로 인한 내륙 시민들의 유입은 그 도시의 불안정을 초래하는 주요 요인이었다. 피렌체 사람들의 타고난(그리고 악명 높은) 쌈닭 기질, 평화롭게 공존하지 못하는 성격에 대해서는 다른 설명도 있었다. 일설은 고상한 로마인들이 무례한 피에솔레인들에게 맞서 피렌체를 세웠다는 도시 건설 이야기에 근거하고 있다. 이 관점에 따르면 카이사르의 후손들(피렌체인들)과 카틸리나의 후손들(피에솔레인들)은 지금 운명적으로 피렌체에 혼합되어 있다. 이들은 결코 평화롭게 공존할 수 없다. 내부 갈등에 대한 또다른 설명은 그 도시 역사의 다른 차원에서 그 원인을 찾는다. 원래 피렌체의 수호신은 전쟁의 신 마르스였다. 단테의 시대에도 폰테 베키오에 여전히 마르스 신상이 있었다. 이후 세례당 건물이 세워지면서, 마르스 신상은 세례 요한에 밀려서 치워졌다. 그렇게 해서 언짢은 전쟁의 신과 관련된 불화와 호전성이 이 도시와 기념비들의 구조 자체 속에 섞여 들어갔다는 것이었다.

고향 도시의 미래 운명을 알고자 하는 단테의 절박한 욕구는 이 시의 줄거리를 이끌어가는 힘 가운데 하나다. 단테가 지옥에서 처음 만난 피렌체 사람 차코에게 하는 걱정스러운 질문은 그 도시의 미래("갈라진 도 시의 시민들은 앞으로 어찌될지a che verranno/li cittadin de la città partita")와 최근에 죽은 위대한 인물들이 천국에 있는지 지옥에 있는지("그들이 어디 있는지 알려주시오dimmi ove sono")를 모두 포괄한다. 파리나타를 만날 때 쯤 단테는 이전 세대 지도자들이 비참한 최후를 맞았음을 이미 알고 있 다. 그는 지옥의 더 낮은 곳에서 피렌체인을 몇 명 더 만난다.

피렌체 테마는 나올 때마다 괴롭고, 단테가 지옥에서 피렌체인을 만날 때에도 항상 고통스럽다. 제16곡에서는 피렌체 불안정의 원인으로 최근 몇십 년 사이의 경제 호황과 이민자들의 유입을 단호히 지목하고 있는데, 그는 그들을 경멸스럽게 언급한다("새로운 벼락부자들 무리la gente nuova e i sùbiti guadagni"). 26곡에 이르면 단테는 은행업과 무역업을 방대하게 확장 한 피렌체를 축하할 수 있게 된다. 피렌체의 영향력은 그 도시가 자랑스 러워하듯 땅과 바다에 뻗친 것도 모자라 지옥에까지 뻗어나간다.

기뻐하라, 피렌체여, 너무도 위대해서
바다와 육지에 네 날개를 퍼덕거리더니
그 명성이 지옥에도 미치는구나!

Godi, Fiorenza, poi che se' sì grande
    che per mare e per terra batti l'ali,
    e per lo 'nferno tuo nome si spande! (「지옥」 26곡 1~3)

이 구절은 세계 무역을 주도하는 피렌체의 지위를 자랑하던 바르젤로

성의 명문(銘文)을 아이러니하게 확대해 새로운 영토까지 포함시킨다. 단테는 방금 지옥의 도둑들 가운데 다섯 명의 피렌체 사람들을 만났다. 지하세계에서 피렌체의 성격이 얼마나 잘 나타나 있는지 놓칠 독자는 없다. 단테는 지옥에서 서른 명 이상의 피렌체 시민을 만나지만, 연옥에서는 겨우 네 명, 그리고 천국에서는 단 두 명—그중 한 사람은 그의 고조부다—을 만날 뿐이다.

지옥에서 단테가 고향 도시를 향해 직접 말하는 경우는 여기가 유일하다. 그는 연옥에서 가슴 아플 만큼 친근하면서도 분노를 섞어, 그리고 그 도시의 운명적인 불안정성에 관해 앞서 인용했던 것과 같은 매우 아이러니한 말로 다시 피렌체를 향해 말한다. 이 돈호법은 이탈리아의 도시들을 분열시키고 서로 싸우는 당파들과 가문들[유럽 문학 무대에 처음 등장하는 베로나의 몬태규(몬타구에)와 캐퓰릿(카폴레트) 가문을 포함해]을 향해 해명을 요구하는 열띤 독설의 끝부분에 나온다. 단테는 자신의 어떤 비난도 통하지 않는 그 도시를 냉소적으로 축하한다.

> 나의 피렌체여, 이런 탈선도 너를
> 건드리지 않으니 너는 기쁘겠구나 (…)
> 너는 풍요롭고 평화롭고 현명하여라!

> Fiorenza mia, ben puoi esser contenta
>   di questa digression che non ti tocca...
> tu ricca, tu con pace e tu con senno! 「연옥」 6곡 127~129, 137)

법률, 정치 제도, 심지어 국가 구성에서조차 끊임없는 변화를 겪어온 피렌체는 침대 위에서 이리저리 몸을 뒤척이는 병든 여인과 같다. 그녀는 가만히 있지 못하고 끊임없이 움직이며 고통을 달래보려 하지만 그 움직임 자체가 병의 표현이다. 그란디의 기득권에 맞서 민주적 책임과 법치라는 새로운 제도를 수립하고 다듬고 보호하려는 투쟁과, 평화롭고 건강한 시민 사회의 번영은 양립할 수 없는 것으로 여겨질 터였다.

매우 긴장되고 극적이던 파리나타와 카발칸테와의 만남과는 대조적으로, 포레세와의 만남은 "자네가 여기는 어쩐 일인가?"(23곡 42)와 "언제쯤 그대를 다시 보게 될까?"(24곡 76)와 같은 꾸밈 없는 질문으로 표현되어 있어 거의 억제된 듯 보인다. 여러 해 동안 연락이 끊겼다가 뜻밖에 서로 만난 두 친구는 그사이에 무슨 일이 있었는지 이야기한다. 그러나 이들의 상호작용—매우 이상한 상황 속에서 한 명은 극도로 야위었다는 사실에도 불구하고 지극히 자연스러운—은 똑같은 밀도의 테마를 담고 있다.

다시 한번 단테는 한 만남 속에 또다른 만남을 끼워넣는 극적인 기술을 사용하지만, 이번 장면은 좀더 넓은 캔버스 위에서 펼쳐진다. 포레세는 탐식의 테라스에 있는 다른 많은 죄인들을 가리키며 이름을 말한다. 그중 한 사람이 토착어를 사용했던 초기 시인 보나준타 다 루카(Bonaguinta da Lucca)인데, 그는 단테에게 말을 걸고 싶어 하는 것처럼 보인다. 보나준타는 "새롭고 감미로운 문체", 즉 단테가 청년기에 썼던 혁신적인 시풍인 청신체를 정의한다. 그의 말은 서정시인으로서 단테의 독창성과 차별성—그의 독특한 시적 목소리의 등장—을 인정하고 칭송한다. 이 부분은 포레세와 텐초네를 교환하면서 재능을 남용했음을 명백히 암시하며 인정하고 한탄하는 에피소드에 삽입되어 있다. 이렇듯 단테의 시적 과거가 가진 두 차원—카발칸티를 뒤따른 『새로운 삶』의 아름다운 서정성과 그와는 정반대로 포레세와 주고받았던 텐초네의 조잡함—은 그게 없었다면 단테가 『신곡』을 쓰는 단계까지 나아가지 못했을 양식상의 견습기를 이루고 있다. 젊은 시절 단테가 피렌체 시인들과 나눈 우정은 고급 문체와 저급 문체를 모두 숙달하게 해주었고, 이것은 때가 되었을 때 걸작을 쓸 힘이 되었다.

옛친구와의 대화가 재개되면서, 이야기는 어쩔 수 없이 다시 피렌체로, 그리고 포레세의 형제인 코르소에게로, 그리고 단테가 피렌체의 미래에 하게 될 역할로 돌아간다. 앞에서 단테는 도나티 형제의 누이인 피카르다의 안부를 물었고, 그녀가 이미 천국에 있다는 대답을 들은 바 있다. 그녀와의 만남은 천국에서 축복받은 영혼과의 첫번째 만남이자, 저승세계 세번째 영역인 천국의 분위기를 알리는 동시에 천국의 구성 원리 중 하나를 보여주는 아름답도록 정중하고 상냥한 에피소드다. 피카르다는 수녀였지만 수녀원에서 납치되어 강제로 결혼했다. 그녀를 납치하도록 계획한 것은 다름 아닌 오빠 코르소였다. 그의 난폭함, 그의 오만함, 야망, 무지막지함에는 가족 감정이나 오빠로서의 배려 같은 건 전혀 없었다.

피카르다의 운명은 신학적으로 어려운 문제를 제기한다. 폭력에 의해 어쩔 수 없이 종교 서약을 깨뜨린 이들을 얼마나 비난할 수 있는가? 그리고 이와 관련해서, 천국의 구조와 「천국」편의 밑에 놓인 의문이 있다. 어떻게 축복에 등급이 있을 수 있는가? 단테는 천계의 첫번째이자 가장 낮은 곳에서 피카르다를 만난다. 그녀가 거기 있는 이유는 서약을 어겼기 때문인데, 지상에서의 불완전한 삶은 천국에서의 위치에 반영되어 있다. 혼란스러워하는 단테의 질문에 그녀는 천국의 모든 영혼은 자신의 위치를 받아들인다고 설명한다. 그녀는 이 시에서 가장 유명하고, 유명한 만큼 간단한 한 행으로 그 설명을 압축한다. "우리의 평화는 그분의 의지 속에 있으니(E 'n la sua volontade è nostra pace)." 19세기 영국의 시인 매슈 아널드는 시적인 명쾌함과 심오함을 지닌 이 행이야말로 나머지 시행을 평가하고 판단할 수 있는 진정한 시의 시금석이라고 여겼다. 똑같이 이 행을 찬양했던 T. S. 엘리엇은 이것이 "단테를 전혀 모르는 사람들도 아는 말"이라고 했다.

코르소 도나티는 얼마 후인 1308년, 3년 동안 피렌체를 쥐락펴락하다 죽게 된다. 그는 부끄러운 줄 모르고 그 도시 곳곳을 약탈하다가 결국 피렌체에서 쫓겨났다. 그는 말을 타고 달아나던 중 정적들이 고용한 카탈루냐 병사들에게 암살되었다. 저승의 영혼이 으레 그렇듯, 미래를 보는 포레세는 코르소가 죽을 때 타고 있던 바로 그 말에 의해 지옥에 끌려올 거라며 섬뜩할 만큼 자세하게 예언한다. 결국 단테가 젊은 날 피렌체에서 알고 지낸 삼 남매, 그 오랜 도시의 중세 심장부에 살던 단테의 이웃들은 인간에게 닥칠 저승의 서로 다른 세 운명을 보여주는 셈이다.

포레세와의 만남은 카발칸테와의 만남처럼, 단테의 소년기와 성인기 초기의 나날로 우리를 안내한다. 그의 우정, 야망, 고향 도시에 대한 헌신과 깊은 사랑의 내밀한 감정을 엿볼 수 있는 시기, 어쩌면 아직은 피렌체가 바른길을 가는 것이 가능해 보이던 바로 그 시기로 말이다. 그러나 이 테마의 깊이가 더욱 깊어지는 건 시를 쓸 당시 그의 절망적인 마음 때문이기도 하다. 단테는 그 도시의 운명을 통제할 수 없다는 것, 그 도시와 그의 앞에 끔찍한 일이 놓여 있다는 것을 안다.

가장 친한 친구였던 구이도 카발칸티와의 결별은 이념 때문이었지만, 거기에는 정치적, 문학적 이유도 있었다. 카발칸티의 무신론이 둘 사이에 건너지 못할 골을 만든 것처럼, 피렌체의 정치적 성쇠와 거리를 두는 카발칸티의 귀족적 태도는 적극적으로 헌신하는 단테의 태도와는 너무도 달랐다. 마찬가지로, 시인으로서 재능이 단테를 이끌던 방향도 카발칸티의 방향과 달랐으리라 가정하는 것이 안전해 보인다. 서로에게 자극이 되는 유익하고 창조적인 협력과 동지애의 10년 우정은 분명 고통스러웠을 종말을 맞는다. 젊은 날의 가장 친한 친구—참정권을 박탈당한 무신론자, 고상한 고급 문체를 구사하며 빼어난 사랑의 시를 쓰던 시인—는 뒤에 남겨진다.

카발칸티와의 소원함 속에 미래의 씨앗이 있다. 이후 단테는 자신을 태우는 종교적 신앙을 독보적인 힘으로 탐색하고 표현하게 된다. 그의 정치적 헌신은 지역 문제를 뛰어넘어, 지역에 상관없이 인류 번영의 필요조건을 묻는 근본적인 질문과 맞물리게 된다. 나아가 그는 백과사전적 포부를 담은, 거의 상상을 초월한 야심 찬 시를 구상하게 된다. 고향 피렌체 토착어를 사용해 온갖 다채로운 언어 사용역(使用域)을 구사하며 위대한 고전 서사시들에 견줄 만한 걸작이 될 시를. 그리고 단테 자신이 역사상 가장 위대한 시인 중 한 명임을 증명하게 될 시를.

2장
권력

……시는 어떠한 변화도 일으키지 않는다

—W. H. 오든, 「W. B. 예이츠를 추모하며」

국가나 국민을 구하지 않는 시는 무엇입니까?

—체슬라브 밀로슈, 「헌정사」

시의 목적은 무엇일까? 작가로서 단테의 삶은 이 질문에 대한 응답의 관점에서 조명해볼 수 있다. 청년들이 흔히 그러듯, 젊은 시절 단테는 감정을 표현하고 자기 마음을 앗아간 소녀를 감동시키기 위해 연애시를 쓴다. 그러나 적어도 그만큼, 어쩌면 그보다 더 중요하게, 단테는 자신의 시적 기교로 친구들을 감동시키기 위해 글을 쓴다. 『새로운 삶』은 그가 아홉 살 때 처음 보았던 피렌체 소녀 베아트리체에 대한 사랑의 이야기다. 오랜 시간이 흐른 뒤 베아트리체는 길에서 만난 단테에게 인사했지만 더 나중에는 그를 모른 체해서 큰 상심을 안겨주었다. 그리고 비극처럼, 베아트리체는 스물넷의 나이에 세상을 떴다. 『새로운 삶』에서는 베아트리체를 위해 쓴 연애시가 소개되는데, 그녀가 죽은 후 단테가 20대 후반에 산문으로 쓴 이야기와 해설이 곁들여져 있다.

그러나 『새로운 삶』은 베아트리체에 대한 사랑 이야기만은 아니다. 결정적으로 그것은 그 사랑을 표현하고 그 사랑의 의미를 이해하려 애쓰는 한 시인의 성장담이다. 그 이야기의 전환점은 그녀가 죽었을 때가 아니라, 그녀의 아름다움과 미덕을 드높이는 것 자체가 하나의 목적임을 이 젊은이가 깨달을 때다. 그것이 바로 그의 시가 추구하는 바다. 그 작품의 진정한 목적은 그 시가 그녀의 마음을 얻기 위한 수단이라고 보는 일체의 관점과는 거리가 멀다. 그 진실에 대한 그의 깨달음에는 계시적인 힘이 있다. 그저 지상 최고의 것을 보여주는 화신으로서, 그리고 선하신 창조주의 한 반영으로서 신적 가치를 지닌 베아트리체를 찬미한다면 충분하다.

『새로운 삶』과 『신곡』 사이에 쓰인 시에서는 시의 기능이 달라진다. 이 시기는 단테가 피렌체의 정계에 활발히 참여하던 때와 이후 추방 초기에 해당한다. 시는 탐색의 도구가 되었다. 한편으로는 고결함이나 정의 같은 복잡한 철학적 관념을 치열하게 탐색한다. 다른 한편으로는 더 젊었을 때는 쓰기를 회피했을 세속적인 현실의 측면(포레세와의 소네트 교환이나 그의 열정에 무관심한 "돌 같은 여인donna petrosa"을 위한 시에 반영된 것처럼)에 대한 탐색이 있다. 이 탐색에는 언어적 차원이 있다. 이 시기의 시들은 『새로운 삶』의 경험 밖에 있는, 심지어 그 경험과 조화되지 않는 언어를 사용하는데, 어느 시의 도입부에 분명히 언급되어 있다. "그녀 행동 속의 매끄러운 돌만큼/내 말이 혹독했으면 좋겠다(Così nel mio parlar voglio esser aspro/com'è ne li atti questa bella petra)." 『신곡』에서 시는 또다른 무언가를 위한 것이다. 찬미와 탐색은 여전히 그 그림의 일부지만, 더욱 위대하고 더욱 시급한 목표 속으로 포괄된다.

제2차세계대전 발발 직전에 예이츠를 추모하는 시를 썼던 W. H. 오든은 "시는 어떠한 변화도 일으키지 않는다"는 유명한 말을 했다. 단테는 시가 어떤 변화를 일으킬 수 있다고 생각했고, 그러기를 바랐다. 현대세계의 공포를 마주한 그 시인의 무기력과 위기감 같은 우리의 현대적 감정이 단테에게는 없었다. 『신곡』에서 시란 정확히 세계 변화를 위한 것이다. 그 시인은 이렇게 쓴다―글쓰기를 위한 그 여행 도중 베아트리체에게 그렇게 가르침을 받는다―"나쁘게 사는 세상에 도움이 되도록(in pro del mondo che mal vive)."

변화를 일으키기 위해서는 잘못된 생각을 가진 피렌체 지도자들뿐 아니라 당시 유럽 무대에서 활동하던 주요 정치가들에게도 책임을 추궁해야 한다. 부끄러운 줄 모르고 잇속만 차리는 그들의 비행은 세계가 앓는 병폐의 근원이다. 교황은 영적 안내자 역할을 하지 못한다. 세속의 통치자는 노골적인 야심과 탐욕에 따라 움직인다. 유명 세력가들을 비판할 때 혹여 용기를 잃을 수 있겠지만, 이는 천국에서 그의 조상 카차구이다를 만나면서 미리 방지된다. 카차구이다는 단테에게, 독자들이 그의 말을 일단 소화한다면 그것은 생명의 자양분이 될 거라고 말한다. 과감하게도 『신곡』은 더 나은 세상을 위해 변화를 일으키려는 텍스트다.

단테의 동시대 독자들에게 「지옥」 19곡은 굉장한 충격이었을 것이다. 아니, 독실한 가톨릭교도에겐 지금도 충격일 것이다. 여기서 단테는 당대의 교황들이 탐욕과 정치적 야심에 휘둘려 인류의 영적 지도자로서의 참된 역할을 저버렸음을 보여준다. 지옥에 떨어진 그들의 모습은 매우 유려한 언어로, 강력한 시각적 이미지를 통해 제시된다. 교황들에 대한 비난은 이성적이지 않다. 모든 것이 극적이며 역동적이다. 이 에피소드는 오해를 둘러싸고 일어나는데, 오해로 인해 시작된 대화에서 교황의 부패라는 테마가 등장한다. 여기서 인성에 대한 폭로도 놀랍지만 얼마 전 교황이었던 자가 교황으로서 저지른 비행을 뻔뻔스럽게 인정하는 것도 놀랍다.

단테와 베르길리우스는 밑으로 내려가 더 아래쪽 지옥의 말레볼제(Malebolge, 문자 그대로는 "사악한 주머니"라는 뜻)라는 구역의 이곳저곳을 돌아보기로 한다. 제8의 원에는 그런 둥근 주머니 또는 구렁 열 곳에 서로 다른 열 가지의 사기 행위를 저지른 자들이 놓여 있다. 한가운데에 있는 가장 큰 구렁은 지옥의 바닥이자 땅의 중심까지 가파르게 파여 있다. 두 여행자는 그런 구렁 위에 놓인 돌다리를 건너는데, 구렁마다 그 안에서 벌을 받는 죄인들이 보인다. 19곡에서 그들은 성직과 성물 매매의 원에 도착한다. 그 죄악을 저지른 죄인들은 영적인 것들(교회의 성물과 성체)을 사고팔며 사사로운 물질적 부를 쌓음으로써 그 참된 의미와 가치를 왜곡했던 성직자들(사제, 수도사, 주교, 교황 등)이다.

단테와 베르길리우스가 세번째 구렁 위의 다리를 건널 때 기이한 광경이 그들을 맞이한다. 두 사람은 둥근 구덩이가 수없이 파인 바위투성이 풍경을 내려다본다. 구덩이마다 죄인의 벌거벗은 다리가 튀어나와 있지만 상반신은 바위 안에 갇혀 있어 보이지 않는다. 불길이 그 죄인들의 발에서 날름거릴 때면 그들은 고통을 덜어보려 격렬하게 발을 차곤 한다. 그 장면은 단테가 마주했던 여느 광경만큼이나 초현실적이고 충격적이다.

그런데 다른 죄인들보다 더 격하게 발을 차고 있는 한 쌍의 다리가 눈길을 끌자 단테는 그 죄인이 누구인지 묻는다. 베르길리우스는 둔덕 밑으로 내려가면 그 남자가 직접 대답할 거라고 말한다. 두 사람은 둔덕 비탈을 내려가고, 단테는 처형을 앞둔 살인자의 고백을 듣는 사제처럼, 구덩이에서 거꾸로 처박힌 죄인의 다리 옆에 선다. (피렌체 법에 따르면 살인자는 산 채로 구덩이에 거꾸로 매장해 벌한다고 되어 있었다.) 그 구덩이에서 들리는 소리를 듣기 위해 몸을 숙이는 단테의 자세는 이 섬뜩한 사형 의식을 그대로 반영하고 있지만, 아이러니하게도 역할이 바뀌었다. 평신도인 단테가 그냥 성직자도 아닌 교황의 고백을 들으려 하고 있다. 그는 이행위로 대화가 시작된다는 걸 모르고 있다.

구덩이에서 올라오는 목소리는 노기를 띠고 있으며, 성급한 의심에서 불만스러운 방백으로, 다시 빈정대는 수사학적 질문으로 바뀐다.

> 그가 외쳤다. "너 벌써 거기 왔느냐,
> 보니파키우스, 벌써 거기 온 것이냐?
> 예언이 몇 년이나 거짓말을 했구나.
> 속임수로 아름다운 신부를 차지하고
> 그런 다음 그녀를 모독하더니
> 두려움 없이 좋던 부가 그리 금방 물리더냐?"

Ed el gridò: "Se' tu già costì ritto,

　　se' tu già costì ritto, Bonifazio?

　　Di parecchi anni mi mentì lo scritto.

Se' tu sì tosto di quell'aver sazio

　　per lo qual non temestì tòrre a 'nganno

　　la bella donna, e pot di farne strazio?" (「지옥」 19곡 52~57)

단테는 터져나오는 이런 노여움에 놀라 어쩔 줄을 모른다. 베르길리우스가 대답할 말을 일러준다. 나는 네가 생각하는 자가 아니다, 라고 말이다.

이 말을 들은 그 죄인의 감정과 태도가 바뀐다. 짜증스러운 목소리로 그가 묻는다. 그럼 나에게 무엇을 바라는가? 내가 누구인지 그토록 알고 싶다면 알려주지. 나는 커다란 망토를 입었던 사람이다(sappi ch'i' fui vestito del gran manto). 다시 말해 교황이었다는 얘기다. 그는 태연하게 족벌주의(자기 가문의 성원들에게 교회의 요직을 제공하는)와 성직매매(개인의 이익을 위해 교회 직책을 파는)를 인정한다. 그는 자기 가문의 이름―오르시니(Orsini) 가문은 로마에서 가장 큰 가문의 하나였고, 그 가문의 문장은 곰(orsa)이었다―과 주머니(borsa)라는 단어로 말장난을 한다. 여기서 주머니라는 단어는 그가 살아 있을 때 돈을 쌓아둔 자루를 가리키는 동시에, 그 결과로서 그가 처한 지옥의 구덩이를 일컫는다. 따라서 단테와 함께 우리는 그의 정체를 알게 된다. 그는 조반니 가에타노 오르시니(Giovanni Gaetano Orsini), 즉 교황 니콜라우스 3세다.

사실 나는 곰[즉 오르시니]의 아들이라,

새끼들의 출세를 위해 이승에선 재물을

여기서는 나 자신을 자루 속에 넣었다.

e veramente ful figliuol de l'orsa,

cupido sì per avanzar li orsatti,

che sù l'avere e qui me misi in borsa.　(「지옥」 19곡 70~72)

그는 바위 속 더 안쪽에는 성직매매의 죄를 저지른 이전 교황들이 있다고 설명한다. 그는 다음 죄인이 도착하는 즉시 새로 들어오는 입주자—단테와 착각했던 보니파키우스—에 의해 아래쪽으로 밀려날 것이다. 그러나 법을 어긴 더욱 사악한 교황이 보니파키우스의 뒤에 올 것이니, 보니파키우스 역시 바위 속 더 깊은 곳으로 밀려날 것이다.

니콜라우스 3세는 단테가 청소년이었던 1277년부터 1280년까지 교황이었다. 그는 족벌주의와 성직매매로 악명이 높았다. 동시대 관찰자들이나 현대 역사가들의 평가 모두 혹독하다. 이 저승 여행이 이루어지던 1300년 당시에 그를 지옥에 놓는 데는 아무런 문제가 없었다. 놀라운 것은 몇 안 되는 단어에서 나타나는 등장인물의 강렬한 성격이다. 날카롭고, 성마르고, 영리한 입담꾼이면서 도덕적 가책에 눈 하나 깜짝하지 않는다.

단테의 입장에서 더욱 다루기 힘들었던 건 그가 성년에 접어든 후의 교황들이다. 많은 비난과 미움을 받는 보니파키우스 8세는 1294년부터 1303년까지 교황직에 있었고 그 시기 피렌체의 파국을 부른 여러 사건에 직접적 책임이 있었다. 그 뒤를 이은 클레멘스 5세(재위 1305~1314)는 아비뇽으로 교황청을 이전해 프랑스 왕의 직접 통제를 받음으로써 더 많은 공격을 받았다. (오랜 기간 추기경회는 분열을 조장하는 막강한 프랑스인들 차지였다.)

단테는 극적인 촉을 발휘해, 이 두 교황이 지옥에 올 것으로 설정했다. 이를 자신 있게 예견하는 자는 다름 아닌, 모든 망자들처럼 미래를 확실히 내다보며 그 자신이 교황인 영혼이다. 놀랄 만큼 태연하게, 그는 자신을 포함해 이름 모를 수많은 전임자들은 물론, 과거가 아닌 현재(1300년 봄)에, 그리고 단테가 그 시를 쓰게 될 몇 년 후에 비행을 저지를 교황들까지 모두 비난한다.

아마도 자신의 무모함을 의식한 듯, 단테는 니콜라우스에게 질문 하나를 던지고 스스로 답한다. 예수가 베드로에게 열쇠를 줄 때 얼마나 많은 돈을 요구하셨소?

분명 "나를 따르라" 외에는 아무것도 요구하지 않으셨소.
Certo non chiese se non "Viemmi retro" (「지옥」 19곡 93)

사도들은 유다가 배신한 후 유다를 대신할 제자로 마티아스를 선택했지만 돈은 한 푼도 받지 않았다. 성직매매는 사도의 가난이라는 이상을 왜곡한다. 니콜라우스가 받은 벌은 정당하다("그대는 타당한 벌을 받고 있으니tu se' ben punito"). 평신도가 교황에게 평결을 내리고 있다. 단테가 더 심하게 말하지 않는 이유는 그나마 교황직에 대한 존경심이 남아 있기 때문이다.

당신들의 탐욕이 선인을 짓밟고 악인을

드높여 세상을 슬프게 했기 때문이오.

ché la vostra avarizia il mondo attrista,

　calcando i buoni e sollevando i pravi. (「지옥」 19곡 104~105)

이탈리아어 avarizia는 영어의 avarice보다 훨씬 더 포괄적인 의미를 가

진다. 그것은 "탐욕(cupidigia)", 즉 돈과 물질적 소유, 그에 따르는 권력에

대해 만족할 줄 모르는 욕망 같은 것을 뜻한다. 2인칭 단수 tu는 이제 좀

더 포괄적인 복수형인 voi가 된다. 그 혐의는 이제 니콜라우스만의 것이

아니라 최초의 교회가 지녔던 이상과 열망에 반하는 행위를 저지른 부

패한 모든 교황에게 적용된다.

당신들 스스로 금과 은을 신으로 섬겼으니

우상숭배자들과 다른 게 무엇이오, 그들은 한 신을

당신들은 백 가지 신을 숭배하는 것만 아니라면?

Fatto v'avete dio d'oro e d'argento;

　e che altro è da voi a l'idolatre,

　se non ch'elli uno, e voi ne orate cento? (「지옥」 19곡 112~114)

니콜라우스의 표현이 빈정거림과 재치 넘치는 말장난인 것과는 대조

적으로, 사도들의 본보기를 호소하는 단테의 말은 간결하고 직접적이라

는 점에서 성서적이다.

이 곡에는 이와는 결이 사뭇 다른 두번째의 성서적 언어가 있다. 묵시록에서 간음과 밀통과 엄청난 탕녀를 언급하며 공들여 빚어내는 성적 이미지가 그것이다. 전통적으로 교회는 그리스도의 신부로 여겨진다. 교황은 그리스도의 대리인이다. 그런 교황이 교회의 성물과 성직을 팔면서 그 신부에게 매춘을 시키고 있다. 단테는 교황의 성직매매, 그리고 권력에 굶주린 교황과 사사로운 목적을 위해 교황과 공모한 세속의 부패한 통치자들 사이의 비뚤어진 관계에 분노를 표현하면서, 성서 전통을 끌어와 간음(puttaneggiar)과 밀통(avolterare)이라는 단어를 사용한다.

단테가 이 글을 쓴 지 150여 년이 지난 후 보티첼리는 곡마다 하나씩, 놀랄 만큼 정교한 드로잉으로 이 시 전체에 삽화를 넣었다. 이 장면을 그리게 되었을 때, 보티첼리는 매우 성적인 언어가 주는 충격값을 증류해 그림으로 표현했다. 단테의 죄인들은 넓적다리까지만 겨우 보인다. 그러나 보티첼리는 그들의 가랑이까지 드러냈고, 따라서 단테와 베르길리우스가 이 원을 내려갔을 때 그들—그리고 보티첼리의 드로잉을 보는 우리—에게는 벌거벗은 채 벌린 다리와 엉덩이, 고환 들의 풍성한 파노라마가 펼쳐진다.

19곡은 부패한 교황들의 놀라운 모습을 매우 구체적이고 상징적인 형상으로 제시한다. 성직매매자에 대한 벌의 면면이 저마다 교회의 위엄과 속성을 풍자적으로 전복시킨다. 거꾸로 처박힌 그로테스크한 자세로 인해 그들은 어쩔 수 없이 하늘이 아닌 아래쪽을 바라보고 있다. 마치 지상에서 그들의 욕망의 대상이던 금과 은을 캐기 위해 땅을 파는 것처럼, 그들은 땅속을 파고 있다. 그들의 발에서 날름거리는 불은 사도들의 머리에 떨어진 불과 같은 성령의 혀(사도행전 2:3~4)에 대한 패러디다. 베드로의 반석—"너는 반석(petrus)이다. 내가 이 반석 위(petram)에 내 교회를 세울 터인즉"(마태오 16:18)—은 사실상 흰개미들이 들끓고, 타락한 사제들에 의해 안에서부터 파먹혔다. 교황들을 위한 구덩이는 새로 온 죄인이 전임자를 바위 속 더 깊은 곳으로 밀어내며 그 자리를 대신하게 되어 사악하고 사특한 교황의 행렬을 이룬다.

니콜라우스가 보니파키우스더러 "아름다운 신부를 속"였다며—다시 말해 교황이 되는 과정에서 속임수를 썼다며—비난하지만, 이것은 널리 떠돌던 이야기였다. 그 이야기가 조금이라도 진실인지, 아니면 교황청 내의 반대파가 악의적으로 꾸며낸 거짓말인지는 알 수 없다. 다만 보니파키우스 8세가 유명한 이유가 예리한 지성 때문만이 아니라 간교한 꾀, 야망, 부도덕함 때문이기도 했다는 건 분명하다. 전임 교황은 중도파였다. 아브루초 출신의 그는 속세를 떠난 은둔자여서 로마에는 가본 적이 없었지만, 고심을 거듭한 끝에 교황직을 수락해 켈레스티누스 5세로 즉위했다. 그러나 교황이 된 지 몇 달 만에 압력에 굴복해(일부에 따르면 속임수에 넘어가) 퇴위했다. 교회 역사에서는 거의 전례없는 일이었다. 교황이 퇴위할 수 있는가 하는 문제는 치열한 법적 검토와 논쟁의 주제가 되었다.

보니파키우스가 전임 교황의 퇴위를 획책했다는 소문이 돌았다. 켈레스티누스가 밤에 잠자리에 들었는데, 직책을 포기하라고 다그치는 유령의 목소리가 들렸다. 그 목소리는 보니파키우스 또는 그의 심복 중 한 명의 소리로, 교황의 침실 벽걸이 장식 뒤에 숨겨놓은 관을 통해서 말한 것이었다. 또는 천사라고 주장하면서 그에게 물러나라고 말하는 어린아

그림 8
보티첼리: 교황 니콜라우스 3세에게 말을 거는 단테(세부).

이들의 소리가 그에게 들렸다고도 했다. 이 시나리오 역시 보니파키우스가 꾸민 것이었다. 또는 보니파키우스 자신이 빛나는 날개와 가면, 손을 하고 천사처럼 꾸미고서 한밤중에 어둠 속에서 켈레스티누스를 깨우고 교황의 자리를 포기하도록 종용했다는 이야기도 있다. 이 이야기의 다양한 형태는 모두 이 시의 초기 주석서들에서 보고되고 있다. 분명한 사실은 퇴위하고 불과 몇 달 후에 켈레스티누스가 사망했다는 것이다. 보니파키우스가 아예 그를 살해하도록 시켰다고 말하는 이들도 있었다.

단테는 켈레스티누스의 퇴위는 도덕적으로 비겁한 행위라고 생각했던 게 분명하다. 지옥문 바로 안, 지옥 제1원에서 "비겁함 때문에 중대한 거부를 했던 사람(colui/che fece per viltade il gran rifiuto)"이라는 유명한 말로 저주하듯 언급되는 이름 없는 죄인이 켈레스티누스라는 건 거의 확실하다. 옳건 그르건 간에 저항하지 않았던 자들에 대해 여기서는 경멸스러운 침묵으로 지나쳐버린다. 베르길리우스는 단테에게 말한다. "그들에 대해 말하지 말고 그냥 보고 지나가자(non ragioniam di lor, ma guarda e passa)."

그러나 역사는 켈레스티누스에 대한 단테의 판단에 동의하지 않는다. 1294년 켈레스티누스의 교황 즉위식이 열렸던 아브루초의 라쿠일라에서는 예나 지금이나 여전히 켈레스티누스를 수호성인으로 모시고 있으며, 오늘날까지도 순례자들이 찾아와 그를 경배한다. 2010년 7월, 아브루초의 또다른 도시 술모나에서 열린 한 공개 접견에서 교황 베네딕투스 16세는 자신이 겸손의 롤 모델로 삼는 사람은 켈레스티누스라며 찬양했다. 지진이 라쿠일라를 강타한 며칠 후인 2009년 4월 9일, 그 도시에 있던 13세기 말의 교회 산타마리아 디 콜레마조에서 켈레스티누스의 유해가 수습되었다.

단테는 극적인 재능으로 보니파키우스를 미리 지옥에 데려다놓으면서 어느 정도 만족감을 느꼈을 것이다. 그러나 보니파키우스가 왜 최대의 적인가 하는 이유를 이해하기 위해서는 온갖 뜬소문과 교황청의 뒷말을 뛰어넘어 피렌체로 돌아가서, 최근 몇십 년간 이 도시의 운명을 좌우했던 교황의 개입을 살펴봐야 한다. 그 개입의 정점은 피렌체의 거리에서 일어난 한 대학살이었다.

토스카나 지방의 도시들—피렌체, 피사, 루카, 시에나, 아레초, 피스토이아―은 항상 교황의 간섭에 속수무책이었다. 이탈리아 중부라는 혜택 받은 지리적 위치로 인해 이들 도시는 교황에게는 매우 탐나는 잠재적 인수지이거나 동맹 대상이었다. 교황령은 남쪽과 동쪽으로 매우 가까웠다(54쪽 그림 5 참조). 이들 도시를 장악한다면 북쪽 황제파 세력들의 있을지 모를 침략으로부터 로마를 지키는 데 도움이 될 터였다. 독일의 여러 공국을 중심으로 한 신성로마제국은 1250년 프리드리히 2세의 사망 이후 사실상 빈사 상태에 있었지만, 그의 후손들은 이따금 열혈 황제파가 일으킨 봉기에서 선봉에 서곤 했다. 한편 토스카나 지방의 도시들이 늘 내부 파당들과 가문끼리 분열되어 적대할 때조차, 모든 시민은 자치적 정치체―자치 도시국가―로서 독립을 유지한다는 최우선적인 정치적 열망을 공유하고 있었다. 역설적이지만, 이탈리아에서의 정치 패권을 둘러싼 교황과 황제의 분쟁은 코무네들에게 유리하게 작용했다. 그들을 장악하려는 두 세력 간의 물러설 줄 모르는 다툼은 그 도시들이 자유를 강화할 수 있었던 요인 가운데 하나였다.

교황은 자신이 뜻한 대로 되지 않으면 파문 명령을 내릴 수 있었는데, 13세기 동안 피렌체는 한 번 이상 파문을 당했다. 파문은 막강한 무기였다. 일종의 정신적 처벌로서, 교회의 기능과 특혜로부터 도시를 제외시키는 파문은 사실상 사업적 이익을 침범함으로써 도시의 번영에 심각한 영향을 미쳤다. 피렌체가 파문을 당하면 피렌체 시민들―국제적인 고객을 두고 있는 부유한 은행가와 무역상, 장사꾼, 현지와 지방을 활동 무대로 삼는 장인들―이 파문을 당한 것과 같았다. 그들과 거래하는 건 교회의 권위를 무시하는 행위였다. 그것은 통상금지령이었다. 중세판 유엔 제재와 같다. 따라서 너무 자주 또는 너무 지나치게 교황의 심기를 건드리지 않는 게 중요했다. 실제로 피렌체에 대한 파문은 오래 지속된 적이 없었다. 모종의 협상은 항상 가능했다.

세기말의 몇십 년 사이에 제3의 세력이 교황청과 제국과 나란히 활약하기 시작했다. 프랑스 왕가가 유럽에서 점점 더 세력을 얻으며 파멸적인 결과를 부르게 된 것이다. 신성로마제국에 반대하는 야심만만한 프랑스 왕가는 궁지에 몰린 교황청의 자연스러운 동맹이 되었지만, 지배권과 권력에 대한 이들의 갈증은 때로 공모한 동맹군 자체의 이익을 위협했다. 서로 세대가 다른 두 명의 프랑스인, 둘 다 이름이 샤를이고 둘 다 왕의 형제인 사람들이 이 시기 이탈리아와 피렌체의 역사에서 결정적인 역할을 하게 된다.

그 첫번째가 루이 9세(1297년 보니파키우스 8세가 시성하여 성 루이가 되었다)의 동생인 앙주의 샤를이었다. 샤를은 교황의 동맹군으로서 단테가 태어나던 해에 교황의 초대를 받아 이탈리아에 왔다. 1년 후인 1266년, 샤를은 베네벤토 전투에서 황제파 군대에 역사적인 패배를 안겨주었다. 이탈리아 내의 황제파 세력을 수십 년 동안 무력하게 만든 치명타였다. 샤를은 교황파 군대의 보급과 지휘를 맡은 공을 인정받아 시칠리아와 나폴리의 왕이 되었다. 나중에 교황 니콜라우스 3세는 이탈리아 반도에서의 그의 영토적 야심을 지원하고 방조했다. 시칠리아인들이 프랑스인들의 지배에 저항해 들고일어섰던 이른바 시칠리아 만종 사건(1282) 때에도 샤를은 여전히 왕권을 잡고 있었다.

베네벤토 전투의 여파로 남부의 황제파 세력이 완파되고 다시 한번 겔프파가 피렌체의 지배권을 잡았을 때, 교황은 앙주의 샤를을 평화 유지자, 즉 파차리우스(paciarius)로서 피렌체에 파견했다. 샤를이 피렌체에 설치한 일련의 보좌 체제는 10년 동안 지속되었는데, 그 시기에 신흥 상인 가문과 그들을 대표하는 길드의 세력이 꾸준히 커져갔다. 피렌체의 여러 대형 은행가 가문들은 샤를의 원정에 엄청난 액수의 보증을 섰을 뿐 아니라 교황의 은행업도 맡고 있었다. 이런 금융 관계는 피렌체에 국제 금융계에서 독보적인 위치를 안겨주기도 했지만, 한편으로는 교황이 그 도시에서 벌어지는 일을 낱낱이 알고 있다는 뜻이기도 했다. 피렌체의 포폴로는 앙주 왕가와의 계약이 안겨준 상업적 혜택과 덕분에 얻게 된 이탈리아 남부 시장을 높이 평가하면서도, 동시에 교황청의 피렌체 행정 개입을 끊임없이 경계하고 있었다. 아슬아슬한 줄타기였다.

한 세대 후 샤를이라는 또다른 프랑스인—미남왕 필리프의 동생인 발루아의 샤를(Charles de Valois)—이 보니파키우스 8세의 부름을 받고 피렌체로 파견되었다. 30여 년 전의 샤를과 똑같은 직책이었다. 토스카나의 평화 유지자. 정작 그 직책을 그가 한 행동에 비춰 보면 많은 피렌체인들이 씁쓸해 할 만큼 아이러니하다. 명목상 그의 역할은 서로 싸우며 내전으로 치닫는 피렌체 당파 사이의 공정한 중재자였다. 그러나 사실상 보니파키우스의 명령에 따라, 그는 은밀하게 흑당과 코르소 도나티를 편들었고, 그의 행동은 단테를 포함한 겔프파 백당을 추방하게 된 쿠데타에 직접적인 책임이 있었다.

교황 보니파키우스 8세는 한동안 코르소와 손을 잡았다. 코르소는 누이 중 한 명인 라벤나를 강제로 수녀원에 집어넣어 그녀의 유산을 차지했다. 그 유산은 누이가 죽은 남편에게서 받은 것이었다. 코르소는 그 유산에 아무런 권리가 없었지만, 보니파키우스는 코르소에게 유리한 판결을 내렸다. 코르소는 또한 수녀가 되려던 체르키 가문의 한 여자를 보쌈하다시피 해서 그녀와 결혼(그의 두번째 결혼이다)함으로써 그녀의 유산까지 차지했다. 보니파키우스는 나중에 이 결합을 승인했다. 연대기 저자 콤파니는 이 사건을 흑당과 백당이 갈라서게 된 주요 이유 중 하나로 꼽는다. 보니파키우스의 행동은 늘 원칙이 아닌 편의주의에 좌우되었다. 1299년 코르소가 피렌체에서 추방되었을 때, 보니파키우스는 그를 오르비에토의 포데스타(podestà, 최고 행정관)로 임명해 때를 기다리며 귀향을 획책할 수 있게 했다. 1300년, 보니파키우스는 피렌체 시정에 개입할 구실을 마련하기 위해 오르비에토의 코르소에게 피렌체 내의 갈등을 악화하도록 부추겼다.

피렌체의 운명이 백척간두에 놓이고 단테가 추방을 선고받기 불과 두달 전이던 1301년 말, 보니파키우스의 묵인에 힘입어 겔프 흑당이 백당에 승리를 거두었다. 발루아의 샤를─교황이 파견한 평화 유지자로서, 중립성을 보장할 때에만 그 도시에 들어가는 것이 허락되었던─은 자신의 군대를 이끌고 피렌체에 입성했다. 보니파키우스의 은밀한 지원으로, 얼마 후 코르소와 그를 따르는 소규모 무리가 피렌체로 입성했다. 코르소는 피렌체를 장악하고 감옥 문을 활짝 열었고, 풀려난 흉악범들과 추종자들에게 6일 동안 백당의 재산을 뒤집어엎고 노략질하도록 부추겼다. 당시 작은 수도원 원장이었던 콤파니는 연대기에서 그 아수라장을 생생하게 설명하고 있다. 모두 흑당으로 구성된 새로운 프리오리가 만들어졌다. 몇 주 후(1302년 1월), 단테를 포함한 겔프과 백당이 추방되었다. 피렌체는 3년 동안 코르소의 수중에 있었다. 이 쿠데타와 그 결과가 보니파키우스의 의도이자 그의 작품이었다는 데에는 의심의 여지가 없었다.

단테는 연옥에 있는 탐욕의 테라스에서 땅바닥에 얼굴을 대고 엎드려 참회하는 죄인들을 보게 된다. 이들의 자세는 그 죄의 본질, 즉 지상의 좋은 것들에 대한 지나친 애착을 말해준다. 선행의 능력을 방해하는 탐욕의 효과를 반영하듯 묶인 손과 발은 이들을 속박하고 무력하게 만든다. 그들의 기분을 거스르지 않으려고 산의 안쪽 벽에 가까이 붙어 있던 단테는 앙주의 샤를과 발루아의 샤를의 직계 조상인 한 남자를 만난다. 약 200년 전 프랑스에서 카페 왕가를 세운 위그 카페(Hugh Capet)다. 그 왕조의 성공과 장수, 따라서 단테의 시대 유럽에서 확장 일로에 있던 그들의 막강한 역할은 그 선조들보다 오래 살아 중단 없이 대를 이어간 열한 명의 남자 후계자들 덕분이었다. 당시로서는 놀라운 일이다. 그러나 카페가 단테에게 씁쓸하게 들려주는 말은 그 기다란 계보를 사뭇 다른 관점에서 보도록 권유한다.

"그대가 누구인지 말해주오(dimmi chi fosti)"라는 단테의 말이 열변을 자극한다. 억눌렸던 비애와 부끄러움이 터진 듯, 그 프랑스 왕은 대화를 주고받을 새도 없이 자기 후손들을 욕하고, 유럽을 괴롭히는 악폐를 빚어낸 그들의 역할을 비난한다. 그는 자신이 누구인지 설명한 후, 왕성한 에너지의 계보 속에서 뜻하지 않게 왕좌에 오르게 된 내막을 들려준다.

나는 그리스도인의 땅에 어두운 그림자를
드리운 사악한 식물의 뿌리였다오. (…)
이승에서 나는 위그 카페라 불렸고
요즘 프랑스를 다스리는 필리프와
루이들은 모두 내 자손이라오.

나는 파리의 한 백정의 아들이었고 (…)

Io fui radice de la mala pianta

　che la terra cristiana tutta aduggia (…)

Chiamato fui di là Ugo Ciappetta;

　di me son nati i Filippi e i Luigi

　per cui novellamente è Francia retta.

Figliuol fu' io d'un beccaio di Parigi: (「연옥」 20곡 43~52)

(단테가 쓴 이 마지막 행은 사실과 다르다. 백정의 아들이었던 사람은 또다른 위그 카페였다.) 이어서 카페는 이탈리아 내정 간섭으로 파멸적인 결과를 불러왔고 또 그렇게 하게 될 샤를이라는 이름의 프랑스인 후손 세 명을 맹비난한다. 그들이 등장하기 전까지 그 왕조는 특별히 두드러지지도 않았지만 나쁜 짓에 적극 가담하지도 않았다. "보잘것없었을지언정 해를 끼치지는 않았는데(poco valea, ma pur non facea male)."(이것은 무심코 쓴 것 같아도 예리함을 드러내는 행 가운데 하나로, 단테는 굳이 애쓰지 않고도 우리를 즐겁게 한다.) 카페는 통렬하게 비꼬는 말로 앙주의 샤를 1세의 경력을 멋지게 요약한다. (앙주의 샤를은 프랑스 왕 루이 9세의 동생이었다. 프랑스 왕가의 방계인 앙주 왕가는 앙주의 샤를에게서 나왔다.) 카페는 말을 맺으면서, 예전의 과오들—프로방스, 노르망디, 가스코뉴 등지에서 있었던 군사적 약탈, 나폴리 공공 광장에서 황제 후계자였던 16세의 코라디노를 처형한 것—을 보상하기 위해 샤를이 "토마스를 천국으로 가게 했다(ripinse al ciel Tommaso)"는 매우 아이러니한 발언을 한다. 다시 말하면, 샤를이

토마스 아퀴나스(Thomas Aquinas)—위대한 스콜라 철학자 아퀴나스—를 살해했다는 것이다. 이런 식의 표현 전환은 미래의 그 성인(토마스는 1274년에 사망해 49년 후에 시성되었다)이 리옹 공의회에 급파되어 가다가 죽었으니 일찍 천국에 가게 되어 마치 고맙게 여기기라도 할 것처럼, 샤를이 토마스를 위해 그를 죽였다고 생각할 수 있음을 암시한다.

그러나 더 나쁜 일이 있다. 발루아의 샤를이 피렌체에 한 행위는 그보다 더 수치스러운 일이 될 터였다. 그것은 군사적 실력이나 속임수의 문제가 아니라 유다의 무기("유다가 갖고 장난하던 창"), 즉 배신의 문제였다. 1301년 피렌체 쿠데타에서 보니파키우스의 공모자가 바로 프랑스의 왕 필리프 3세의 아들이자 필리프 4세의 동생인 발루아의 샤를이었다. 세번째 샤를인 앙주의 샤를 2세는 해적이 노예 소녀를 팔아넘기듯, 정치적, 재정적 이득을 노린 정략결혼으로 딸을 팔아넘기게 된다. 탐욕(avarizia)은 이런 수치스러운 경력의 뒤에 놓인 요인이다. 고뇌하는 조상의 후손인 이들 왕족 모두가 그저 만족을 모르는 탐욕—영토와 권력과 돈에 대한 탐욕—에 의해 움직였다.

위그 카페의 계보에서 수치스러운 일련의 사건 가운데 마지막 잔혹행위는 얼마 후 다가올 미래(1303)에 펼쳐진다. 이 무렵 교황과 프랑스 왕가 사이는 공공연히 틀어진다. 프랑스 왕가는 로마의 권세가인 콜론나 가문과 공모한다. 콜론나 가문은 보니파키우스에게는 가장 위험한 현지의 적이자 라이벌로, 교황을 배출하려는 야망이 있었고 교황청에서도 위치가 막강했다. 보니파키우스는 아냐니 출신이었다. 오늘날 아냐니는 로마의 남동쪽으로 40마일쯤 떨어진 언덕 꼭대기 소도시이지만 당시에는 중요한 세력 기반이었다. 인구가 2만 명 정도였으니, 중세 규모로 보면 큰 도시였다. 보니파키우스는 불과 200년 사이에 아냐니가 배출한 네번째 교황이었고, 세 명의 전임자와 마찬가지로 임기중에는 아냐니에서 많은 시간을 보내곤 했다. (바티칸이 교황청의 본산으로 고정된 것은 훨씬 나중의 일이다.)

콜론나 가문의 근거지는 팔레스트리나에 있었다. 이곳은 로마와 아냐니 사이 중간쯤에 있는 또하나의 작은 (그러나 난공불락의) 언덕 꼭대기 소도시였다. 보니파키우스가 이 지역을 군사적으로 장악하려면 팔레스트리나가 전략적으로 중요했다. 1297년 보니파키우스는 콜론나에 대한 십자군 원정을 선언하며 모든 그리스도인들에게 자신을 지지하며 결집하라고 촉구했다. 터무니없는 주장이지만, 콜론나 가문을 상대로 싸우는 것이 이교도와 싸우는 것과 같은 성스러운 의무이며, 보니파키우스를 위해 싸우다 전사한다면 순교로 평가받으리라는 것이었다.

위그 카페가 후손들을 고발하는 기다란 죄명부의 마지막을 장식한 것은 아냐니의 굴욕(schiaffo di Anagni)으로 알려진 사건이다. 프랑스의 미남왕 필리프 4세의 신하 기욤 드 노가레(Guillaume de Nogaret)라는 사람이 왕의 지시로 콜론나 가문과 결탁해 이 사건을 실행했다. 이들은 아냐니의 교황청에서 보니파키우스를 거칠게 다루면서 그를 붙잡아둔 채 위협하고 굴욕을 주었다. schiaffo란 말 그대로 맨손으로 따귀를 때리거나 얼굴에 주먹질을 하는 것이다. 이것이 실제로 신체 공격이었는지 아니면 그저 교황의 위엄에 대한 심리적 공격이었는지는 확실하지 않다. 이 대목의 목격자는 두 명이지만 그들은 그 사건에 대해 서로 다르게 보고한다.

이 굴욕적인 에피소드(소식이 알려지면서 유럽 전역이 들썩였다)와 관련해 카페는 십자가형을 재현하는 듯한 언어로 그것을 묘사한다.

백합이 아냐니에 들어가고 그리스도가

대리자의 형상으로 붙잡히는 것이 보이네.

또다시 쓸개 탄 식초가 보이고

살아 있는 도둑들 사이에서 그분이

죽임을 당하시는 것이 보이네.

veggio in Alagna intrar lo fiordaliso,

e nel vicario suo Cristo esser catto.

Veggiolo un'altra volta esser deriso;

veggio rinovellar l'aceto e 'l fiele,

e tra vivi ladroni esser anciso. (「연옥」 20곡 86~90)

아무리 최고의 악당 보니파키우스라 해도, 그가 프랑스 왕가의 대리인들에 의해 거칠게 다루어지고 능욕을 당하자 단테는 만족을 느끼기는커녕 그것은 무엇보다 심한 범죄라고 생각한다. 보니파키우스는 이때 굴욕의 직접적 후유증으로 불과 몇 달 후 숨을 거두었다.

프랑스 왕가의 시조가 한참 동안 퍼붓는 이 비난은 필적할 수 없는 정치적 독설이다. 이는 단테가 그저 자기 관점의 대변자로서 저승세계의 한 인물을 사용하는 것이나 다름없다. 도덕적 혐오감의 에너지는 단테의 것이지만, 뜻밖에도 그 유창한 달변은 그가 그렇게 싫어하던 보니파키우스를 옹호하고 있다. 여기서 직책과 재임자를 구분하는 것이 중요하다. 보니파키우스는 비록 야비하고 사악한 남자였지만 교황이라는 직책은 존중해야 한다. 다시 한번 단테는 극적인 관점에서 서사를 구성하고,

다시 한번 우리는 자기비난을 목격한다. 「지옥」 19곡에서 다른 교황들을 비난하는 장본인이 교황이었던 것처럼, 여기서도 이탈리아와 피렌체의 파국을 부른 수치스러운 범죄를 저질렀던 카페 왕조의 타락한 후손들을 비난하는 것은 바로 그 조상이다.

오랫동안 교황청과 프랑스 왕가는 신성로마제국 황제의 후계자들을 공동의 적으로서 상대했으며, 이탈리아에서 정치적 패권을 되찾으려는 그 후계자들의 목표를 저지한다는 공동의 명분을 가지고 있었다. 신성로마제국 황제들은 대대로 옛 제국의 경계 안에 있는 이탈리아 북부와 중부의 부유한 도시국가들을 장악하려 시도했다. 1250년 프리드리히 2세가 사망한 후, 그 아들인 만프레디가 초기에 성공을 거두는 듯했으나 그 기세를 끝까지 유지하지 못했다. 만프레디는 1260년 몬타페르티 전투에서 시에나와 피렌체의 기벨린파를 돕기 위해 군대를 파견했고, 잠시 동안은 기벨린파가 지배력을 행사했다. 그러나 6년 후에 그는 로마의 남쪽 베네벤토에서 앙주의 샤를이 이끄는 프랑스군과 교황의 군대에 참패했다. 그리고 이 전투에서 사망했다.

단테는 연옥 초반의 이정표가 될 만한 대목에서 실패한 황제 후계자 만프레디를 만난다. 전사한 만프레디가 그 이후의 일을 전하는 이야기는 교황이 가진 파문권의 한계, 그 힘의 정치적 남용 가능성을 대담할 만큼 논쟁적으로 주장하고 있다. 그 이야기는 또한 죽는 순간에라도 신에게 의존하면 얼마든지 구원받을 수 있다는 중요한 신학적 주장이기도 하다. 연옥 초반에 이루어진 이 만남은 이후에 닥칠 여러 사건의 분위기를 암시한다.

단테와 베르길리우스가 연옥 산의 발치에서 어느 쪽으로 가야 할지 몰라 망설이고 있을 때, 똑같이 길을 잘 모르는 듯 머뭇거리는 한 무리의 영혼이 다가온다. 그들이 산의 절벽에 옹기종기 기대며 멈추었을 때에도 아직 단테와의 거리는 제법 떨어져 있다. 그 앞쪽에 있던 이들이 단테의 몸이 드리운 그림자를 알아본다. 죽은 자들의 몸은 실체가 없기 때문에 그림자를 드리우지 않는다. 그 영혼들이 놀라서 흠칫 물러선다. 베르길리우스는 이 살아 있는 자의 저승 방문은 하늘의 뜻이라며 그들을 안심시킨다.

무리 중 한 영혼이 단테에게 자기를 알아보겠느냐고 묻는다. 단테는 그를 자세히 살펴본다.

나는 그에게 고개를 돌려 가만히 바라보았다.
금발에 잘생기고 귀티가 흘렀지만
한쪽 눈썹이 맞아 찢어져 있었다.
본 적 없노라고 내가 정중히 말하자 그가
"그럼 보시오" 하더니 가슴 위쪽의
상처를 나에게 보여주었다.
그리고 미소를 지으며 말했다. "나는 만프레디,
황후 콘스탄차의 손자라오……

Io mi volsi ver' lui e guardail fiso :
　　biondo era e bello e di gentile aspetto,
　　ma l'un de' cigli un colpo avea diviso.

Quand'io mi fui umilmente disdetto

　　d'averlo visto mai, el disse: "Or vedi";

　　e mostrommi una piaga a sommo 'l petto.

Poi sorridendo disse: "Io son Manfredi,

　　nepote di Costanza imperatrice (…)" (「연옥」 3곡 106~113)

비록 얼굴에 난 상처 하나, 몸통에 난 상처 하나로 그 훌륭한 용모가 훼손되기는 했지만 그 상처가 전혀 고통스럽지 않다는 듯, 그 젊은 남자가 웃으면서 말한다. 그는 단테에게 만약 "다른 소문이 있다면(s'altro si dice)"―충분히 그러고도 남겠지만 사람들이 그가 지옥에 있을 거라고 말하거든―자신의 딸인 또다른 콘스탄차에게 아비는 여기 연옥에 있노라고 안심시켜주기를 간절히 바란다. 저승에서 그가 맞을 운명은 빤한 것처럼 보일 수도 있다. 그는 출세를 위해 여러 명의 친척을 살해하도록 했고, 음주와 계집질을 비롯해, 어쩌면 부친 살해까지 수많은 죄악을 저질렀다고 이야기되었다. 한 교황은 그가 무슬림이며 이단이라고 선언한 적도 있었다. 다른 두 명의 교황은 그를 파문했었다.

그러나 그는 숭고하도록 소박한 시행에서, 그 전투에서 두 군데 치명상을 입고 죽어갈 때 무슨 일이 있었는지 설명한다.

내 몸이 두 번의 치명적인 부상으로

망가진 뒤 나는 기꺼이 용서하시는

그분에게 울면서 나를 맡겼다오.

내 죄는 끔찍한 것이었지만, 무한한 선은

넓디넓은 품을 가지고 있어

그에게 향하는 자들을 받아주신답니다.

Poscia ch'io ebbi rotta la persona

　di due punte mortali, io me rendei,

　　piangendo, a quei che volontier perdona.

Orribil furon li peccati miei;

　ma la bontà infinita ha sì gran braccia,

　　che prende ciò che si rivolge a lei.　(「연옥」 3곡 118~123)

신의 자비는 무한하다. 죽음이 닥친 순간에라도 죄인이 진심으로 회개하며 신에게 향한다면 신은 두 팔 벌려 받아주실 것이다. 이것이 저승세계 영혼의 운명을 지배하는 근본 원칙이다.

만프레디는 용감하게 싸우다 전사한 후 자신의 주검이 어떻게 되었는지 설명한다. 전장에서 그의 시체를 발견한 병사들은 그를 묻어주었고, 존경의 표시로 저마다 무덤 위에 돌멩이 하나씩을 놓아 돌무덤을 만들었다. 그러나 복수심에 불타던 교황 클레멘스 4세의 명령을 받은 코센차의 대주교는 그 유해를 파내어 그에게 파문을 선고한 뒤 그 뼈들을 빈구덩이 밖에 흩어놓았다. 만약 그 대주교가 신의 무한한 자비를 이해했다면 상황은 달라졌을 것이다.

내 육신의 뼈는 지금도

베네벤토 근처 다리 끝에 묻힌 채

무거운 돌더미가 지키고 있었겠지만

지금은 왕국 밖, 꺼진 불빛 아래

옮겨졌던 베르데강 근처에서

비에 젖고 바람에 구르고 있다오.

l'ossa del corpo mio sarieno ancora

 in co del ponte presso a Benevento,

 sotto la guardia de la grave mora.

Or le bagna la pioggia e move il vento

 di fuor dal regno, quasi lungo 'l Verde,

 dov' e' le trasmutò a lume spento. (「연옥」 3곡 127~132)

 그는 시칠리아 왕국의 영토 바깥에 묻혀 있다. 시칠리아 왕국과 교황 령은 베르데강으로 경계가 구분된다. 만프레디의 유해는 그가 생전에 교회를 몰아내고 얻어낸 왕국으로부터 복수를 당하듯 옮겨졌다. 에즈라 파운드(Ezra Pound)의 상상력을 사로잡았던 '꺼진 등불(lume spento)'― 이 대목을 떠올리게 하는 A lume spento는 파운드가 첫번째 시집에 붙인 제목이다―은 파문을 상징한다. 파문당한 사람들은 종교의 위안에서 소외되었음을 나타내기 위해 촛불을 꺼뜨린 채 장례식도 없이 매장 되었다.

 그러나 유해를 파헤쳐 파문하는 잔인한 의식에도 불구하고, 교황의 권력과 앙심에도 불구하고, 만프레디는 구원을 받는다. 구원이냐 지옥행이 냐를 가르는 것은, 죽음의 순간일지라도 진정 회개하고 뉘우치는 한순간일 수 있다. 교황의 힘은 인간과 조물주 사이에 끼어들 수 없다. 교황의 재촉으로 저지르게 될 어떤 범죄에 교황이 미리 면죄부를 줄 수 없는 것과 같다. 교황의 마땅하고 참된 영적 역할과 교황이 정치 사기극에 적극적으로 참여하는 무자비한 현실 사이의 거리를 이보다 더 예리하게, 또는 통렬하게 강조할 수는 없을 것이다.

보니파키우스의 간악함을 마지막으로 비난하는 인물은 「천국」 27곡의 성 베드로다. 지옥에서 부패한 교황들의 곡에서 함축적으로 제기되었던 보니파키우스에 대한 비난은 이제 교회의 설립자 자신, 지상의 '그리스도의 대리자(vicarius Christi)'에 의해 분명히 말해진다. 성 베드로는 타락한 후계자와 그가 이끌던 교황청의 도덕적인 지저분함을 맹비난한다.

> 하느님의 아들이 보시기에
> 비어 있는 내 자리, 지상의 내 자리를
> 더럽히는 그가 내 무덤을 피와 악취의
> 시궁창으로 만들었으니, 이 위에서 저 아래[지옥]로
> 떨어진 못된 영혼[사탄]이 흐뭇해하고 있구나.

> Quelli ch'usurpa in terra il luogo mio,
>   il luogo mio, il luogo mio, che vaca
>   ne la presenza del Figliuol di Dio,
> fatt' ha del cimitero mio cloaca
>   del sangue e de la puzza; onde 'l perverso
>   che cadde di qua sù, là giù si placa. (「천국」 27곡 22~27)

보니파키우스의 교황직은 강제로 빼앗은 것이다. 로마의 교황청은 코를 찌르는 악취가 나는 시궁창이다. 사탄은 보니파키우스의 악행에서 만족을 느낀다. 그리고 혹시라도 그때쯤이면 우리가 잊어버렸을까봐, 이 시의 거의 끝 「천국」 30곡에서 베아트리체가 마지막으로, 보니파키우스가 갈 곳은 성직매매의 죄를 저지른 교황들을 위해 마련된 지옥 구덩이라는 걸 상기시켜준다. 그녀의 말은 다음 교황 클레멘스 5세가 보니파키우스를 그 구덩이 속으로 더 깊이 밀어넣을 거라고 깨우쳐준다. "알라냐 사람을 더 아래로 처박을 것이오(e farà quel d'Alagna intrar più guiso)."(「천국」 30곡 148)

단테는 늘 그랬듯이 "참여적" 정치 작가다. 그와 견줄 만한 현대 작가로는 스탈린 치하에서 거리낌없는 발언으로 유배를 당했던 러시아 작가 오시프 만델스탐(Osip Mandelstam)이 있다. 단테는 가난한 이들과 힘없는 이들을 위한 더 나은 세계를 원했다. 그들은 권력을 가진 자들의 탐욕과 부패 때문에, 무자비하게 개인적 야망을 좇는 자들의 끊임없는 전쟁과 내전 때문에 비참하게 살았다. 세계의 안타까운 상황을 초래한 자들―적나라한 이기심과 탐욕으로 제 의무를 다하지 못한 종교적, 세속적 지도자들―을 향해 일갈하는 단테의 외침은 역사상 쓰였던 여느 정치적 선언문만큼이나 우렁차다. 그 밑에 깔린 열망은 언제나 명쾌하다. 인류가 생산적이고 보람 있는 삶을 살게 해줄 평화, 그리고 부정한 행위를 한 사람이 처벌받는 정의.

평화와 정의가 실현될 수 있는 방식을 생각하는 성숙기 단테의 관점은 현대인의 눈에는 비현실적으로 보이며, 심지어 중세 말에도 실현 불가능한 것이었다. 그는 한 명의 황제가 있어야 한다고 생각했다. 영적 지도자인 교황과 나란히, 그러나 독립적으로 기능하면서 인류 전체를 통치하는 세속 유일의 최고 지도자가 있어야 한다고 생각했다. 그는 이상적 정부에 관한 이 이론을 『제정론Monarchia』에서 산문으로 설명했다. 오늘날 독자들에게는 매우 추상적이고 이론적이며, 현실세계 정치학의 실용성과는 동떨어진 것처럼 느껴진다.

그러나 단테는 책상머리 이론가가 아니었다. 그의 견해는 현실정치에서 직접 얻은 고통스러운 경험에서 나온 것이다. 초반에 앞날이 창창해 보이던 그의 정치 경력은 처참하게 틀어져버렸다. 그는 삶의 마지막 20년 동안 망명지를 떠돌면서 통치자들의 궁정에서 비서나 대사로 일하며 사람들의 호의와 자선으로 먹고살았다.

그러나 그의 정치적 전망을 가장 잘 보여주고 그 열정적 이상주의의 옹골찬 힘을 표현해주는 것은 산문으로 쓰인 논문이 아니라 시다. 『신곡』은 설교가 아니듯 정치 소책자도 아니다. 단테가 잘못된 세계에 자기 전망을 투사할 수 있었던 건 그가 끌어낼 수 있었던 유일한 힘, 바로 말의 힘 때문이었다. 중세 역사를 잘 모르는 독자도 그가 꿈꾸는 전망의 힘을 가늠할 수 있다(실제로 그 시를 읽을 때는 전혀 몰라도 된다). 그가 그리는 상상이나 그 언어의 힘을 이해하기 위해서는 그저 살아 있기만 하면 된다.

보니파키우스 8세가 영리하게 파악했던 것 하나가 정치 선전에서 예술의 힘이었다. 시각적 홍보 기회가 제한되어 있던 시대에, 그는 시각예술을 통한 자기 홍보와 권력 확장에 타고난 재능이 있었던 것 같다. 그는 당대의 탁월한 미술가들에게 자기 모습을 그리고 조각하게 했다. 조토(Giotto)는 로마의 산조반니 인 라테라노 바실리카의 한 벽화에 희년을 선포하는 그를 묘사했는데, 지금도 일부가 남아 있다. 피렌체의 위대한 조각가이자 건축가인 아르놀포 디 캄비오는 1296년 조그만 산타레파라타 교회 자리에 엄청나게 큰 새 대성당 설계를 의뢰받았을 때 보니파키우스의 대리석 흉상을 제작했다. 이 흉상은 대성당 정면 위쪽 가장 눈에 띄는 자리를 차지하고서, 피렌체의 영적 생활과 사회생활의 중심인 예배당을 굽어보고 있었다. 그 예배당은 단테가 세례를 받았고, 말년에 시인의 월계관을 받기를 헛되이 소망했던 바로 그 장소였다.

보니파키우스 석상은 대성당 정면에서 호령하는 듯한 그 위치에 200년 동안 남아 있었다. (지금은 피렌체의 두오모 오페라 박물관에 있다. 현재의 대성당 정면은 19세기 말의 것이다.) 나머지 주요 도시들에도 지위와 권력의 온갖 상징―교황의 옥좌, 교황의 보관(寶冠), 열쇠, 망토 등―에 둘러싸인 보니파키우스의 상이 똑같이 높은 위치에 놓여 있었다. 아냐니의 대성당에서는 여전히 발코니 높은 곳에서 도시를 굽어보는 그의 형상을 볼 수 있다. 오르비에토에선 도시의 주 출입문 두 곳 위에 그의 조각상이 설치되었다(세월에 바랜 그 유물은 지금 성 프란키스쿠스 교회 안에 있다). 그 얼굴은 항상 알아볼 수 있다. 보니파키우스는 실체와 도상이 닮았던 첫번째 교황이라고 일컬어진다. 실제로 곧 그의 얼굴은 "교황"을 상징하게 되어 다른 교황들도 모두 그의 얼굴로 표현되었다. 1300년 무렵 아시시의 성 프란키스쿠스 바실리카에 여러 프레스코화가 그려졌는데, 거기에서 적어도 다른 세 명의 교황이 그의 얼굴 특징을 가진 모습으로 그려졌다. 이 미술 사업에 반영된 자기 권력 강화에 대해서는 당시에도 부정적 의견이 많았다.

그림 9

조토: 희년을 선포하는 보니파키우스.

그림 10

아르놀포 디 캄비오: 교황 보니파키우스 8세.

보니파키우스가 사망한 지 불과 7년 후인 1310년, 프랑스의 미남왕 필리프 4세는 그에 대한 사후 재판을 열었다. 보니파키우스의 교황직을 불법이라고 선언함으로써 보니파키우스의 재임기에 공표되었던 반프랑스적 교서들과, 교회의 권리와 교회에 낼 세금을 정한 교서들을 무력화하기 위해서였다. 혐의는 익숙한 내용이었다. 전임 교황 켈레스티누스 5세—그때쯤 성인으로 추증되어 1313년에는 성인이 되는—를 몰아내고 살해한 혐의가 있었지만, 사실 이는 교황 직권으로 행한 일은 아니었다. 성적 비행. 성직매매 및 친족 등용. 무려 60퍼센트의 고리대금업. 마법. 이단. 무신론. 아울러 우상숭배 혐의도 있었는데, 이는 눈에 띄는 위치에 자신의 조각상을 놓는 그의 습관과 관련이 있었다. 그는 승리하는 그리스도의 이미지와 자신을 교묘하게 결부시켰고, 도시 정문 위에 우상을 세우는 고대 이교의 관습을 부활시켰다고 고발당했다. 그와 거래했던 사람들에게서 몇 년 동안 증거를 수집했지만, 재판은 결론 없이 흐지부지되었다.

생전에 보니파키우스는 사실상 교황이 되자마자, 아르놀포 디 캄비오에게 로마의 성 베드로 대성당 안에 자기 무덤을 설계해달라고 의뢰했다. 그 무덤은 중세 교황의 화려하고 장엄한 장례 기념비 중 하나였다. 무덤에는 보니파키우스가 성 베드로의 소개로 천국에서 성모 마리아를 만나는 모습을 묘사한 모자이크 패널도 포함되어 있다. 보니파키우스는 미리부터 사후의 명성을 보호하고 있었던 것이다. 그는 불멸을 보장하는 듯한 이 웅장한 무덤을 바라보면서 굉장히 흐뭇해했다고 한다. (무덤은 200년 후 성 베드로 대성당이 재건되면서 해체되었다. 그 무덤의 일부는 현재 그 대성당 지하실에서 볼 수 있다. 모자이크 작품은 상트페테르부르크에 있다.)

그러나 보니파키우스는 지상에 영원한 기념비를 남기려고 그렇게 공을 들인 으리으리한 무덤과 함께, 어느 위대한 시인의 상상력과 말로써 빚어 낸, 똑같이 막강하지만 훨씬 못마땅한 자신의 이미지가 대대로 전해지리라고는 상상하지 못했을 것이다. 벌거벗은 채로 그로테스크하게 거꾸로 바위에 처박힌 채 몇 년 동안 두 다리를 버둥거리다가 이윽고 시야에서 사라져, 영원히 지옥의 캄캄한 바위 속에 갇히게 될 모습이라니.

정치권력은 덧없이 사라지지만, 예술은 지속된다. 시인이 교황을 이긴다. 얼마 전 뉴욕에서 택시를 타고 링컨 센터를 지나다가 맞은편 작은 공원의 나무들에 반쯤 가려진 이상하게 친숙한 어떤 모습을 얼핏 보고서 깜짝 놀랐던 적이 있다. 가만히 보니, 그것은 예술의 힘에 경의를 표하면서 20세기 초반에 세운, 등신대보다 큰 단테의 청동상이었다. 말로 쓰인 최고의 형식, 시의 힘은 인간 운명을 반영하고 영원히 남긴다. 보니파키우스의 조각상은 일부 골동품 연구가에게만 관심을 받으며 박물관 안에서 시들어가지만, 한 손에 책을 든 시인은 우뚝 서서 신세계와 새천년에 자신 있게 말을 걸고 있다.

3장
인생

『신곡』은 내가 한 시인의 자서전이라 부르려 했던,
시인의 이야기이기도 하다
　—잔프랑코 콘티니

예술이 진실이 아니란 건 누구나 안다.
예술은 진실을 깨닫게 만드는 거짓말이다……
　—파블로 피카소

1300년에 단테는 서른다섯 살, "우리 인생길의 한가운데(Nel mezzo del cammin)" 있었다. 성서에서 말하는 70년 인생에서 정확히 중간이었다. 여러 전기에는 그가 1265년에 태어났다고 되어 있다. 그러나 출생 연도에 관한 기록은 전혀 없다. 출생신고서도, 출생증명서도 없다. 그저 어느 시의 글귀로 그렇게 추정할 뿐이다.

단테의 삶에 관한 증거는 그 자신이 쓴 텍스트 말고는 거의 없다. 물론 한 이야기란, 아무리 자전적인 이야기라 해도 예술적인, 어쩌면 이념적인 필요에 따라 구성될 것이다. 미학적, 감정적 진실을 앞세워, 또는 구성적 요구를 만족시키기 위해 삶의 경험이나 역사적 사실이 대체되거나 다듬어지기도 할 것이다. 단테의 전기를 재구성한다는 건 대체로 추측과 추정의 과정이다. 전하는 대부분의 문서에서는 그 시인의 내밀한 개인적 경험이나 심지어 생애의 기본 사실조차 거의 찾아볼 수 없다.

현존하는 증거들은 『단테의 공문서 사본Codice diplomatico dantesco』이라는 제목의 수수한 근대 인쇄본에 수집되어 있는데, 그의 가정환경에 관한 약간의 정보가 있다. 단테의 어머니는 그가 어릴 때(그에겐 이름이 알려지지 않은 누이동생이 하나 있었다) 세상을 떴다. 아버지가 재혼하면서 단테에게 두 이복동생이 생겼는데, 그중 프란체스코는 단테와 가까웠고, 성인기에 재정적 어려움을 겪던 단테를 도와주었던 것으로 보인다. 빚 상환, 대출 보증과 관련된 서류들이 있다.

단테의 공적 역할에 관해서는 그보다 정보가 많다. 피렌체 국립문서보관소에는 14세기를 전후해 피렌체를 통치했던 여러 평의회 회의록이 보관되어 있다. 단테는 1295년부터 여러 평의회에서 일했다. 여기서 우리는 그의 정치적 관계를 통해, 그가 점점 더 고집스러운 형태로 백당의 명분을 받아들이고 있음을 알 수 있다. 그가 어떤 제안에 찬성해서 또는 반대해서 의견을 표출했다는 사실 기록도 여럿 있다. 프리오리 선출 과정의 문제는 빈번한 논쟁거리로 등장한다.

한 회의록은 특히 흥미롭다. 이 경우, 어떤 제안에 그 혼자 반대 의견을 말할 때면 그의 반대가 특기할 사안으로 언급된다. 백인회가 교황의 요청을 고려할 때였다. "단테 알리기에리는 교황 지원 문제와 관련해 아무것도 하지 말라고 충고했다(Dante Alagherii consuluit quod de servitio faciendo d[omino] pape nichil fiat)." 보니파키우스는 교황청에 파견된 피렌체 기사 100명의 복무 기간을 연장해달라고 요구한 적이 있었다. 단테의 반대 의견은 그 사실에 대한 확실한 증거 자료로서, 사실상 보니파키우스에 대한 불신이자 토스카나의 독립성 침해에 맞서야 한다는 믿음을 천명한 것이었다. 표결은 단테의 뜻대로 되지 않았다. 보니파키우스는 기병대를 얻었다.

단테와 보니파키우스가 직접 만났는지는 알 수 없다. 피렌체의 상황이 걷잡을 수 없게 되자 교황을 어떻게 해보려는 목적에서 1301년 말 단테가 겔프파 백당의 외교 사절단 일원으로 로마에 파견되었던 것은 분명해 보인다. 이에 대한 자료는 역시 디노 콤파니의 것이다. 동시대 피렌체 연대기 저자였던 콤파니는 피렌체 정치에 활발하게 참여했고, 피렌체 상황이 고비에 이르렀을 때 단테보다 1년여 앞서 프리오리가 되었다. 겔프파 백당이자 포폴로 성원으로서 콤파니가 여러 사건을 보는 관점은 대체로 당파적이지만, 사실 정보는 믿을 만한 것 같다. 두 사람이 실제로 만났는지에 관해선 말이 없다.

피렌체 문서보관소에는 단테의 추방과 관련해 명백한 사실을 말해주는 중요한 기록물이 있다. 첫번째 문서는 1302년 1월 27일 겔프파 백당 성원들과 단테에게 내려진 추방령에 관한 기록이다. 단테에게는 세 가지 혐의가 씌워졌다. 공직자의 재정적 부패와 부당 취득, 교황의 원조 요청 반대, 피스토이아에서의 겔프파 흑당 축출 방조가 그것이다. 처벌 역시

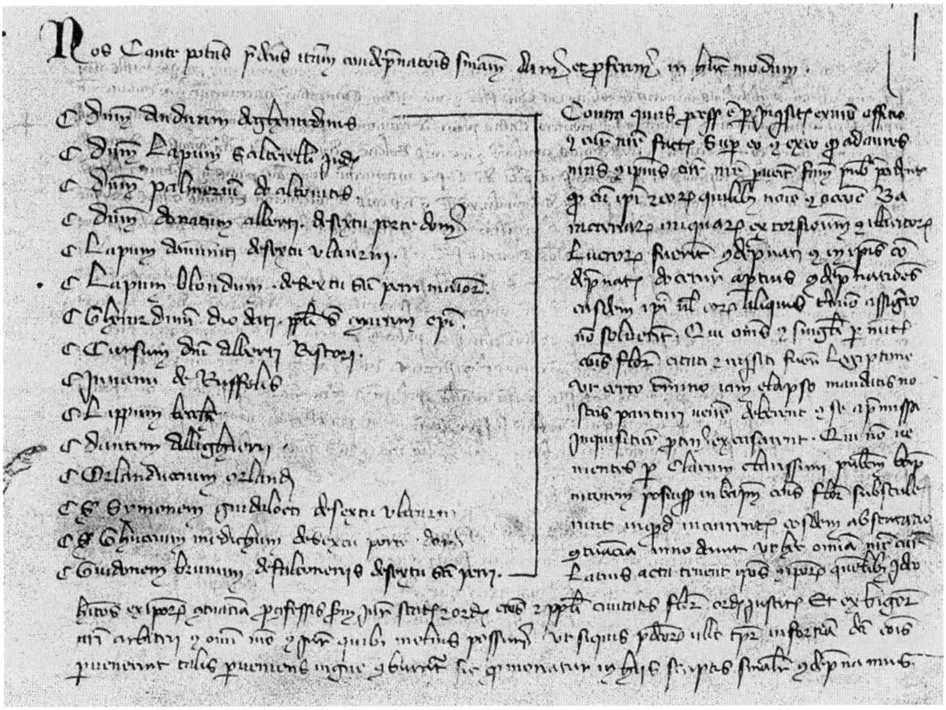

그림 11

피렌체 국립문서보관소에 보존된 서류. 1302년 단테를 비롯한 겔프파 백당에 내려진 사형 선고가 기록되어 있다. 단테의 이름(dantem allighierij)은 명단의 열한번째에 나온다. 마지막 행은 명단에 오른 자들을 영구 추방하고 피렌체 영토로 돌아올 경우 화형에 처하도록 선고하고 있다(talis perveniens ingne comburatur sic quod moriatur).

세 가지였다. 5000플로린의 벌금, 공직 자격 평생 박탈, 2년간 피렌체 영토에서 추방. 사흘 안에 벌금을 내지 않으면 재산을 몰수당하게 되어 있었다. 단테는 아마 로마에서 돌아오는 길에 이 소식을 들었을 것이다. 그는 두 번 다시 피렌체로 돌아가지 않았다.

두번째 문서는 같은 해 3월 10일 궐석재판에서 그에게 내려진 사형선고를 기록하고 있다. 피렌체 당국에 붙잡힐 경우 그를 화형에 처하고 재산을 몰수한다는 것이다. 세번째 문서는 1315년의 것으로, 사형선고를 재확인하고 그의 자녀들에게도 확대한다는 내용인데, 겔프파 백당의 사면 제안을 그가 거절한 뒤에 작성되었다. 이번에는 참수형으로 처형 방식이 바뀌었다.

단테가 쓴 편지는 여남은 편 전한다. 일부는 망명 후 피신처를 제공해준 궁정 후원자들에게 쓴 것이었다. 이런 편지에는 후원자에게 생계를 의지하는 작가의 상황이 나타나 있지만, 그의 감정이나 경험은 전혀 알 수 없다. 나머지 편지들은 사실상 정치적 선언이다. 이 편지들에서 그는 막강한 권력과 행동으로 세계무대의 사건을 좌우할 수 있는 이들에게 책임을 묻고 있다. 새 교황을 뽑게 될 추기경들, 새 황제를 맞이할 수 있는 대공들, 새 황제를 강력히 반대하는 피렌체의 정책을 바꿀 수 있는 시민들이 그 대상이다. 그리고 이탈리아에서의 활동을 격려하며 황제에게 쓴 편지가 한 통 있다. 이런 편지들은 매우 수사학적인 구성으로 씌었다. 동시대 사건들을 유창하고 직설적인 문장으로 설명하고는 있지만 단테의 개인 상황에 관해서는 거의 알 수 없다. 그는 이 편지들에서 자신을 가리켜 "그럴 가치도 없는데 추방당한 피렌체인(Florentinus exul inmeritus)"이라고 한다. 나중에 쓴 한 편지에서는 "피렌체인으로 태어났지만 행동은 그렇지 않은 사람(Flonretinus natione non moribus)"으로 묘사하고 있다.

단테가 삶의 특정한 한 순간에 느낀 강렬한 감정과 자신의 과거에 대한 인식을 보여주는 편지는 단 한 통인데, 알 수 없는 "피렌체 친구"에게 쓴 것이다("나의 신부님"으로 불리는 것으로 보아 성직자인 듯하다). 단테는 그 편지에서 1315년 겔프 백당의 망명자들에게 내려진 사면을 거부한 이유를 설명하는데, 그것은 그 사면 조건이 굴욕적이라고 판단했기 때문이다. 사면받기 위해서는 추방의 구실이었던 날조된 혐의에 대해 유죄를 인정해야 할 터였다. 그 혐의―개인적 이익을 위해 정치적 지위를 남용했고, 공무상 부패를 저질렀다는 것―는 스스로 공공선을 위해 행동한다고 믿었던 사람에게는 특히나 모욕적이었다. 나아가 상당한 벌금을 물고, 예배당 앞에 모인 피렌체 시민들 앞에서 이른바 봉헌식이라는 제의적 고행 의식에 참여해야 할 터였다. 그것은 일반 잡범이나 하는 의식이었다. 이 제안에 대한 그의 반응은 이렇다.

(…) 최근 피렌체에서 추방자 사면과 관련해 통과된 한 법령을 통해, 만약 벌금을 납부하고 봉헌식의 오명을 무릅쓸 각오가 되어 있다면 당장이라도 용서받고 돌아갈 수 있다는 것을 알았습니다. (…)

이것이 거의 15년의 비참한 망명생활을 했던 단테 알리기에리를 고향 도시로 돌아오라 하는 자애로운 소환입니까? 이것이 온 세계에 명백한 결백에 대한 보상입니까? (…)

생각이 있는 사람이라면 사슬에 묶인 흉악범처럼 봉헌식에 나가는 그런 자기

비하적인 무모한 행동은 할 수 없을 것입니다. (⋯) 정의를 설교하는 사람이라면 억울한 일을 당한 후에 자신을 부당하게 대했던 이들에게 당연한 일을 하듯 주머니의 돈을 내어줄 수는 없을 것입니다.

아니, 신부님. 이는 고향으로 돌아가는 길이 아닙니다. 만약 다른 길을 찾을 수 있다면 (⋯) 저의 명예를 훼손하지 않는 길을 찾을 수 있다면, 저는 지체 없이 그 길을 받아들이겠습니다. 그러나 그런 길로 피렌체에 들어갈 수 없다면, 차라리 영원히 피렌체에 돌아가지 않을 것입니다.

(서한 xii)

정의나 진실이라는 관념과도 상충되고, 사건의 의미에 대한 참된 이해도 없이 제시된 굴욕적인 조건, 이 조건을 거부하는 분노에 찬 이 글에는 개인적 명예를 상처받았다는 격한 감정이 반영되어 있다. 똑같이 맹렬하고 비타협적인 기질은 『신곡』에서도 종종 드러난다.

단테보다 한 세기 뒤에 피렌체 서기장 레오나르도 브루니(Leonardo Bruni)는 단테에 관한 짧은 전기를 썼는데, 자필 서명이 들어간 단테의 편지들이 소개되어 있다. 지금은 전해지지 않지만, 라틴어로 쓰인 그 편지 가운데 한 통이 브루니의 믿을 만한 설명과 함께 이탈리아어로 일부 번역되었다. 그 대목은 단테가 프리오리로 재직한 기간을 삶의 전환기로 짚고 있다. "내 모든 불행과 모든 고난은 비운의 프리오리로 인해 빚어졌고 그와 함께 시작되었습니다. (⋯)" 코무네에서 오를 수 있는 최고의 직책, 정치적 야망의 정점에 오른 시점이 곧 상황이 파멸적으로 어긋나기 시작한 바로 그 시점이었다.

이와 함께 시인으로서 단테의 경력과 명성은 생전의 몇몇 기록을 통해 그려볼 수 있다. 그가 스물두 살이던 1287년에 볼로냐의 이정표라 할 가리센다 탑을 묘사한 소네트 한 편이 볼로냐의 한 법률 서류 끝에, 페이지의 여백을 메우기 위해 첨부되었다. 따라서 우리는 단테가 풍부한 문화유산과 문학 전통을 자랑하는 오랜 대학도시 볼로냐를 방문했다고 추측할 수 있다. 확실히 이 시는 그의 친구가 아닌 이들에게까지 널리 알려져 있었다.

당시 법률가들은 법률 문서에 여백을 남기지 않으려는 관습이 있었는데, 유언장에 내용을 추가해 문서를 수정하는 것을 방지하기 위해서였다. 외우고 있는 시 텍스트의 일부를 써넣어 여백을 메우는 일은 종종 있었다. 단테가 아직 살아 있었고 『신곡』을 완성하기 전이던 1317년과 1319년에 작성된 볼로냐의 문서에서 이런 목적으로 인용된 「지옥」의 시행들이 있다. 따라서 「지옥」은 그 시가 완성되기 전부터 일반에 배포되었고, 널리 인기를 끌었다고 확실하게 결론지을 수 있다.

이 감질나는 시의 토막들은 단테 생전에 이 시가 널리 알려져 있었음을 증언한다. 그 단편들은 단테가 직접 쓴 필사본이 하나도 전하지 않는다는 사실을 상쇄해줄 것이다. 심지어 그의 서명 하나도 남아 있지 않다. (이와는 대조적으로 불과 한 세대 후의 작가인 보카치오와 페트라르카는 많은 필사본 작품에 자필 서명을 했다.) 레오나르도 브루니는 편지 속 단테의 글씨가 "가늘고 길며 매우 정확하다(magra e lunga e molto corretta)"고 묘사한다. 현존하는 가장 오래된 『신곡』 필사본은 단테가 사망한 지 15년 후인 1336년의 것이다. 그러나 자필 서명본이 어떤 모습이었을지 충분히

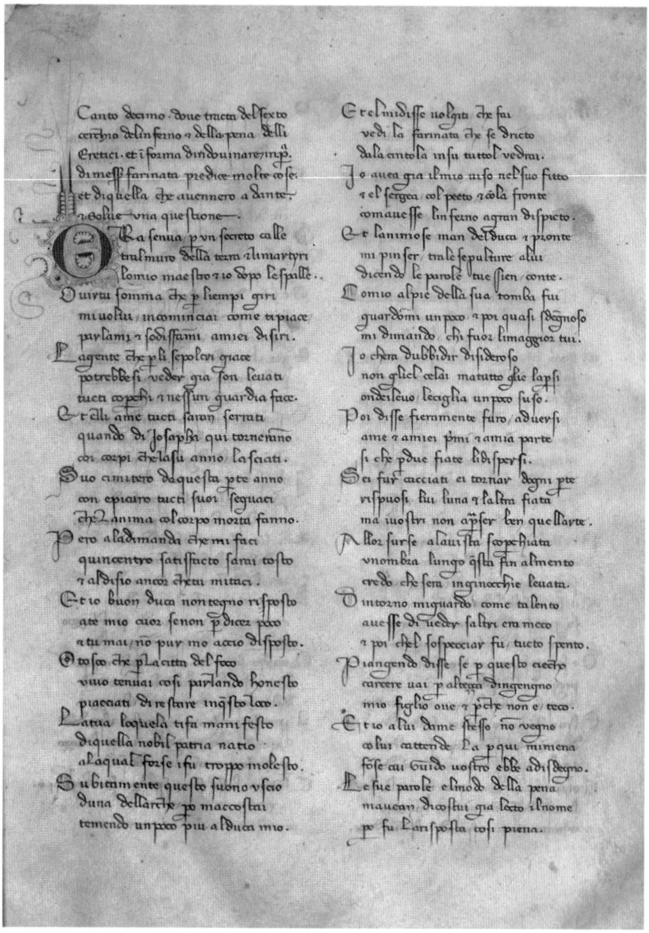

그림 12

ms. Triv. 1080의 한 페이지.「지옥」10곡의 앞부분이 들어 있다.『신곡』자필본도 이와 매우 비슷한 모습이었을 것이다. 이 아름다운 필체는 전문 필경사 프란체스코 디 세르 나르도의 것이다.

짐작해볼 수 있다. 학자들은 현존하는 초기 사본들을 토대로 신빙성 있는 "가상" 원본을 재구성해냈다.

단테가 쓴 많은 작품은 매우 자전적이기 때문에 텍스트로 삶을 논의하는 것이 당연한 일처럼 보일 수도 있다. 하지만 『새로운 삶』의 내용을 단순히 액면 그대로 받아들인다면 순진한 태도일 것이다. 초기에 쓴 연애시를 설명하는 산문 부분은 베아트리체를 찬양하는 리벨로(libello, "작은 책")의 형태를 갖춘다는 예술적 목적을 위해 넣은 것이 분명하다. 여기서는 선택된 꼴에 맞는 시들만 사용된다. 이 책에 포함되지 않았지만 베아트리체를 위해 쓴 시는 더 있으며, 포함된 시 가운데 일부는 원래 베아트리체가 아닌 여자들을 위해 썼다가 이 새로운 서사의 목적에 맞춰 각색한 것이 분명해 보인다.

『신곡』에서는 이런 문제들이 복합되어 있다. 「지옥」에서 가장 감동적인 만남 가운데 하나가 브루네토 라티니와의 만남이다. 이 대목은 T. S. 엘리엇의 『네 개의 사중주Four Quartets』에 실린 「작은 현기증Little Gidding」 가운데 "아침이 오기 전 모호한 시간/끝없는 밤의 끝이 다가올 때 (…)" 부분에 큰 영향을 주었다. 그러나 피렌체의 탁월한 정치가이자 한 세대 전의 작가였던 브루네토와 단테의 관계가 어떤 성격이었는지는 알 수 없다. 단테는 「지옥」 15곡에서 자연을 거스른 죄인들 가운데서 그를 만난다.

엘리엇이 인상적으로 묘사하는 풍경은 전쟁중 공습 이후 새벽의 런던이다. 단테와 베르길리우스는 지옥의 제7원인 폭력의 원, 그 가운데서도 세번째인 신과 자연과 예술을 거스른 죄인들의 테라스에 있다. 두 사람은 불비가 쏟아지고 불타는 모래의 황무지를 지나는 중이다. 이들은 모래 평원을 흐르는 피의 강 옆 강둑을 따라 걷는다. 강에서 피어오르는 증기가 쏟아지는 불비를 꺼뜨려 돌로 된 강둑 위의 두 여행자를 어느 정도 보호해주지만, 아래쪽 평원의 죄인들은 불비를 고스란히 맞는다. 죄인 중 하나가 단테를 알아보고 그의 옷자락을 잡아당긴다. 단테는 기꺼이 걸음을 멈추고 말을 걸려 하지만, 죄인들은 걸음을 멈춰서는 안 된다. 그래서 두 사람은 나란히 걸어간다. 단테는 아래쪽 브루네토를 향해 고개를 숙일 뿐, 강둑을 내려가 저 아래 모래에서 그와 나란히 걸을 엄두는 나지 않는다.

브루네토 라티니가 피렌체 문화에서 차지하는 위상은 역사적으로 기록되어 있다. 그는 영향력 있는 책들을 썼고 키케로의 『발상론*De inventione*』 일부를 포함해 중요한 고전 텍스트들을 토착어로 번역했다. 모두 피렌체 시민의 덕목을 고취하기 위해서였다. 연대기 저자 조반니 빌라니(Giovanni Villani)는 상스러운 피렌체인들에게 미친 교육적 효과를 인정하며 그를 찬양한다. 빌라니에 따르면, 그는 "피렌체인들이 덜 거칠게 행동하고 말을 잘할 수 있도록 가르치기 시작했고, 우리 공화국을 정치의 기술로 인도하고 다스릴 방법을 알게 해준 사람"이라고 한다.

단테가 태어나기 전에 브루네토는 최초의 인민정부(1250~1260) 시절의 코무네 서기장이었다. 그는 기벨린파가 장악하던 6년(1260~1266) 동안 프랑스에서 망명생활을 하다가 돌아온 후, 다시 피렌체 문화의 중심에 섰다. 1295년에 사망할 때까지 브루네토는 수십 년 동안 그 도시의 문화계를 주름잡았다. 법과 정의에 기초한 도시사회 관념을 옹호했다. 그는 그란디들이 이 관념을 수용하도록 힘쓰기로 했다. 한마디로 그는 작가이자 고위 공직자였다. 바로 단테 자신이 진출하고 싶었던 두 분야를 아우르는 매우 탁월한 역할 모델이었던 것이다. 그는 단테의 스승이었을까? 아니면 비공식적인 멘토였을까? 나이 많은 친구였을까? 진실은 알수 없다. 두 사람의 관계에 대한 증거는 시 텍스트가 전부다.

확실히 단테는 지옥의 이 부분에서 브루네토를 발견하고 놀란 것 같다. "브루네토 님, 아니십니까?(Siete voi qui, ser Brunetto?)" 깜짝 놀라서 말이 절로 나온다. 우리는 브루네토의 동성애가 널리 알려진 사실은 아니었다고 추론해도 좋을 것이다. 단테의 시는 사실상 그를 "커밍아웃"시킨다. 확실히 단테의 말은 애정과 부채의식을 보여준다.

> 자애롭고 훌륭한 아버지 같은 모습이
> 내 마음에 새겨져 있어 슬픕니다.
> 이승에서 당신은 수시로 저를
> 영원히 기억될 사람으로 가르치셨지요.

> ché 'n la mente m'é fitta, e or m'accora,
>   la care e buona imagine paterna
>   di voi quando nel mondo ad ora ad ora
> m'insegnavate come l'uom s'etterna: (「지옥」 15곡 82~85)

자기 삶을 형성하는 데 중요한 영향을 준 사람에게 늘 감사하는 마음이 나타난 이 구절은 이 시의 여느 부분만큼이나 직접적이고 감동적이다. 단테가 어느 작품에서도 자기 아버지를 언급하지 않는다는 사실은 의미심장해 보인다. 브루네토의 "아버지" 이미지는 대리 부친으로 볼 수 있을 것이다. 나중에 단테가 천국에서 조상을 만났을 때에는 베르길리우스의 작품 속 안키세스가 사후의 엘리시움에서 아들 아이네이아스에게 했던 말이 노골적으로 인용된다—"오 나의 피여(O sanguis meus)."(『아이네이스』 6: 835, 「천국」 15곡 28) 그러나 그건 아버지가 아니라 고조부다.

브루네토가 준 가르침의 가치를 인정하는 말—"저를 영원히 기억될 사람으로 가르치셨지요"—은 그가 지옥에 있다는 사실과는 묘하게 어긋난다. 이 시에서 "영원하게 하다(etternarsi)"라는 동사는 딱 한 번 사용된다. 더욱이 불가피하게 흠결이 있는 인간의 인간적인 가르침을 일컬으며 여기서 그 단어가 쓰인다. 이 시의 나머지에서 "영원한(etterno)"이라는 형용사는 항상 신이나 신의 피조물에 대해 사용되지, 결코 인간과 관련되어 쓰이지 않는다. 지옥문 위에 쓰인 "나는 영원히 지속되니(io etterna duro)"라는 글귀가 그런 경우다. 지적, 심리적 부채를 인정하는 것은 단테의 윤리적 우주에서 중요한 도덕적 의무이며, 고마움을 모르는 배은망덕이야말로 특히 극악한 도덕적 결함이라는 사실은 지옥 밑바닥의 배신자들 중에서도 최악은 바로 은혜를 배신한 자들이라는 점에서 확인된다.

우리는 브루네토가 동성애 때문에 비난받는지조차 확신할 수 없지만, 지옥의 이 원에 있는 사람들 대부분은 분명 동성애자다. 명망 있는 단테 학자들은—비록 대부분의 독자는 그렇게 보지 않지만—브루네토가 지옥에 보내진 이유는 자연을 거스른 죄 때문이라며, 그 죄는 모국어인 이탈리아어보다는 프랑스어로 글을 쓴 것(그의 가장 중요한 작품 『보전Trésor』은 프랑스 망명중에 쓰였다), 또는 옳지 않은 정치철학을 받아들인 것, 또는 일탈적인 신앙 형태인 파타리노 이단에 가담한 것 등 다양하다고 주장한다.

실제 있었던 사건과 이 시가 말하는 사건의 관계는 모호하다. 예술은 바로 그 이유로 인해 훨씬 더 강력하다. 거듭해서 『신곡』을 읽을수록, 우리는 단테의 시가 지닌 힘은 강력한 자전적 요소—시대, 장소, 상황 속에 굳게 뿌리박은 실제 경험—에서 나오는 반면 그 시인이 살아낸 경험은 상상력과 언어 구사력에 의해 바뀌고 변형된 까닭에, 그 어떤 것도 사실이라고 자신 있게 주장하기가 종종 불가능해지는 그런 역설에 직면한다.

그 문제는 『새로운 삶』에서보다 『신곡』에서 더 복잡해지는데, 그 이유는 정확히 두 가지다. 『신곡』의 서사 구조에는 나름의 독립적인 논리와 운동량이 있으며 그것들은 개인적인 것보다 더 크고 포괄적인 목표에 맞춰 형성되어 있다. 그리고 그 서사 구조는 알레고리의 형태를 띤다.

중세의 긴 이야기시들은 종종 알레고리였다. 그런 시가 이야기하는 사건은 재미있지만, 그 사건 뒤에는 더 깊은 의미가 감춰져 있다. 13세기에 프랑스어로 쓰인 장시 『장미 이야기Roman de la Rose』는 유럽 최초의 토착어 베스트셀러였다. 『장미 이야기』는 한 청년이 아름다운 장미 한 송이를 꺾기 위해 경비가 삼엄하고 금지된 정원에 들어간다는 이야기다. 우리는 이것이 유혹의 이야기, 신중하고 조신한 처녀에게 오랫동안 교제를 거절당했던 열정적인 사랑꾼이 결국 구애 끝에 사랑을 차지하는 이야기라는 걸 알고 있다. 따라서 여기에는 '질투', '수치심', '명예', '나쁜 평판'이라는 등장인물이 나온다. 이야기는 두 수준에서 전개된다. 문자 그대로 몰래 정원에 들어가서 장미를 훔친다는 표면적 수준의 이야기와, 연인에게 구애하고 마음의 벽을 무너뜨리고 궁극적으로는 주저하던 연인을 차지한다는 더 깊은 수준의 알레고리가 그것이다. 장애물에도 아랑곳없이 성적으로 이끌리고 갈망하는 인간 공통의 경험이 이야기 형식으로 전해진다. 심리적 경험은 하나의 플롯이 된다.

심지어 저자가 알레고리적 의미 전달을 의도하지 않은 텍스트도 이런 식으로 해석되기도 한다. 『아이네이스』는 중세에 종종 그렇게 읽히고 이해되었다. 베르길리우스가 쓴 이 시의 표면적 의미는 아이네이아스가 트로이를 떠나 라티움에 도착해 훗날 로마가 된 도시를 세울 때까지 겪은 시련이다. 그런데 이 시는 두번째 의미를 낳는다. 어떤 인간이든 삶의 여정에서 고난과 시련을 맞닥뜨리기 마련이며, 그런 것들이 도덕적 행위자로서 그의 기개를 시험한다는 것이다. 아이네이아스는 디도의 유혹을 뿌리치고 위대한 자제력을 보여준다. 그리고 숱한 난관에도 불굴의 용기와 기개를 발휘하면서 과업을 성취해나간다. 확실히 중세 독자들은 감추어진 두번째 성격의 교훈적 의미를 찾는 독서 습관이 있었다. 『향연*Convivio*』을 통해 우리가 아는 것처럼, 단테 자신도 『아이네이스』를 그런 방식으로 읽었다.

『신곡』 역시 『장미 이야기』나 교훈적인 『아이네이스』와 비슷한 방식으로 읽힐 수 있다. 순례자 단테는 모든 그리스도교인들을 대표한다고 볼 수 있다. 그의 길잡이인 베르길리우스와 베아트리체는 모든 인간이 지상 존재의 영고성쇠(榮枯盛衰)에 대처하게 해주는 도움과 위안의 두 근원, 즉 인간의 이성과 신의 은총을 대표한다고 볼 수 있다. 이 시의 첫 행 "우리 인생길의 한가운데서"는 주인공과 그의 곤경이 갖는 대리적 기능을 깨우쳐준다. 그것은 주인공만의 인생이 아니라, **우리의** 인생이기도 하다.

그러나 『신곡』을 『장미 이야기』처럼 단순한 두 수준의 알레고리로 해석하는 것은 가장 중요하고 독창적인 이 시와 관련해 거의 아무것도 고려하지 않는 것과 같다. 베네데토 크로체(Benedetto Croce)가 경멸적으로 말했듯, 이런 의미의 알레고리는 암호해독에 지나지 않는다. 암호 뒤에 단순한 메시지를 감추는 지루한 게임이 될 수도 있다는 얘기다. 일단 암호가 풀리면(a는 b를 상징한다), 텍스트의 의미는 고갈된다. "그는 장미를 꺾는다"는 암호는 "그는 여자의 처녀성을 빼앗는다"로 해석된다. 지난 70년 동안 『신곡』과 관련해 가장 흥미로운 생각들 대부분이 이런 문제를 탐색하는 데 초점을 맞추고, 이 시에서 알레고리가 정확히 어떻게 작용하는지 짚어내고 설명하려는 시도를 해왔다. 이 문제에는 사려 깊은 독자라면 누구나 동의할 몇 가지 중요한 측면이 있다.

베르길리우스가 인간의 이성을 대표한다는 데는 의심의 여지가 없다. 그러나 그는 무엇보다 역사적 인물 베르길리우스다. 단테는 고대 시인 가운데 그를 가장 존경했다. (단테는 호메로스에 대해서는 직접적인 지식이 없었기에 호메로스의 명성을 그대로 믿었다.) 베아트리체는 사실상 신의 은총 또는 계시(또는 그리스도교 세계에서 구원받는 데 필요하지만 인간이 스스로 제공할 수 없는 모든 것)를 상징하지만, 그녀는 무엇보다도 역사적 인물 베아트리체다. 단테는 어린 날 피렌체에서 그녀를 알았고 그녀를 사랑했다. 베르길리우스와 베아트리체는 그저 도덕적, 영적 의미를 담기 위해 고안한 암호가 아니다. 그들에게 어떤 꼬리표를 붙이는 것은 그들을 축소하는 행위다. 그들은 살아 숨쉬었던 실존 인물이다. 그들에게는 이름, 정체성, 오직 그들만의 것인 과거사가 있다.

마찬가지로 단테는 『천로역정The Pilgrim's Progress』의 주인공 같은 포괄적인 그리스도교도가 아니다. 단테는 고유한 정체성을 지닌 개인, 그 자신이다. 그 정체성에는 그의 국적, 그의 직업, 그의 외모, 그의 말투가 두루 녹아 있다. 죽은 자의 유령들을 만나게 되는 것도 어디까지나 그만의 이런 독특한 특징들 때문이다. 유령들은 단테가 살아 있는 사람이기 때문에 종종 그에게 관심을 가진다. 그는 그림자를 드리우고, 몸에 무게가 있고, 숨을 쉰다. 그러나 유령들은 단테만큼 자주, 아니 아마 그보다 더 자주 그를 알아본다. 이탈리아인으로서, 토스카나인, 피렌체인으로서, 가족과 정치적 충성심을 가진 남자로서, 친구 또는 적, 시인으로서 그를 알아본다. 그의 얼굴로, 그가 입은 옷으로, 그의 억양으로, 그의 말솜씨로 그를 알아본다.

그리고 그에겐 이름이 있다. 프루스트의 『잃어버린 시간을 찾아서*A la recherche du temps perdu*』 속의 마르셀처럼, 텍스트에서 그의 이름은 딱 한 번 불린다. 지상낙원에서 베아트리체를 다시 만나 처음으로 그녀가 말을 걸 때, 그 첫 단어가 바로 그의 이름, 단테다. (『신곡』을 익히 알았던 보티첼리는 이 시를 그린 연작에서 딱 한 번 자기 이름을 서명함으로써 의도적으로 그 사실을 상기시키는 듯하다.) 마르셀과 마찬가지로, 단테는 작품이 진행되는 동안 자신을 주인공으로 작품을 쓸 수 있는 작가가 된다. 이 시가 들려주는 이야기는 무엇보다도, 그 자신이 그 시의 작가가 된 과정이다. 시 속 등장인물들의 역사적 실재성, 고유한 성격, 저마다의 개인사와 정체성에 바탕을 둔 경험 등은 그들이 보여주는 가치와 상충하지 않는다. 반대로 그 가치를 더욱 깊고 풍부하게 해준다. 만약 단테가 보통 사람을 대변한다고 해도, 사실 어찌 보면 분명 그렇지만, 그럼에도 그는 무엇보다 그 자신이다.

등장인물들이 실존 인물이기 때문에, 이런 부류의 알레고리를 "역사적" 알레고리라고도 한다. 그러나 이 말 역시 이 시에서 벌어지는 일을 적절히 설명해주지 않는다. 『향연』에서 단테는 또다른 알레고리 전통을 언급한다. 단테에 따르면 알레고리적 의미는 서로 다른 두 의미로 이해할 수 있다. 시인이 이해하는 알레고리와 신학자가 이해하는 알레고리가 그것이다. 시인의 알레고리에 대한 예로, 그는 사나운 짐승을 길들이고 나무와 돌을 움직이게 하는 리라를 가진 오르페우스 이야기를 인용한다. 이 이야기는 현명한 사람은 자기 목소리를 도구 삼아—다시 말해, 유려한 말솜씨로써—냉정한 마음을 누그러뜨리고 무식한 사람들을 감화시켜 그의 뜻대로 움직일 수 있다는 깊은 의미를 담고 있다.

이는 우리가 『장미 이야기』에서 보는 두 수준의 알레고리다. 단테는 그것을 "아름다운 거짓말 뒤에 숨은 진실(veritade ascosa sotto bella menzogna)"이라고 정의한다. 시인은 진실을 전달하기 위해 허구를 꾸며낸다. 즉, 이야기를 짓는다. 시인의 알레고리는 정확히 이 점에서 신학자들의 알레고리와 다르다. 다시 말해 문자적 의미가 진실 또는 사실과 가지는 관계가 다르다. 그 차이는 매우 결정적이다.

신학자들이 이해하는 알레고리는 더 흔하게는 "예표론(豫表論)" 또는 "표상론"이라고 한다. 이는 구약성서와 신약성서 속 일화들에서 중요한 연관성의 네트워크를 설정하는 성서 해석의 한 방법이다. 따라서 요나가 고래의 배 속에서 보낸 3일은 그리스도가 십자가형을 당하고 부활하기까지의 3일을 예시한다. 1272년 라벨로 대성당에 제작된 모자이크는 이 예를 아름답게 묘사한다. 여기엔 고래 혹은 바다 괴물이 삼키고 다시 토하는 요나의 모습이 보인다. 토해지는 요나의 모습은 확실히 창조주 그리스도 또는 "만물의 통치자"로 묘사되어 있다. 그 이미지는 표상론이 허용하는 의미의 경제와 압축을 보여준다(요나 이야기의 의미와, 그것과 그리스도 이야기의 관계가 단 한 이미지 속에 표현되어 있다). 표상론은 시간과 인류 역사에 걸쳐 유의미한 연관성을 구축한다.

신학적 알레고리의 예를 더 살펴보자. 아브라함이 아들 이삭을 기꺼이 제물로 바치려고 한 행위는 인류를 위해 아들 그리스도를 기꺼이 희생시키려는 신의 의지를 예시한다. 모세의 시대에 이스라엘 민족이 대거 이집트를 빠져나온 사건은 그리스도에 의해 죄악의 삶을 빠져나와 영생으로 나아가는 그리스도교도들의 구원을 예시한다. 그리스도의 생애에 벌어진 일화들은 구약의 일화들이 실현된 것이다. 구약의 일화들은 신약의 일화들을 형상화, 즉 예시하고 있다. 그것들은 이런 관계의 결과로서 더 큰 의미를 가진다. 그 의미는 역사적일 뿐 아니라 알레고리적(표상적, 예표적)이기도 하다. 계시의 전조인 것이다. 구약의 일화들은 단테를 비롯한 중세의 모든 그리스도교인들에게 역사적인 진실이다. 진실을 전달하기 위해 꾸며낸 허구가 결코 아니다. "아름다운 거짓말"이 절대 아니다.

단테의 역사적 알레고리는 표상론과 유사한 면이 더러 있다. 베르길리우스와 베아트리체는 실존 인물이다. 인간의 이성이나 신의 은총을 나타내기 위해 단테가 꾸며낸 인물이 아니다. 단테가 여행 도중 만나는 거의 모든 인물 역시 마찬가지다. 그들이 지상에서 살았던 삶은 표상 또는 예시이며, 저승에서 영혼의 상태는 실현이라고 볼 수 있다. 비록 이것은 성서적 표상론에서처럼 역사 속에서 서로 관련된 두 인물에게 나타난 것이라기보다는 한 개인 존재의 서로 다른 두 양상에 나타난 것이기는 하지만, 그 유사성은 명쾌하다.

중요한 건 아무것도 지어내지 않았다는 점이다. 지옥 속 사음(邪淫)의 원에서 단테는 프란체스카 다 리미니(Francesca da Rimini)를 만난다. 그녀는 애욕의 피해자로 시동생 파올로와 불륜을 저지르다 남편에게 발각되

그림 13

창조주 그리스도의 표상으로서 고래에게서 나오는 요나.

어 남편의 손에 살해당했다. 지상에서 프란체스카의 삶은 그녀가 맞을 영원의 운명을 예시한다. 그녀의 이야기는 정욕에 대한 어떤 추상적 의인화보다도 훨씬 더 강렬하게 독자에게 다가간다. 누가 봐도 음란하거나 난잡한 인물을 다룬 이야기가 아닐 때 더욱 가슴 아프게 다가오는 것과 같다. 단테의 시는 도덕적 자질을 의인화한 추상적 관념을 제시하지 않으며, 만들어낸 인물을 제시하지도 않는다. 그보다는 역사와 구체적 상황 속에 발을 디딘 풍부하고 복잡하고 특수한 개인들의 사례를 제시한다. 비평가들이 늘 인정하다시피, 이 시의 독창성과 힘은 바로 여기에서 나온다.

그렇다면 이런 인물들이 등장하는 이야기는 어떨까? 『신곡』에서 가장 놀라운 것 하나는 흔히 예상하는 바와는 달리, 그것이 꿈의 환영이 아니라는 점이다. 중세 문학에는 그런 알레고리가 종종 존재한다. 작가는 그 이야기가 꿈을 기록한 것이라고 말함으로써, 말 그대로 허구적 지위를 처음부터 확실하게 다져놓는다. 다시 말해 실제 있었던 사건이 아니라 "아름다운 거짓말", 자신이 꾸며낸 어떤 것임을 확실히 한다. 따라서 『장미 이야기』는 그 시인이 자신이 꾸었던 꿈을 이야기하겠노라고 말하면서 시작된다. "내 인생 스무번째 해에 (…) 어느 날 밤 평소처럼 자리에 누워 깊은 잠에 빠졌다 (…) 자는 동안 아주 아름답고 즐거운 꿈을 꾸었으니 (…) 이제 그 꿈을 운에 맞춰 이야기해보려 하오." 그리고 2만 1000행 뒤에 그 시인이자 연인은 꿈에서 깨어난다. "내가 영원히 머물고 싶었을 그 장소를 떠나기 전, 몹시도 기쁜 마음으로 나는, 장미 덤불의 잎 사이에서 그 꽃을 꺾었고, 그렇게 빨간 장미는 내 것이 되었다오. 곧바로 낮이 되었고, 나는 깨어났다오." 윌리엄 랭글런드(William Langland)

의 『농부 피어스*Piers Plowman*』 역시 거의 똑같은 방식으로 작품을 시작하고 끝내며, 초서와 보카치오의 여러 작품도 마찬가지다.

단테의 전략은 정확히 그 반대다. 시는 잠드는 순간이 아니라 깨어 있는 순간에 시작된다. "(나는) 어두운 숲속에서 헤매고 있었다(mi ritrovai per una selva oscura)." 반대로 그는 길을 벗어났을 때, 숲속에서 올바른 길을 잃어버렸을 때 "잠에 깊이 취해(pien di sonno)" 있었다. 편안한 이야기에 대한 중세 독자들의 기대가 뒤집혀버린다. 이것은 꿈의 이야기가 아니라 그 시인이 깨어 있을 때 벌어진 일에 관한 이야기다.

이 시의 진실 선언은 보카치오가 단테의 전기에서 들려주는 한 일화에서 명쾌하게 울린다. 보카치오는 베로나의 어느 집 문간에 앉아 수다를 떠는 여인들의 이야기를 전한다. 그 여인들은 단테가 지나가는 것을 보더니 그가 지옥에 다녀온 게 틀림없다고 입을 모은다. ("그곳의 연기와 불로 인해") 그의 낯빛이 어둡고 검은 머리가 곱슬거렸기 때문이다. 보카치오의 이야기 속 단테는 우연히 이 대화를 듣고는 엷은 미소를 띠고 걸어간다. 단테가 실제로 지옥에 갔다 왔다고 믿는 요즘 독자는 없을 테니 우리는 베로나의 그 여인들보다 덜 순진하다고 하겠지만, 이 시가 문자 그대로 진실로 받아들여지기를 요구한다는 사실을 부정할 수는 없다. 단테 전문가 찰스 싱글턴(Charles Singleton)의 곱씹을 만한 공식처럼, "『신곡』의 허구는 그것이 허구가 아니라는 것이다."

실제로 이 시는 단테가 신을 직접 보는 지복직관(至福直觀)의 상태에서 넋을 잃고 몰입한 순간 끝난다. 환영의 경험은 그 여행의 목표이자 결과이지 그 여행의 양상이 아니다. 물론 이 시에는 주인공의 경험에서 중요한 부분인 꿈들과 환영들이 존재한다. 연옥에는 세 번의 꿈이 등장하는데, 그는 연옥 산에서 지내는 밤마다 한 번씩 꿈을 꾼다. 질투와 분노로 벌받는 죄인들에 대한 눈부신 환영 역시 연옥에서 펼쳐진다. 그러나 여행 자체가 꿈이나 환영 속에서 경험한 것으로 제시되지는 않는다.

초기의 주석가들은 이런 진실 선언을 불편하게 여겼지만, 이 시에서 말하는 경험이 진짜로 환영일 수 있다는 생각 역시 불편해했다. 『신곡』에 대한 14세기의 풍부한 주석 전통은 단테가 세상을 뜨고 불과 몇 년 후에 시작된다. 가장 먼저 등장한 두 주석가가 그의 아들 자코포와 피에트로였다. 주석을 보건대, 자코포는 아버지의 문학적 천재성을 이해하기에는 턱없이 재능이 부족했지만, 아버지가 죽은 후 이 시의 완벽한 텍스트를 수집하는 데 중요한 역할을 했다는 점은 우리가 마땅히 고마워해야한다. 자코포나 피에트로, 그리고 동료 주석가들 모두 단테의 글에 담긴심오한 독창성을 기민하게 포착하지는 못한 것으로 보인다. 설사 그것을알아챘다 하더라도 그들은 이 시를 위장하는 편을 택해 이 시가 사실상허구이며, 이 시에 나오는 이야기는 단테가 지어낸 것이지 그가 실제로경험한 것(베로나의 순진한 여인네들이나 그렇게 생각할 것이다)이 아니라고,심지어 직접 경험한 환영도 아니라고 주장하는 경향이 있다(만약 그 환영이 정말로 신에게서 직접 영감을 받았거나 지시받은 것이라면 이 책은 위험할만큼 전복적일 테니 말이다).

이 논쟁적인 문제는 때로, "텍스트의 존재론적 지위"라는 무미건조한학술적 표현으로 불린다. 필사본에서 이 시의 서두를 묘사하는 이미지들은 이 문제를 매혹적으로 비춰준다. 이런 삽화들은 종종 다음에 올 텍스트에 접근하기 위한 열쇠를 줄 목적으로 그려진 것처럼 보인다. 그러나딱 한 종의 필사본만큼은 이 시가 꿈의 기록임을 분명히 암시하는 미니

그림 14
꿈꾸는 시인.

어처로 시작된다(ms. Egerton 943, 영국 국립 도서관 소장). 이 (크게 오해를 불러일으키는) 이미지는 『장미 이야기』 필사본의 서두에 꼬박꼬박 사용되었던 이미지(거기서는 지극히 적절한)를 그대로 따르고 있다. 왼쪽에는 침대에서 한 남자가 자고 있고, 오른쪽에는 같은 인물이 모험을 떠나고 있는데, 이 두번째 부분은 주인공이 꾼 꿈의 내용을 나타낸다.

이것은 꿈꾸는 사람과 그의 꿈을 묘사하는 표준적인 방식이다. 아시시의 성 프란키스쿠스 바실리카에는 1300년경 조토가 그린 것으로 보이는 프레스코화가 있는데, 라테라노 교회를 떠받치고 있는 성 프란키스쿠스의 꿈을 꾸는 교황 인노켄티우스 3세가 묘사되어 있다.

에저턴 필사본의 이미지는 거의 이 시에 대한 사전 검열, 또는 '네가

그림 15
성 프란키스쿠스 꿈을 꾸는 교황 인노켄티우스.

읽게 될 것은 전부 꿈에 지나지 않는다'는 암시로 여겨졌을 것이다.

그러나 많은 필사본은 생각에 잠겨 앉아 있는 시인의 이미지로 시작된다. 이는 예언자를 그린 성서적 삽화를 연상시키는 또하나의 표준적 이미지를 반영한다. 그런 이미지들은 그 시가 환영의 기록임을, 또는 그 시인이 세계의 상황을 꿰뚫고 어쩌면 미래를 내다보는 예언자의 통찰력을 지니고 있음을 암시한다. 예를 들어 부다페스트대학교 도서관과 옥스퍼드의 보들리언 도서관에 있는 필사본의 서두 이미지들이 그렇다.

이런 이미지들이 언제부터 예술적 영감의 고통에 빠져 자신이 시에서 창조한 세계를 상상하는 시인의 이미지로 바뀌어갔는지 확인하기는 쉽지 않다. 책상 앞에 앉아 펜을 든 시인의 이미지로 시작되는 필사본들은 때로 시인의 뒤로 어두운 숲을 보여주기도 한다. 따라서 바티칸 사도 도서관에 있는 한 필사본 삽화의 경우, 낭만주의 이후 우리의 관점에서 볼 때, 어두운 숲은 시인의 창조적 상상력의 산물임을 암시한다고 볼 수 있을 것이다.

그 밖의 수많은 서두 삽화들은 간단히 그 텍스트의 지위에 대한 질문을 우회해버리는데, 함께 여행길에 오르는 단테와 베르길리우스를 보여주거나, 때로는 첫 행의 첫 대문자(중세 문자로는 n)가 마치 우리를 그 시의 세계로 인도할 아치 통로라도 되는 듯 글자 사이를 걸어가는 두 사람의 모습을 보여주는 식이다.

물론 '꿈,' '환영,' '허구' 등의 단어가 엄밀히 서로 배타적이지는 않다. 그 단어들의 의미에는 모호하고 겹치는 부분이 있다. 그리고 꿈 이야기(문학의 한 장르, 관습적인 내러티브 방식)와 환영 사이에는 중요한 차이가 있다. 환영은 보통의 인간이 접하지 못하는 현실의 한 측면에 접근하는 사람들—신비주의자—이 신을 경험하는 종교 현상이다. 꿈 이야기를 전하는 작품은 명백하게 "아름다운 거짓말(bella menzogna)"이다. 현실 생활에서 있었던 이야기가 아니라 작가가 지어낸 것, 허구(발명과 거짓이라는, 역설적이면서도 잠재적으로 문제되는 두 측면을 가진)다. 이와는 반대로 환영은 작가와는 독립적으로 존재하지만 예외적으로 그 작가에게

그림 16, 17

생각에 잠긴 시인.

그림 18

창조적 작가로서의 시인.

접근권이 주어진 어떤 것에 대한 경험이다. 물론 작가가 만들어낸 허구가 곧 그가 보았던 환영일 수 있다. 초기 주석가인 구이도 다 피사의 경우 단테는 "자신의 환영을 (…) 구상한다(fingit… suas visiones)"고 주장한 바 있다.

단테는 이 시의 서두에서 자신 있게 사실주의를 주장하며 시작했기 때문에, 한참 나중에 가서 이 시가 이야기하는 경험을 가리키기 위해 환영이라는 단어를 사용한다. 그의 조상인 카차구이다는 그에게 "네가 본 것을 모두 명백히 보여라(tutta tua visïon fa manifesta)"라고 말한다(간단히,

그림 19
시의 세계로 들어가는 단테와 베르길리우스.

어쩌면 더 정확히는 "네가 본 것을 모두 말해라"). 이 만남이 이루어지는 「천
국」의 중간 부분에 이르면, 근거가 어느 정도 바뀐 듯하다. 자신의 예언
자적 사명을 깨닫기 시작하면서, 단테는 사실적 진술과 환영 사이의 경
계를 기꺼이 흐리는 것 같다. 단테는 이 시를 쓰는 동안 시의 제목을 바
꿔 말한다. "희극(comedìa)"이라는 단어는 「지옥」에서 두 번 쓰이는데, 베
르길리우스의 "비극(tragedìa)"인 『아이네이스』와 노골적인 대조를 이룬다.
그러나 「천국」에서 이 시를 가리키는 단어는 "성스러운 시(poema sacro,
sacrato poema)"가 되는데, 진실을 말하는 이 시의 힘이 신의 선물이라고
믿게 된 단테의 심경 변화를 암시한다. "희극"은 이제 "하늘과 땅이 도움
을 주었던(al quale ha posto mano e cielo e terra)" 시가 되었다. 그러나 한편

으로 이 시의 마지막에 "여기 고귀한 환상에 내 힘은 소진했지만(a l'alta fantasia qui mancò possa)"이라는 행은 이 시가 창조적 상상력의 산물이라고 인정하고 있다. 이 시는 사실에 대한 설명일까? 환영일까? 시적 상상력의 허구일까? 늘 그렇듯 단테를 단정적으로 말하기는 불가능하다. 그가 발휘하는 엄청난 창조적 자유는 분석하고 정의하는 우리의 능력을 헛되게 만든다.

일부 독자, 특히 요즘 독자들은 단테가 실제 환영을 보았거나 신비적 경험을 했고, 이 시는 그 보고서라고 생각한다. 따라서 윌리엄 앤더슨 (William Anderson)은 『창조자 단테*Dante the Maker*』에서 단테가 세 번의 위대한 신비적 환영을 보았으며, 이 시의 각 부는 그 환영이라고 주장한다. (앤더슨 자신이 수피Sufi였다는 사실은 그런 해석을 설명해줄 것이다.) 그러나 그런 주장을 뒷받침하는 문서 증거는 전혀 없으며, 단테가 쓴 나머지 텍스트들은 정반대의 성격을 보여준다.

거의 읽히지는 않지만, 단테가 쓴 『물과 땅에 관한 문제*Quaestio de aqua et terra*』라는 짧은 라틴어 산문은 삶의 마지막에 이르러서 골치 아픈 과학적 문제에 관해 유사 학술 청중에게 강연하면서 지적 신임을 얻으려는 초조함을 보여준다(노벨 문학상을 받은 아일랜드 시인 셰이머스 히니Seamus Heaney가 영국 학술원에서 판구조론 강연을 한다고 상상해보라). 그가 다루는 질문은 이것이다. 과학 이론에 따르면 지구의 중심에서는 땅의 영역이 완전히 물의 영역으로 덮여 있을 거라는데 왜 땅이 해수면 위로 솟아 있을까? 단테는 솟아오른 땅은 여덟번째 천구 안 항성들의 인력으로 위로 끌어당겨진다고 보았다. 항성이 자석과 같은 역할을 해서 지구를 위로 끌어당기는 동시에 아래에서 위로 밀어내는 지하의 수증기를 방출

그림 20
도둑들의 변신.(위)

그림 21
성직매매자들.(아래)

한다.

라틴어로 쓴 또하나의 말기 작품인 『제정론』은 정치철학에 대한 논리적, 합리적 접근법을 반영하는데, 인류의 번영은 영적 지도자인 교황과 나란히, 그러나 독립적인 한 명의 황제가 인류의 세속적 사안을 통치하는 단일한 세계정부 체제에 달려 있다는 우선 원칙을 주장한다. 『물과 땅에 관한 문제』에서든 『제정론』에서든 신비주의자의 기질이나 경험은 보이지 않는다.

중세 주석가들은 자신들이 확실히 믿는 것에 도전하는 단테를 불편하게 여겨, 때로 『신곡』을 죄와 덕에 관한 백과사전으로 취급함으로써 이 시에서 이야기되는 경험들의 문제적 성격을 다루기도 한다. 그들은 텍스트의 서사적 측면―단테가 그 여행에서 한 일, 그를 근본적으로 바꿔놓

그림 22

보티첼리: 바위 위를 기어오르는 단테(세부).

그림 23

보티첼리: 자신의 이마를 만져보는 단테(세부).

그림 24
보티첼리: 대화를 나누는 단테와 베르길리우스(세부).

은 경험―을 가볍게 다룬다. 대신에 보고의 측면―단테가 여행 도중 본 것―을 강조한다. 그가 본 것은 죄와 벌의 정연한 위계로서, 우리의 감정을 끌어내는 심리적 경험이라기보다는 우리가 이해해야 할 하나의 지적 체계를 반영한다. 마치 이 점을 강조하듯, 수많은 필사본 삽화 속의 단테와 베르길리우스는 그림의 한쪽 옆에 수동적으로 서서 눈앞에 펼쳐지는 광경을 바라보는 관찰자다. 샹티이(Chantilly) 필사본이나, 지금은 보들리언 도서관에 있는 홀컴 홀(Holkham Hall) 필사본의 세밀화가 그 예다. 요즘으로 치면, 경험을 통해 크게 변화되는 사람과 달리, 그저 관찰자로서 자신이 본 것을 보고하기 위해 외국을 방문한 특파원 같다고 할 것이다.

필사본 삽화 속에서 단테와 베르길리우스는 모자로 구분되는데, 단테의 중세식 머리쓰개는 곧바로 하나의 도상이 된다. 연장자 베르길리우스는 종종 수염이 긴 노인으로 나온다. 보티첼리에 이르러서야 우리는 그 시인이 행동하는 참여자라는 느낌을 받는다(여기서는 모자만큼이나 눈에 띄는 옆얼굴로 한눈에 단테를 알아볼 수 있다). 여행중에 단테가 겪는 난관은 관심의 초점 그 자체며, 그림의 창의성과 섬세한 세부의 근원이다. 나아가 보티첼리의 천재성, 심오한 지식, 단테의 텍스트에 대한 직관적 이해에 대한 증거다. 따라서 단테는 위험을 피해 바위 위로 기어오르고, 연옥의 두번째 테라스 입구를 지키는 천사가 날개로 쓸어준 뒤 자기 이마에서 P 자가 사라졌음을 느끼며 깜짝 놀라는 반응을 보이기도 하고, 연옥의 첫째 테라스를 향해 오르면서 베르길리우스와 대화에 몰두하기도 한다.

단테 학자들은 단테가 『신곡』에서 사용한 알레고리와 그 알레고리들의 상호관계를 설명하고 이해하기 위한 최선의 방법을 놓고 치열하게 논쟁한다. 이런 주제만을 따로 다룬 학술 문헌도 방대하다. 그러나 이 작품을 처음 읽는 독자는 이런 문제(중세 문학 이론이나 해석학)로 고민할 필요성을 느끼지 않을 것이다. 이 시에서 알레고리의 작용 방식에 관한 통일장 이론이 떠오를 가능성은 전혀 없어 보인다.

이 시의 알레고리적 또는 상징적 차원은 대부분 분명하다. 어두운 숲의 의미나, 아직 해가 비치는 언덕 위로 올라가려는 단테를 가로막는 위협적인 세 마리 들짐승의 의미를 놓칠 독자는 없다. 길 잃음, 혼란스러움, 위험을 뜻하는 이런 식의 기본적인 상징은 동화책을 읽는 어린아이도 해석해낸다. 지상에서 살았던 삶과 사후 운명의 관계, 지옥과 연옥의 벌이 영혼들의 도덕적 결함과 관련되어 있다는 건 어떤 독자도 놓치지 않을 것이다. 그런 벌은 단지 징벌의 문제, 죄와 응보의 문제가 아니다. 그 벌은 그 행위가 본질적으로 무엇이었는지를 보여준다. 주의깊은 독자라면 단테의 물리적 여행과, 이해와 지식의 여행 사이의 유사점을 분명히 파악할 것이다. 그리스도의 생애와 표상적 연관성이 있을 때―만프레디가 가슴의 상처를 보여주면서 그리스도와 의심하는 도마의 이야기를 재연할 때처럼―형상의 연관성을 깨달을 수 있다면 그 만남이 더욱 풍부하게 다가오겠지만, 내용 이해에 아주 중요한 것은 아니다.

베르길리우스와 베아트리체는 단테 자신의 시적, 감정적 삶에서 매우 중요한 의미가 있는 두 인물이다. 한 사람은 문학적 열정을 대표하며, 또 한 사람은 실제 관계가 모호하고 수수께끼 같다. 저승세계의 안내자로 이 두 사람을 선택한 결과 자서전과 알레고리는 매우 독창적인 방식으로 연결된다. 단테는 하나의 중세적 장르를 재발명하고 또 초월한다. 부분적으로는 『아이네이스』에서 아이네이아스가 지하세계를 방문한 이야기에서 영감을 얻었지만, 한편으로는 성서 이야기와 그것이 의미하는 방식에서 영감을 얻기도 했다. 그렇게 하면서 단테는 모든 면에서 고대의 위대한 고전 서사시에 필적할 만한 시를 창조했다.

단테의 망명 이후의 삶에 관해서는 확실하게 말할 수 있다. 그는 이탈리아 전역을 두루 여행했고, 자신의 굴욕적인 상황을 알고 있었다. 그는 『향연』에서 이렇게 이야기한다. "나는 이 언어가 뻗어나간 거의 모든 지역을 두루 돌아다니는 방랑자, 거지나 다름없었다." 이 경험에서 그는 조금씩 달라진 수많은 방언을 쓰는 이탈리아인들을 만났다. 덕분에 언어의 속성에 관해, 그리고 글을 잘 쓰고 싶은 작가가 사용해야 할 언어 형태에 관해 생각을 다듬을 수 있었다.

피렌체에서 추방된 이후 그의 여행 경로를 더 정확히 추적하려 해도, 우리는 몇 가지 확실한 사실 외에는 잘 알지 못한다. 우리가 아는 것은 1302년에 그가 피렌체 북쪽 무젤로 지역의 산고덴초에, 추방당한 백당과 기벨린파 사람들과 함께 있었다는 것이다. 이때쯤 백당은 임시로 기벨린파와 손을 잡고 있었다. 단테는 다른 곳에서도 그들과 함께 있었을 것이다. 그리고 1300년대 말의 여러 시기에 단테가 포를리와 베로나에, 그리고 말라스피나 가문의 손님으로서 토스카나 북부의 루니자나 지역에, 토스카나 동부의 카센티노 지역에 있었으며, 어쩌면 루카, 베네토에도 있었다는 사실도 우리는 알고 있다. 그가 1306년에 말라스피나 가문의 사촌들과 루니 주교 사이의 분쟁을 해결하기 위해 특사로 파견되었다는 기록도 있다.

하인리히 7세가 산탐브로조에서 신성로마제국 황제의 자리에 올랐을 때 단테는 밀라노에 있었던 것으로 보이며, 또한 황제가 로마의 대관식을 위해 피사를 지날 때, 피사에 있었을 수 있다. 그러나 어쩌면 아닐 수도 있다. 다만 그가 한 번은 황제를 보았다는 것은 확실한 듯하다. 그는 황제에게 쓴 편지에서 그 사실을 분명히 밝히고 있지만, 어디서 보았는지는 알 수 없다. 인생의 마지막 10년 동안 단테는 베로나에 있는 칸 그란데 델라 스칼라 궁정에서 6년을 보냈고, 이어서 4년은 라벤나에 있는 구이도 노벨로(Guido Novello)의 궁정에서 지냈다. 거기서는 볼로냐대학교의 수사학 교수 조반니 델 비르질리오(Giovanni del Virgilio)와 라틴어

목가시를 주고받는다는 명성을 누리며 존경받는 문학인으로 지냈다. 심지어 그가 베로나의 산텔레나라는 작은 교회에서 『물과 땅에 관한 문제』와 관련해 강연했던 정확한 날짜도 우리는 알고 있다. 1320년 1월 20일이다.

단테의 애정 생활은 어땠을까? 『새로운 삶』에서 우리가 아는 바로, 그는 아홉 살 때 베아트리체를 만났고, 18세 때 다시 그녀를 만났다. 길에서 만난 이 두번째 만남에서 그녀가 못 본 척했기 때문에 그는 몹시 가슴 아팠고, 교회에서는 그녀를 향한 시선을 감추기 위해 중간에 있는 다른 누군가(이른바 장막의 숙녀)를 보는 척 속임수를 썼고, 심란한 꿈을 꾸었고, 그녀의 아버지가 죽었고, 그리고 그녀가 24세의 나이로 죽자 굉장히 상심했다.

그러나 베아트리체를 향한 사랑을 이야기하는 『새로운 삶』은 고백의 분출이 아니다. 오히려 과거 연애 시인이던 그가 예술적으로 성장하게 된 결정적인 전환기를 설명하기 위해 신중하게 구성된 작품(시와 그 시와 관련된 산문)에 가깝다. 대충 보기만 해도 단테가 자신의 감정만큼이나 시에 관해서도 많은 말을 하고 있음을 알 수 있다. 때로 그가 시에 관해 하는 말은 실제비평의 원시적 형태로 여길 만큼 흥미롭게 환원적인데, 감정적 통찰이나 언어적 묘미보다 시의 부분들이 서로 어울리는 방식에 더 관심을 보인다. 베아트리체가 단테의 예술적, 창조적 삶에서 매우 중요하다는 사실을 접어두면, 그녀와 관련해 확실한 결론을 끌어내는 작업은 우리보다 기본 자료를 훨씬 더 많이 접할 수 있었던 초기 전기 작가들에게도 어려운 과제였다. 『새로운 삶』은 어떤 여성에 관해서도 쓰인 적 없던 글을 그녀에게 바치겠노라는 약속으로 끝을 맺고, 그 약속은 『신곡』에서 지켜진다.

단테는 열한 살 때, 막강한 도나티 가문의 별 볼 일 없는 방계인 젬마 도나티와 약혼했다. 그와 같은 조기 약혼은 당시의 흔한 관습이었다. 두 사람에게는 세 명, 어쩌면 네 명의 자녀가 생겼는데, 모두 그가 망명길에 오르기 전에 태어났다. 단테는 자기 글에서 아버지에 관해 언급한 적이 없는 것처럼, 아내 얘기도 한 적이 없다. 제목에서부터 경의를 표현한 보카치오의 『단테 찬양 소논문Trattatello in laude di Dante』에는 책상 앞에서 긴 시간을 보내는 남편 때문에 단테의 아내가 처음에는 소외당하지만 나중에는 그런 시간을 받아들이고 개의치 않게 된 과정이 약간 짠하게 묘사되어 있다. 언제쯤인지는 모르지만, 그녀는 아마 망명중인 단테와 재결합했을 것이다. 보카치오에 따르면 단테는 젊은 시절에는 물론이고 중년에도 욕정이 강했다. 이 대목에서는 자신의 성욕을 거리낌없이 이야기하던 그 전기 작가의 편견이 의심스럽기도 하다. 아니면 단테가 망명 초기인 1307년 무렵에 썼을 두 편의 시를 통해 그렇게 추정했을 수도 있다. 이 시들은 강렬한 성욕, 의지로 그것을 통제하기 힘든 고충을 묘사하고 있다. 묘사된 열정이 실제인지 허구인지 확인할 방법은 없다. 한편 단테의 딸 안토니아가 라벤나에서 수녀가 되어 베아트리체라는 이름을 썼다는 사실은 알려져 있다.

보카치오는 『신곡』의 구성과 관련해, 공상적으로 보이지만 어쩌면 한 가닥 진실이 담겨 있을 수 있는 두 가지 이야기를 들려준다. 하나는 「지옥」의 첫 7개 곡이 망명 이전에 쓰였다는 것인데, 오늘날 학자들은 거의 현실성이 없다며 무시하고 있다. 두번째는 단테가 죽을 당시 「천국」의 마지막 13개 곡은 발견되지 않았는데, 나중에 그의 아들 자코포가 그 원고의 행방을 알려주는 꿈을 꾼 뒤 결국 벽걸이 뒤 비밀 장소에서 찾아냈다는 것이다. 자코포는 이 시의 완벽한 텍스트(「지옥」과 「연옥」은 몇 년 전부터 유포되고 있었다)를 수집하는 데 큰 역할을 했고, 아버지가 사망하고 몇 년 후에 원고를 피렌체로 가져왔다. 자녀들의 피렌체 귀향을 막는 금지령은 마침내 철회되었다. 피렌체에는 전문 필사실이 많았으므로, 이후 몇십 년 사이에 피렌체는 『신곡』 필사본 생산의 중심지가 되었다. 『신곡』은 빠르게 큰 인기를 얻었다. 그것은 경건한 정통 문학이나 독실한 체하는 설교와는 거리가 먼, 불온하고 논쟁적인 텍스트였다. 말할 것도 없이 바로 그 점이 이 작품의 매력의 일부였다.

많은 작가들이 그렇듯, 단테는 개인적 삶의 세세한 내용은 일부러 밝히지 않았던 것 같다. 구성된 이야기들은 모두 그가 우리에게 들려주고 싶어했던 것들이다. 모든 것이 그 시를 감상하고 그 위대함을 이해하기 위해 우리가 알아야 할 것이다. 그 동안 전기 작가들은 억지스러운 생각들을 주장하곤 했다. 그가 파리에서 10년을 보냈다느니, 옥스퍼드에서 공부했다느니, 신비로운 환영을 보았다느니, 또는 대마초를 피웠을지도 모른다느니 등등. 이런 주장에 대한 증거는 전혀 없지만, 사변적이고 근거 없는 이런 생각보다 훨씬 더 흥미로운 건 몇몇 초기 주석본에서 언뜻언뜻 보이는 직접적인 세부들이다. 『훌륭한 해설Ottimo commento』을 쓴 한 피렌체 저자는 단테에게서 직접 들은 말을 보고한다. 단테는 하고 싶은 말을 하기 위해 운(韻)을 찾을 필요성을 전혀 느끼지 못했다는 것이다. 반대로 그는 예전에는 말해지지 않았던 것들을 말하는 언어를 만들었다고 한다.

이번 장의 제사(題詞)에서 인용한 잔프랑코 콘티니(Gianfranco Contini,

1912~1990. 이탈리아 문헌학자—옮긴이)가 암시하듯, 실제로 『신곡』을 한 시인의 자서전처럼 해석할 수도 있다. 단테는 이 시를 쓰는 동안, 자신의 개인사와 자신이 해야 할 역할을 이해하게 된다. 그는 이제 피렌체의 정치 지도자가 아니라 시인이다. 한때는 정치가가 되기를 소망하며 그 도시를 바른길에 세우려 했지만, 이제 시인으로서 그가 세울 업적은 정적들이나 망명 중인 동료들의 업적보다 더 오래 지속될 것이다. 그의 역할은 좋든 싫든 베르길리우스 같은 예언자의 역할이다. 그의 시는 세계를 바꿀 하나의 수단이다. 사람들이 그의 시에 주의를 기울인다면, 그의 시가 충분히 기억될 수 있다면, 개인들의 삶이든 국가와 민족의 운명이든 모두 그의 말에 영향을 받을 것이다.

우리가 단테에 관해 제대로 아는 것은 무엇일까? 자신 있게 말할 수 있는 건 그가 성직자가 아니라 평신도였다는 것이다. 신비주의자가 아니라 시인이라는 것이다. 그리고 당대의 과학적, 역사적, 문화적 논쟁에 밀접하게 참여한 지식인이라는 것이다. 언어에 대한 그의 관점을 검토할 때 보게 되겠지만, 몇 가지 쟁점에 관해 진화하던 생각의 흔적들은 작품 속에 뚜렷이 남아 있다. 그러나 그는 정치와 전쟁을 고통스럽게 몸소 경험했던 활동가이기도 하다. 젊었을 때는 피렌체를 위해서 코르소 도나티와 비에리 데 체르키가 이끄는 피렌체 군대의 일원으로서 캄팔디노 전투에서 아레초의 기벨린파와 맞서 싸웠다. 10년 후에는 이웃한 산지미냐노와 로마의 교황청에서 피렌체 대사로 활약했다. 1321년 9월 13일과 14일 사이의 밤에 라벤나에서 숨을 거두었을 때에는 베네치아에 외교 사절로 파견되었다가 돌아가던 길이었다—그는 습지를 지나 돌아오던 중 말라리아에 걸려 사망했다.

우리가 확실하게 말할 수 있는 것은 그가 위대한 통찰로 인간의 성격과 동기를 꿰뚫고 있었으며 다른 사람들의 도덕적 고민을 깊이 이해하고 있었다는 것이다. 그는 평생의 여정에서 알게 된 실제 이야기들 속에서 인간 행위의 미묘함과 복잡함을 보았고, 그것을 상상의 세계에 투사하고 전달하는 놀라운 능력을 가지고 있었다. 그가 만들어낸 상상의 세계 속 주인공들은 사후에 맞이한 운명을 통해 저마다 진정한 도덕적 본질을 보여주고 있었다. 또하나 확실하게 말할 수 있는 것은, 인간 행동은 도덕적 기준에 따라 판단해야 하며 그 기준은 객관적이어야 한다는(그리고 신의 힘에 의해 공인되어야 한다는) 그의 믿음이다. 우리가 그의 의견에 동의하지 않을 수 있지만—분명 많은 논점에서 의견이 다를 것이다—그는 이 기준을 고집스레 적용하지는 않았다. 거꾸로 그는 계속 우리의 예상을 벗어나며, 우리를 놀라게 하고 생각하게 만든다. 자살한 고대 로마인 카토는 연옥의 수호자이며, 천국행이 예약되어 있다. 트로이인 리페우스는 이미 천국에 있다. 왕성한 애정 생활로 유명했던 귀족 여인 쿠니차(그녀에겐 네 명의 남편과 수많은 연인이 있었는데, 시인 소르델로도 그녀의 연인이었다. '바스Bath의 아낙'의 상류층 버전이다) 역시 천국에 있다. 프란체스카 다 리미니는 지옥에 있다.

단테가 복수심이 강하고 독하며, 가학적인 사람이라는 말이 있기는 하지만, 분명 그렇지는 않다. 그는 그저 해묵은 원한을 풀려고 오랜 적수들을 지옥에 데려다놓은 게 아니다. 지옥에서의 벌은 끔찍할 만큼 잔인하지만, 그가 살았던 세계도 끔찍할 만큼 잔인했다. 그는 화형과 참수형이라는 두 번의 사형선고를 받았다. 그런 선고는 거의 일상적이었다. 우리는 오늘날의 세계가 그가 살던 세계보다 문명화되었다고 생각하지만,

20세기 세계에서 벌어지는 사건들을 생각한다면, 과연 진지하게 그렇다고 주장할 수 있을까?

단테는 자신의 성격과 결함을 알고 있었다. 자신은 교만의 테라스에서 시간을 보내겠지만 질투의 테라스에는 거의 머물지 않을 거라고 예측했다. 그는 자신에게 시인으로서의 남다른 재능, 언어적 기교와 상상 구성력이 있다는 걸 잘 알고 있었다. 그는 힘든 상황에서 원칙의 문제에 닥쳤을 때는 용기와 강건함을 보여주었다. 그가 사랑하지만 몽매한 도시의 도덕적, 정치적 변화를 위한 유능한 대리인이 되고 싶다는 야망은 물론, 소중하게 여기던 모든 것을 잃었을 때에도 흔들리지 않았다. 피렌체가 그 도시의 골칫거리였던 천재 시인의 기념상을 세우기(1865)까지는 무려 500년이 걸렸다. 그 석상은 그가 젊을 때 공부했었을 산타크로체 교회 앞에 아직도 서 있다.

정통 성직자들은 단테의 저서를 불태우고 금지했다. 이런 반응은 특정 종교인들이 단테를 위험한 급진주의자로 인식했음을 보여준다. 그가 사망하고 불과 8년 후, 『제정론』—황제는 자신의 행동을 교황에게 설명할 필요가 없고, 황제의 권력은 신에게서 직접 나온다고 주장한—이 볼로냐에서 공개적으로 불태워졌다. 당시 신성로마제국 황제가 되려는 야망을 품은 바이에른의 루트비히와 권력 다툼을 벌이고 있던 교황 요한네스 22세의 조카 베르트랑 뒤 푸제(Bertrand du Poujet) 추기경이 그 책을 파괴하라고 명령했다. 구할 수 있는 모든 사본이 불에 탔다. 단테는 이단으로 선언되었다. 라벤나의 성 프란키스쿠스 교회 묘지에 묻혔던 단테의 유골을 파내 볼로냐로 가져와 그 불타는 책더미에 던졌다는 주장도 있었다. 현존하는 『제정론』 사본의 거의 절반이 제목이나 저자 이름이 없다는 사실은 이 책이 비밀리에 유포되던 비서(秘書)였음을 보여준다. 200여 년 후 종교개혁의 맥락에서 바티칸 당국이 첫번째 금서목록을 작성하던 때에도 그 책은 위험하게 여겨졌다. 놀랍게도 그 책은 20세기까지 금서목록에 남아 있었다.

공식적인 불신과 두려움은 마치 기름막처럼 정치 논문에서 걸작 시에까지 번져갔다. 단테가 사망하고 불과 14년 후인 1335년, 토스카나의 도미니쿠스 수도회에서는 "단테라는 이가 토착어로 쓴 시를 실은 책이나 소책자(poeticos libros sive libellos per illum qui Dante nominatur in vulgari compositos)"를 소유하거나 읽는 것을 엄격히 금지했다. 『신곡』은 『제정론』과 마찬가지로 금서가 되었다. 영향을 받을 수 있는 독자에게서 멀리 떼어놓아야 할 문제 많고 전복적인 책이었다.

그러나 이런 공식적인 불안감이나 검열과는 반대로, 『신곡』은 급속히 베스트셀러가 되어 또다른 중세 베스트셀러인 『장미 이야기』에 맞먹을 정도였다. 현존하는 『신곡』 사본은 약 800종이나 되는데, 전해지는 초서의 『캔터베리 이야기Canterbury Tales』가 약 80종인 것에 비하면 굉장한 수다. 그 많은 필사본을 요즘 식으로 계산하면 수백만 부와 맞먹는다. '글(라틴어)을 모르는 사람들(non litterati)'도 그 시를 읽었다. 그 시는 대중에게 직접 말을 걸면서, 공적 무대와 개인적 양심의 사적 문제에 직접 참여해보도록 권유했다. 독특한 언어적 감수성과 독창적 에너지, 폭넓은 구성 기술을 가진 한 참여 작가가 최대한 광범위한 청중에게 직접 말을 걸었다. 오늘날의 독자들처럼, 그 청중은 위험하고 열정적이며 비정통적이고, 따져 묻는 목소리에 반응했다. 글로 쓰인 모든 형식 가운데 가장 매혹적인 시를 통해 울리는 그 목소리에 주목하지 않을 수 없었던 것이다.

4장
사랑

사랑은 너희에게 온갖 덕도 심어주고

벌받아 마땅한 모든 악습을 심어주기도 한다.

(amor sementa in voi d'ogne virtute

e d'ogne operazion che merta pene.)

(「연옥」 17곡 104~105)

우리에게서 살아남을 것은 사랑이다.

──필립 라킨, 「애런들의 무덤」

욕망은 내 꿈을 괴롭히네.

──푸시킨, 『예브게니 오네긴』

사랑은 무엇일까? 무엇이 사랑을 일으킬까? 사랑의 효과는 무엇일까? 이런 효과에 대해 손을 쓸 수 있을까, 다시 말해서 사랑에 빠진 사람은 강렬한 감정에 사로잡혀 힘을 쓸 수 없는 걸까? 이탈리아 토착어 서정시는 단테보다 두 세대 앞서, 1230년대와 1240년대에 팔레르모의 프리드리히 2세의 궁정에서 시작되었다. 그 시작부터 시인들은 사랑의 속성을 정의하고 분석하려 했다. 처음에는 시칠리아 시인들이, 이어서 토스카나 시인들이 프로방스의 음유시인들에게서 물려받은 친숙한 심리적 테마들과 함께 철학적 갈래(사랑은 정확히 무엇일까?)를 탐색했다. 사랑에 빠진 시인의 기쁨과 괴로움, 사모하는 아름다운 숙녀로 인한 정신 고양 효과, 그녀의 무관심이나 부재로 인한 고통 등이 그 주제였다.

이렇듯 심리적, 사색적 갈래를 나란히 탐색하는 경향은 이탈리아에서 두드러졌다. 단테 이전 가장 뛰어난 두 편의 시는 이 테마를 다루고 있다. 두 시 모두 단테에게 지대한 영향을 주었다. 그 하나가 구이도 카발칸티의 「한 여인이 나에게 묻기를Donna me prega」이지만, 그 텍스트는 반박과 배척을 당하게 된다. 두번째가 구이도 구이니첼리(Guido Guinizzelli)의 「고결한 마음Al cor gentil」으로 젊은 단테에게 중요한 영향을 주었지만, 그의 성숙기에 와서는 재평가된다. 우리가 본 것처럼, 카발칸티는 『신곡』에서 부재(어쩌면 항상 존재하는 부재일 것이다)하는 인물로만 등장한다. 볼로냐 출신의 한 세대 이전 시인인 구이니첼리는 단테가 개인적으로 아는 사람은 아니었지만, 단테는 그를 젊은 세대의 아버지 같은 인물로 존경했고, 늘 숭배에 가까운 존경을 담아 말하곤 했다. 연옥 산 꼭대기에서 단테가 그를 만나는 감동적인 장면이 있는데, 여기서 사랑과 시의 관계—사실상 삶과 문학의 관계, 살아낸 경험과 글로 쓴 말의 관계—가 연옥 여행의 끝을 장식하는 최고의 관심사로 떠오르게 된다.

카발칸티의 시 「한 여인이 나에게 묻기를」은 인간 삶에서 부정적이고 파괴적인 정념으로서 사랑을 분석한 역작이다. 사랑은 이성적 힘의 통제 밖에 있고 따라서 사랑을 경험하는 이는 피할 수 없는 혼란과 고통을 겪는다. (에즈라 파운드는 굉장히 어려운 이 작품을 번역하려는 용감한 시도를 했다.) 이와는 대조적으로, 구이니첼리의 「고결한 마음」은 사랑, 그리고 사랑한다는 것에 대해 비록 지극히 엘리트답지만 긍정적인 관점을 표현하고 있다. 사랑이 연인들을 고결하게 한다는 믿음을 중심으로 한 이른바 궁정연애의 정신은 구이니첼리의 시에서 굉장히 세련되고 섬세한 감성으로 제시된다. 고결한 마음을 가진 이들만이 진정한 사랑을 할 수 있다. 새가 자연스레 나뭇잎 사이의 초록 그늘을 찾아오는 것과 같이, 불의 열기가 자연히 위로 올라가는 것과 같이, 사랑의 당연한 거처는 고결한 마음이다. 사랑과 야비한 마음은 불과 차가운 물만큼이나 양립할 수 없다. 자연세계에서 끌어낸 일련의 상사물들은 고결한 마음과 사랑의 영향에 대한 민감도 사이의 관련성을 보여주는 시적이면서도 유사 과학적인 사례가 된다. 사랑하기 위해서는 고결해야 한다. 만약 고결하다면 사랑하게 될 것이다.

고결함이란 더는 혈통이나 상속된 부(富) 같은 관습적 의미가 아니다. 오히려 그것은 타고난 지적, 감성적 특질, 즉 지성, 감수성, 명예를 의미한다.

단테가 『새로운 삶』에 포함시킨 한 소네트에서는 구이니첼리의 시 도입부("사랑은 항상 고결한 마음을 거처로 삼는다Al cor gentil rempaira sempre amore")가 느껴진다. 구이니첼리가 주장했던 사랑과 고결한 마음의 근연성이 여기서는 공공연한 정체성이 된다. "사랑과 고결한 마음은 하나이자 같은 것이다(Amor e il cor gentil sono una cosa)." 젊은 시인 단테는 구이니첼리의 관점을 지지하는 데서 그치지 않았다. 그는 그것을 더욱 급진적으로 재편했다. 『신곡』에서 우리가 연옥 산 꼭대기에 있는 구이니첼리를 만나기 오래전부터, 고결한 마음과 사랑하는 능력 사이의 연관성에 대한 이런 생각은 이 시의 유명한 한 만남에서 언급된다. 지옥 속 사음의 원에 있는 파올로, 프란체스카와의 만남이 그것이다.

단테와 베르길리우스는 두번째 원으로 내려간다. 그곳에는 새로 도착하는 죄인들을 지은 죄에 합당한 원으로 보내는 무서운 심판관 미노스가 있다. 여기서 두 사람은 수많은 찌르레기 무리처럼 강한 태풍에 소용돌이치면서 사방으로, "이리저리, 위아래로(di qua, di là, di giù, di sù)" 휩쓸리는 죄인들을 보게 된다. 곧바로 단테는 이들이 육욕이나 음란의 죄를 지은 자들이며, 그 벌은 그들이 생전에 저항하지 못했거나 그럴 의지가 없었던 육체적 욕망의 거센 힘을 상징적으로 보여주고 있음을 이해한다.

그런데 한 무리는 바람을 타고 날면서 두루미떼처럼 길게 줄지은 독특한 대형으로 나머지와 구분된다. 단테는 그들이 누구냐고 묻는다. 베르길리우스는 역사와 전설상의 유명한 연인들을 이야기한다. 클레오파트라, 디도, 헬레네, 아킬레우스, 파리스, 트리스탄, 그리고 그 밖의 수많은 연인들. 모두 사랑 때문에 죽은 이들이다. 단테는 함께 바람에 실려 가는 두 영혼에 관심이 끌려, 그들과 말해보고 싶다고 청한다. 베르길리우스는 사랑의 이름으로 부르면 그들이 올 거라고 말한다. 실제로 그들은 둥지로 돌아오는 한 쌍의 비둘기처럼 날아온다.

그다음 이야기는 『신곡』에서 가장 유명한 일화 중 하나다. 이들은 사랑 때문에 살해당한 연인이다. 열정적이지만 부정한 관계를 남편에게 들킨 프란체스카는 결국 죽임을 당했다. 시대의 스캔들이었던 이 사건은 남녀 주인공의 이름으로 떠올리게 되는 옛 전설이나 로맨스와는 거리가 먼 실제 있었던 비극이었다. 프란체스카 다 리미니는 잔초토 말라테스타(Gianciotto Malatesta)와 결혼했지만 시동생 파올로와 사랑에 빠져 그와 정사를 가진다. 사건은 1280년대 중반에 일어났다. 파올로가 1282년 피렌체 군사령관(Capitano del Popolo)으로 부임하고 불과 몇 년 후의 일이었으니, 당시 청소년이었던 단테는 그를 알았을 수 있다. 하지만 이는 우리가 텍스트를 통해 알게 되는 사실이 아니다. 이후 펼쳐지는 대화를 따라가도, 구체적인 상황이나 세부 내용은 거의 나오지 않는다.

그 여자(우리는 아직 그녀의 이름을 모른다)는 단테에게 매우 정중하게 말한다. 그녀는 우주의 왕(신)이 그들의 친구라면, 단테의 평화를 위해 기도하겠다고 말한다. 그리고 그가 궁금해하는 건 무엇이든 말해줄 것이며, 그가 그들의 불행을 "불쌍하게 여기므로(poi c'hai pietà)" 지옥의 바람과 소음이 허락하는 한 말해주겠다고 한다. 그녀는 그의 동정어린 관심을 느낀 것이다. 그리고 자신의 이야기를 들려주려 한다.

그녀에 따르면, 그녀는 라벤나 출신이다(지금은 바다에서 몇 마일 떨어진 내륙이지만 중세시대에는 해안에 가까웠다).

내가 태어난 도시는 포강이 흘러내려
그 지류들과 함께 평화를 찾는
바닷가에 자리잡고 있답니다.

Siede la terra dove nata fui

su la marina dove 'l Po discende

per aver pace co' seguaci sui. (「지옥」5곡 97~99)

그러나 그녀는 자기 삶의 주인공이 아니다. 그녀는 행동의 주체가 아니라 객체다. 주인공은 '사랑'이다.

사랑, 고귀한 마음을 순식간에

사랑에 붙잡힌 그는 내가 빼앗겨버린

아름다운 육체와 사랑에 빠졌습니다.

사랑, 보답 없는 사랑이 없게 하는 사랑은

멋진 모습의 그를 사랑하게 했으니

보다시피 사랑은 아직도 나를 붙잡고 있답니다.

사랑이 우리를 죽음으로 이끌었고

카이나(배신자들의 지옥 영역)는 우리를 죽인 자를 기다리지요.

Amor, ch'al cor gentil ratto s'apprende,

prese costui de la bella persona

che mi fu tolta; e 'l modo ancor m'offende.

Amor, ch'a nullo amato amar perdona,

mi prese del costui piacer sì forte,

che, come vedi, ancor non m'abbandona.

Amor condusse noi ad una morte.

Caina attende chi a vita ci spense. (「지옥」 5곡 100~107)

열정에 이끌려 하나가 된 두 사람은 불운한 피해자다.

단테는 그녀의 말에 마음이 흔들려 말없이 깊은 생각에 잠기고, 결국 보다 못한 베르길리우스가 무슨 생각을 하느냐고 묻는다. 이에 대해 "얼마나 달콤한 생각, 얼마나 큰 욕망이 그들을 이런 고통으로 이끌었습니까(quanti dolci pensier, quanto disio/menò costoro al doloroso passo)"라는 대답은 단테가 그녀의 말에 얼마나 강하게 감동받았는지, 그녀의 이야기에 얼마나 완벽하게 몰입했는지 보여준다. 이제 그는 그녀의 이름을 부르면서―그는 그녀를 알아보았다―두 연인이 언제 어떻게 서로에 대한 감정을 알게 되었는지 묻는다.

프란체스카의 두번째 말이 그 이야기를 들려주는데, 이번에는 더욱 자세하다.

> 어느 날 우리는 재미삼아 읽고 있었지요,
> 랜슬럿이 사랑의 노예가 되는 이야기였어요.
> 우리는 단둘이었고 아무 의심도 없었어요.
> 읽다가 우리는 몇 번 눈이 마주쳤고
> 우리 얼굴이 창백해지기는 했지만
> 우리를 사로잡은 건 단 한 대목이었어요.
> 미소를 갈망하던 이가 사랑하는 이에게
> 입맞춤을 받는 대목을 읽었을 때
> 내게서 절대 떨어지지 않을

이 사람이 온몸을 떨며 내게 입을 맞추었지요.

그 책이 중재자였고 책을 쓴 사람도 그랬으니

그날 우리는 더는 읽지 않았답니다.

Noi leggiavamo un giorno per diletto

di Lancialotto come amor lo strinse;

soli eravamo e sanza alcun sospetto.

Per più fïate li occhi ci sospinse

quella lettura, e scolorocci il viso;

ma solo un punto fu quel che ci vinse.

Quando leggemmo il disïato riso

esser basciato da cotanto amante,

questi, che mai da me non fia diviso,

la bocca mi basciò tutto tremante.

Galeotto fu 'l libro e chi lo scrisse;

quel giorno più non vi leggemmo avante. (「지옥」 5곡 127~138)

사건의 책임은 그들이 읽고 있는 책과 그 저자에게로 옮겨진다. 프란체스카가 말하는 동안, 그녀의 동행인은 울고 있다. 단테는 감정에 북받쳐 정신을 잃고, 5곡은 끝난다.

이 일화는 종종 낭만적 사랑과 성욕의 본질, 무덤을 초월하고 지옥을 정복하는 열정을 표현한 것으로 여겨진다. 이 불운한 연인들은 비명횡사한 후에도 여전히 함께이고, 저승에서도 떼어놓을 수 없다. 프란체스카의 말에 담긴 감정과 유려함은 대단히 호소력이 있고, 수많은 후대 작가, 작곡가, 화가 들에게 영감을 주었다. (여러 희곡과 한 편의 교향적 환상곡, 적어도 한 편의 발레와 한 편의 오페라에 그녀의 이름이 등장한다. 위키피디아에 따르면 적어도 19명의 작곡가가 감동을 받아 그녀에 관한 오페라를 썼다고 한다. 그 가운데 리카르도 찬도나이Riccardo Zandonai의 오페라는 지금도 공연되고 있다.) 19세기 비평가들은 종종 그녀를 여자 영웅으로 불렀고 그녀의 열정과 때 이른 죽음만큼이나 그 매력, 섬세함, 과묵함을 주목하곤 했다.

그 사건에 관한 문서 증거는 전하지 않지만, 그 이야기는 이후로도 몇십 년 동안 대중의 기억 속에 살아 있었음이 분명하다. 『신곡』의 초기 주석서들은 그 스캔들의 세부를 파헤쳤고 종종 무죄를 밝히는 상황을 덧붙이기도 했다. (남편은 신체장애가 있었다. 파올로와 결혼하는 줄 알았던 프란체스카는 속아서 그와 결혼했고, 이미 파올로와 사랑하는 사이였다.) 그러나 단테가 전하는 이야기는 무죄를 입증할 세부 내용은 없이 주인공의 감동적인 말이 전부이며, 그녀의 말도 불가피한 자연의 법에 따라 움직인, 비난할 수 없는 인물들로 두 연인을 제시할 뿐이다.

그 연인들이 시동생과 형수 사이였다는 것은 다음 곡의 시작 부분에야 나온다. 프란체스카가 모호하게 "우리를 죽인 자"라고 말했던 남자는 그녀의 남편일 뿐 아니라 연인의 형이기도 하다. 따라서 중세 사람들에게 이 관계는 불륜이자, 부부는 일심동체이기 때문에 이중의 간통, 근친상간이었다.

그녀의 이야기는 책과 문학에 관한 것이기도 한데, 단지 그들이 랜슬럿과 기네비어 이야기를 읽다가 파멸에 이르렀기 때문만은 아니다. 잔프랑코 콘티니는 약간은 불친절하게, 프란체스카가 "지방 지식인(un'intellettuale di provincia)"이라고 언급한다. 그녀와 단테의 대화는 그녀가 책을 잘 읽고, 읽은 내용을 활용할 수 있음을 보여준다. 그녀는 또한 수사학에도 예리한 재능을 보인다. 그녀의 첫번째 말은 '사랑'이라는 단어로 시작되는 세 개의 3행 연구의 예술적 구조를 갖추고서, 두 가지 전제(사랑의 법칙)와 하나의 결론(그 작용의 결과)이라는 반박 불가능한 삼단논법의 논리력을 부여하는 듯하다. 그런 사랑의 법칙—상냥한 마음은 사랑의 감정에 특히 취약하다는 것, 그리고 그 결과 사랑받을 때 사랑으로 응답하지 않기가 불가능하다는 것—은 토착어 연애시를 읽었던 프란체스카에게는 익숙한 것이었다. 그녀에게 그런 영향을 미친 시인 중 한 사람이 다름 아닌 단테다. 그는 그녀의 운명에 연루되어 있다. 그녀가 말을 마쳤을 때 단테가 졸도해 쓰러진 것도 어찌 보면 당연하다.

자신이 지옥에 오게 된 연유를 말하는 프란체스카의 말에 독자들이 충격과 연민을 느낀다 해도, 그것이 크게 놀랄 일은 아니다. 단테 자신도 똑같이 반응한다. 즉, 그 시의 작가 단테(시인)와 구분되는 시 속의 등장인물 단테(때로 순례자라 불리지만 그 순례자 역시 시인이라는 사실을 잊어서는 안 된다) 말이다. 이 두 단테를 구분하는 것은 프란체스카에 대한 묘사에서 엿보이는 연민과 그녀가 지옥에 있다는 엄연한 사실 사이의 뚜렷한 모순을 이해하는 데 도움이 된다. 그 구분은 지옥에서의 모든 일화를 생각할 때 유용한 열쇠다. 지옥에서 우리가 만나는 죄인들은 인간적으로 보면 부정할 수 없는 도덕적 위상을 갖는 것 같다. (파리나타 역시 그런 예다.) 19세기에 이 일화를 해석할 때는 단테가 그저 연민 때문에 정신을 잃었다고 추측했지만, 현대에는 단테의 감정이 더욱 복잡하다는 것을 강조하는데, 확실히 후자가 옳은 듯하다. 이 대목은 이 시에서 순례자인 주인공이 지식과 이해의 여행을 떠나 첫번째로 겪는 참혹한 경험이다. 시인으로서의 과거를 포함해 자신의 과거를 재평가하는 것은 그 여행의 일부다.

19세기 독자들은 대체로, 단테가 프란체스카를 통해 그 자신의 신학체계를 뒤흔들 만큼 인간적으로 매우 강렬한 인물을 창조했다고 보았다. 만약 우리가 프란체스카를 동정한다면, 우리는 그녀가 받는 벌의 공정성에 의문을 제기하는 셈이다. 그 주장에 따르면, 인간적 연민을 타고난 인간 단테는 저도 모르게 도덕주의자 단테를 약화시켰다. 매우 세련되게 이 관점을 표현한 주장은, 시인 단테가 독자들이 긍정적으로 반응할 수밖에 없을 만큼 매우 감동적이고 한결같은 열정의 인물을 창조함으로써 도덕주의자 단테를 훼손했다고 말한다. 이에 따르면, 단테의 도덕체계와 싸우는 것은 바로 단테의 창조적 에너지다. 그 창조적 상상력은 신학을 전복한다.

이 일화를 해석하는 이런 두 가지 방식은 프란체스카를 가혹한 도덕규범의 무고한 희생자로 보거나, 죄악을 대변하는 위험할 만큼 유혹적인 여자로 본다. 서로 대립하는 이 두 진영은 때로 "비둘기파"와 "매파"로 불린다. 물론 프란체스카는 전적으로 결백하지도, 전적으로 사악하지도 않다. 단테의 예술이 지닌 힘은 이런 복잡성, 즉 그녀를 순수하게 선하다거나 순수하게 악하다고 분류할 수 없다는 데 있다. 인간적 관점에서 매우 매력적이고 어쩌면 고결하며, 찬양할 만한 장점이 너무도 풍부한 누군가가 그럼에도 불구하고 지옥에 갔다는 것, 바로 그것이 비극이다. 그녀가 지옥에 간 이유는 한 문학 전통을 치명적으로 오독―치명적으로 순진한 오독―했기 때문이다.

자신의 예전 연애시와 거리를 두면서도 한편으로 그 가치를 주장하는 것은 『신곡』에서 단테가 하는 어려운 일 중 하나다. 『향연』에서 그는 1290년 베아트리체가 죽은 후 철학 공부에서 위안을 찾았노라고 말한다. 철학에 대한 새로운 열정은 그가 "종교 학교들(le scuole de li religiosi)"과 "철학자들과의 논쟁(le disputanzioni de li filosofanti)"에 열성적으로 자주 참여했다는 사실에서도 드러난다(『향연』 2권, 12: 7). 그가 말하는 "학교들"이란 피렌체의 거대 수도회 기관 두 곳이다. 산타크로체(프란체스코회)와 산타마리아노벨라(도미니쿠스회) 모두 번성하는 종교 공동체로 평신도들에게 풍부한 강연과 도서관을 제공했다. (볼로냐와는 달리 당시 피렌체에는 대학교가 없었다.) 1290년대의 이런 지적 경험은, 1290년대 후반의 정치 참여처럼, 세기말 그의 시가 방향 전환을 하는 데 밑거름이 되었다. 그러나 1300년—저승세계 여행의 해—에 작가로서 단테의 명성은 아직은 주로 연애시에 기인하고 있었다.

　연옥에 있는 탐식의 테라스에서 시인 보나준타 다 루카가 알아보고 찬양하는 사람은 바로 연애 시인 단테다. 보나준타는 이전 세대 토스카나의 시인이었고, 새 세대의 시는 그의 시를 훌쩍 뛰어넘었다. 보나준타는 단테가 시에 혁신을 불러왔음을 열렬히 인정한다. 그는 "새로운 시(nove rime)"의 참신함이 어디서 오는지 정확히 알고 싶어한다. 그는 "새롭고 감미로운 문체(dolce stil novo)"(청신체)이라는 말로 그 새로운 시를 가리키고, 단테가 선조들과 무엇이 다른지 묻는다. 단테는 사랑과 자신의 관계를 언급하며 그 질문에 답한다.

　나는 그에게 말했다. "나는 사랑이 내 안에서 숨쉴 때

그것을 기록하고, 사랑이 일러주는 대로

그대로 표현하는 사람에 지나지 않습니다."

E io a lui: "I' mi son un che, quando

　　Amor mi spira, noto, e a quel modo

　　ch'e' ditta dentro vo significando." (「연옥」 24곡 52~54)

사랑의 영감, 사실상 사랑이 하는 말에 대한 충실함이 그가 시를 쓰는 방식을 결정한다.

어쩌면 비평가들은 이 시의 어느 구절보다 이 구절을 이해하느라 많은 잉크를 썼을 것이다. "새롭고 감미로운 문체"를 도입한 『새로운 삶』의 중심 텍스트는 "사랑을 이해하는 여인들이여(Donne ch'avete intelletto d'amore)"로 시작되는 시다. 이 시는 단테가 베아트리체의 호의를 얻는 것보다 그녀를 찬양하는 것이 자신의 과제라고 이해하게 된 시점이기도 하다. "새롭고 감미로운 문체"는 그 이후에 쓰인 시들을 가리키지만, 그것은 분명 그 시들의 내용만이 아니라—더욱 중요하게는—그 스타일까지 암시하고 있다.

들은 것을 그대로 쓴다는 관념은 성서 저자들이 종종 사용했다. 단테 자신도 『제정론』에서 그렇게 말한다. "비록 성스러운 말을 기록하는 사람들은 많지만, 말씀하시는 것은 오직 신뿐이다." 여기 연옥에서, 자신은 사랑의 속삭임을 그대로 옮길 뿐이라는 그의 말에는 성서나 교부들의 저서를 연상시키는 뚜렷한 울림이 있다. 그리고 『신곡』 뒷부분에서 그는 "내가 쓰는 소재(quella matera ond'io son fatto scriba)"(「천국」 10곡 27)라는 말로 자신이 필경사와 다름없음을 분명하게 드러낸다. 『신곡』에서 사랑에 대한 더욱 폭넓은 이해는 구이니첼리에게서 유래한 편협한 감정적, 철학적 개념을 초월한다.

『신곡』을 쓰는 단테에게 사랑이란 좋건 나쁘건, 찬양할 만하건 벌받아 마땅하건 모든 인간 행동의 주된 원인이다. 그러나 순례자 단테는 여행의 중간쯤에 베르길리우스에게 사랑에 관해 설명해달라고 요청할 때에야 그것을 이해하게 된다. "바라건대, 자애로운 아버지…… 제게 사랑을 설명해주세요(Però ti prego, dolce padre caro,/che mi dimostri amor)." 베르길리우스가 설명하기를, 사랑은 더이상 두 개인을 이어주는 낭만적 감정 또는 성적 열정이 아니다. 욕망은 인간 경험의 근본 범주, 모든 인간과 세상의 상호작용에 놓인 힘으로 해석된다. 그것은 도덕적 작용의 엔진이다.

사랑이 모든 인간 행위의 근원이라는 베르길리우스의 말은 개념적으로나 위치상으로 이 시의 중심을 차지한다. 여기서부터 현대인이 보기에 약간 역설적인 인식이 이어진다. 일곱 가지 사형 죄(흔히 말하는 7대 죄악)는 사랑의 관점에서 이해되어야 한다. 다시 말해 잘못 이끌린 사랑, 너무 약하거나 너무 강한 사랑 등 잘못된 사랑이다. 사랑이 잘못 이끌릴 수 있는 경우는 세 가지이며, 너무 약한 경우가 한 가지, 너무 강한 경우가 세 가지다. 우리가 보게 되듯, 일곱 테라스가 있는 연옥의 지리학은 이런 분석을 보여준다. 이런 인식과 밀접하게 연관된 질문이 인간 행위에 대해 인간에게 책임을 물을 수 있는가 하는 것이다. 이는 다시 자유의지와 결정론에 관한 철학적 근본 문제를 제기한다.

본성 대 양육 논쟁은 현대 과학과 사회학의 첨예한 문제다. 우리의 행동 방식을 좌우하는 것은 우리 유전자인가, 양육인가? 이 질문에 대한 답은 인간 행위를 둘러싼 우리의 사고에 중요한 영향을 끼친다. 유전이든 환경이든, 우리가 통제할 수 없는 힘이 우리의 행동을 결정한다면, 그것에 책임을 물어야 하지 않겠는가?

인간적 자유와 책임의 문제는 초기 그리스 철학자들 이후 많은 이들이 고민해왔으며, 오늘날 작가들에게도 계속 영감을 주고 있다. (이언 매큐언Ian McEwan의 『토요일』은 이 문제를 탐구한 기억할 만한 최근작이다.) 인간은 자유행위자인가? 인간이 선택할 수 있는가? 아니면 인간은 생물학이나 양육에 제한받고 미리 결정되어 있으므로, 저 행동이 아닌 이 행동을 하고 저런 사람이 아닌 이런 사람이 된다는 인간의 선택은 환상에 불과한가? 이 문제에 대한 단테의 생각—세부적으로는 중세적이면서도 동시에 놀랄 만큼 현대적인 주장—이 이 시의 중심에 놓여 있다. 그것은 전체 시의 철학적, 신학적 기조를 이룬다. 만약 인간이 달리 행동할 여지가 없다면, 살면서 저지른 행동을 근거로 사후에 벌을 주거나 보상하는 것에는 아무런 정의도 있을 수 없다. 단테는 이 개념을 자기 시의 중심에 놓는다. 단테가 「연옥」 17곡에서 이 문제를 이야기할 때 그의 위치는 정확히 연옥 산의 중간—일곱 테라스 중 네번째 테라스—이다.

인간이 어떻게 자유의지를 갖게 되는지 이해하려면 사랑의 속성을 이해하고 인간 세상의 이치를 알아야 한다. 연옥 산의 중간 테라스에서 잠시 쉬면서 단테가 베르길리우스에게 설명해달라고 하는 것이 바로 이것이다.

베르길리우스는 이렇게 설명을 시작한다.

그분이 시작하셨다. "아들아,

창조주든 피조물이든 자연적이거나

선택적인 사랑이 없었던 적이 없으니 (…)"

"Né creator né creatura mai,"

  cominciò el, "figliuol, fu sanza amore,

  o naturale o d'animo; (…)" (「연옥」 17곡 91~93)

자연적인 사랑은 모든 피조물이 창조주에게 느낄 수밖에 없는 사랑이다. 선택이 끼어들 여지가 없다. 선택적인 사랑은 창조의 다른 측면에 대한 사랑이다. 거기에는 항상 선택이 끼어든다.

베르길리우스의 설명에 따르면, 최초의 사랑 충동―우리 자신이 아닌 무언가에 마음을 빼앗기고 이끌리고 그것을 소유하려는 충동―은 우리 모두에게 존재한다. 사랑의 능력이 실제 사랑의 경험이 될 때는 그 개체 이외의 무언가가 매력적으로 여겨지고 자신이 그것에 매혹됨을 자각하는 순간이다. 처음의 자각이나 매혹의 감정에는 전혀 비난할 점이 없다. 그러나 그 매혹에 대해 행동하기 전, 그 대상을 적극적으로 추구하고 소유하려 하기 전, 인간과 동물을 구분해주는 매우 중요한 한 단계가 있다. 동물은 본능적으로 행동하며 이성의 능력이 없다. 인간은 이성이 있으며, 인간으로서 충만한 삶을 살기 위해서는 그 능력을 사용해야 한다. 이성 혹은 판단은 욕망과 행동 사이의 연결 고리이자 중요한 중간 단계다. 욕망에 따라 본능적으로 행동하는 건 동물이나 마찬가지다.

이성은 욕망을 통제해야 한다. 욕정 가득한 사람들("열정에 사로잡혀 이성을 잃었던 자들che la ragion sommettono al talento")은 정확히 그 반대다.

그러나 나머지 죄인들도 마찬가지다. 통제되지 않은 성욕은 다른 부류의 것에 대한 통제되지 않은 욕심과 다를 게 없다. 음식, 돈, 물질적 소유에 대한 욕심 말이다. 이것은 그 자체로는 나쁜 것이 아니라 좋은 것이지만, 그런 사랑이 지나치면 연옥 산의 맨 위쪽 세 테라스, 탐욕, 탐식, 욕정의 테라스에서 벌을 받는다. 최고의 선(신)에 대한 사랑이 너무 적으면 게으름이나 영적인 나태함, 무관심으로 나타나며, 일곱 개 중 중간에 놓인 테라스에서 벌을 받는다.

인간 행동과 심리학에 대한 현대인의 생각과 조금 더 화해하기 힘든 것은 잘못 이끌린 사랑에 대한 인식이다. "나쁜 대상(malo obbietto)"에 대한 사랑은 교만, 시기, 분노 등 사악한 기질을 만들어낸다. 지옥과는 달리, 연옥은 실제의 죄가 아닌 죄가 되는 기질을 벌한다. 따라서 연옥의 구조와 조직 원리는 크게 다르다. 죄가 되는 세 가지 기질이란 기본적으로 동료 인간들에게 나쁘거나 불리한 무언가를 사랑하고 욕망하는 것이다. 동료 인간이 자기 자신보다 열등하기를 바라는 것(교만). 그들이 행운이나 재능, 또는 소유물을 갖지 않기를 바라는 것(시기). 그들이 우리에게 나쁘게 생각되는 무언가를 했다고 그들이 벌받기를 바라는 것(분노) 등이다. 따라서 염원되는 "나쁜 대상"은 나쁜 것이다(나쁘고, 그릇되고, 사악하다). 왜냐하면 다른 사람에게 상처와 피해를 주면서 괘씸하게도 자신을 공동체보다 우선시하기 때문이다.

단테는 질투, 즉 시기가 개인적 관계와 사회 구조에 미치는 해악에 특히 주목한다. 연옥에서 시기에 대한 벌은 특히 만족스럽다. 시기—옥스퍼드 영어사전에서 "운이 더 좋은 사람들에 대한 못마땅한 생각"이라고 정의되는—는 이탈리아어로 invidia인데 그것은 "미심쩍은 눈으로 보다, 악의적으로 또는 심술궂게 보다'라는 뜻의 라틴어 invideo에서 왔다. 시기에 대한 벌은 철사로 눈꺼풀을 꿰매버림으로써 살아 있을 때 평온한 마음으로 바라볼 수 없었던 운좋은 사람들을 더는 못 보게 하는 것이다. 그들은 또 머리카락으로 짠 옷을 입고 있는데, 그 옷이 주는 가려움은 그들의 삶을 움직였던 껄끄럽고 나쁜 감정을 구체적으로 표현한다. 단테에게 시기는 사랑의 반대말, 동포애(caritas)의 반대말이다.

우리 현대인들은 행동을 관찰하고 분석하면서 우리 자신은 물론 타인의 이런 성격적 특질 또는 성향을 알아차린다. 그리고 심판자적 태도를 취하지 않으려고 애쓸지언정 특정 행동은 비난받을 만하다고 인정하는 것은 사실이다. 그런 행동은 개인이 인정 또는 통제할 수 없거나 그럴 의사가 없는 충동에 의한 파괴적이고 자멸적인 행동이라고 생각한다. 현대 심리학자들과 평론가들은 이런 다양한 기질에 여러 이름을 붙일 수 있을 것이다. 교만은 요즘으로 말하면 자기확대, 오만, 야망, 자존감, 허세, 나르시시즘(이 단어들은 모두 기자들이 특정 정치인의 행동 및 기억을 과장하는 특성을 묘사하기 위해 사용한다)이고, 시기는 공감 결여, 부적절한 사회화일 것이다. 분노는 충동 조절의 결여다. 현대 심리학자라면 공격적이고 파괴적 행동은 주로 자기혐오에서 나온다고 보겠지만, 단테에게 자신을 미워한다는 건 생각할 수 없는 일이었다. 모든 존재는 당연히 자신의 존재와 자신의 행복을 열망한다.

이 마지막 사항은 인간 행위를 바라보는 단테와 현대인의 관점 사이의 건널 수 없는 골을 암시할 수 있지만, 그 거리가 보기만큼 크지는 않다. 여기서 단테가 하는 말은 특정 타락 행위와 그것을 어떻게 받아들일 것인가에 대한 오늘날 우리의 생각과 놀랄 만큼 비슷하다. 범죄 심리치료는 가장 끔찍한 범죄(근친상간, 소아성애, 가정폭력과 학대)의 가해자를 치료하기 위해 최근 25년 사이에 발전한 학문이다. 그 치료법은 범죄자들—강박적이고 위험한 행동 패턴에 갇힌 범죄자들—에게 도착과 일탈에 대한 죄책감을 가르쳐 충동과 행동 중간에 생각을 하게끔 유도한다. 단테의 관점에서 이것은 동물이 아닌 인간 존재의 본질이다. 충동의 횡포, 선택권이 없는 횡포로부터의 자유는 그 횡포에 피해 입고 파괴된 환자들에게 범죄 심리치료가 제안하는 바로 그것이다(법은 이 환자들은 범죄자로 다루어 처벌한다.) 범죄 심리치료는 가해자를 수 세대 동안 제 기능을 못한 관계의 피해자로 본다. 그들이 처한 상황의 중심에는 본성보다는 양육이 있다는 것이다.

범죄 심리치료가 가해자들에게 제시하는 희망은 충동과 행동 사이에 생각하는 법을 배움으로써 자유를 얻을 수 있다는 것이다. 연옥이 시작되는 시점에서 베르길리우스는 연옥의 문지기에게 단테가 사후여행에서 찾고 있는 것은 자유라고("그는 자유를 찾고 있으니libertà va cercando") 말한다. 연옥 산 여행이 끝날 때쯤, 베르길리우스는 사실상 이 시에서 마지막으로 말하면서 단테가 그 목표를 달성했다고 선언한다. "네 판단은 자유롭고 바르고 건강하다(libero, dritto e sano è tuo arbitrio)." 이는 역동적인 심리치료 과정이 성공적으로 끝났을 때 범죄 심리치료사가 마지막으로 환자에게 하기를 소망하는 바로 그 말이다.

우리는 누구나 다른 사람들의 행동을 관찰하고, 그에 관해 말하고 분석하고 판단하면서 많은 시간을 보낸다. 이는 인간이기에 겪는 끊임없는 경험이다. 단테는 우리에게 체계적이고 짜임새 있는 설명을 제시하고, 나쁜 행동의 부정적 성향(그는 이것을 참된 본성이라고 할 것이다)을 매우 생

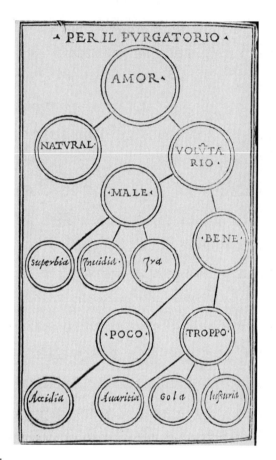

그림 25

1515년 베네치아의 알도 마누초(Aldo Manuzio)가 출간한 『신곡』 초기 인쇄본에 실린 다
이어그램. 7대 죄악이 모두 잘못된 사랑에서 비롯되었음을 보여준다. 사랑은 자연적인 것
일 수 있지만(신에 대한 사랑), 선택적(voluntario)일 수도 있다(지상의 좋은 것에 대한 사
랑). 선택적 사랑은 나쁜(male) 것이 되어 교만(superbia), 시기(invidia), 분노(ira)를 일으
킬 수도 있고, 그 자체로 좋은 어떤 것(bene)일 수 있지만, 그 사랑이 너무 약하거나(따라
서 나태accidia) 너무 강할(따라서 탐욕avaritia, 탐식gola, 욕정lussuria) 수도 있다.

생한 언어로 보여준다. 그는 일탈적 충동을 구체적으로 보여주거나 교정함으로써 처벌한다. 연옥에 있는 탐욕의 영혼들은 땅바닥에 엎드린 채, 그들이 사는 동안 지나치게 이끌렸던 물질세계와 물리적으로 붙어 있다. 교만의 영혼들은 등에 진 커다란 돌의 무게에 눌려 완전히 몸을 굽혀 걸어가는데, 그 자세는 겸손을 물리적으로 보여준다. 비록 우리는 단테의 엄격한 사고를 보여주는 '틀에 박힌 정신(esprit de système)'을 발견할지 모르지만, 눈을 뗄 수 없는 그 벌의 시각 효과, 우리 자신과 타인들의 성격과 행동을 생각하게 만드는 그 힘만큼은 부정할 수 없다.

몇 개 안 되는 도덕적 표제 아래 사람들을 분류하는 것은 너무도 다양한 삶과 인간 행동에 대한 환원적 접근법일 수 있겠지만, 단테의 경우는 모든 인간의 개성을 예리하게 인식하기 때문에 그런 우려는 사라진다. 단테는 어느 소소한 작품의 한 대목에서, 사람들은 서로 너무나 달라서 마치 한 사람 한 사람이 하나의 종(種)을 이루는 것 같다고 명쾌하게 말한다. 모든 개인의 고유함에 대한 이런 감성은 이 시의 등장인물 묘사에 반영되어 있다. 하나의 체계를 구축하려는 분석적 충동, 사람들 사이의 온갖 미묘한 차이에 대한 인정, 이 둘 사이의 섬세한 균형이 『신곡』에서는 계속 유지된다.

우리의 기질과 행동을 둘러싼 책임 문제에서, 본성 대 양육 논쟁을 바라보는 단테의 관점은 현대 학자들이 내린 결론과 크게 다르지 않다. 비록 그 비율을 정확히 수량화할 수는 없지만, 한 개인의 형성에는 본성과 양육 모두 역할을 한다. 우리가 본성에서 얻는 것은 이미 주어진 것이다. 우리는 그것을 통제할 수 없다. 그것이 (현대적 어휘로) DNA든, (중세적 어휘로) 우리의 "체액", 즉 성격을 결정하는 신체의 화학적 구성, 출생의 순간에 점성학적 영향으로 결정되는 성향과 소질이든 마찬가지다.

중세 점성학의 자부심을 뒷받침하듯, 쌍둥이자리로 태어난 단테는 학문과 글쓰기에 재능이 있다. 그의 "체액" 때문에 그는 열정적이고 자존심이 강하다. 단테는 자기가 죽어 다시 저승에 올 때는 교만을 씻어내는 연옥의 첫번째 테라스에서 상당한 시간을 보낼 거라고 우리에게 말한다. 그러나 질투의 테라스에서는 얼마 머물지 않을 거라고 예상한다. 우리 모두 타고난 소질과 개성에 따라 일하면서, 교육과 훈련만 받는다면 선천적인 경향성을 통제하고 관리하는 법을 배울 수 있다. 우리 누구나 선하고 충만한 인간이 되는 법을 배울 수 있다. 우리가 할 일은 충만하게 인간적인 삶을 살기 위해 우리에게 주어진 것을 최대한 활용하는 것이다. 종교적이든 세속적이든 진지한 교육자라면 동의하지 않을 수 없는 내용이다.

「연옥」의 중간 곡들에서 자세히 설명된 사랑의 성격을 이해한다면 우리는 앞서 나왔던 일화들을 재평가할 수 있는 시각을 얻게 된다. 이 시각으로 보면, 「지옥」에서 프란체스카가 사랑에 관해 하는 열정적인 말― 오페라적 관점에서는 프란체스카와의 만남은 이 시의 첫번째 중요한 하이라이트다 ― 의 진정한 성격을 알 수 있다. 비록 매력적이고 유려하기는 하지만, 그것은 이기적인 언사다. 그 말은 그녀의 행동을 정당화하고, 개인적 책임을 부정하면서 자신이 무죄라고 밝힌다. 비난해야 할 것은 사랑이다. 비난해야 할 것은 책이다. 비난해야 할 것은 프란체스카 자신을 제외한 모든 것이다. 그리고 그녀의 자기정당화는 단테 자신이 쓴 문학 텍스트를 반영한 것이다.

문학과의 연관성은 불가피해 보인다. 만약 지옥에서 욕정의 영혼을 대

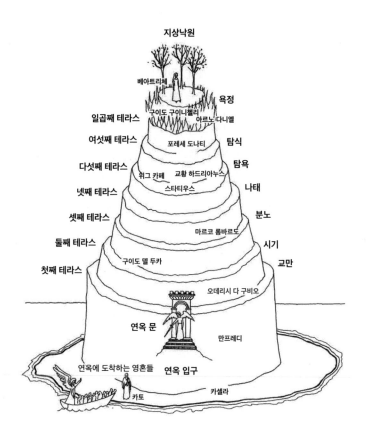

그림 26

연옥 산.

변하는 것이 시 애독자인 프란체스카라면, 연옥에서 욕정의 영혼을 대변하는 것은 작가들이다. 연옥에서 욕정의 영혼은 동성애자와 이성애자 두 범주로 나뉜다. 지옥의 동성애자들에게는 작은 원이 따로 주어져 있다. 동성애는 욕정을 자제하지 못한 죄나 의지가 나약한 죄가 아니라 자연에 반한 죄로 분류되기 때문이다. 현대의 독자들에게는 불쾌할 수도 있겠지만, 단테의 동성애자 묘사에는 특이하게도 음란한 점이 없다. 그래서 일부 학자들은 자연을 거스른 브루네토 라티니의 죄는 절대 남색이 아니라고 주장하기도 한다. 브루네토가 있는 원에는 이전 세대 피렌체의 귀족 지도자 세 명(그들의 동성애는 의심의 여지가 없다)이 같이 있는데, 단테는 그들이 피렌체에 기여한 업적을 찬양하고 고마워하면서 베르길리우스가 허락한다면 밑으로 뛰어들어 그들을 껴안았을 거라고 말한다. 독자들은 이 말에서 그들이 무엇을 할지 짐작할 것이다.

『신곡』에 나타난 사랑의 관점은 카발칸티나 구이니첼리의 관점, 그리고 젊은 날의 단테의 관점과는 매우 다르다. 이 시 전체는 그 관점을 담아내기 위해 매우 미묘하면서도 포괄적으로 문제의 진실을 표현하려는 시도라고 볼 수 있을 것이다. 『신곡』에서 사랑은 단지 개인의 마음 작용일 뿐만 아니라 우주의 기능 자체이기도 하다. 사랑은 말 그대로 세상을 굴러가게 한다. 창조된 우주는 창조주에 대한 열망으로 움직이고 기능하는데, 「천국」에서 순례자 단테는 성 베드로에게 그렇게 신앙 고백을 한다.

나는 움직이지 않으면서도
사랑과 바람으로 온 하늘을 움직이는
유일하고 영원하신 하느님을 믿습니다.

Io credo in uno Dio

solo ed etterno, che tutto 'l ciel move,

non moto, con amore e con disio. (「천국」 24곡 130~132)

그 첫마디는 모든 신자가 교회 예배에서 암송하는 사도신경(使徒信經)
이다. 신자들은 날마다 그 말을 암송한다.

사랑은 단테의 저승 여행담의 시작점이자 종결점이다. 시의 첫 부분
에서 단테가 어두운 숲에서 헤매고 있을 때 베아트리체의 마음을 움직
여 베르길리우스에게 그를 구해달라고 부탁하게 만든 것도 사랑이다(그
녀는 「지옥」 2곡 72행에서 "사랑이 나를 움직이게 하여amor mi mosse"라고 말
한다). 단테는 베르길리우스의 작품에 쏟은 "오랜 연구와 커다란 사랑('l
lungo studio e 'l grande amore)"의 이름으로 베르길리우스에게 호소한다. 시
의 끝부분에 가서 단테가 자신의 목표에 가까워질 때, 흩어진 페이지들
을 묶어 한 권의 책을 만드는 것으로 모든 창조를 묘사하는 유명한 이
미지가 나온다. 마침내 단테는 이 페이지들이 "사랑으로 한 권으로 묶여
(legato con amor in un volume)" 있음을 이해한다. 창조된 세계와 인간 경
험의 다채로움, 그것들의 단편성이 이제 이해할 수 있고 의미 있는 하나
의 인공물로 다가온다. 그 책을 묶는 것은 사랑이며 모든 것을 한데 결
합하는 것도 사랑이다. 이 시의 마지막에 단테가 기쁨의 환영 속으로 흡
수될 때, 그의 열망과 의지는 창조주의 그것과 조율되어 조화롭게 움직
인다.

하지만 꾸준히 돌아가는 바퀴처럼

내 열망과 의지는 태양과 별들을 움직이는

사랑에 의해 돌아가고 있었다.

ma già volgeva il mio disio e 'l velle,

　　sì come rota ch'igualmente è mossa,

l'amor che move il sole e l'altre stelle. (「천국」 33곡 143~145)

『신곡』에는 에로틱한 사랑과 우주적 사랑은 물론, 그 밖에도 많은 유형의 사랑이 있다. 고향에 대한 사랑(la carità del natìo loco), 같은 장소에서 태어난 다른 사람들에게 느끼는 자연스러운 애정은 소르델로와 베르길리우스가 서로 만토바 출신이라는 걸 깨닫고 동시에 껴안는 장면에 반영되어 있다—피렌체 출신인 단테와 파리나타가 경계하며 미심쩍어 하다가 노골적인 적의를 보인 것과는 뚜렷하게 대조된다. 자연세계와 그 아름다움에 대한 사랑은 이제는 영원히 그것을 빼앗겨버린 죄인들의 말에서 뼈아프게 울린다("카센티노의 푸른 언덕에서…… 아르노강으로 흐르는 시내들Li ruscelletti che d'i verdi colli/del Casentin discendon guiso in Arno…"). 인간적인 애정, 동료애, 친근감의 모든 뉘앙스도 일부 대목에서 포착된다. 베르길리우스와 단테의 진화하는 관계는 무엇보다도 이를 섬세하게 보여준다. 「지옥」 2곡에서 베르길리우스는 단테의 "우두머리(maestro)", "주인(duca)", "스승(segnore)"이다. 헤어질 때쯤 베르길리우스는 "더없이 자애로운 아버지(dolcissimo patre)", 심지어는 "아버지보다 더한 분(più che padre)"이 된다.

무엇보다도 이 시에는 지식에 대한 사랑이 있다. 인간이란 무엇인가에 대한 단테의 사고의 중심에는 모든 인간은 태생적으로 지식을 원한다는 아리스토텔레스의 격언이 있다. 단테는 백과사전적 포부를 담은 『향연』의 첫 문장에서 그 말을 경구처럼 인용한다. 베아트리체가 죽은 후 슬픔을 달래기 위해 빠져들었던 철학 공부가 평생의 열정이 되어 그의 세계관 형성에 영향을 준 것이다.

단테는 자신을 철학적 탐구의 길로 이끈 텍스트로 명쾌하게 두 저작을 언급한다. 하나는 보에티우스(Boëthius)의 『철학의 위안』이다. 6세기 로마 정치가이자 철학자였던 보에티우스는 동고트족 왕 테오도리쿠스에게 부당하게 투옥당하자 슬픔과 억울함을 달래줄 위안을 추구했다. 그는 파비아의 감옥에서 걸작을 썼지만, 고문 받다가 그곳에서 숨을 거두었다. 두번째 저작이 로마 작가이자 웅변가인 키케로가 우정의 본질을 철학적으로 탐구한 『우정론De amicitia』이다. 단테는 처음 그 작품들을 읽기 시작할 때는 어려웠지만 끝까지 읽었을 때는 굉장한 보람을 느꼈다고 말한다. 이런 지적 열정, 자기가 사는 세계를 알고 이해하려는 열정은 그와 평생을 함께했다. 정신적 위기—어떤 의미에서 『신곡』은 그에 대한 기록이다—를 겪은 후에도 그 열정은 줄어들지 않았다. 많이 이야기된 것처럼, 단테는 회개하는 그리스도교도이지만 회개를 모르는 지식인이다.

세계를 이해하는 데 도움을 준 철학자들과 사상가들을 찬양하는 것은 「천국」의 주요 테마다. 단테가 어떤 텍스트를 직접 읽었고 어떤 텍스트를 간접적으로 알았는지 확실히 알 수는 없다. 심지어 그가 아리스토텔레스의 저작들(그는 특히 열두 작품을 언급한다)을 읽었는지조차 확실하지 않지만, 『윤리학』은 틀림없이 읽었던 것 같다. 단테가 태어나던 1265년 무렵에는 아리스토텔레스의 저작 55편 정도가 라틴어로 번역되어 있었다. 1260년대와 70년대에 파리 대학교는 엄청난 지적 열기로 들 끓었고, 아리스토텔레스의 저작과 그 의미는 그리스도교적 사고와 관련해 논쟁이 되었다. 단테가 스콜라 철학과 아리스토텔레스의 지적, 과학적 유산에 빚지고 있다는 사실은 누가 봐도 분명하다.

「천국」 10곡 현인들의 하늘에서 찬양받는 이들 가운데 가장 눈에 띄는 것은 13세기의 인물들이다. 스콜라 신학자이자 철학자인 토마스 아퀴나스(1274년 사망). 아퀴나스의 스승 알베르투스 마그누스(Albertus Magnus, 1280년 사망). 프란체스코회 수장인 보나벤투라(1274년 사망). 소르본대학교 교수이자 파리의 첨단 지식인이었던 시제르 드 브라방(Siger de Brabant, 1283년 사망). 중요한 논문을 남겼고 잠시 교황을 지낸 페트루스 히스파누스(Petrus Hispanus, 1277년 비테르보의 교황청 천장이 무너져 깔려 죽었다). 사실 이들은 우리에겐 시간적으로 멀게 느껴지며, 훨씬 이전 시대의 인물들과 잘 구분되지도 않는다. 이들과 함께 현인들의 하늘에 있는 인물은 6세기의 보에티우스, 8세기 앵글로색슨족의 위대한 수도사인 가경자(可敬者) 비드, 성서 인물인 솔로몬왕 정도다. 그 13세기 인물들은 오늘날로 치면 비트겐슈타인, 프로이트, 아인슈타인, 러셀, 케인스 같은 20세기의 지적 거장들과 같다. 단테는 특히 독창적인 이전 세기의 사상가들을 찬양하고 있다. 그중 다수는 단테가 어릴 때에도 살아 있었다. 스콜라 철학은 단테가 죽고 불과 한두 세대 뒤 위기에 처했다. 지금 보면 스콜라 철학의 방법론과 추론은 현대 과학이나 철학과는 아득히 멀게 느껴진다. 그렇지만 단테와 당대 위대한 사상가들과의 관련성, 그들을 찬양하려는 욕구의 의미가 가려져서는 안 될 것이다.

지식 사랑—세계를 알고 이해하고 싶은 욕구—은 단테에게 무엇보다 중요한 열정이며 『신곡』은 그 열정이 가장 빼어나게 표현된 작품이다. 그는 인간의 지식과 행복은 직접적으로 관련되어 있다고 믿는다. 『향연』 서두에서 그는 이렇게 쓴다. "지식은 가장 완벽한 우리 영혼이며 그 영혼 속에 우리의 가장 큰 행복이 있다(la scienza è ultima perfezione de la nostra anima, ne la quale sta la nostra ulima felicitade)." 그러나 간교한 꾀와 함께 세계 탐험의 갈망으로도 유명한 그리스 영웅 오디세우스를 우리는 지옥 깊은 곳에서 만난다. 그가 지옥에 있다는 사실로 보건대, 알고자 하는 열정에 위험이 없지는 않다.

오디세우스는 사기와 기만을 교사한 이들이 벌받는 지옥의 원에 있다. 트로이 성을 뚫은 트로이 목마 작전은 그의 계략 중 하나였다. 그뿐 아니라 궁극적으로 아킬레우스를 죽음에 이르게 하고, 트로이성에서 아테네 여신상(트로이의 안전을 지켜준다는)을 훔친 것도 그의 계략이었다. 그렇지만 이런 일화들은 스쳐가듯 언급될 뿐이다. 단테의 관심은 다른 곳에 있었다. 호메로스의 『오디세이아』를 읽은 독자들은 오디세우스가 오랜 세월 방랑 끝에 아내 페넬로페가 있는 이타카로 돌아갔다는 걸 알고 있다. 그러나 단테는 호메로스를 읽지 않았으므로 그 모험의 결말을 알지 못한다. 그는 어떻게 되었을까? 어떻게 죽었을까? 지옥의 구렁에서 이 그리스 영웅을 만난 단테는 그것이 궁금하다. 여기서 오디세우스의 종말에 관한 내용은 어쩌면 단테 자신의 창작일 수 있다. 그가 들려주는 이야기의 출처는 알려진 바가 없다. 지금은 전하지 않는 어떤 자료를 반영한 것일 수도 있다. 어느 쪽이든 간에, 그것은 쉽게 잊히지 않는다.

그 이야기는 전에 없이 명쾌한 선언으로 시작되고, 따라서 다음에 올 장면이 중요하다는 것을 일깨워준다.

그때 내가 본 것으로 나는 슬펐고

지금 생각하면 다시 슬프니,

내 습관보다 내 지성을 다스려

덕성의 인도 없이는 지성을 쓰지 않도록

그리하여 어느 다정한 별이나 은총이

내게 이 재능을 주었다면

스스로 그것을 빼앗지 않게 하리라.

Allor mi dolsi, e ora mi ridoglio

   quando drizzo la mente a ciò ch'io vidi,

   e più lo 'ngegno affreno ch'i' non soglio,

perché non corra che virtù nol guidi;

   sì che, se stella bona o miglior cosa

   m'ha dato 'l ben, ch'io stessi nol m'invidi.　(「지옥」 26곡 19~24)

단테 자신의 지성, 그의 정신, 그리고 그것의 쓰임이 여기 나타나 있다. 정신력에 완전한 자유를 주는 것은 위험할 수도 있다. 오디세우스는 단테 자신을 가장 분명하고 강력하게 대변하면서, 이 시의 중심에 있는 그 시인의 심리 중 한 측면을 말해준다.

이 장면에는 연중 어느 하루 특정 시간의 토스카나 풍경을 언뜻 상기시키는 자연주의적 묘사가 곁들여져 있다. 늦여름 해질 무렵, "파리가 계곡을 따라 내려가는(lucciole giù per la vallea)" 시간이다. 돌다리 위의 단테는 죄인들이 갇힌 둥글고 깊은 구렁을 내려다보지만, 사람들 대신 날름거리는 불꽃들이 보인다. 이런 묘사에는 묵직한 성서적, 고전적 암시가 있다. 불꽃은 예언자 엘리야가 하늘로 올라갈 때 사람들에게 보이지 않게 그를 감쌌던 불꽃을 닮았다. 다만 이곳의 불꽃은 죄인들이 보이지 않도록 한 명씩 휘감고 있다. 단테는 그 장면에 열중해서 몸을 내밀고 보다가 자칫하면 떨어질까 바위를 붙잡는다. 이런 물리적 위험은 심리적 위험, 즉 우리가 곧 듣게 될 지식에 대한 열정의 매혹을 반영한다.

이런 경우가 처음은 아니지만, 단테는 연관된 하나의 운명으로 고통받는 두 죄인에게 관심이 쏠린다. 불꽃 하나가 두 개의 "뿔"을 갖고 있다. 같은 뿌리에서 일어난 불이 두 갈래로 날름거린다. 이 쌍둥이 불꽃은 오이디푸스의 아들인 폴리네이케스와 에테오클레스를 화장할 때 갈라져 타오르던 불꽃을 닮았다. 그들은 서로를 죽였는데, 그들의 증오는 죽어서도 계속되어 한데 화장시키던 불꽃마저 두 갈래로 갈라졌다. 베르길리우스는 쌍둥이 뿔을 가진 그 불꽃 안에는 오디세우스와, 그와 함께 계략을 꾸몄던 디오메데스의 영혼이 있다고 알려준다.

단테는 전에 없이 간절하게, 그들에게 말을 걸게 해달라고 베르길리우스에게 간청한다. 베르길리우스는 자기가 말을 걸겠다고 한다(이 역시 전에 없던 일이다). 그들은 그리스인이기 때문에 모르는 사람이 토착어로 말을 걸면 언짢게 여길지도 모른다는 것이다. 분위기가 고조되는 동시에 거리 두기 효과가 일어난다. 우리는 단테의 동시대 피렌체인들의 추잡한 비행을 생생히 보여주었던 앞의 도둑들의 원에서 멀리 떠나 그리스의 전설적 영웅들의 세계로 들어간다. 오디세우스가 입을 열면 엄청난 힘을 지닌 언어로 말할 것이며, 그것은 이 시에서 가장 극적인 하이라이트 중

하나가 될 것이다.

오디세우스의 이야기에서 지식에 대한 열정은 지리적 탐색, 지도에도 없고 아직까지 누구도 가보지 못한 곳을 찾아가려는 욕망으로 대표된다. 그의 죽음 이야기는 그 마지막 여행의 이야기다. 단테의 관심이 어디 쏠려 있는지 감지한 베르길리우스가 묻는다. 그는 어디에 갔다가 죽었는가? 결국에는 어떻게 되었는가? 이 곡의 절반을 통째로 채우는 오디세우스의 대답이 이어진다. 단테의 세계에서 중요한 인물들은 항상, 직접 말로써 그 자신을 드러낼 공간을 가진다. 오디세우스의 말에서 정확히 중간쯤, 마지막 남은 동료들에게 끝까지 같이 가자고 용기를 불어넣던 일을 설명할 때 말속의 말이 나온다. 그는 동료들에게 인류와 인류의 가장 높은 열망의 이름으로 마지막 모험을 떠나자고 호소한다.

단테는 『오디세이아』를 알지 못했다. 호메로스 이후 한참이 지나 로마 시인 오비디우스(Ovidius)가 쓴 『변신 이야기*Metamorphoses*』를 통해 오디세우스의 이야기를 접했다. (단테처럼 오비디우스는 사랑하던 도시에서 추방된 망명자 신세가 되어 죽을 때까지 로마에 돌아가지 못했다.) 오비디우스의 책에는 오디세우스가 어떻게 되었는지 나오지 않는다. 오디세우스 이야기는 갑자기 중단되고, 대신 오디세우스의 동료인 마카레오스가 동료들이 배 한 척을 타고 키르케를 떠나는 바람에 낙오된 이야기를 하면서 모험담을 끝내는데, 단테는 이야기가 중단되었던 바로 그 대목을 짚어낸다. 단테의 오디세우스는 실제로 그 이야기를 꺼내고, 이탈리아 남부 해안에서 키르케 곁에서 어쩔 수 없이 오래 지체하다 떠난 후에는, 그 어떤 것도 자신을 말릴 수 없었다고 말한다.

아이네이아스가 그곳을 가에타라 이름 짓기 전,

나를 꾀어 일 년 넘게 붙잡아둔

그곳에서 키르케를 떠날 때

아들에 대한 애정도, 늙은 아버지에 대한 의무감도

당연히 행복하게 해주어야 하는

페넬로페에게 빚진 사랑도

세상과 인간의 악덕과 가치를 알고 싶다는

내 안의 열망을 억누르지 못했노라.

Quando

mi diparti' da Circe, che sottrasse

me più d'un anno là presso a Gaeta,

prima che sì Enëa la nomasse,

né dolcezza di figlio, né la pieta

del vecchio padre, né 'l debito amore

lo qual dovea Penelopé far lieta,

vincer potero dentro a me l'ardore

ch'i' ebbi a divenir del mondo esperto,

e de li vizi umani e del valore; (「지옥」 26곡 90~99)

그는 몇몇 동료를 이끌고 항해를 떠난다.

그리하여 나는 오직 배 한 척과

나를 저버리지 않은 몇몇 동료를 거느리고
넓고 깊은 바다로 길을 떠났다.

ma misi me per l'alto mare aperto
    sol con un legno e con quella compagna
    picciola da la qual non fui diserto. (「지옥」 26곡 100~102)

멀리는 스페인과 모로코 양쪽의 해안, 사르데냐를 비롯한 여러 섬들까지, 그들은 지중해의 유명한 이정표들을 지난다. 마침내 지브롤터해협의 가장 좁은 지점, 유럽이 아프리카와 거의 맞닿은 헤라클레스의 기둥에 이르렀다. 고전시대 신화에서 헤라클레스의 기둥은 알려진 세계의 끝을 나타냈다. 그 기둥 너머는 인간의 침범을 허락하지 않는 신들의 영역이었다. 그들은 오른쪽의 세비야를 지났고, 왼쪽으로는 북아프리카 해안의 세우타를 이미 지나간 뒤였다. 이제 오디세우스는 서두도 없이 곧바로 동료들에게 "작은 연설"을 한다.

나는 말했다. "오, 형제들이여.
수많은 위험을 뚫고 서쪽에 당도했으니
이제 밤에 파수를 볼 감각조차
거의 남아 있지 않지만
태양을 따라가며 사람 없는 세상을
경험하고픈 마음을 부정하지 마라.
그대들의 근원을 생각해보라.

짐승처럼 살기 위해서가 아니라

덕성과 지식을 따르기 위해 태어났도다.〞

"O frati," dissi, "che per cento milia

perigli siete giunti a l'occidente,

a questa tanto picciola vigilia

d'i nostri sensi ch'è del rimanente,

non vogliate negar l'esperïenza,

di retro al sol, del mondo sanza gente.

Considerate la vostra semenza:

fatti non foste a viver come bruti,

ma per seguir virtute e canoscenza." (「지옥」 26곡 112~120)

오디세우스는 동료들에게 인류의 이름으로 호소한다. 그들을 동물이 아닌 인간으로 만드는 것은 알려고 하는 욕구다. 세상을 알려는 욕구, 인간 삶에서 가장 훌륭한 두 가지 목표인 "덕성과 지식(virtute e canoscenza)"을 추구하려는 욕구다. 마음을 뒤흔드는 이런 말을 듣고 함께하겠다고 동의한 것은 놀랄 일이 아니다. 실제로 그는 자기 말에 설득된 동료들이 굉장히 열성적이 되어 나중에는 말리기도 힘들었다고 말한다.

그래서 그들은 지중해를 뒤로하고 알려지지 않은 바다로, 해가 서쪽으로 가라앉는 경로를 따라 남서쪽을 향해 계속 나아갔다.

그래서 우리 고물을 동쪽으로 향하고

미친 비행을 위해 노의 날개를 펼치고

계속 왼쪽으로 나아갔노라.

e volta nostra poppa nel mattino,

  de' remi facemmo ali al folle volo,

  sempre acquistando dal lato mancino. (「지옥」 26곡 124~26)

계속 나아가자, 밤하늘의 별들은 북반구에서 보던 것이 아니었고, 이제는 그 별들조차 수평선에서는 잘 보이지 않는다. 고되고 힘든 다섯 달이 지난 후 지금껏 본 어느 산보다 높은 산이 멀리서 검은 모습을 드러낸다. 산을 보고 그들은 기뻐했지만 기쁨은 곧 눈물로 바뀐다. 이제 막 발견한 그 땅에서 회오리바람이 일어난다. 그 바람이 배를 후려쳐 세 바퀴 돌린 후 뒤집어버리고 배는 가라앉는다. 오디세우스의 말에서 마지막 행이자 이 곡의 마지막 행에서, 바다는 난파한 배와 선원들을 덮치며 무시무시한 최후를 안긴다.

우리는 기뻤지만 그것은 곧 울음으로

바뀌었으니 새 땅에서 회오리바람이 일어

배 앞부분을 강타했기 때문이다.

배는 바닷물과 함께 세 바퀴 돌다가

네 바퀴째에 고물이 들리고 이물이

처박힌 것은 그분의 뜻이었으니

결국 바다가 우리 위를 뒤덮어버렸다.

Noi ci allegrammo, e tosto tornò in pianto;

    ché de la nova terra un turbo nacque

    e percosse del legno il primo canto.

Tre volte il fé girar con tutte l'acque;

    a la quarta levar la poppa in suso

    e la prora ire in giù, com' altrui piacque,

infin che 'l mar fu sovra noi richiuso. (「지옥」 26곡 136~142)

『신곡』을 처음 읽는 독자들은 오디세우스의 이야기에서 영웅적 모험담을 본다. 온갖 난관을 무릅쓰고, 자연에 도전하며 미지의 세계로 떠난 흥미진진한 여행담이 능숙한 이야기꾼의 입을 통해 강렬하게 전달된다. 이 모험담의 중심에는 동료들에게 같이 가자고 독려하는 감동적인 오디세우스의 연설이 있다. 그 연설은 알려진 세계와 미지의 세계를 잇는 경첩이자 전환점이다. 그 지점 너머에 지중해의 익숙한 이정표가 아닌 전혀 알 수 없는 영역이 있고, 이어서 파괴력을 가진 회오리바람, 그리고 그 모험을 종결짓는 조난사고가 있다.

오디세우스는 왜 그렇게 매력적으로 다가올까? 그리고 그는 왜 지옥에 있을까? 첫째 질문에 대한 답은 쉽지만 둘째 질문에 대한 답은 그만큼 쉽지 않다. 첫번째 대답은 그 이야기 자체의 매력과 그 이야기가 나타내는 인간적 특질, 즉 용기, 끈기, 인내심, 미지의 것에 맞서 굽히지 않는 의지다. 이런 것들은 테니슨이 어느 정도 단테에게서 영감을 받아 쓴 시 「율리시스Ulysses」의 마지막 행에 표현한 특질로, 그 모험의 영웅적 차원에 확실하게 방점을 찍고 있다. "모두 하나같이 영웅의 기개를 가진 우리는/시간과 운명에 어쩔 수 없이 약해졌다 하여도 강력한 의지로/싸우고, 추구하고, 발견하고 결코 굴복하지 않겠도다." 이 시행은 탐험가 스콧의 남극 기념비에 새겨져 있다. 그리스 영웅에 맞먹는 대담한 모험가인 현대의 영웅에게 적절한 헌사다. 이런 관점에서 보면 오디세우스는 찬양하고 본받을 만한 인물이다. 사람들의 의욕을 고취하는 불굴의 지도자다. 그런 그가 왜 지옥에 있을까?

단테에게 오디세우스의 여행이 갖는 의미를 이해하기 위해서는, 그 여행과 비교할 만한 다른 여행들, 그리고 단테의 저승세계 지리학과 관련된 맥락에서 그의 선동적인 말을 이해해야 한다. 더 큰 맥락에서 보면 오디세우스는 용감하고 끈기 있고, 불굴의 의지를 가진 사람이라기보다는 무모하고 이기적이고 반항적인 사람으로 비칠 수 있다. 오디세우스 자신이 언뜻 묘사했듯, 그의 여행은 "미친 비행(飛行)(folle volo)"으로 다가올 수도 있다.

오디세우스의 여행은 트로이를 떠나는 아이네이아스의 모범적 여행과 은연중에 대조를 이룬다. 그리고 그 점을 강조하듯, 오디세우스는 처음부터 아이네이아스의 이름을 언급한다. 중세에 『아이네이스』는 종종 인간 삶의 여정에 대한 모델로 읽히곤 했다. 호메로스의 두 영웅 모두 동시에 트로이에서 출발한다. 둘 다 지중해의 익숙한 뱃길을 항해한다. 한 명은 도중에 만나는 유혹과 방해에도 불구하고 예정된 여행을 완수하고 이탈리아 땅을 밟는다. 그의 여행은 운명의 도시, 제국의 본산인 로마 설립에 필요한 준비 과정이다.

오디세우스도 마지막 여행을 떠나지만 사회와 가족에 대한 의무는 아랑곳 않고 계속 항해한다. 단테의 아들 피에트로가 이 부분 시행에 주석을 달며 예리하게 지적했듯이, 오디세우스가 그 힘을 잘 알면서도 무시했던 굴레—그의 아들 텔레마코스, 아버지 라에르테스, 아내 페넬로페와 이어진 애정, 존경, 의무의 굴레—는 아이네이아스가 트로이를 떠나면서 똑같은 순서—아들, 아버지, 아내—로 염두에 두었던 바로 그 굴레였다(『아이네이스』 2: 666. "아스카니우스와 아버지, 그리고 그 옆에 크레우사Ascanium patremque meum iuxtaque Creusam"). 아이네이아스의 항해는 오디세우스 항해의 도덕적 판본, 사회적 구속과 신의 명령의 힘을 인정하는 판본이다.

신의 명령은 헤라클레스의 기둥을 넘어가지 말라는 금지령이다. 그리스도 이전 세계의 요소들을 기꺼이 끌어내고 활용한다는 특유의 정신으로, 단테는 고전세계의 신들이 선언했던 금지령은 그리스도교 세계에서도 구속력이 있다고 받아들인다. 마찬가지로 그는 그리스도교 신을 가리켜 조베(Giove, 제우스)라는 이름을 사용한다. 그가 신에게 말할 때 그것이 가장 뚜렷이 나타난다. "우리를 위해 땅 위에서 십자가에 못 박힌 오, 최고의 제우스여(o sommo Giove/che fosti in terra per noi crucifisso)." 헤라클레스의 기둥의 신화와 지리학이 단테의 그리스도교식 저승세계에서 합쳐진다. 돌이켜보면, 오디세우스는 연옥으로 가는 지름길을 항해하려 했다는 것이 독자들에게 분명해질 것이다. 배가 난파되기 직전 선원들이 발견한 "희미하게 보이는 산"은 다름 아닌 연옥 산이기 때문이다.

오디세우스는 신의 도움 없이 오로지 인간의 노력으로 거의 연옥 산에 도달했다. 오로지 그 자신의 용기, 유창한 말솜씨, 그의 지도력에 대한 동료들의 믿음과 충성심, 지식에 대한 채울 수 없는 갈증만으로 말이다. 그렇게 그는 신의 은총을 비켜 갔고, 따라서 그의 사명은 실패가 예정되어 있었다. 중세 그리스도교 세계에서는 이것이 문제의 핵심이다. 그러나 우리 독자들은 연옥에 들어가, 구제받은 영혼의 첫번째 집단을 만나서 돌이켜볼 때 비로소 그 점을 이해하게 된다. 그들은 오디세우스가 마지막 여행을 떠났던 바로 그 경로를 따라 항해해서 연옥 산 아래쪽 해변에 내린다. 이 연관성은 이 곡의 마지막에 의도적으로 반복되는 각운으로 인해 더욱 강조된다. 「지옥」 26곡 마지막 행들의 각운 nacque-acque-piacque는 「연옥」 1곡 마지막 행들의 acque-piacque-rinacque가 된다. 각운의 기능적 사용에 대한 좋은 예다.

무엇을 위한 여행이든, 우리를 어디로 데려가든, 그리고 무엇보다 어디서 끝나든 간에 여행이란 인간에게는 영원히 흥미로운 테마다. 시작, 중간, 끝이 있고, 그것들이 하나의 서사적인 호(弧)로 연결되는 모든 경험에 대한 강력한 비유가 여행이다. 비록 오늘날의 여행은 중세시대의 험난했던 여행에 비하면 상대적으로 쉽지만, 그럼에도 그 관념이 갖는 울림은 전혀 약해지지 않았다. 사실 정신적, 심리적 경험에 대한 물리적 등가물로서 여행은 흔한 심리학 문구처럼 되어버렸다.

여행 이미지는 중세 문학에서 인생 과정을 나타내는 기본 이미지였다. 『신곡』은 "우리 인생길의 한가운데서"로 시작된다. 더 구체적으로, 인생길은 종종 순례와도 연결되는데, 중세시대 여행의 가장 흔한 이유 중 하나가 순례였다. 단테가 연옥 산 질투의 테라스에서 사피아에게 혹시 이탈리아 사람의 영혼이 있는지 묻자 사피아는 상냥하게 그의 말을 바로잡아준다. "이탈리아에서 순례자로 살았던 사람을 말하는군요(tu vuo' dire/ che vivesse in Italia peregrina)."(오늘날 가톨릭교회에서는 여전히 인생을 순례로 비유한다.) 『신곡』의 테마는 여행이다. 이 저승 여행은 단테가 환영 속에서 신을 보면서 좋게 끝날 것이다. 단테를 천국으로, 신의 도시로, "그리스도께서 로마인으로 계시는 저 로마(quella Roma onde Cristo è romano)"로 가는 순례자로 생각할 수도 있다.

이에 못지않게 중요한 것은, 지도에도 없는 바다를 힘들게 항해한다는 건 힘든 테마에 관한 긴 문학작품을 쓰는 노력을 은유적으로 나타낸다는 점이다. 단테는 「연옥」과 「천국」의 첫 부분에 항해 이미지를 사용한다. 「연옥」은 이렇게 시작된다.

바다를 더 잘 건너기 위해
이제 잔인한 바다를 뒤로한 채
내 재능의 작은 배는 돛을 펼쳤으니
나는 둘째 왕국을 노래하리라.

Per correr miglior acque alza le vele
  omai la navicella del mio ingegno,
    che lascia dietro a sé mar sì crudele;
e canterò di quel secondo regno (⋯) (「연옥」 1곡 1~4)

「천국」은 독자들에게 같은 이미지를 보여주지만, 이번에는 지도에 나와 있지 않은 바다를 여행하는 난관을 마주할 준비가 되어 있지 않다면 돌아가라고 경고한다.

오, 간절히 듣고 싶은 마음에

노래하며 나아가는 내 배를 따라

작은 배를 타고 온 그대들이여,

뒤돌아 그대들의 해안을 바라보시오,

넓은 바다로 들어서지 마시오,

나를 잃으면, 길을 잃게 되리니

내가 가는 저 바다는 아무도 건넌 적 없다오.

O voi che siete in piccioletta barca,

    desiderosi d'ascoltar, seguiti

    dietro al mio legno che cantando varca,

tornate a riveder li vostri liti:

    non vi mettete in pelago, ché forse,

    perdendo me, rimarreste smarriti.

L'acqua ch'io prendo già mai non si corse: (「천국」 2곡 1~7)

마지막 행은 오디세우스가 할 법한 말인데, 이로 인해 오디세우스의 여행은 아이네이아스의 여행과 단테의 시 쓰기와 대조된다. 오디세우스의 경험과 달리, 두 사람의 경험은 긍정적이고, 사실상 기쁜 결말을 맞는다.

단테는 우리가 오디세우스를 어떻게 보도록 의도했을까? 위대하지만 흠결이 있고, 영웅적 위치에 있지만 치명적인 오판을 했던 인물? 아니면 오만과 교만의 화신? 오디세우스의 말은 감동적이다. 우리는 그 언어의 기품과 말솜씨에 반응한다. 그는 인간의 본성에서 최고의 것, 가장 고귀한 본능인 덕성과 지식 추구에 호소하고 있다. 프리모 레비(Primo Levi)는 자서전에서, 나치에게 붙잡혀 아우슈비츠 수용소에 있을 때 기억 속 『신곡』의 오디세우스 연설을 재구성하려고 하면서 정신을 놓지 않았다고 말한다. 오디세우스가 동물이 아닌 인간으로 사는 것이 무엇인가를 정의하면서 상기시키는 두 가치―지적 활동(canoscenza)과 도덕적 덕목(virtute)의 실천―는 아리스토텔레스가 인간 행복의 근원이라 주장했던 두 가지다. 현대판 단테의 지옥이라 할 수 있는 아우슈비츠라는 무시무시한 맥락 속에서, 오디세우스의 말과 그것이 호소하는 가치는 인간과 문명의 시금석이었을 것이다. 아울러 그 순수악과 파괴성의 맥락 속에서 인간의 예술성과 창조성을 기억할 때 따라오는 위안이었을 것이다. 그 그리스 영웅이 동료들에게 했던 감동적인 연설을 액면 그대로 받아들일지, 아니면 그의 엉큼함과 계략의 증거로 받아들일지를 두고 레비가 고민하지는 않았을 것이다.

그대들의 근원을 생각해보라.
짐승처럼 살기 위해서가 아니라
덕성과 지식을 따르기 위해 태어났도다.

Considerate la vostra semenza:
　　fatti non foste a viver come bruti,
　　ma per seguir virtute e canoscenza.

설사 중세적 맥락에서 이 말이 불길하며 지옥행을 초래한다는 걸 우리가 안다고 해도, 이 말에 반응하지 않을 수 있을까? 일부 사람들은 무한하고 무절제한 지식 추구는 현대에도 위험하다고 주장할 것이다. 오늘날 유전자 연구의 일부 양상과 그것이 불러올 결과에 대한 불편함은 비슷한 예일 것이다. 인간 이성과 이해의 제한, 억제와 점검의 필요에 대한 적절한 감각이 꼭 중세적이거나 종교적인 명령은 아니다.

저자는 더 나은 세상을 만들고 싶어하지만, 그럼에도 『신곡』은 설교가 아니다. 이 작품의 가르침은 대체로 암시적이다. 주인공 단테는 배우고, 우리 독자들은 그의 경험을 공유하며 함께 배운다. 때로 단테는 특정 과학적 요점이나 교리적 난제를 스승에게서 배운다. 사랑에 관한 베르길리우스의 가르침이 그 예다. 그러나 죽은 자의 영혼을 만나고, 그들을 관찰하거나 그들과 말을 나누면서 단테는 더 자주, 더 생생하게 직접 배운다. 그 과정은 역동적이고 상호적이다. 지옥에서 일부 영혼과의 만남이 더 강렬하게 다가오는 이유는 단테가 도덕적인 설명을 하지 않기 때문이다. 프란체스카처럼 호의적인 인물이나 오디세우스처럼 용맹한 인물이 왜 지옥에 있는지 우리는 스스로 생각해야 한다. 그들의 이야기가 매력적이고 유창하다 해도 그렇게 해야 한다. 독자들이 그런 일화에 항상 엇갈린 반응을 보여왔다는 사실은 단테의 서사 전략이 교리에 얽매이지 않는 특성—재치, 간접성, 완곡함—을 갖고 있음을 증언해준다. 이 시는 도덕적 확실성을 구현하려는 의도에서 쓰였을지 몰라도, 그 이야기 방식은 우리에게 모호함과 과묵함, 실제 인간세계에서 실제 인간 행위의 자기기만을 마주하게 만든다.

단테가 생각하기에 사랑은 우주의 작용을 이해하기 위한 열쇠다. 그것은 천체의 원운동을 일으킨다. 그것은 모든 인간 행동의 동력이다. 『신곡』은 그 중심부에서 묵직한 명쾌함으로 그 원리를 밝히고 있으며, 자유의지와 개인의 도덕적 책임이라는 관념과 우주의 작용이 어떻게 상통하는지 보여준다. 사람들에게 그들이 한 행동에 책임을 추궁하는 것은 옳고도 정당하다.

『신곡』은 바로 그 단순한 근본 원리가 어떻게 세계 속에 반영되는지, 무한히 다양하게 나타나는 개인의 행동과 선택 속에는 어떻게 반영되는지 보여준다. 그것은 늘 복잡한 인간적 성격과 역사적 상황 속에 엉켜 있는 까닭에 무한히 다양할 수밖에 없다. 그 근본 원리가 실현되는 무수한 방식은 시 전체에서 나타난다. 프란체스카를 움직인 다른 인간에 대한 사랑, 오디세우스를 움직인 지식에 대한 사랑, 이 두 가지 사랑 모두 인간 삶에서 매우 중요하고 소중한 측면으로서 그 경험은 주관적이다. 그러나 단테는 이 문제에 관해 더욱 철학적이고 심오한 생각을 제시하고, 그들 경험의 궁극적 가치에 관해서는 독자에게 판단을 맡긴다.

비록 현대세계의 가치는 중세 가톨릭교의 가치와 매우 다르지만, 인간의 주요 관심사 중 하나는 예나 지금이나 똑같다. 인간의 행동, 그리고 그것을 어떻게 판단할 것인가 하는 문제다. 단테는 사랑이라는 관념 속에서 인간 행동을 이해하는 열쇠를 본다. 그 관념은 단테의 시대에 그랬듯 지금도 매혹적이며, 언제나 매혹적이었다. 시를 사랑하는 이들에게는 그 메시지의 전달 매체가 주는 기쁨까지 더해진다.

5장
시간

시간은 (…) 언어를 숭배하고

언어를 살리는 모든 이를 용서한다 (…)

―W. H. 오든, 「W. B. 예이츠를 추모하며」

단테의 곡들을 현재의 방향성 속에 놓지 않고 읽는다는 것은

생각할 수도 없는 일이다.

그것들은 미래를 잡기 위한 발사체다.

―오시프 만델스탐

과거는 결코 죽지 않았다. 심지어 지나가지도 않았다.

―윌리엄 포크너, 『어느 수녀를 위한 진혼곡』

단테가 어마어마하게 야심찬 장시를 쓰려고 생각했을 때, 한 가지 결정을 일찍 내린 덕분에 많은 것이 맞아떨어졌을 것이다. 저승세계로 떠나는 상상의 여행을 1300년으로 설정한 것이 그랬다. 1300년이면 이미 세상을 뜬 많은 사람들을 알 만큼은 알 나이였다. 저승세계에서 개인적으로 아는 사람을 만날 수도 있을 터였다. 그러나 실제로 『신곡』을 쓰기 시작한 건 1300년이 한참 지난 후였다. 그는 1307년에서 1308년 사이에 그 시를 쓰기 시작했고, 완성하고 얼마 뒤인 1321년에 숨을 거두었다. 글을 쓸 당시에는 과거의 일이지만 이야기 시점에서는 미래가 될 만큼 시간 차(탈고할 때까지 약 20년)는 넉넉했다. 따라서 그는 미래에 어떤 사건들이 벌어질지 확실히 알고 "과거를 예언"할 수 있었다. 덕분에 그에게 예정된 피렌체로부터의 추방이라는 착잡한 테마 속에서도 극적이고 시적인 효과를 끊임없이 탐색할 수 있었다.

여행 시기도 그 날짜만큼 중요하지만, 그 이유는 크게 다르다. 여행을 떠나는 시기는 봄, 1년 중 부활과 새로운 시작을 뜻하는 때다. 구체적으로는 부활절, 그리스도교도에게는 예수의 십자가형과 부활을 통한 인류의 구원을 의미하는 날에 여행이 시작된다. 단테의 여행에서 몇몇 세부는 부활절 서사의 일정표를 의도적으로 반영하는 듯 보인다. 그는 수난일(성 금요일) 해질녘에 지옥으로 내려가고 부활절 일요일 새벽에 연옥의 해변에 올라오면서 그리스도의 죽음과 부활 사이의 시간을 상기시킨다. 그렇게 해서 그 연대표는 보편적 울림을 가진 시간대와 결합된 역사적 시간 속에 정확히 위치한다. 이 두 가닥—하나는 확고하게 역사 속에 자리잡았고 다른 하나는 역사를 초월한—은 이 시 전체를 관통하는 대위법을 이룬다. 그 상호작용은 이 시의 의미에서 본질적인 부분이다.

시간의 흐름은 한 인간의 존재를 파악하는 가장 단순한 측정법이다. 우리는 공간(이승의 삶을 결정짓는 두번째 조건)을 3차원과 관련해 개념화한다. 현대인의 사고에서 시간은 네번째 차원이다. 그러나 중세 사상가들에게 시간의 가장 두드러진 측면은 과거, 현재, 미래 등 셋으로 나뉘는 그것의 구조다. 인간은 그들이 거주하는 공간적 3차원 안에서는 쉽게 움직이는 반면 시간은 한 방향으로만 흐른다. 가차 없는 그 전진 운동은 연속적 순서를 살아가는 이들에게 어떤 일탈이나 자유의 환상도 허락하지 않기 때문에, 인간에게는 그것을 바꿀 힘이 없다. 흘러가는 시간 속 여기 이 순간에 붙들려 있는 인간은 기억을 통해 과거를 경험하고 예상을 통해 미래를 생각한다. 과거를 떠올리고 미래를 앞서 생각하는 능력은 예나 지금이나 똑같이 인간의 독특한 특징으로 여겨진다. 우리는 앞을 보며 살지만, 뒤를 돌아보며 이해한다.

일상생활에서 시간을 통과하는 직선적 전진 운동은 텍스트 하나를 처음부터 끝까지 읽는 경험과 비슷하다. 그러나 우리가 살아가고 텍스트를 읽는 단순한 전진 운동에 비하면 단테가 상상한 세계의 시간 처리는 복잡하다. 『신곡』에는 과거, 현재, 미래가 모두 막강하게 존재한다. 저승 여행 이야기에서 시간 전개 방식은 가장 흥미로운 특징 가운데 하나다.

이 시가 기록하는 경험은 거의 항상 단순과거 시제로 이야기된다("나는 어두운 숲속에서 헤매고 있었다mi ritrovai per una selva oscura"). 그러나 과거를 배경으로 한 이야기라는 느낌만큼 강하게 다가오는 것은 시인이 자신의 매체와 싸우고 있다는 느낌, 자기 이야기에 정당성을 부여해줄 단어를 찾으려 몸부림치고 있다는 느낌이다. 이 염원과 지속되는 노력은 현재시제로 묘사된다. 시인이 독자에게 직접 말을 걸 때마다(모두 열여섯 번이다), 그리고 자신이 다루는 테마의 어려움을 언급할 때나 무사(Mousa)들에게 도움을 청할 때("지금 나를 도와주오or m'aiutate")는 현재시제로써 시를 쓰고 있는 지금 여기를 환기시킨다. 시인이 갑자기 흐름을 깨뜨리고 유감스러운 세계 상황을 고발할 때도 현재시제가 사용된다. 그리고 비유를 통해 보편적인 인간 경험을 끌어낼 때나("마치 엄마를 향해 두 팔을 뻗는/어린 아이처럼E come fantolin che 'nver' la mamma/tende le braccia…"), 또는 자연세계 관찰을 끌어낼 때("도랑 물가에 앉은 개구리들이/코끝만 내미는 것처럼E come a l'orlo de l'acqua d'un fosso/stanno i ranocchi pur col muso fuori…")도 현재시제다. 그런 비교는 시간 속 특정 순간과 관련이 있기보다는 시대와 세대를 거치며 공유되는 보편적 경험을 환기시킨다.

텍스트는 저승세계 여행이라는 가까운 과거의 이야기를 넘어서, 더 먼 과거인 시인의 어린 시절을 가리킨다. 그보다 더 먼 13세기 토스카나의 격동적인 정치 상황과, 궁극적으로 그 너머 인류 역사 전체까지 가리킨다. 그뿐 아니라, 텍스트는 앞을 내다본다. 단테 자신의 정치적 불행과 치욕적인 망명이 일어날 가까운 미래뿐 아니라 인류와 인류의 행복 가능성이라는 더욱 광범위한 미래까지 바라본다. 나아가 그 상상의 미래에는 우리, 지금 그의 시를 읽으면서 그 시가 쓰였던 아주 먼 과거를 돌아보는 독자들까지 포함된다. 우리는 "지금 이 시대를 옛날이라고 부를 사람들(che questo tempo chiameranno antico)"이다. 단테가 진실의 대담한 친구로서 외친다면 시인으로서 그의 명성은 우리에게, 아득히 먼 미래 세대에도 알려질 것이다.

지옥 상층부를 내려가면서 우리가 처음 보게 되는 건 1300년 현재 피렌체의 도덕적 상태다. 그 도시의 충격적인 초상이 등장한다. 「지옥」 6곡에 펼쳐지는 탐식의 원에서 단테는 저승에서 마주치게 될 수많은 피렌체 인 가운데 첫번째 사람을 만난다. 탐식의 죄를 지은 사람들은 사정없이 쏟아지는 차가운 비와 우박, 눈을 맞으며 바닥에 누워 있다. 그들이 누워 있는 바닥에선 악취가 올라온다. 단테와 베르길리우스는 그림자처럼 실체 없는 그 죄인들의 육체를 통해 발을 디디며 그들 위를 걸어간다. 저승 영혼들의 육체는 현실의 육체와 똑같이 생겼지만, 부피나 무게가 전혀 없다. 그들과 단테의 이런 대비는 여행의 시작부터 확실하게 나타난다. 카론의 배에는 아케론강을 건너는 영혼들이 가득 타고 있지만, 단테가 배에 올라타자 비로소 물속으로 살짝 가라앉는다.

이제 단테가 탐식의 죄를 지은 영혼들 위를 걷고 있을 때, 그들 중 하나가 벌떡 일어나 앉는다. 단테는 그를 알아보지 못했지만 그가 단테를 알아본 것이다. 그러나 그가 피렌체 사람임을 밝히자마자 단테는 그에게 "갈라진 도시의 시민들은 앞으로 어찌될지(a che verranno/li cittadin de la città partita)" 묻는다. 그 그림자는 "오랜 반목 뒤에 그들은 피를 보고 말 것(dopo lunga tencione/verranno al sangue)"이라고 대답한다. 새로운 세기의 벽두에 펼쳐질 사건들에 대한 첫번째 전조다. 불화의 원인은 도덕적 결함에 있다고 명확하게 설명된다. "오만과 질투와 탐욕은 마음에 불을 붙이는 세 가지 불꽃이오(superbia, invidia e avarizia sono/le tre faville c'hanno i cuori accesi)." 단테가 저승에서 피렌체 사람을 만날 때마다 그 도시의 상황과 운명이라는 고통스러운 주제가 떠오를 것만 같다. 피렌체의 격동기인 현재, 정치적 불안정, 그 도시를 제대로 끌어가지 못하는 시민들의 무능함에 대해 점점 고조되는 감정이 「지옥」 전체에서 연주된다.

그러나 피렌체의 상태는 더 폭넓은 병폐의 일부다. 이탈리아의 나머지 도시들도 똑같이 전쟁에 휩쓸리고 똑같이 통치 불능의 상태다. 방대한 지역이 타락했다. 「연옥」 14곡에서 한참 이어지는 악담에서 토스카나 전체와 그 옆의 로마냐 지방은 돌이킬 수 없는 도덕적 쇠퇴가 이미 시작된 듯한 장소로 묘사된다. 여기 질투의 테라스에서 회개중인 영혼들은 교회 바깥에 모여 옹송그린 거지들처럼, 검게 멍든 듯한 색깔의 절벽에 구부정히 기대앉아 있다. 그들의 옷 색깔이 바위 색과 똑같아서, 처음에는 바위에 기댄 죄인들이 눈에 들어오지 않는다. 단테는 지나가다가 자신을 두고 말하는 두 목소리를 듣는다. "저자는 누구인가……?" 한 영혼이 두번째 영혼에게 묻는다. "누군지 모르겠군…… 자네가 한번 물어보게……" 두번째 영혼이 대답한다.

단테가 토스카나 사람이라는 걸 알게 되자, 그 목소리의 주인공 중 한 명이자 로마냐 출신의 회개하는 영혼인 구이도 델 두카(Guido del Duca)는 아르노강이 흐르는 계곡을 공격하기 시작한다. "저주받고 재수없는 그 도랑(la maladetta e sventurata fossa)"이라는 경멸적이고 격정적인 비난을 쏟아낸다. 그는 똑같은 경멸과 유감을 담아 아펜니노 산기슭 카센티노 지역의 발원지에서부터 피사의 바다까지 그 강의 경로를 짚어나간다. 아르노 강가에 있는 도시들은 타락을 상징하는 동물우화집이 되고, 구이도의 분노에 찬 말속에서 도시 주민들은 동물이 된다. 카센티노 사람들은 돼지, 아레초 사람들은 짖어대는 땅개, 피렌체 사람들은 몹시 사악한 늑대, 피사 사람들은 교활한 여우다.

구이도는 로마냐에 관해서는 방침을 바꾸어, 현재보다는 과거에 초점을 맞춘다. '우비 순트(ubi sunt 그들은 어디에 있는가?)' 테마는 전통적인 문학 모티프다. 지나가버려 되찾을 수 없을 영광을 그리며 구이도가 쏟아내는 비탄 속에서 단테는 그 테마를 다시 살려낸다. 과거의 위대한 인물들, 귀족 가문들, 그 행동과 전통으로 로마냐에 명예를 안겨주었던 이들은 다 어디로 갔는가? 훌륭한 후손을 남기지 못한 위대한 가문들의 이름을 장황하게 부르는 대목은 그저 명단만으로도 감동적인 시를 만드는 단테의 능력을 보여준다. (「지옥」 4곡의 위대한 이교도 사상가들의 명단과 「천국」 16곡의 옛 피렌체의 40여 귀족 가문들의 명단을 비교해보라.)

훌륭한 리치오, 아리고 마이나르디는 어디 있나?
피에르 트라베르사로와 구이도 디 카르피냐는?
오, 로마냐 사람들은 다시 잡종이 되었구나!
언제쯤 볼로냐에 새로운 파브로가,
언제쯤 파엔차에 새로운 베르나르딘 디 포스코가
작은 잡초의 고결한 자손으로 태어날 것인가?
토스카나 사람이여, 내가 운다고 놀라지 마오.
나는 기억하니, 우리 구역에 살았던
우골린 다초, 구이도 다 프라타를.
페데리코 티뇨소와 그 무리들,
후손이 없어 대를 잇지 못한
트라베르사리 가문과 아나스타지 가문을,
지금은 마음이 그토록 사악해진 그곳의
귀부인들과 기사들, 사랑과 예절로써
열망했던 노고와 한가로움을.

Ov'è 'l buon Lizio e Arrigo Mainardi?

Pier Traversaro e Guido di Carpigna?

Oh Romagnuoli tornati in bastardi!

Quando in Bologna un Fabbro si ralligna?

quando in Faenza un Bernardin di Fosco,

verga gentil di picciola gramigna?

Non ti maravigliar s'io piango, Tosco,

quando rimembro, con Guido da Prata,

Ugolin d'Azzo che vivette nosco,

Federigo Tignoso e sua brigata,

la casa Traversara e li Anastagi

(e l'una gente e l'altra è diretata),

le donne e ' cavalier, li affanni e li agi

che ne 'nvogliava amore e cortesia

là dove i cuor son fatti sì malvagi. (「연옥」 14곡 97~111)

가문 성원들이 죽었거나 무가치한 후손만 남긴 이전 세대의 명예로운 귀족들 이름을 불러내는 행위는 그뒤로도 열두 행에 걸쳐 똑같은 강도로 이어진다.

「천국」의 한가운데에서 이루어진 만남에서도 과거는 똑같이 사무치는 상실감으로 환기된다. 믿음을 위해 싸운 전사들의 영혼이 있는 화성천에서 단테가 고조부 카차구이다를 만나는 대목이 그렇다. 1091년에 태어난 카차구이다는 1147년 제2차 십자군에서 믿음 없는 자들과 싸우다 죽었다. 「천국」의 중간에 있는 세 개의 곡(15, 16, 17곡)은 과거와 미래 사이에서 고르게 균형잡힌 하나의 3면화를 이룬다. 앞서 언급되었던 테마들―피렌체의 도덕적 타락, 장차 단테가 피렌체에서 추방될 사건―은 여기서 중심 무대로 옮겨 온다.

15곡에서 카차구이다는 모든 것이 순리대로 흘러갔던 시절로 우리를 데려간다. 불과 4세대 전의 그리 멀지 않은 과거, 200년 전에 조금 못 미친 그 시기 피렌체인들은 소박하고 평화롭게 살았다. 이 이상화된 과거는 피렌체 사람이라면 대부분 외우고 있는 시행 속에서 시적 힘을 지니고 환기된다.

> 지금도 셋째와 아홉째 시간의
> 종소리가 들리는 오랜 원[성벽] 안의 피렌체는
> 평화롭고 차분하고 겸손했었지.

> Fiorenza dentro da la cerchia antica,
>   ond' ella toglie ancora e terza e nona,
>   si stava in pace, sobria e pudica. (「천국」 15곡 97~99)

이 옛날 성벽은 로마시대 때 지어진 최초의 피렌체 성벽이다. 로마시대 성벽은 피렌체 중심에 있는 중세 초기 건물들의 작은 핵을 에워싸고 있었다. 중심 핵은 예배당, 당시의 산타레파라타 대성당, 교회가 딸린 옛 베네딕투스 대수도원(바디아)이었다. 옛 성벽은 카차구이다의 시기에 더 넓은 지역을 포괄하기 위해 재건되었다. 이 성벽이 1258년에 확장되었고,

단테가 살아 있던 1284년부터는 더 방대한 지역을 에워싸기 위해 다시 확장되기 시작했다(46쪽 지도 참조). 원래 성벽에 바로 붙어서 대수도원 교회가 있었는데, 그 교회에서는 성무 일과를 알리는 종이 울렸다. 셋째와 아홉째 시간은 대략 오전 아홉시와 오후 세시를 말한다. 시계가 발명되기 전 사람들은 교회 종소리로 하루의 시간을 알고 일상생활을 했다. 한 초기 주석가에 따르면 길드 일꾼들은 대수도원 종소리에 맞춰 규칙적으로 일했다고 한다. 시간을 알리는 종소리는 카차구이다 시절의 피렌체에서 명맥을 이어온 유일한 것이었으리라.

사라져버린 이 건전함과 겸손의 시대에는 부의 과시도 겉치레도 없었다고 카차구이다는 말한다. 시민들의 옷차림은 소박하고 점잖았다. 아버지는 딸이 태어나도 걱정하지 않았다. 딸들이 너무 어린 나이에 터무니없는 지참금을 내가며 약혼하지 않았으니, 아버지들이 약삭빠른 사업수완을 발휘해 빚을 갚을 필요가 없었기 때문이다. 피렌체의 건물, 궁전, 탑 들은 지금과는 달리 로마의 것들보다 크지도 않았다. 더 큰 돈을 벌기 위해 프랑스로 떠난 남편 때문에 아내가 버림받는 일도 없었다. 아내는 집안에서의 역할에 만족했고 집에서 물레와 실꾸리를 돌리고, 어린아이를 돌보고 그 도시의 기원에 관한 옛이야기를 들려주었다. 이 가운데 어느 것도 단테시대 피렌체에서는 볼 수 없었던 풍경이다.

이처럼 이상화된 과거 찬양은 그 시절을 거의 신화시대만큼 아득한 과거, 잃어버린 황금시대로 보이게 만들 수 있다. 그러나 그런 삶의 방식은 카차구이다가 어느 유명한 시민의 이름을 언급하면서 그 고결하고 검소한 삶의 한 단면을 구체적으로 언급하자 곧바로 현실이 된다.

내가 본 바로 벨린초네 베르티는

가죽과 뼈로 된 띠를 찼고 그 아내는

화장하지 않은 얼굴로 거울 앞을 뜨더구나.

Bellincion Berti vid'io andar cinto

  di cuoio e d'osso, e venir da lo specchio

  la donna sua sanza 'l viso dipinto. (「천국」 15곡 112~114)

뼈로 된 소박한 걸쇠가 있는 가죽띠는 깨어 있는 건강하고 질서 있는 사회—지금은 영원히 사라진 듯한 생활 방식—의 묘사에 신뢰성의 인장을 찍어준다.

카차구이다의 일화는 뒤를 돌아보는 동시에 앞일을 가리키면서, 저승의 유령들이 아직 아무것도 모르는 순례자에게 고통스러운 운명을 암시하며 그를 당황시키고 괴롭혀온 그간의 모호한 모든 언급을 끌어모아 명쾌하게 만든다. 「천국」의 중심에 있는 17곡에서, 마침내 그 운명이 자세히 이야기된다. 카차구이다는 단테에게, "날마다 그리스도를 매매하는 곳(là dove Cristo tutto dì si merca)"에서 그의 운명이 이미 계획되고 있다고 말한다. 다시 말해 로마 교황청에서 피렌체 백당을 배신했던 이들이 백당의 추방을 음모하고 있다는 얘기다. 단테는 그의 사랑하는 고향을 떠나게 될 것이다.

너는 네가 가장 사랑하는 모든 것을

떠나게 될 것이니, 이는 망명의 활이

쏘게 되는 첫번째 화살이다.

너는 다른 사람의 빵이 얼마나 짠지

다른 집 계단을 오르내리기가 얼마나

고된 길인지 경험하게 될 것이다.

Tu lascerai ogne cosa diletta

　　più caramente; e questo è quello strale

　　che l'arco de lo essilio pria saetta.

Tu proverai sì come sa di sale

　　lo pane altrui, e come è duro calle

　　lo scendere e 'l salir per l'altrui scale. (「천국」17곡 55~60)

피렌체로 돌아가려는 모든 시도가 무위로 돌아가고 몇 년 후면 망명 동지들도 그에게 등을 돌릴 것이다. 그들의 부끄러운 행동이 그를 외롭게 만들 것이다. "(그러니) 너 자신의 당파를 만들어두는 것이 네게 좋을 것이다(sì ch'a te fia bello/averti fatta parte per te stesso)." 이 구절은 당파적 이해와 음모를 초월해 독립적 입장을 고수하는 모든 이들에게는 격언 같은 말이 되었다. 단테는 어떤 정치 집단과도 관련 없는 고독한 존재가 될 것이다. (실제로, 망명한 겔프파 백당 동지들에 대한 이런 환멸은 성숙한 정치관을 위한 밑거름이 되었다.) 그는 망명 초기에 베로나의 궁정에서 피난처를 찾을 것이니 너그러운 주인의 환대를 소중히 여겨야 한다. 그리고 저승 여행에 관해 "네가 본 것을 모두 말해서(tutta tua visïon fa manifesta)" 자세하게 써야 한다.

고조부를 만난 단테는 자기 삶의 의미를 분명히 알게 된다. 그는 예언의 사명을 지닌 시인이 되어야 한다. 그의 시는 세상을 밝게 비추고 변화시켜야 한다. 아이네이아스가 지하세계를 방문했다가 아버지 안키세스를 만나고, 그에게서 훗날 로마 건설과 로마의 세계 지배 확립의 단초가 될 이탈리아 여행의 의미에 관해 설명을 들었던 것처럼, 단테는 마침내 저승여행의 진정한 의미를 이해하게 된다.

『신곡』의 빛나는 자랑거리 중 하나는 인류 역사를 목적의식적 사건의 연속으로 바라보는 작가의 파노라마적 관점을 힘들이지 않고 전달한다는 것이다. 그 역사는 누구나 이해할 수 있는 이야기이자 신이 인류를 위해 마련한 계획의 작용이다. 오늘날 독자들이 공유할 만한 관점은 아니지만, 그렇다고 그 장엄함이 가려지지는 않을 것이다. 이 관점은 시편의 저자인 다윗왕과 베르길리우스의 주인공 아이네이아스를 동시대인으로 바라본다. 이 두 사람은 궁극적으로 로마제국 건설과 아우구스투스 치세 평화의 12년에 그리스도의 탄생으로 이어지는 역사의 흐름을 일구어냈다. 「천국」 6곡에서 유스티니아누스황제가 들려주는 로마제국 건설 이야기는 역사의 목적성을 웅대하게 전해준다. 단테가 보기에 로마는 제국과 교회의 탄생지로서 특별한 운명을 지닌 곳이다. 『아이네이스』는 트로이 전쟁 이후 아이네이아스가 유랑하다 마침내 이탈리아에 상륙한 이야기를 통해 로마 건설의 배경 이야기를 찬미한다. 그것은 독특한 의미를 지닌 시적 텍스트, 말 그대로 "제국의 성서"다.

정치적 성숙기의 단테는 인류에게 적합한 정부는 인간의 세속 생활과 영적 생활을 각각 책임지는 황제와 교황 두 지도자를 두어야 한다고 믿었다. 어느 한쪽이 다른 한쪽에 종속되지 않는다. 각각의 지도자는 신에게서 직접 권한을 받는다. 바로 이것이 순례자 단테가 여행에서 배운 역사의 교훈이다. 그런 정치 교육은 시 전반에 걸쳐 이루어진다. 「지옥」 앞부분에서 파리나타를 만난 그는 겔프파 백당으로서 금세 격론에 휘말렸지만 그 입장을 철회한다. 저승세계 경험은 그의 정치관, 세계 질서와 통치 방식에 대한 이해를 근원적으로 변화시킨다. 그는 다른 사람이 된다.

연옥 중반부의 중요한 한 만남은 그 정치적 메시지를 간결하게 설명하고 그것을 자유의지와 인간의 책임이라는 문제와 떼어놓을 수 없음을 보여준다. (여기서 배운 것을 계기로 단테는 다음 곡에서 이 중요한 철학적 문제를 베르길리우스에게 질문하게 된다.) 단테는 마르코 롬바르도라는 한 궁정 관리를 만난다. 롬바르도는 단테와 같은 시대를 살았지만 그에 관해 알려진 것은 거의 없다. 단테는 확실히 그를 찬양하는데, 그가 다음과 같은 중요한 말을 하기 때문이다.

> 좋은 세상을 만들었던(즉 좋은 정부의 본보기가 되었던) 로마는
> 두 개의 태양(교황권과 황제권)을 가지고 있어서
> 세상의 길과 하느님의 길을 각각 비춰주었소.
> 한 태양이 다른 태양을 꺼버리자 칼이
> 지팡이와 합쳐졌고, 힘으로 연결된 그것은
> 반드시 악으로 나아가게 됩니다.

> Soleva Roma, che 'l buon mondo feo,
>   due soli aver, che l'una e l'altra strada
>   facean vedere, e del mondo e di Deo.

L'un l'altro ha spento; ed è giunta la spada

　　col pasturale, e l'un con l'altro insieme

　　per viva forza mal convien che vada; (…) (「연옥」 16곡 106~111)

이것이 전하는 메시지는 인간이 의도적으로 신의 의지를 무시하거나 거스른다면, 인류를 위한 신의 계획은 실행될 수 없다는 것이다. 세계의 현상태는 무언가 크게 잘못되어 있다. 그것을 바로잡아야 한다. 단테가 카차구이다에게서 배우고 베아트리체가 지상천국에서 보강해주는 것은 바로 "나쁘게 사는 세상에 도움이 되도록(in pro del mondo che mal vive)" 글을 써야 한다는 사명이다. 시인이자 되다 만 정치가 단테가 우리 눈앞에서 시인이자 예언가 단테로 변하는 중이다.

『신곡』에는 두 부류의 예언이 있다. 이 두 부류 모두 과거 이야기에 끼워져 있고, 순례자가 여행을 시작할 때는 몰랐던 것을 가르쳐준다. 우선 그가 만난 영혼들이 그의 미래에 관해 하는 예언이 있다. 이 예언들은 풀어야 할 수수께끼인데, 마침내 카차구이다에 의해 분명히 밝혀진다. 두번째는 지하세계의 안내자들이 더욱 폭넓은 인류의 정치적 미래와 관련해 하는 예언들이다. 이런 예언은 격언 같은 말들로 모호하게 표현된다. 베르길리우스가 「지옥」 1곡에서 올 거라고 말한 사냥개(veltro)가 무엇인지, 베아트리체가 「연옥」 33곡에서 수수께끼 같은 수비학(數祕學)적 말로 예언한 지도자(dux)가 무엇인지 정확히 짚어내기는 불가능하다. 그러나 예언들의 전반적 의미는 분명하다. 구원의 인물이 온다는 것이다. 그가 인류를 올바른 길로 돌려놓을 것이다. 이 구원자는 인류의 영적 삶을 이끄는 교황과 나란히 인류의 세속적 삶에서 우두머리 역할을 할 황제가 거의 확실하다.

신성로마제국의 사실상 마지막 황제 프리드리히 2세는 1250년에 사망했다. 단테가 태어나기 15년 전이었다. 궁정 관리 마르코 롬바르도는 프리드리히가 죽기 전 몇십 년 동안 교황과 싸웠던 일을 노골적으로 비난한다. 그 때문에 이탈리아 도시들이 겔프파와 기벨린파로 분열되었고, 이탈리아 북부와 중부의 오랜 반목과 혼란의 역사가 시작되었다는 것이다. 그런 한편으로 그는 그 재앙은 궁극적으로 황제가 아닌 교회의 탓임을 분명히 지적한다. 교회는 자신의 것이 아닌 권력을 빼앗는다. "로마의 교회는/그 안에 두 개의 권력을 뒤섞음으로써/진흙탕에 빠져 자신과 임무를 더럽힌다고(la Chiesa di Roma,/per confondere in sé due reggimenti,/cade nel fango, e sé brutta e la soma)." 다시 말해 교회권력이 세속권력의 짐까지 떠맡음으로써 그 자신은 물론 자신이 빼앗은 세속권력까지 더럽힌다는 것이다.

13세기 후반 50년 동안 만프레디를 포함해 프리드리히의 후손들이 황제의 명분을 위해 싸우다가 잇달아 실패한 뒤, 마침내 1310년, 룩셈부르크의 하인리히 7세가 반도의 황권 재건을 위해 이탈리아로 들어오자 단테는 무척 기뻐했다. 하인리히 7세는 1308년 선거후들에 의해 황제로 임명되었다. 그는 1309년 아헨에서 대관식을 했고, 이어 이탈리아에 와서 밀라노에서(1311), 그리고 다시 로마에서(1312) 대관식을 가졌다. 피렌체는 그의 입성을 거세게 반대했다(단테는 라틴어로 쓴 한 편지에서 피렌체를 "자기 어머니의 생명에 등을 돌린 독사"라고 표현한다). 그러나 하인리히 7세는 1313년 사명을 다하지 못하고 죽었다. 한 수도사가 성찬식 빵에 독을 집어넣었다는 소문도 있었지만, 아마 진짜 원인은 말라리아 열병이었을 것이다. 이제 믿을 만한 후계자는 보이지 않았다. 긴박하고 절망적인 단테의 메시지는 이 암울한 정치 현실에 대한 반응이었다.

『신곡』 속의 예언들은 시인이 예감하는 미래(그 자신과 인류의)를 과거사의 많은 부분과 이어주며, 그리고 시인이 자신의 매체와 언어, 그것의 한계로 고민하는 현재와, 아울러 그가 쓰고 있는 시의 가치와 연결해준다. 과거, 현재, 미래가 뒤섞인 짜임이 이 시의 직조이자 양식이 되고, 단테는 서로 다른 이 면들을 오가며 거장의 솜씨로 다양한 테마를 다루면서 편성해낸다. 변하지 않는 영원한 곳인 지옥과 천국에는 시간이 존재하지 않기에 이는 더더욱 놀라운 업적으로 다가온다.

『신곡』에서 부수적인 즐거움을 주는 한 가지는 이승 생활의 본질적 측면인 하루의 시간과 연중 시기를 환기하는 능력이다. 단테가 여행을 시작하는 순간에 탁월한 두 가지 예가 나온다. 뇌리에서 지워지지 않는 「지옥」 2곡 도입부는 모든 생명체가 하루의 일을 마쳤는데 단테 혼자 고된 여행을 준비하는 힘들고 우울한 해질녘의 감정을 담고 있다.

> 날은 저물어가고, 어둑한 공기는
> 지상의 생명들을 하루의 노고에서
> 쉬게 하는데, 나만 혼자서
> 여행과 연민의 두 가지 전투를
> 치를 준비를 하고 있었으니,

> Lo giorno se n'andava, e l'aere bruno
> togliea li animai che sono in terra

da le fatiche loro; e io sol uno

m'apparecchiava a sostener la guerra

sì del cammino e sì de la pietate, (⋯) (「지옥」 2곡 1~5)

이 곡의 끝부분, 베르길리우스의 격려로 단테가 의심을 가라앉힌 후의 묘사도 역시 마법 같다.

작은 꽃들이 밤의 서리에

고개 숙여 오므리고 태양이 비치면

줄기에서 곧추서 활짝 피어나듯이

그렇게 나는⋯⋯

Quali fioretti dal notturno gelo

chinati e chiusi, poi che 'l sol li 'mbianca

si drizzan tutti aperti in loro stelo,

tal mi fec' io (⋯) (「지옥」 2곡 127~130)

3곡 서두에서 단테와 베르길리우스는 지옥문을 지나 그 문의 글귀처럼 시간이 존재하지 않는 곳으로 들어간다. 이 어두운 지하세계에는 우리 세계에서 시간의 흐름을 나타내는 자연 현상들—일출과 일몰, 달의 변화, 별들과 행성들의 위치, 계절의 변화—이 들어설 자리가 없다. 「지옥」의 마지막 행 "우리는 밖으로 나와서 다시 한번 별들을 보았다"는 이 서사에서 중요한 한 순간인데, 우리는 아주 오랫동안 빛을 보지 못했기 때문이다. 이 행은 단테와 베르길리우스, 그리고 우리를 우리에게 적절한 영역, 지구의 표면으로 다시 돌려보낸다. 연옥의 해안에 올라왔을 때 단테의 첫 반응은 해뜨기 전 깊고 짙은 파란색 하늘을 보고 감탄하는 기쁨의 감정이다.

> 동방 사파이어의 감미로운 색이
> 지평선까지 순수하게 펼쳐진
> 청명한 대기 속에서 더욱 짙어지며
> 나의 눈에 기쁨을 되찾아주었다.

> Dolce color d'orïental zaffiro,
>   che s'accoglieva nel sereno aspetto
>   del mezzo, puro infino al primo giro,
> a li occhi miei ricominciò diletto, (···) (「연옥」1곡 13~16)

연옥은 정확히 어디 있을까? 이 질문에 단테가 꾸며낸 대답은 매우 만족스럽다. 중세 신학자들은 어쩌다 이 문제를 거론하더라도 연옥이 마치 지옥의 별관인 것처럼 모호하게 말하는 경향이 있었다. (현대 신학자들도 모호하기는 마찬가지다.) 반면에 단테의 해법은 매우 정확하다. 그 시대의 지리학은 세계에는 지중해를 중심으로, 그 주변에 유럽, 아시아, 아프리카 등 세 대륙이 있다고 생각했다. 이 세 갈래의 육지가 지구에서 사람이 사는 곳이었고 모두 북반구에 있었다. 학식 있는 사람들은 남반구는 완전히 바다로 되어 있다고 믿었다. 따라서 지브롤터해협 너머 지도에 없는 바다를 항해하는 데에는 오디세우스와 같은 용기 또는 무모함이 필요했다. 1300년경에 제작된 헤리퍼드 지도는 사람이 사는 육지 한가운데에 예루살렘이 상징적으로 자리잡고 있고 그 중심에서 뻗어나간 세계를 그리면서 이런 세계관을 단적으로 보여준다.

알려진 세계에 관한 이런 중세적 모델 위에 저승세계의 지도를 그려낸 단테의 방식은 놀랍도록 독창적이다. 연옥은 예루살렘(사람이 사는 세계의 중심)의 대척점, 남반구의 대양 위로 솟은 거대한 산이다. 이 산 꼭대기에 아담과 이브가 원래 살던 지상낙원이 있다. 따라서—이 점은 거듭 말할 가치가 있는데, 이 지리학은 너무도 만족스럽게 신학을 반영하고 있기 때문이다—인간 타락의 장소(에덴동산)와 인간 구원의 장소(예루살렘, 십자가형의 현장)는 지구의 중심을 관통하는 같은 축 위에 있다. (39쪽 그림 2 참조.)

그러나 이런 지리학에 관한 자세한 설명은 전혀 없다. 우리가 연옥에서 아는 건 단테가 아는 것만큼이다. 그는 이제 새로 보이는 별들, 일부는 친숙할 뿐 나머지는 처음 보는 별들을 이용해 자신이 있는 곳을 알아낸다. 친숙한 밤하늘의 북반구와는 대척지에 있는 것이다. 그는 금성을 알아보지만 나머지 별들은 처음 보는 것들이다. 아담과 이브를 제외하고는 어느 누구도 보지 못했던 것들이다.

우리를 사랑으로 이끄는 아름다운 행성(금성)은

동쪽 하늘 전체를 미소 짓게 하면서

뒤따르는 물고기들보다 더욱 빛났다(즉 금성이 동쪽 하늘을 환하게 비추고 있었으므로

같은 방향에 있는 물고기자리는 알아보기 힘들었다)

오른쪽으로 고개를 돌려 다른 극을

바라보았더니 최초의 사람들 외에는

누구도 본 적 없는 네 개의 별이 보였다.

하늘은 그 별빛을 즐기는 듯했고,

Lo bel pianeto che d'amar conforta

　　faceva tutto rider l'orïente,

　　　velando i Pesci ch'erano in sua scorta.

I' mi volsi a man destra, e puosi mente

　　a l'altro polo, e vidi quattro stelle

　　　non viste mai fuor ch'a la prima gente.

Goder pareva 'l ciel di lor fiammelle: (…) (「연옥」 1곡 19~25)

20행의 동사 ridere('미소 짓다')와 25행의 godere('즐기다')는 스스로의
광채와 아름다움을 즐기는 자연세계를 암시한다. 투명하고 선명한 언어
가 활력과 화창함을 전달한다. 우리는 지옥의 암울함, 어지러움, 격동으
로부터 최대한 멀리 와 있다. 단테의 기분—이 서두의 초점은 베르길리
우스가 아닌 단테의 반응에 온통 쏠려 있다—은 희망 가득하고 기쁜
사람의 기분이다.

　근엄한 모습의 노인이 나타나더니 이제 막 도착한 이 여행자들에게 어
떻게 그 비정통적인 입구로 왔는지 묻는다. 보통의 영혼들은 땅속의 구
멍에서 연옥으로 올라오지 않는다. 그러더니 연옥 산을 오르기 전에 해

야 할 일을 말해준다. 우선 해변에서 씻고 정화하는 의식을 거쳐야 한다. 단테는 얼굴에 묻은 지옥의 때를 깨끗이 씻어야 하고, 물가의 골풀을 뽑아 허리띠를 둘러야 한다. 그 노인은 사실 로마인 카토다. 그는 단테가 선택한 등장인물 가운데 가장 과감하고 가장 알 수 없는 인물 중 하나다.

고대인들에게 카토는 도덕성과 청렴함으로 유명했다. 그는 율리우스 카이사르와 싸우다 폼페이 전투에서 패한 뒤 우티카에서 스스로 목숨을 끊었다. 그리스도교의 저승, 회개하는 자들의 영역에서 문지기를 맡기엔 매우 부적격한 사람으로 보인다. 이교도인데다 자살했고, 정치적으로 그릇된 편이었기 때문이다(단테가 보기에 제국의 창시자인 카이사르에게 맞서 싸웠다).

이 결정적 역할에서 카토의 존재는 결코 설명되거나 해석되지 않는 수수께끼다. 카토의 자살을 바라보는 단테의 관점이 중요하겠지만, 그 자살이 단테에게 갖는 여러 의미나, 지옥에서 벌받는 자살자들과 카토의 차이가 무엇인지 풀어내기는 쉽지 않다. 조국을 위한 고결한 죽음, 자유 추구로서의 자살, 그리고 (어쩌면) 카토의 자살과 인류 행복을 위한 그리스도의 자발적 희생 사이에 감지되는 유사점 등이 모두 요인이 될 수 있을 것이다.

단테가 도착할 때, 당당히 뻗어가며 어둠을 물리치는 빛과 함께 새벽이 온다.

새벽은 그 앞에서 달아나는 밤의
마지막 시간을 물리치고 있었으니
나는 멀리 어른거리는 바다를 보았다.

L'alba vinceva l'ora mattutina

　che fuggia innanzi, sì che di lontano

　conobbi il tremolar de la marina.　(「연옥」 1곡 115~117)

　나날의 순환에서 어둠을 물리치는 빛의 승리는 매우 희망 넘치는 분위기를 강조한다.

　「연옥」의 이 초기 곡들은 천체의 움직임을 쉽고 친숙하게 언급하고 해석함으로써 이 이야기에 새로운 우주적 규모감을 부여하면서, 우리 지구가 행성들과 항성들로 구성된 방대하고 더 큰 체계의 작은 일부임을 상기시켜준다. 이렇듯 새로이 확장된 지평은 인간 존재를 조망하게 해준다. 우리는 우주의 작은 일부에 불과하다. 여기서 시작되는 관점의 변화는 「천국」에서 단테가 자신의 탄생좌인 쌍둥이자리에서 지구를 돌아볼 때 완성된다. 그는 일곱 개의 천구를 모두 돌아보며 그 가운데 있는 지구를 보는데, 지구("우리를 무척 사납게 만드는 밭뙈기l'aiuola che ci fa tanto feroci")가 너무 작아서 웃음이 나올 정도다.

　연옥이 지옥과 다른 것은 바로 시간 때문이다. 연옥은 과도기의 영역, 변화의 영역, 진보의 영역, 한 곳에서 다른 곳으로 나아가는 영역이다. 시간이 흐르고 시간이 절박한 영역이다. 연옥의 영혼들은 단테처럼 여행 중이지만, 그 여행이 완결되기까지는 수백 년이 걸릴 것이다. 그러나 아무리 오래 걸리고 아무리 고통스러울지라도 여행의 결과는 보장되어 있다. 회개하는 영혼들에게 보장된 목표는 천국이다. 지상에서의 삶을 여행으로, 또는 천국의 집을 향한 순례로 여길 수 있는 것처럼, 연옥의 산을 올라가는 것은 일종의 순례와 같다.

「연옥」의 기쁨 가운데 하나는 단테가, 그리고 아울러 우리도, 시간에서 시간으로, 새벽에서 황혼으로, 하루에서 다음날로 시간의 흐름을 기록하면서 느끼는 즐거움이다. 빛이 시간의 흐름을 나타내는 세계에서 우리는 인간의 일상적 리듬과 다시 연결된다. 단테가 연옥 산에서 경험하는 세 번의 낮과 밤은 이 시에서 손꼽히는 서정적이고 매혹적인 곡의 도입부가 된다. 첫째 날 저녁 해질 무렵은 이렇다.

> 벌써 그 시간이었으니, 바다의 여행자들이
> 사랑하는 벗들에게 인사하고 떠나온 날
> 그리움에 돌아보며 가슴은 애틋해지고,
> 처음 순례를 떠난 이가 저무는 하루를
> 슬퍼하듯 멀리서 들려오는 종소리에
> 사랑의 아픔을 느끼기 시작할 무렵.

> Era già l'ora che volge il disio
>   ai navicanti e 'ntenerisce il core
>   lo dì c'han detto ai dolci amici addio;
> e che lo novo peregrin d'amore
>   punge, se ode squilla di lontano
>   che paia il giorno pianger che si more; (「연옥」 8곡 1~6)

바이런은 『돈 주앙*Don Juan*』(3곡 108)에서 이 시구를 번역하며 자신의 연을 마무리하는 2행 연구를 덧붙였다.

아련한 시간, 뱃사람들이 사랑하는

친구들과 헤어져서 바다로 떠나는 첫날

그들의 소망을 깨우고 마음을 녹이는 아련한 시간은,

또는 저녁기도를 알리는 아득한 종소리에

길 떠나는 순례자를 사랑으로 채우는 아련한 시간은,

죽어가는 하루의 소멸에 눈물 흘리는 듯하니.

이것은 우리 이성이 멸시하는 공상일까?

아, 분명 아무것도 죽지 않으나 무엇인가는 슬퍼하는구나.

결코 나쁜 시도는 아니다. 그러나 바이런의 시구는 단테의 시구에 비하면 지나치게 익은 느낌이다. 바이런은 단어들을 덧붙인다("아련한 시간", "하루의 소멸"). 더욱이 그 정서를 묘사하기 위해 더 강한 동사를 사용한다("헤어져서", "떠나는"). 그의 두운은 엄격하다 못해 지나칠 정도다("sail the seas", "which wakes the wish", "dying day's decay"). 단테의 시에서 고조되는 감정을 증류하는 각 3행 연구 마지막 행의 음악성이 여기서는 희석되는 동시에 거칠어진다. 단테 시구의 단순함과 강렬함 위로 19세기 초의 감수성이 묻은 자의식적인 "낭만적" 우울이 덧씌워졌다. "사족 달기", "과한 덧칠" 같은 말이 떠오른다. 단테가 더 순수하고 더 본질적이며, 보편적 정서에 더 가깝다.

불과 한 곡을 지나는 사이 몇 시간이 흘렀다. 단테는 지구의 이탈리아 시간과는 반대되는 연옥의 시간을 설정한다. 옛날 티토노스의 연인은 새벽의 여신 아우로라였다. 티토노스는 나이가 굉장히 많다. 아우로라가 신들에게 자기 연인에게 영원한 삶을 달라고 청하면서 영원한 젊음을 청하는 걸 잊어버렸기 때문이다. 엷은 동쪽 하늘에 전갈자리가 보인다. 단테가 성큼성큼 걷기 시작하면서 언어적 힘과 에너지가 확실히 솟구친다.

> 옛날 티토노스의 신부는
> 달콤한 연인의 품에 일어나
> 벌써 동쪽 발코니에서 창백하게 빛나고
> 꼬리로 사람들을 때리는 냉혹한
> 동물 형상으로 박힌 보석들이
> 그녀의 눈썹에서 반짝이고 있었다.

> La concubina di Titone antico
>   già s'imbiancava al balco d'orïente,
>   fuor de le braccia del suo dolce amico;
> di gemme la sua fronte era lucente,
>   poste in figura del freddo animale
>   che con la coda percuote la gente;　(「연옥」 9곡 1~6)

진정한 시를 이야기하던 셰이머스 히니의 말, "강제성…… 그 시구가 명(命)을 받았다는 느낌을 주고, 까다롭게 단어를 고르고 선택하는 게 아니라 북받쳐서 토해내는 성질"이 무슨 뜻인지 우리는 알게 된다. 이 시구는 해석상의 문제가 있고 그에 대한 주석가들의 의견은 엇갈리지만, 그것이 크게 문제되지는 않는다.

시간은 순서, 운동, 전진, 연속, 변화다. 인간의 삶에서 우리는 시간, 날

[日], 계절, 해[年] 등으로 측정되는 일련의 연속처럼 생성에서 부패로, 탄생에서 죽음으로 나아간다. 시간은 선형적(전진운동)이지만, 그 패턴은 순환적이기도 하다. "슬픔은 돌고 도는 해와 함께 돌아온다"는 셸리의 아름다운 시구처럼 말이다. 이와 똑같은 선형성과 순환성의 결합이 단테 여행의 서사적 움직임을 형성한다. 단테가 여행하고 우리가 읽어나갈 때, 시간 속을 나아가는 전진운동이 있다. 그리고 단테가 원을 따라 지옥을 내려가고 연속되는 나선형 궤적으로 연옥의 산을 올라갈 때, 공간 속의 나선운동이 있다. 또한 서사의 공간적 구조라고 할 만한 것과 회화나 건축을 떠올리게 하는 그 구성 부분들이 있다. 이것들 역시 시간적 차원을 갖고 있다.

중세의 이야기 화가들(프레스코 화가들)은 연속되는 사건들을 2차원 위에 배열할 줄 알았고, 때로는 의미 부여를 위해 3차원에도 배열했다. 단테와 같은 시대를 살았던 화가 조토가 1300년경에 그린 것으로 보이는 아시시 대성당의 프레스코화는 성 프란키스쿠스 생애의 여러 장면을 보여주는데, 특히 그 점을 잘 나타내고 있다. 이 그림들은 네이브의 벽을 따라 세 점씩 묶여서 가로로, 그리고 두 기둥 사이 아치마다 두 단씩 세로로 배열되어 있을 뿐 아니라, 네이브를 가로질러서도 배열되어 있다. 이렇게 그림을 따라가며 가로로 또는 위아래로, 또는 중앙 공간을 가로질러 해석할 때 의미 패턴이 구성된다.

그 비슷하게 구성된 것이 이른바 『신곡』의 "건축", 즉 서사를 전달하는 구조적 뼈대다. 여기서 "건축(architecture)"이라는 말이 공간적, 3차원적 성질을 암시한다는 건 결코 우연이 아니다. 각 부에 걸친 중대한 대칭 구조는 의미를 강화하고 풍요롭게 한다. 이 시를 돌이켜보면 관련 테마들

속에서 평행, 대조, 보강을 알 수 있다. 소르델로의 일화에서 그가 동향 만토바 출신인 베르길리우스를 (아직 상대가 유명한 시인이라는 사실을 모르는 채) 곧바로 껴안는 장면을 읽으면서, 우리는 파리나타와 함께, 처음에는 조심스럽다가도 이내 적대적으로 되어버린 두 피렌체인의 만남을 떠올리게 된다. 카차구이다가 옛 피렌체 여인들의 가정적 만족과 검소함을 이야기하는 대목을 읽을 때는 사치스러운 유행을 따라 "젖꼭지까지 가슴을 내보이고 다니는" "뻔뻔한 피렌체 여자들"을 말하던 포레세를 돌이키게 된다.

이런 식의 반향과 대조는 『신곡』 곳곳에서 찾을 수 있다. 예를 들어 이 시의 세 개 부는 모두 "별들(stelle)"이라는 단어로 끝난다. 이 단어의 등장은 주인공의 여행에서 한 단계가 마무리되었음을 나타낸다. 지옥을 나와 동트기 전 어슴푸레한 빛 속의 연옥 산 해변에 도착할 때 "우리는 밖으로 나와서 다시 한번 별들을 보았다(E quindi uscimmo a riveder le stelle)". 고생스레 연옥 산을 오르는 여행이 끝나고 천국으로 올라갈 준비가 되었을 때 그는 "맑아져서 별들로 오를 준비가 되었다(puro e disposto a salire a le stelle)".

또한 각 부의 6곡은 정치적 테마를 다루지만 그 지리적 범위는 점점 커지고 정치적 함의는 포괄적이 된다. 「지옥」 6곡은 우세한 겔프파 내의 불화가 빚어낸 피렌체의 혼란스러운 상황을 다룬다. 「연옥」 6곡은 이탈리아의 쇠퇴를 다루면서 도시국가끼리 서로 싸우고, 겔프파와 기벨린파의 전쟁을 통제할 유능한 세속 지도자가 없는 상황을 조명한다. 「천국」 6곡은 유럽과 그 너머로 무대를 넓혀, 유스티니아누스 황제가 로마제국의 역사를 설명하고, 오늘날 고집불통 지도자들이 이해하려고만 한다면 로마가 좋은 정부의 모델이 될 수 있음을 보여준다. 지리적 초점이 계속 확대되어 인간이 사는 세계 전체를 포괄한다.

같은 가문 출신의 성원들은 저승세계의 서로 다른 영역에 흩어져 있어, 그들의 운명이 가족 관계를 더더욱 강렬하게 보여준다. 도나티 가문의 세 남매—포레세, 피카르다, 코르소—는 각각 연옥, 천국, 지옥에 있다. 몬테펠트로 가문은 충격적인 세대 간의 예—아버지와 아들—를 보여준다. 구이도 다 몬테펠트로는 지옥에, 그 아들 본콘테는 연옥에 있는데, 저승에서 이들의 운명은 상식적인 예상과는 정반대다. 로마냐 지방 기벨린파의 위대한 군사 지도자였던 구이도는 노년에 종교에 귀의해 수사가 되었으니 초기의 정치적 속임수와는 거리가 멀게 여겨진다. 반면에 본콘테는 전장에서 고해성사도 못하고 죽었다.

이 두 사람의 대조적인 운명은 회개와 관련한 논점을 제시한다(진정한 회개란 위험이나 이기심의 계산 없이 진심 어린 마음으로 해야 한다). 이는 교황(역시 보니파키우스) 권력의 한계와 관련해 더욱 큰 쟁점이 된다. 보니파키우스는 구이도가 지을 죄를 미리 면해주었다. 그러나 죄를 사함은 교황의 권력이 아니다. 죄 사함은 회개한 후에나 가능한 일이지 어떤 행동을 하기에 앞서 먼저 회개하는 것은 논리상으로 불가능하기 때문이다. 구이도는 보니파키우스에게, 어떻게 교황청에서 성석을 패배시킬지, 난공불락의 팔레스트리나 요새를 어떻게 전복할지 술책을 일러주었다. 그는 교황에게 적의 파문을 취소하고 그들과 평화조약을 맺으라고 했다. 그런 뒤 그들이 빠져나가기에 너무 늦었을 때 그들을 배신하라는 것이었다. 팔레스트리나는 초토화되었다. 보니파키우스의 승리였다.

그러나 이 간악한 조언이 천국에서 구이도의 자리를 앗아갔다. 그 교활한 늙은 여우는 보니파키우스의 꾀에 넘어간 자신을 부끄럽게 여긴다. 그가 기꺼이 자기 이야기를 들려주는 이유는 단테가 산 자들의 세계로 돌아가서 말년에 경건하게 살았다는 자신의 명성을 파괴하지는 못하리라 믿기 때문이다. 그러나 이런 계산은 또 한번 틀어진다. T. S. 엘리엇은 「J. 앨프리드 프러프록의 연가The Love Song of J. Alfred Prufrock」에서 그 시구를 제명으로 사용함으로써 구이도의 계산 착오를 보여준다. 우리는 지상에서 그가 파멸하던 똑같은 정신 과정을 목격한다. 오디세우스 같은 또 한 명의 사기술 조언자 구이도는 불꽃에 휩싸여 있다. 그가 말할 때는 불꽃 끄트머리가 너울거린다.

> 만약 내가 이승에 돌아갈 사람에게
> 대답하게 될 거라고 생각했다면
> 이 불꽃은 흔들리지 않았을 것이오.
> 그러나 내가 들은 대로 이 깊은 곳에서
> 살아 돌아간 사람이 여태 없었다면
> 불명예를 두려워 않고 그대에게 답하겠소.

> S'i' credesse che mia risposta fosse
>   a persona che mai tornasse al mondo,
>   questa fiamma staria sanza più scosse;
> ma però che già mai di questo fondo
>   non tornò vivo alcun, s'i' odo il vero,
>   sanza tema d'infamia ti rispondo. (「지옥」 27곡 61~66)

그러나 단테는 산 자들의 세계로 돌아가고, 자신의 시에서 그 이야기를 전할 것이다. 일찍이 『향연』에서 단테는 구이도를 높이 평가한다. 당시는 구이도가 노년에 수사가 되었다는 사실이 널리 알려져 있던 시기였다. 구이도는 인간이 어떤 삶을 살아야 하는지 본보기를 보여주는 것 같았다. 그러나 그 논문을 쓰고 이 시를 쓰기 전까지, 팔레스트리나 문제에 관해 그가 최종적으로 보니파키우스에게 조언했다는 소문이 흘러나왔던 게 분명하다. 비록 그는 간교했지만, 거꾸로 교활함에 당한 것이다.

이 시에서 시간과 그 의미에 대한 생각은 매우 인간적인 수준에서도 작용한다. 단테는 인생에서 나이와 나이에 걸맞은 행동에 관해 생각이 확고하다. 오디세우스가 헤라클레스의 기둥 너머 미지의 세계로 항해한 것이 어리석은 이유는 "나와 동료들이 늙고 더디어졌을 무렵(Io e' compagni eravam e vecchi e tardi)"에 나오듯 그 나이 때문이기도 하다. 구이도 다 몬테펠트로는 나이가 들자 퇴역하고 수사가 됨으로써 (비록 자신을 파멸로 몰아넣게 될 교황의 술책을 예견하지는 못했지만) 돛을 내리고 항구에 들어갔다. 이것이 핵심이다. 비록 시간 속에 있다 해도, 인간은 자신의 영원한 운명을 선택하거나 바꿀 수 있다.

지옥의 전체 이야기 중 가장 감동적이라 할 우골리노의 드라마에서 시간은 중요한 요소다. 우골리노 이야기는 자식들이 굶주려서 죽어가는데도 정말 필요할 때 도움이나 위로를 주지 못한 채 지켜봐야만 하는 아버지의 이야기다. 그들이 죽던 소름 끼치는 상황을 설명하는 우골리노의 긴 탄식은 이 시에서 또하나의 위대한 오페라 아리아다.

단테는 지옥의 바닥, 아홉번째이자 마지막 원의 벌받는 배신자들 사이에서 우골리노를 만난다. 지옥 밑바닥은 차갑게 얼어붙은 호수다. 배신

그림 27
보티첼리: 사기술의 상담자들을 내려다보는 단테와 베르길리우스.

자들은 머리만 내놓은 채 얼음 속에 갇혀 있다. 더러는 눈물이 흘러 떨어지도록 고개를 앞으로 숙이고 있었다. 더러는 고개를 똑바로 들고 있었다. 또 더러 고개를 젖힌 얼굴들은 눈물이 얼어 얼음 가면처럼 눈을 덮고 있었다. 단테에게 배신은 모든 죄악 중에서 가장 나쁜 죄악이다. 배신은 그 죄인을 믿을 특별한 이유가 있던 사람—그 배신행위가 저버린 특별한 신뢰 관계에 있는—은 물론 동료 인간에 대해서도 인간 이성을 남용한 것이다. 배신에는 네 가지 범주가 있다. 가족에 대한 배신, 나라나 정파에 대한 배신, 손님에 대한 배신(접대를 신성시했던 중세적 관점에서는 특히나 충격적인 배신 형태), 그리고 은인에 대한 배신이다.

이 원에서 단테는 영혼들에게 일말의 연민도 보이지 않는다. 특히 충격적인 한 만남에서, 그는 얼음 위의 수많은 얼굴들 사이를 지나다가 우연히 한 죄인의 얼굴을 걷어차게 된다. (혹시 고의적이었나? 그는 생각한다. 아니면 그렇게 되도록 예정되어 있었을까?) 그는 그 죄인에게 누구인지 묻는다. 죄인이 이름을 밝히기를 거부하자, 단테는 그의 머리채를 휘어잡고 한 움큼 뽑아버린다. 죄인이 울부짖자 옆에 있던 한 죄인이 외친다. 무슨 일이냐, 보카야? 따라서 그가 숨기려 했던 이름이 밝혀진다. 이 죄인은 몬타페르티 전투에서 동료들을 배신한 피렌체인 보카 델리 아바티(Bocca degli Abati)였다. 전투가 정점에 올랐을 때 그가 피렌체 기수의 손을 베어버렸고, 더이상 어디로 가야 할지 모르는 피렌체군은 뿔뿔이 흩어져 결국 피렌체 겔프파는 시에나 군대에 패했다. 세상에서 잊히고 싶던 그의 바람은 꺾여버렸다. 단테가 저승세계의 그의 비참한 운명을 후세에 밝혀버린 것이다.

우골리노 역시 배신의 원에서도 정치적 배신자들이 가는 구역에 있다. 그는 피사의 기벨린파 가문 출신이었지만 겔프파로 전향했다. 나중에는 그가 믿었던 기벨린파 대주교 루제리에게 거꾸로 배신을 당한다. 단테는 그 두 죄인─정치적 반대파였던 성직자와 평신도─이 영원한 운명을 공유하고 있음을 알게 된다. 그들은 한 구덩이 속에서 머리만 내민 채 꽁꽁 얼어 있다. 우골리노는 루제리 뒤에서 마치 짐승처럼 잔인하게 오랜 숙적의 뒷덜미를 물어뜯고 있다. 이 시의 모든 곡에서 가장 시선을 사로잡는 서두에서 그는 물어뜯기를 멈추고 단테에게 말을 걸기 시작한다.

　험악한 식사에서 입을 떼고

그 죄인은 자신이 유린한 뒤통수의
머리카락으로 자기 입을 닦았다.
그리고 말했다. "말하기도 전에
생각만 해도 가슴을 짓누르는 절망적인
비애를 다시 말하기를 바라는 게로군."

La bocca sollevò dal fiero pasto
    quel peccator, forbendola a' capelli
    del capo ch'elli avea di retro guasto.
Poi cominciò: "Tu vuo' ch'io rinovelli
    disperato dolor che 'l cor mi preme
    già pur pensando, pria ch'io ne favelli." (「지옥」 33곡 1~6)

　그는 단테에게, 자신이 루제리의 음모 때문에 죽었음을 당신도 알 테
지만 **어떻게 죽었는지**는 모를 거라고 한다. 그러고는 이야기를 들려준다.
그는 대주교에게 붙잡혀 와서 어린 자녀들과 함께 어느 탑에 갇혔다. 새
벽에 심란한 꿈을 꾼 그들은 임박한 재앙을 예감한다.

　　동트기 전에 잠이 깼는데
　　같이 있던 아들들이 잠결에
　　울면서 빵을 달라는 소리를 들었소.
　　내 가슴이 말하는 것을 생각하며
　　벌써 슬프지 않다면 매정한 사람이오.

그래도 울지 않는다면 무엇이 그대를 울릴까?

Quando fui desto innanzi la dimane,

　　pianger senti' fra 'l sonno i miei figliuoli

　　ch'eran con meco, e dimandar del pane.

Ben se' crudel, se tu già non ti duoli

　　pensando ciò che 'l mio cor s'annunziava;

　　e se non piangi, di che pianger suoli? (「지옥」 33곡 37~42)

탑에 갇힌 그들은 탑 아래 출입문에 못질하는 소리를 듣는다. 그들은 자신들이 굶어죽도록 버려졌음을 깨닫는다.

우골리노가 탑 속에서 굶어죽기까지 가차없이 지나는 8일은 다른 의미에서 시간이 다 되어간다는 사실―언급되지는 않았지만 너무도 분명한―을 배경으로 하고 있다. 즉, 회개하고 신과 화해할 기회가 얼마 남지 않았다. 비록 참담한 상황에 놓여 있지만, 우골리노는 자신에게 닥칠 죽음을 알고 있기 때문에 신학적으로는 혜택받은 위치에 있다. 그는 선하게 죽을 수도 있겠지만 끝까지 고집스럽게, 오랜 적을 극도로 미워하면서 그러지 않는 쪽을 택한다. 이런 정신 상태는 지옥에서 루제리의 뒷덜미를 짐승처럼 물어뜯는 행위를 통해 영원히 지속된다.

그의 아이들의 행동은 매우 다르다. 그들은 아버지에게 다가온다. 그들은 희생적인 몸짓으로, 아버지의 굶주림을 달래려고 자신의 살을 내민다. 아이들의 말은 그리스도의 말과 닮았다. 우골리노는 대답할 수가 없고, 아이들에게 말을 걸지 않으며, 위로하지도 않고, 마지막 며칠은 고통과 절망에 싸여 그들에게 다가가지도 못한다. "Poscia, più che 'l dolor, poté 'l digiuno." 롱펠로는 한껏 리듬을 살려 "그러자 슬픔이 하지 못한 것을 굶주림은 하더이다"라고 번역했다. 그러나 이 번역에는 이탈리아어 원문의 오싹한 모호성이 사라지고 없다. 이 행을 문자 그대로 풀면 "그러자 굶주림은 슬픔보다 훨씬 더 강력하더이다"라는 뜻이다. 우골리노는 슬픔보다는 굶주림으로 죽었을까? 아니면 그의 굶주림이 슬픔보다 훨씬 더 강했을까? 진짜로 그는 절망하면서 아들들의 살을 물어뜯었을까? 그의 이야기를 끝내는 이 행은 그 가능성을 열어두고 있다. 동시대의 한 연대기는 시체들이 발견되었을 때 카니발리즘의 흔적이 있었다고 보고 한다.

우골리노의 정신 상태는 정확히 신을 부정, 거부하고 있으며, 이것이 지옥행의 본질이다. (한 세기가 채 지나기 전 초서는 「수사의 이야기」에서 우골리노의 이야기를 다시 들려주는데, 거기서는 그 아버지의 정신 상태보다는 그 자녀들의 슬픈 운명에 방점을 두고 있다. "그와 함께 세 어린 자녀도 함께 갇혔는데/첫째 아이가 다섯 살도 채 되지 않았지요.") 우리는 상대를 먹어치우는 동물적 몸짓으로 나타난 극단적 미움의 예와, 굶주려 죽어가는 자녀들에게 어떤 도움이나 위안도 줄 수 없는 아버지의 극단적 괴로움을 한 인간에게서 동시에 본다. 그 미움과 괴로움은 밀접하게 연결되어 있다. 미움은 그 괴로움의 원인이자 결과다.

「연옥」 5곡에서 단테에게 말을 거는 세 영혼과 우골리노를 비교해보는 것도 도움이 된다. 이들은 비명횡사를 하게 되어 마지막 순간에 가서야 신을 찾았던 영혼들이다. 이들 모두 "마지막 시간까지 죄인(peccatori infino a l'ultima ora)"이었지만 창조주에게 돌아가는 순간 "하느님과 화해하며 회개하고 용서하면서 삶을 떠났다(pentendo e perdonando, fora/di vita uscimmo a Dio pacificati)". 숨을 거두는 바로 그 순간에야 회개한 이들(모두 젊은 나이였다)은 연옥 입구에서 그에 해당하는 만큼의 시간을 보내야만 산을 오르기 시작할 수 있다.

자코포 델 카세로(Jacopo del Cassero)는 믿었던 자들에게 배신을 당한 후 적을 피해 베네치아와 파도바 사이의 습지를 통해 달아나다가 죽었다. 그는 자신의 깊은 상처에서 흘러나온 피가 땅에서 호수를 이루는 것을 지켜보았다고 말한다. 본콘테 다 몬테펠트로(Bonconte da Montefeltro)는 아레초의 기벨린파 군대를 이끌고 피렌체 겔프파와 맞서 캄팔디노에서 싸우다 전투중에 죽었다. 그의 시신은 발견되지 않았다. 캄팔디노 전투에서 싸웠던 단테는 그가 어떻게 죽었는지 궁금하다. 본콘테는 목에 상처를 입고 "평원에 피를 뿌리며 맨발로 도망쳤고(fuggendo a piede e san-guinando il piano)" 아르노강의 한 지류인 아르키아노강에 도착했다고 설명한다. 거기서 그는 마리아의 이름을 부르며, 두 팔로 가슴에 성호를 그으며 죽었다. 그의 시체는 사나운 뇌우에 불어난 강물에 떠내려갔고, 멀리 하류로 흘러간 후에는 폭풍의 잔해 밑으로 사라져버려 영영 발견되지 않았다.

시체, 상처, 피. 모두 육체적 죽음에 귄힌 생생한 묘사들이다. 반대로 피아 데 톨로메이(Pia de' Tolomei)의 죽음은 거의 육체와 상관없이 묘사된다. 그녀는 매우 정중한 서두에서 단테에게 길고 지난한 여행을 끝내고 돌아가면 자신을 기억해달라고 부탁한 후, 단 세 행으로 자신의 이야기를 암시적으로 들려준다. "시에나가 나를 낳았고 마렘마는 나를 거두었는데(Siena mi fé, disfecemi Maremma)." 다시 말해, "나는 시에나에서 태어났고 마렘마에서 죽었다"는 얘기다. 처음에 그녀와 약혼했고 나중에 반지를 끼워주며 결혼한 남자는 그 내막을 알고 있다. 그녀는 유달리 과묵해서 더이상 아무 말도 하지 않는다. 그저 다른 가문과의 결혼 동맹을 맺는 게 정치적으로 유리해지자 남편이 자신을 죽였다고 암시할 뿐이다. 비록 그녀가 어떻게 죽었는지 우리는 아는 바가 없지만, 초기의 여러 주석가들에 따르면 남편 소유 성(城)의 어느 창에서 내던져져 바위에 부딪쳐 죽었다고 한다. 태어나서 죽을 때까지 지상에서의 그녀의 삶 전체가 단 한 줄에 응축되어 있다. 이것을 우골리노의 이야기와, 굶어죽기까지 느릿느릿 가차없이 흐른 8일 동안의 애끓는 감정과 비교해보라. 이것들은 단테가 시간을 다루며 창조한 시적 효과들 가운데 겨우 두 가지 예일 뿐이다.

시간의 성격은 마침내 「천국」에서 설명된다. 그 설명은 철학적이면서도 시적이다. 시간은 우주의 창조와 함께 존재하게 되었는데, 그런 시간 개념이 유일하게 의미를 갖는 창조된 세계에서 단테가 막 나오고 있다. 일시성은 인간 경험이 펼쳐지는 창조된 세계의 한 차원이다. (현대 물리학자들과 정신분석학자들은 이 견해를 어렵지 않게 이해할 것이다.) 눈을 떼기 힘든 한 시각적 이미지에서 시간은 원동천(primum mobile)에 뿌리를 둔 나무로 묘사된다.

원동천이란 아홉번째 하늘, 즉 움직이는 천구들 중 가장 밖에 있는 하늘을 말한다. 이 하늘은 가장 빨리 움직이며 그 안의 나머지 모든 천구에 움직임을 부여한다. 다시 말해 우리 우주의 가장 바깥을 에워싼 껍질이다. 그 너머에 신과 천국이 있다. 이 시―단테의 여행―에서 이야기하는 경험은 시간에서 영원으로, 시간에 구속되고 결함이 있는, 원동천

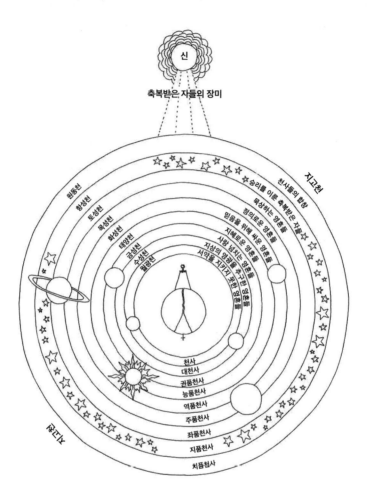

그림 28

지구를 둘러싼 아홉 개의 하늘: 일곱 개의 행성계와 여덟번째의 항성계(황도대의 별자리를 포함한), 그리고 가장 바깥의 아홉번째 하늘인 원동천으로 구성된다. 원동천은 그 안의 나머지 하늘에 움직임을 부여한다. 아홉 개 하늘에 따라 천사들의 위계도 아홉으로 나뉜다.

에 에워싸인 영역에서 원동천 너머 정의와 온전한 정신이 다스리는 영역으로의 이동이다. 이 새로운 영역으로 나오면서 시인은 "시간에서 영원으로(a l'etterno dal tempo era venuto)" 왔다고 말하고, 이렇게 덧붙이지 않을 수 없다. "또한 피렌체에서 의롭고 온전한 사람들에게로(e di Fiorenza in popol giusto e sano)" 왔다고 말이다.

순간순간을 살면서 현재의 지금 여기에 붙잡혀 있는 인간은 기억을 통해 지나간 시간을 되살린다. 단테가 처음으로, 연옥에서 구원받은 한 영혼을 만난 사건은 기억과 언어가 만들 수 있는 시간 속의 깊고 풍부한 의미를 보여주면서도, 이야기는 여행이라는 현재에 그대로 남아 있다.

「연옥」 2곡의 첫머리에서 단테와 베르길리우스가 바닷가에 있을 때 빛줄기 하나가 빠른 속도로 바다를 건너온다. 그 움직임, 속도, 힘은 마치 영화처럼 묘사된다. 그 빛은 키잡이 천사의 날개에서 나오는 것이다. 그는 (우리가 알게 되다시피) 티베르강 어귀―연옥으로 오는 정통적인 길―에 있는 집합 지점에서 구원받은 영혼들을 배에 태우고 바다를 건너 해안으로 오고 있다. 그 영혼들은 한목소리로 "이스라엘이 이집트에서 나올 때(In exitu Israël de Aegypto)" 하는 시편을 합창하고 있다. 그들이 내리자, 배는 빠른 속도로 떠난다. 이제 사방에는 햇살이 가득하고, 그 빛은 생생하도록 활기찬 이미지로 묘사된다.

숙련된 화살로 산양자리를
하늘 꼭대기에서 쫓아버린 태양은
이제 사방으로 빛을 날리고 있었다.

Da tutte parti saettava il giorno

　　lo sol, ch'avea con le saette conte

　　di mezzo 'l ciel cacciato Capricorno.　(「연옥」 2곡 55~57)

새로 도착한 이들이 길을 묻는다. 베르길리우스는 자신과 단테도 새로 와서 길을 모른다고 대답한다(그는 "순례자peregrin"라는 단어를 사용한다). 배에서 내린 영혼들은 단테가 숨쉬는 것을 보고 그가 아직 살아 있음을 알고는 놀라서 몰려든다.

그들 중 한 명이 앞으로 나와

커다란 애정으로 나를 껴안으려 했고

그에게 감동해 나도 똑같이 했다.

아, 생김새를 빼면 공허한 그림자들이여!

세 번이나 내 손은 그림자를 껴안았지만

세 번 모두 내 팔은 내 가슴으로 돌아왔다.

Io vidi una di lor trarresi avante

　　per abbracciarmi, con sì grande affetto,

　　che mosse me a far lo somigliante.

Ohi ombre vane, fuor che ne l'aspetto!

　　tre volte dietro a lei le mani avvinsi,

　　e tante mi tornai con esse al petto.　(「연옥」 2권 76~81)

그림자를 껴안을 수 없어 깜짝 놀라는 단테의 모습에 그 영혼이 미소를 짓는다. 림보에서 고대 시인들이 단테를 맞을 때 베르길리우스가 보여준 미소 이후 우리가 처음 보게 되는 미소다. 그 그림자는 단테에게 그만하라고 한다. 단테는 그 옛친구—사랑의 시에 음악을 붙였던 카셀라(Casella)라는 음악가—의 목소리를 알아보고 잠시 멈춰서 이야기를 하자고 부탁한다.

사람이 죽어서 연옥에 오게 되는 과정이 이야기된 후, 대화의 방향이 바뀐다. 단테는 산 자들의 세계에서 늘 하던 것처럼 그 친구에게 노래를 한 곡 부탁한다.

> 내가 청했다. "내 모든 갈망을 잠재우던
> 사랑 노래의 기술이나 기억을
> 새로운 법이 빼앗지 않았다면
> 육신을 짊어지고 여기까지 오느라
> 무척이나 지쳐버린 내 영혼을
> 달래줄 노래 한 곡 불러주게."

> E io: "Se nuova legge non ti toglie
> memoria o uso a l'amoroso canto
> che mi solea quetar tutte mie doglie,
> di ciò ti piaccia consolare alquanto
> l'anima mia, che, con la sua persona
> venendo qui, è affannata tanto!" (「연옥」 2곡 106~111)

카셀라는 곧바로 노래로 응답한다.

"내 마음에 속삭이는 사랑은"
그는 너무도 달콤하게 시작했는데
그 달콤함이 지금도 내 마음에 울린다.

"Amor che ne la mente mi ragiona"
    cominciò elli allor sì dolcemente,
    che la dolcezza ancor dentro mi suona. (「연옥」 2곡 112~114)

옛친구의 기운을 북돋기 위해 단테의 노래를 고른 카셀라의 재치는 두 사람의 끈끈한 우정을 말해준다. 현존하는 문서를 아무리 찾아도 카셀라에 관해서는 나오지 않는다. 이 흐뭇한 일화만이 우리가 가진 유일한 정보다.

함께 있던 영혼들이 마법에 홀린 듯 그 노래에 귀를 기울인다. 그러나 난데없이 카토가 다시 나타나 그들의 태만함을 꾸짖으면서 마법은 깨진다. 그들은 자신을 정화하는 과정을 시작하기 위해 서둘러 산을 올라가야 한다. 그들은 노래 듣기를 포기하고 놀란 비둘기들처럼 비탈을 향해 흩어진다. 단테와 베르길리우스도 같은 속도로 자리를 뜬다.

어쩌면 이 일화에서 첫번째로 주목해야 할 것은 연옥의 특징인 시간에 대한 긴박한 느낌을 아름답게 전달하는 방식일 것이다. 기운을 북돋기 위해 마음을 달래는 노래를 듣는 순수한 여가는 이 새로운 영역에서는 부적절한 행동이며, 연옥의 파수꾼에게 호된 질책을 받는다. 여기서는 영적 완성을 위한 부단한 노력만이 있을 뿐이다. 그러나 새로 도착한 영혼들은 이것을 곧바로 이해하지 못한다. 두 친구는 옛날에 하던 대로 한다. 음악가는 시인 친구를 즐겁게 해주려고 노래한다. 그 노랫말이 그 시인의 시이므로, 두 사람은 창조의 끈으로 연결되어 있다. 그러나 해로울 게 없는 듯한 이 막간은 이제 시간 낭비로 받아들여진다.

이 곡에 나오는 두 노래 사이의 대조는 은근슬쩍 그 점을 강조한다. 첫번째 노래는 모세가 이스라엘 민족을 이끌고 약속의 땅으로 가는 출애굽을 회상하는 시편이다. 외형적으로 이 노래는 그리스도교도들의 영혼이 그리스도를 통해 죄악으로부터 구원받음을 의미한다. 보다 현실적으로는 중세 장례식에서 교회로 관을 운구할 때, 그런 후 묘지로 운구할 때 부르던 시편이었다. 영혼들이 사후에 연옥의 해변에 도착하면서 그 시편을 합창한다는 것은 매우 그럴듯하다. 죄로부터 해방되고 약속의 땅에 도착한다는 약속을 합창으로 찬미하는 것은 그 영혼들의 영적 초점을 이해하게 해준다.

두번째 노래, 즉 영혼들이 매우 즐겁게 들은 카셀라의 노래는 세속의 사랑 노래다. 방탕하거나 관능적인 노래라기보다는 사실 사랑이라는 테마에 대한 순수하고 지적인 탐색에 가깝다. 단테가 『향연』에서 밝힌 바에 따르면 그 노래가 찬미하는 숙녀는 살과 피를 가진 인간이 아닌 철학 숙녀다. 그럼에도 그 노래는 어쩔 수 없는 세속의 노래다. 이 노래에서 시인의 마음에 속삭이는 사랑은 신의 사랑도 아니요, 베아트리체의 사랑도 아니다.

여기서 카셀라를 통한 단테의 자기 인용은 과거를 돌이키는 한 방식, 그의 삶에서 예전 단계의 시간으로 우리를 데려가는 한 방식이다. 영혼이 단테의 서정시를 인용하는 경우는 이때만이 아니다. 나중에, 「연옥」 24곡 탐식의 원에서 보나준타 다 루카와 「천국」 8곡에서 카를 마르텔의 경우가 그렇다. 프란체스카가 파멸을 부른 파올로와의 관계를 이야기할 때 단테의 초기 연애시의 시구들이 결합되기도 한다. 이 모든 직간접적인 자기 인용은 단테 자신의 과거를 새로운 관점으로 제시하는 방식인데, 여기서 그 과거의 의미는 미묘하지만 돌이킬 수 없이 바뀌어버린다.

'텍스트 간 관계(intertextuality)'는 한 텍스트가 불가피하게 다른 텍스트들을 떠올리도록 하는 수많은 방법을 가리킬 때 요즘 쓰이는 말이다. 직접 인용은 그것의 한 형태다. 두번째 형태는 한때 '원전과 상사(相似) (sources and analogues)'로 불리던 것이다. 나중의 작품이 언어적 회상을 사용하거나, 사건이나 구성 또는 구조적 특징을 반향시킴으로써 예전의 한 작품을 암시할 수 있다.

카셀라의 일화에서 불가능한 포옹에선 이 두번째 방식의 울림이 느껴진다. 단테의 팔이 카셀라의 그림자 같은 몸을 뚫고 돌아오기만 하지—세 번 반복되는 이 몸짓은 그가 얼마나 놀라고 믿지 못하는지를 강조한다—옛친구를 껴안지 못하는 장면에서는 어쩔 수 없이 『아이네이스』의 비슷한 일화가 떠오른다. 아이네이아스는 아버지 안키세스의 그림자를 껴안으려 하지만 단테가 그랬던 것처럼 실패한다. 베르길리우스가 사용했던 이 모티프는 그보다 훨씬 더 먼 호메로스를 다시 상기시킨다. 물론 단테는 그것을 알지 못했을 것이다. 이런 부류의 울림과 반복되는 서사 패턴은 이전의 방대한 문학과 문명을 아우르는 유의미한 연관 관계를 만들어낸다.

옛 텍스트에 대한 암시와 울림이 있는 곳에는 늘 시간이 얽혀 있다. 그런 울림들은 문화적 기억의 작용이다. 단테의 텍스트는 그 표면을 통해서, 또는 그 뒤로, 또는 그 밑바탕에 옛 텍스트들이 보이는 하나의 팰럼프세스트(palimpsest, 원문을 전부 또는 일부 지우고 그 위에 새로 쓴 두루마리나 낱장 형태의 필사본―옮긴이)다. 단테가 카셀라를 껴안는 데 실패한다는 이야기를 읽으면서, 우리는 그 일화를 통해, 또는 그 이면에서, 안키세스를 껴안지 못한 아이네이아스의 이야기를 감지한다. 만프레디가 가슴의 상처를 보여줄 때 우리가 그 이야기 이면에서 그리스도와 의심하는 도마를 보는 것도 마찬가지다. 역사나 시, 또는 성서 속의 옛 인물이나 일화, 구절을 환기시킴으로써 시간의 깊이감이 만들어진다.

연옥의 산꼭대기 근처에서 이루어진 스타티우스와의 만남은 또하나의 예다. 이 일화의 중심은 고대의 위대한 두 시인 사이의 감정 충만한 만남이다. 『아이네이스』의 저자 베르길리우스는 기원전 19년에 사망했다. 『테바이스*Thebaid*』의 저자 스타티우스는 약 60년 후인 서기 40년에 태어났다. 단테는 연옥의 이곳에서 두 시인을 만나게 함으로써 스타티우스가 살아서는 보지 못했던 위대한 시인에게 감사를 표현할 수 있도록 했다. 스타티우스가 감사하는 건 흔히 예상하듯 시적 영감에 대해서만은 아니었다. 놀랍게도 그는 도덕적, 영적 계몽에 대해서도 베르길리우스에게 감사한다.

스타티우스는 명백하게 '그리스도를 닮은 인물(figura Christi)'이다. 「연옥」 21곡에서 그가 처음 등장하는 앞부분의 행들은 이를 매우 분명하게 보여준다. 탐욕스럽고 낭비벽 많은 영혼들의 테라스를 걷고 있던 단테와 베르길리우스는 세번째 인물이 뒤쪽에서 자기들에게 다가오는 걸 깨닫게 된다.

그런데, 하! 루가가 기록했듯,

이미 무덤에서 부활하신 그리스도께서

길[엠마오로] 가던 두 사람에게 나타난 것처럼,

그림자 하나가 나타나 우리 뒤에 왔는데……

Ed ecco, sì come ne scrive Luca

　　che Cristo apparve a′ due ch′erano in via,

　　già surto fuor de la sepulcral buca,

ci apparve un′ombra, e dietro a noi venìa (…) (「연옥」 21곡 7~10)

　엠마오로 가던 두 제자에게 그리스도가 나타날 때, 단테와 베르길리
우스에게 스타티우스가 나타날 때, 그 장면은 모든 면에서 정확히 일치
한다. 갑자기, 아무런 설명도 없이 세번째 인물이 뒤에서부터 걸어와 두
여행자와 합류한다.

　스타티우스는 단테가 연옥에서 만난 영혼들 중에서 정화 과정을 마친
유일한 예이며, 따라서 그리스도와의 연관성은 중요하다. 구원받은 모든
영혼은 부활을 재연한다. 자살한 이교도 카토가 연옥이라는 그리스도교
적 영역의 파수꾼으로 선택되었다는 것이 놀라운 일이듯이, 그리스도교
도라고 알려지지 않은 이교도 시인 스타티우스가 그 산에서 만나는 첫
번째이자 유일하게 정화된 영혼으로 선택되었다는 것 역시 놀랍다.

　단테는 스타티우스를 비밀리에 그리스도교로 개종했고 신앙을 공개적
으로 밝히지 않았던 인물로 제시한다. 카셀라처럼 스타티우스도 연옥에
관한 중요한 정보를 준다. 우선 그는 그 산의 기후 조건에 관해 설명한다.

그림 29
보티첼리: 베르길리우스와 스타티우스의 뒤를 따라가는 단테.

나중에는 자궁 안 배아의 발달에 관해, 그리고 태아가 인간이 되는 시간 속의 순간에 관해 중요한 말을 한다.

그러나 시적 에너지의 근원은 두 고대 시인 사이의 중요한 만남이다. 스타티우스가 자기가 말을 거는 상대가 베르길리우스라는 것을 아직 모르는 채 자신이 『아이네이스』에 빚을 졌음을 설명하는 장면에는 유쾌한 아이러니가 있다. 그는 베르길리우스가 살아 있을 때 직접 만날 수 있었다면 얼마든지 연옥 산에서 참회의 1년을 더 보냈을 거라는 매우 특이한 주장을 한다. 그가 시인으로서 이룬 업적은 모두 베르길리우스 덕이다.

　내 시적 열정을 태우고 나를

따뜻이 해준 것은 수많은 이들을

비쳐준 신성한 불꽃의 불티였지요.

그것은 『아이네이스』, 내 시의

어머니이자 유모였으니, 그게 아니었다면

어떤 중요한 것도 이루지 못했을 겁니다.

Al mio ardor fuor seme le faville,

　che mi scaldar, de la divina fiamma

　　onde sono allumati più di mille;

de l'Eneïda dico, la qual mamma

　fummi e fummi nutrice poetando:

　　sanz'essa non fermai peso di dramma. (「연옥」 21곡 94~99)

　여기서 스타티우스는 자신이 쓴 『테바이스』의 마지막 부분을 뚜렷이 암시하는데, 그 작품에서 그는 자신의 시를 벗어나 '성스러운 『아이네이스』'의 발자취를 따라가라고 촉구한다. 『신곡』에서 신이 아닌 어떤 것에 '성스러운'이라는 단어가 쓰인 것은 이 대목이 유일하다. 물론 단테는 자신의 시를 『신곡Divina Commedia』이라 부르지 않았다. 이 시의 제목은 그냥 '희극Commedia'이었다. '성스러운(divina)'이라는 단어는 이 시의 초기 인쇄본 편집자들이 그 테마를 반영하고 그 위대함을 인정하면서 덧붙인 것이다.

　그러나 스타티우스는 시적인 것 이상의 빚을 졌다. 베르길리우스는 자신의 작품에는 그리스도교의 흔적이 전혀 없는데 무슨 연유로 그가 그리스도교로 개종하게 되었는지 묻는다.

당신은 처음 파르나소스로 나를 보내

그 동굴의 샘물을 마시게 했고

처음 하느님에게 눈뜨게 해주셨지요.

당신은 밤 나그네가 하는 일을 하시어

어깨 위로 등불을 들어 자신에게 유익한 게 아니라

이런 말씀으로 뒤따르는 사람들에게

빛을 비추셨습니다. "새 시대가 오고 있다.

정의가 돌아오고 인류의 첫 시대가 돌아와

하늘에서 새 자손들이 내려온다."

덕택에 나는 시인이 되었고 그리스도인이 되었으니 (…)

Tu prima m'invïasti

verso Parnaso a ber ne le sue grotte,

e prima appresso Dio m'alluminasti.

Facesti come quei che va di notte,

che porta il lume dietro e sé non giova,

ma dopo sé fa le persone dotte,

quando dicesti: "Secol si rinova;

torna giustizia e primo tempo umano,

e progenïe scende da ciel nova."

Per te poeta fui, per te cristiano: (「연옥」 22곡 64~73)

스타티우스가 여기서 인용한 베르길리우스의 「전원시」 제4편은 그리스도교 초기에는 베르길리우스가 무의식적으로 그리스도의 도래를 예언한 것으로 해석되고 있었다. 사실 그 시는 로마의 한 집정관의 자녀 출생을 약간 화려한 언어로 축하한 것이다. 스타티우스는 예지력이 있는 듯한 이 시를 읽고 새로운 시대가 밝았다고 확신한다. 기적의 아기가 하늘에서 내려왔다. 단테가 여기서 보여주는 건 중세의 많은 이들의 믿음처럼, 베르길리우스의 시가 미래를 내다보는 예지력이 있다는 것만이 아니라, 그것이 실제로 사람을 개종시킬 수 있다는 것이다.

스타티우스는 이어서 자기는 로마의 초기 그리스도교도들을 자주 만나기 시작했고 그들의 선함과 경건함에 감동했으며, 도미티아누스황제가 그들을 박해할 때는 슬퍼했고, 그들을 돕다가 『테바이스』를 완성하기 전에 비밀리에 세례를 받았다고 말한다. 그러나 두려움 때문에 그는 숨은 그리스도교도로 남아 있었다. 이런 영적 태만의 벌로 그는 게으른 영혼들의 테라스에서 400년 넘게 있었다. (여기 탐욕의 원에서 그는 다시 500년을 보냈는데, 어리둥절해 하는 베르길리우스에게 그는 자신이 씻고 있는 것은 탐욕의 죄가 아니라 정반대로 낭비의 죄라고 설명한다. 숫자 계산을 하면서 갸웃거리고 있는 예리한 독자들을 위해 말하자면, 그러고도 아직 설명되지 않은 200여 년의 시간이 남는다. 우리는 그가 그 시간을 산의 아래쪽 테라스, 특정되지 않은 어느 부분에서 보냈다고 짐작할 수밖에 없다.)

이 부분은 시의 힘에 대한 단테의 크나큰 믿음을 조명해준다. 시는 예언적일 수 있다. 실로 시인은 사람들이 부정하는 진실에 접근해왔다. 시는 인간의 삶을 바꿀 수 있다. 스타티우스의 말은 그리스도 탄생 직전의 과거로 우리를 데려간다(베르길리우스의 「전원시」 제4편은 기원전 40년에 쓰였다). 그리고 로마의 초기 그리스도교 정착촌으로, 서기 1세기 초기 그리스도교에 대한 박해기로 데리고 간다. 이제 두 고대 시인은 그들이 아는 문학의 벗들에 관해 편안하게 이야기를 나눈다. "우리의 옛친구 테렌티우스가 어디 있는지 말해주오(dimmi dov' è Terrenzio nostro antico)." 단테는 그들 뒤를 따라가며 그 대화에 귀를 기울이고, 그 대화에서 배우면서 그 문학적 대화를 감칠나게 엿듣게 해준다. 이 시에 그림을 곁들인 모든 삽화가들 중 이 유쾌한 정경의 세부를 포착한 사람은 보티첼리가 유일하다.

> 그들은 앞서 가고, 나 혼자서
> 뒤따르면서 그들 말에 귀기울이며
> 시에 관해 많은 것을 깨달았다.

> Elli givan dinanzi, e io soletto
>   di retro, e ascoltava i lor sermoni,
>   ch'a poetar mi davano intelletto. (「연옥」 22곡 127~129)

스타티우스는 산의 꼭대기까지 단테와 베르길리우스와 함께 올라갈 것이며, 세 시인은 함께 그 산의 마지막 구간에 들어설 것이다. 단테가 그렇게도 찬양했던 토착어의 거장 구이도 구이니첼리를 마지막 테라스에서 만날 때에도, 그는 동시대 시인들을 능가하고 위대한 고대 서사시와 어깨를 견줄 만한 시를 쓰도록 본보기가 되어준 두 고전 시인과 함께일 것이다.

카셀라의 일화와 스타티우스의 일화 둘 다에, 이야기 편성에서의 단순함과 복잡함이 공존한다. 카셀라 일화에는 사건들의 단순한 연속, 우정과 창조적 동료애의 즐거운 삽화가 있다. 그러나 그 삽화는 시간의 깊이에 의해 더욱 풍성해지는데, 힘들이지 않고 시간의 깊이를 불러내는 구성 속의 단일 요소들, 즉 출애굽 시편, 자기 인용, 문학적 전례 덕분이다. 스타티우스 일화는 그보다는 복잡하다. 고대의 위대한 한 시인이 또다른 시인에게 시적, 영적으로 빚을 지고 있다고 인정한다(단테 또한 그 시인에게 빚지고 있다). 그의 말은 인간 삶에 미치는 시적 언어의 힘에 관한 메시지를 전해준다.

울림, 패턴화, 병렬을 통해 의미를 창조하는 이런 방법들—거추장스러운 전문 용어로 말하면 텍스트 간 관계와 형상주의(figuralism)—은 인류의 역사, 문화, 시 전체를 아우르게 해준다. 현재는 그저 과거 뒤에 오는 게 아니다. 현재는 과거를 담고 있으며 유의미한 방식으로 과거와 연관되어 있다. 단테의 책장 이면에 있는 베르길리우스와 성서 원본들이 표면을 통해 비쳐 보인다. 마치 설화석고(雪花石膏) 창을 통해 들어오는 빛이 반짝이는 돌 표면은 물론 돌의 세세한 결까지 알아보게 해주는 것과 같다. 시를 사랑하는 독자에게 『신곡』에 퍼지는 수많은 메아리와 암시를 알아내는 과정은 끝없이 즐거운 경험이다.

우리 21세기의 유리한 관점에서, 그런 메아리와 암시는 시간 속에서 앞뒤를 오가며 작용한다. 밀턴의 "발롬브로사의 시냇물에 흩어진 가을 나뭇잎"(『실낙원』 1편의 구절—옮긴이)이나 셸리의 "내 영혼의 껍질이 해변에서 멀리 밀려오네……"(『아도네이스Adonais』의 일부—옮긴이), 엘리엇의 "계단 꼭대기 널돌에 서서"(「슬퍼하는 소녀La Figlia che Piange」의 도입부—옮긴이), 또는 파운드의 "허물어라 너의 허영심, 허물어라"(『칸토스The cantos』
중 칸토 81―옮긴이) 등을 읽을 때 우리는 다시 단테를 생각하고 그 아
름다운 구절의 원전을 생각하게 된다. 히니는 직접 번역한 「지옥」 2곡의
127~132행을 재가공해 자신이 새로 쓰는 시에 통합했는데, 여기서 그
의미는 미묘하게 달라졌어도 그 아름답고 섬세한 효과는 원전에 뒤지지
않는다.

> 밤 추위에 일제히 고개 숙여 움츠렸다가
> 햇빛의 손길에 곧바로 줄기에서
> 일어서서 활짝 피는 작은 꽃들처럼
> 나도 시들어가던 힘을 되찾았고
> 내 마음은 해방된 사람처럼 환히 빛났다.
> (『스테이션 섬Station Island』 중 「스테이션 섬 VI」―옮긴이)

이는 단테가 베르길리우스를 직접 번역하고 응용한 것과 비교할 만하
다. 베아트리체가 죽고 10년이 지난 후, 마침내 지상천국에서 그녀를 만
나는 절정의 순간에 그는 이렇게 말한다. "나의 영혼은 (…) 오래된 사랑
의 거대한 능력을 느꼈다(lo spirito mio…/…d'antico amor sentì la gran po-
tenza)." 이어서 그는 그 순간을 함께하려고 베르길리우스에게 몸을 돌리
고, 『아이네이스』 4권에서 디도가 아이네이아스를 두고 한 말("adgnosco
veteris vestigia flammae")을 그대로 반복해서 말한다. "오래전 불꽃의 흔적
을 압니다(conosco i segni de l'antica fiamma)." 이 시적 오마주는 위대한 한
시인이 또다른 시인의 비옥한 힘을 비춰주면서 형성적 영향력을 미묘하

게 변화시킨다. 사실 이 말은 이 시에서 베르길리우스를 향한 단테의 마지막 말이다. 그리고 그 순간 그는 베르길리우스가 더이상 곁에 없음을 깨닫게 된다.

어쩌면 우리는 이런 역설적인 결론을 내릴 수 있을 것이다. 『신곡』은 단테가 살았던 1300년까지의 역사적 상황과 그 이전 몇십 년의 사건들과 매우 구체적으로 연관되어 있다. 그러나 그 시의 시간대는 우리, 21세기 독자들을 포함해 모든 시대, 인류 역사 전체를 포괄할 만큼 뻗어나간다. 시가 진행되면서 시간의 틀은 양방향으로 모두 뻗어나가고, 공간 또한 어두운 숲에서 시작해 회전하는 우주로까지 확장되어간다. 「천국」을 그렇게 강력하게 만드는 한 가지는 이 시가 점점 더 난해하고 더 영적으로 변해가는 만큼이나 지상에 살았던 인간 경험을 더 많이 포괄한다는 것이다. 우리는 시간 속에서 과거 멀리, 더 멀리로 이동한다. 카차구이다를 통해 단테 가문의 시초로 거슬러 간다. 유스티니아누스를 통해 로마 제국의 시작으로 거슬러 간다. 성 베드로를 통해 교회의 시작으로 거슬러 간다. 아담을 통해 인류의 시초로 거슬러 간다.

『신곡』은 시간 속에 굳건히 자리잡고 있지만, 그럼에도 시간을 초월한다. 종교를 가진 이들에게는 이 시가 이승에서 죽을 존재의 한계 조건, 즉 시간과 공간을 초월한 것과 연결시켜주기 때문이다. 종교가 없는 이들에게는 시간을 초월한, 즉 시간을 무력화하는 미적 가치 때문일 것이다. 단테는 자기 시대에 말했던 것만큼이나, 아니 부수적인 정황 요소들이 떨어져나간 상태에서 어쩌면 더욱 힘있는 목소리로 우리에게 말한다. 우리는 다시, 정확한 역사적 순간에 확고하게 뿌리내린 시, 주요 등장인물이 특정 시대 및 장소와 구체적으로 연결되는 시는 그럼에도 시간적 한계를 뛰어넘어 보편적인 울림을 가진다는 역설로 돌아간다.

간통한 여인 프란체스카, 배신자 우골리노, 캄팔디노 전투에서 전사한 후 영영 발견되지 않은 본콘테 다 몬테펠트로, 존경받던 역할 모델인 브루네토 라티니, 단테가 젊은 시절 거친 소네트를 교환하곤 했던 옛친구 포레세, 수사가 된 군인 구이도 다 몬테펠트로, 음악가 친구 카셀라, 사악한 교황 보니파키우스. 모두 13세기가 저물던 20년 동안 지상에서 자기 운명을 살았던 이들이다. 그렇지만 700년이 지난 지금도 『신곡』의 수많은 행은 이탈리아 국민의 기억 속에 새겨져 있다. 그 정신 속에 박힌 말들, 그 표현력과 운율 덕에 잊을 수 없는 그 말들은 시간의 흐름을 이겨냈다. 시적 형식은 시간을 물리친다. ars longa, vita brevis(예술은 길고 삶은 짧다).

다음 두 개의 장에서는 그 시적 형식의 특징을 살펴보기로 하자.

6장
수

아직 어린아이였지만 그러나 평판을 모르지는 않았기에,

내가 혀짤배기소리로 숫자를 읽었던 것은, 수(數)가 왔기 때문입니다.

—알렉산더 포프, 아버스넛 박사에게 보낸 편지

···per costui ogi bellezza di volgar parlare

sotto debiti numeri è regolata···

(···) 그는 적절한 수의 규칙을 따라

토착어의 모든 아름다움을 도입했다.

—보카치오, 『단테 전기*Trattatello in laude di Dante*』

자연은 가장 긴 실들만 사용해 그 패턴을 짜기 때문에

그 직조의 작은 조각들마다

전체 태피스트리의 짜임을 드러낸다.

—리처드 파인만, 『물리법칙의 특성The Character of Physical Law』

프로이트의 늑대인간은 종교적으로 왜곡된 강박장애에 시달렸다. 그는 사방에서 삼위일체(성부, 성자, 성령)의 표상을 보았다. 심지어 길에 떨어진 말똥에서도 그것을 보았다. 『신곡』 독자들은 때로 비슷한 고통을 느낀다. 3이라는 숫자는 이 시에서 굉장히 많은 정보를 담은 원리—시의 형성과 구조 어디에서나 등장하는—이기 때문에, 사소해 보이는 세부에서조차 삼위일체 또는 세 개 한 벌의 암시를 확인하고 싶은 유혹을 받는다. 「지옥」을 묘사한 석판화를 제작하던 미술가 톰 필립스(Tom Phillips)는 지옥에서 숫자 3의 예에 관한 빽빽한 언급들로 채워진 판화 〈지옥의 삼위일체〉에서 이 강박적 특징을 기가 막히게 포착한다.

『신곡』에 등장하는 모든 3의 예에서 삼위일체의 암시를 감지하는 피상적인 사고를 경계하는 것이 현명하겠지만, 이런 숫자의 공명이 그 숫자가 찬미하는 세계관과 의미있게 연결됨으로써 이 시가 더욱 풍부해지는 것 또한 사실이다. 심지어 현대 교회의 의례에서도 삼위일체에 대한 암시는 놀랍도록 구체적이고 노골적인 형태를 띤다. 예를 들어 교황을 보호하는 스위스 근위대가 입대 서약을 할 때는 세 손가락을 펼친 채 한 팔을 올려 삼위일체를 상징한다. 단테의 시에서 3의 원칙이 어떻게 작용하는지 살펴보기에 앞서, 우리는 그 원칙과 시인이 이해하던 세계—단지 조직화된 종교 세계만은 아닌—가 어떻게 연관되어 있는지 이해해야 한다.

삼위일체—그리스도교 믿음에서 세 위격을 띠는 신—라는 인식은 그리스도교를 나머지 두 유일신 신앙, 즉 유대교, 이슬람교와 구분해주는 중심 교리다. 세 가지 종교 모두 이교도 세계인 그리스와 로마에서 믿는

"가짜이자 거짓말하는 신들(dei falsi e bugiardi)"을 거부한다. 그러나 나머지 두 종교와는 달리 그리스도교는 신이 세 위격을 가졌다고 본다. 하나의 본질인 하느님이 동등한 세 위격인 성부, 성자, 성령으로 나타난다. 단테는 이것이 인간이 이해할 수 없는 신앙의 신비라고 명쾌하게 경고한다.

> 세 위격 안의 하나의 실체가 가는
> 무한한 길을 우리 이성이 가기를
> 바라는 사람은 미치광이다.
> 인간들이여, 있는 그대로에 만족하라.

> Matto è chi spera che nostra ragione
>   possa trascorrer la infinita via
>   che tiene una sustanza in tre persone.
> State contenti, umana gente, al *quia*. (「연옥」 3곡 34~37)

다시 말해 **그것**—있는 그대로의 사실—에 만족하라는 얘기다. 결정적인 말이 라틴어로 쓰여 큰 울림을 가진 이 훈계는 인간의 이해력으로는 그 불가해성에 닿을 수 없더라도 어떤 것을 어쩔 수 없이 받아들여야 할 때 이탈리아인들이 사용하는 속담이 되었다. 이 시구는 이탈리아의 불가사의한 관료주의적 절차와 관련해 특정적으로 인용되기도 한다. 그냥 이해할 수 없는 일들도 있다는 것이다.

단테는 「천국」에서 성 베드로에게 신앙 고백을 할 때 셋이면서 하나인 수학적 수수께끼에 문법적 광택을 입힌다.

나는 영원한 세 위격을 믿으며

그 셋이 sono와 este를 동시에

취하는 하나의 본질임을 믿습니다.

e credo in tre persone etterne, e queste

    credo una essenza sì una e sì trina,

    che soffera congiunto "sono" ed "este." (「천국」 24곡 139~141)

"있다"라는 동사가 복수형(sono)과 단수형(este)으로 동시에 사용되고 있다. (이 행은 단테가 신비주의자보다는 지식인의 기질을 갖고 있음을 확인시켜주는 듯하다.) 동시대 그리스도교도들에게 그랬듯이, 단테에게 유대교는 그리스도교의 전구체였다. 신약은 구약의 실현이다. 반대로 이슬람교는 지지자들에게서 중요한 한 부분인 교회를 빼앗아버린, 참된 믿음으로부터의 일탈, 즉 그리스도교의 이단이다.

삼위일체는 성서 어디에서도 직접적으로 언급되지 않는다. 정교회는 구약에서 아브라함을 방문한 세 천사에게서 삼위일체의 징후를 본다. 신약의 구절들은 성령을 언급하고 있는데, 신약 학자들은 에베소서 첫 부분의 바울로가 하는 말이 삼위일체 교리를 대략적으로 설명한다고 본다. 이 교리는 그리스도 교회 초기(예수의 십자가형 이후 3세기나 4세기)에 정교하게 다듬어졌다. 그것을 결정적으로 공식화한 것은 4세기 성 아우구스티누스의 『삼위일체론De Trinitate』이었다. 아우구스티누스는 세 위격을 가진 하느님의 신비는 인간이 이해할 수 있는 것과 비교할 수 없다는 이야기를 들려준다. 그는 꿈속에서 삼위일체의 신비를 곰곰 생각하면서 바닷가를 걷다가 조개껍데기를 가지고 노는 한 아이를 보게 되었다. 그가 그 소년에게 그 조개껍데기를 가지고 바닷물을 모두 떠 올 수 있다고 생각하는지 물었다. 소년이 나이보다 조숙하게 대답했다. "물론이지요, 주교님이 하느님의 본질을 이해하기 전에는 가능하겠죠."

인간은 자신의 노력으로는 삼위일체를 이해할 수 없다. 오직 계시(신의 은총)만이 그에 관한 지식을 준다. 만약 인간 이성이 그런 도움 없이도 그 지식을 얻을 수 있었다면, 신성의 합일을 직관으로 알았던 고대의 위대한 철학자들은 그것을 이해했을 것이다. 사실 그들은 계시를 얻을 수 없었기 때문에 지복직관(至福直觀)에서 배제되어 있다.

인간이면서 신, 두 성격을 가진(una persona in due nature) 그리스도의 이중적 성격은 그리스도교 신앙에서 두번째 중요한 수적 신비다. 그리스도교도 누구나 이 교리를 신앙의 근본으로 받아들이지만, 그들 모두가 삼위일체 교리를 받아들이지는 않는다. (아이작 뉴턴은 케임브리지 트리티니 칼리지 연구원으로서 삼위일체를 믿지 않았던 사람으로 유명하다. 유니테리언파는 그 이름부터가 이 교리를 부정한다.) 그러나 대부분의 그리스도교도에게, 그리고 확실히 단테와 그 동시대인들에게 삼위일체에 대한 믿음은 신앙의 본질을 규정하는 교의 가운데 하나다.

구약성서는 신이 "당신의 모습대로 당신의 모양을 따라서" 인간을 창조했다고 말한다. 단테는 그 두 가지를 구분한다. "당신의 모습대로"는 마땅히 인간만을 가리키겠지만 "당신의 모양을 따라서"는 창조된 세계 전체를 가리킬 수 있다. 창조된 세계는 창조주의 표지를 담고 있다. "우주 전체는 그저 신성한 선(善)의 자국이다(totum universum nihil aliud [est] quam vestigium quoddam divine bonitatis)."(『제정론』 I viii 2) 라틴어 vestigium이란 문자 그대로 "발자국"이다. 스위스에 있는 유럽입자물리연구소에서 대형강입자가속기를 사용하는 21세기 물리학자들은 자신들이 찾고 있는 것—나머지 모든 아원자 입자에 질량을 부여한다고 믿어지는 힉스 입자의 존재 증거—을 설명할 때 바로 이 발자국 이미지를 사용한다.

단테는 우주를 빚어낸 신의 창조를 이야기할 때는 플라톤까지 거슬러 올라가는 훌륭한 전통의 또다른 이미지인 밀랍과 인장을 사용한다. 밀랍이 그 위에 찍힌 인장의 이미지를 담아내고, 인장 자체를 볼 수 없어도 찍힌 이미지는 그대로 남아 우리 눈에 보이는 것처럼, 우주는 신에게서 나온 증거를 우주 안에서 보여준다. "비록 인장은 감추어져 있을지라도 인장이 찍힌 밀랍은 그 인장에 대한 또렷한 지식을 보여준다(occulto existente sigillo, cera impressa de illo quamvis occulto tradit notitiam manifestam)."(『제정론』 II ii 8).

무엇보다도, 창조 속에 나타난 질서야말로 신의 모습을 반영한다.

만물에는 서로를 연관시키는
하나의 질서가 있으니, 이것이
우주가 하느님을 닮게 되는 형상이지요.

Le cose tutte quante
hanno ordine tra loro, e questo è forma
che l'universo a Dio fa simigliante. (「천국」 1곡 103~105)

창조 속의 이 질서는 수학 또는 수를 통해 가장 잘 이해할 수 있음을 성서가 말해준다. "당신은 모든 것을 척도와 수와 무게에 따라 배치하셨습니다(omnia mensura et numero et pondere disposuisti)"(『솔로몬의 지혜서』 11, 21). 우주가 구성된 수학적 원리를 찾는 탐색은 성서가 승인하는 바다.

이는 진화생물학자들이 멋지게 폐기해왔던 "설계론"과 정확히 똑같지는 않다. 설계론은 시계가 그 목적을 달성하려면 정교하고 복잡하게 시계를 설계한 시계공이 있어야 하는 것처럼, 우주는 창조자가 있어야 한다는 주장이다. (이 주장은 17세기 신학자 윌리엄 페일리William Paley가 했는데, 리처드 도킨스Richard Dawkins는 자신의 책 『눈먼 시계공The Blind Watchmaker』의 제목을 여기서 따왔다.) 단테가 생각할 때 강조점은 신학이 아니라 생성에 있다. 다시 말해 어떤 목적의 달성보다는, 우주의 이면에서 창조주의 특성을 반영하는 청사진, 즉 설계도의 아름다움과 완벽함에 방점이 있다. 단테는 창조된 세계에 나타난 정교한 솜씨를 통해 신의 존재를 증명하는 것보다는 세계가 작용하는 방식을 이해하는 데 더 관심이 있었다.

우주의 구조와 기능에 적용된 수학적 원리 찾기는 중세인들만 집착했던 문제가 아니다. 현대 물리학자들과 천문학자들도 똑같은 탐색에 노력을 기울인다. 노벨상을 받은 이론물리학자 리처드 파인먼(Richard Feynman, 유대인 비신도非信徒)이 "자연의 수학적 아름다움"에 느끼는 경이로움을 말할 때, 그는 단테와 그 동시대인들이 완벽하게 이해했을 감정을 표현하고 있었다.

만약 인간을 비롯한 모든 피조물이 그 창조주의 모습을 반영하고 있고, 창조주가 세 위격을 가진 신이라면, 관찰 가능한 세계에서 3체의 원칙을 찾아내는 것이 그리 놀라운 일은 아닐 것이다. 사실 자연세계에서

3체 원칙의 존재는 기원전 4세기 아리스토텔레스까지 거슬러올라가는 과학 전통에 배경을 두고 있다. 아리스토텔레스의 증거 분석이 어떤 식으로든 그리스도 교리에 영향을 받았거나 그로 인해 왜곡되었을 리는 없다. 따라서 단테를 비롯한 중세의 사상가들은 과학과 신학이 일부 측면에서는 매우 비슷한 현실을 따로 또 같이 설명한다고 보았을 것이다. 이처럼 상반되는 두 전통 사이의 수렴은 굉장한 설득력이 있었다.

단테와 그의 동시대인들에게 3이란 인간 경험의 두 가지 기본 영역에서 현실의 속성을 이해하는 열쇠였을 것이다. 인간이란 무엇이며 인간은 어떤 기능을 하는가? 우리가 살고 있는 물리적 세계의 속성은 무엇일까? 오늘날 이런 질문은 생리학과 심리학에서, 또 한편으로는 천문학과 물리학에서 다뤄진다. 우리가 사용하는 개념적 모델이 콜럼버스, 코페르니쿠스, 다윈, 아인슈타인, 프로이트, 그리고 세계와 인간 행동을 현대적으로 이해하도록 해준 모든 사상가들 이전의 것이라는 사실은 말할 필요도 없다. 그러나 그것은 미묘하고 복잡하며, 그럼에도 매우 매력적인 모델이다.

아리스토텔레스는 존재의 대(大)연쇄를 설명하면서 자연 질서 속의 인간을 행성이나 동물보다 위에 놓았다. 그러나 인간 존재는 행성들(행성은 살아 있다)과 동물들(동물은 감각과 자율적 운동력을 가진다)의 특성과 능력을 전제로 하고 또 포함한다. 인간은 거기에 더해 세번째의 독특한 특성, 즉 의식 또는 자의식을 갖고 있다. 이것은 한 인간의 자아와 그만의 경험을 돌아보는 능력, 우리가 합리성 또는 이성이라고 부르는 능력이다. 인간 배아가 자궁 안에서 형성되는 동안, 이런 능력은 세 가지의 연속적 발달 단계를 거친다. 처음의 두 능력은 자연 또는 자연력의 산물이다. 세

번째 능력은 신에게서 직접 받은 선물이라는 것이 그리스도교도들의 생
각이다. 임신의 최종 산물은 인간, 즉 살아 있고(행성처럼) 감각을 경험하
며(동물처럼), 그리고 머릿속에서 사물을 뒤집거나 그것에 관해 생각하는
(인간의 독특한 속성) 단일 영혼이다.

한 영혼은 그 안에서
살고 느끼고 반향한다.

un'alma sola,
che vive e sente e sé in sé rigira. (「연옥」25곡 74~75)

존재의 세 갈래를 설명하는 팽팽하고 에너지 넘치는 이 행은 복잡한
관념을 생각할 때 단테가 보이는 전형적인 특징이다.

인간은 세 가지를 한데 갖춘 존재다. 인간이 그저 "신을 닮게" 만들어
진 것이 아니라 "신의 형상대로" 만들어졌다고 말하는 것이 적절한 이유
는 바로 인간의 합리성, 그들만의 독특한 인간적 특질 때문이다.

정신, 즉 이성적 능력은 다시 세 가지 힘을 가지며, 따라서 기능 또는
작용에는 세 가지 양상이 있다. 단테가 그것들을 이 시에서 나열할 때,
그것들은 또 한번 완벽한 행을 이룬다.

기억과 지성과 의지

memoria, intelligenza e volontade (「연옥」25곡 83)

아우구스티누스는 서로 연관된 이 세 힘의 작용이 영혼의 삼위일체적 성격을 구성한다고 주장했다. 우리 정신 기능에 관한 이런 설명을 어느 중세 신학자의 3에 대한 집착의 산물이라고 일축해버리기 전에, 인간의 정신적 삶을 설명한 20세기의 가장 영향력 있는 프로이트의 이드(id), 자아(ego), 초자아(superego) 역시 3에 의지하고 있음을 생각해봐도 좋을 것이다.

스콜라 신학은 아리스토텔레스의 이론에 우주 창조 과정에 관한 세 갈래 설명을 덧붙인다. 단테는 『신곡』의 거의 끝부분, 100곡 중 96번째 곡에서 신의 형상을 향해 다가가며 그 관념을 생각한다. 이 대목은 그가 창조된 세계를 떠나 시공 너머의 지고천으로 들어가려 하는, 굉장히 중요한 전환의 순간이다. 단테는 창조의 순간을 묘사하기 위해 세 개의 시위에서 세 개의 화살을 쏘는 삼현궁이라는 놀라운 이미지를 사용한다.

형상과 질료가 결합되고 분리되어,
시위가 셋인 활에서 화살 셋이 쏘아지듯,
결함 없는 존재로 나왔지요.

Forma e materia, congiunte e purette,
  usciro ad esser che non avia fallo,
  come d'arco tricordo tre saette. (「천국」29곡 22~24)

세계를 존재하게 만든 세 개의 화살이라는 중요하고도 불가사의한 이미지를 떠올리기 위해서는 상상의 비약이 필요하다. (비전문가가 보기에

빅뱅에 관한 오늘날의 설명 역시 똑같이 불가사의하지만 덜 시적이다.) 현대 입자물리학과 천문학에 해당하는 중세의 창조론을 굳이 이해하지 않아도 우리는 『신곡』의 대부분을 읽을 수 있다.

단테가 말하려는 것은 다음과 같다. 마치 세 개의 시위가 달린 활에서 세 개의 화살이 동시에 쏘아지는 것처럼, 창조의 순간에 존재의 세 가지 질서가 생겨났다. 삼현궁은 순전히 가설상의 개념이라 여길 수도 있지만, 초기의 한 주석가는 그런 활이 실제로 존재했음을 확인시켜준다. 현실의 세 질서란 순수 형상, 순수 질료, 그리고 질료와 결합된 형상이다. 순수 형상은 지고천과 천사들이다. 순수 질료(또는 흔히 1차 질료라고 한다)는 달 아래 세계―즉 인간이 경험하는 우리의 세계, 지구, 그리고 달까지 올라가는 지구의 대기―를 만들어낸 질료를 말한다. 질료와 결합된 형상은 하늘이다. 하늘에는 회전하는 천체들, 항성들, 행성들이 있으며, 이것들이 지상세계와 천상세계를 중재한다. 따라서 창조의 전 과정은 창조주의 세 위격을 반영하고 있다. 우리의 세계는 바로 그 속성에 의해 세 부분으로 구성된 한 체계의 중심핵 또는 알맹이다.

삼위일체의 세 위격이 각각 창조의 서로 다른 측면을 책임지고 있다는 암시는 어디에도 없다. 아우구스티누스 역시 인간 정신활동의 서로 다른 측면을 삼위일체의 서로 다른 위격과 짝지을 수 있는지 전혀 언급하지 않았다. 중요한 것은 하나에 나타난 3의 패턴이다. 쏘아지는 세 화살의 이미지는 창조의 성격에 관한, 수 세기에 걸친 복잡한 논쟁의 역사를 강렬한 시적 이미지 하나로 압축한다.

우리의 물질세계는 회전하는 하늘들에 에워싸인 채 그 안에 갇혀 있다. 그 하늘들 너머에 신과 천사들과 축복받은 영혼들이 존재하는 지고

천이 있다. 인간과 신 사이에는 중간 하늘들이 있다. 우주에서 인간의 위치는 시간과 물질성에 얽매여 있지만 더 높은 영향력이 스며들 수 있다는 이런 관점은 르네상스시대를 훨씬 지나서까지도 유럽의 교양 있는 사람이면 누구나 받아들이던 개념적인 우주 모델로 남아 있었다. 이것은 고대로부터 전해진 프톨레마이오스 모델, 즉 수정 같은 천구들이 덧대어진 모델이 그리스도교식으로 바뀐 형태다(244쪽 그림 28 참조).

「천국」에 기록된 단테 여행의 마지막 부분은 물질적인 달 아래 세계로부터 행성의 천구들을 거쳐, 지상에 묶인 인류의 세속적 존재를 떠나 별들이 고정된 채 회전하는, 눈으로 볼 수 있는 가장 바깥의 천구 너머 신에게로 그를 안내한다. (별들은 서로에 대한 관계가 영원히 변하지 않는다는 점에서 "고정"되어 있지만, 그 별들이 속한 천구는 회전한다.)

단테에게 세 개 한 벌의 패턴으로 나타나는 것은 우주의 구조만이 아니다. 인간 존재를 규정하는 조건인 시간과 공간은 각각 과거, 현재, 미래와 높이, 깊이, 너비라는 세 개 한 벌의 원칙을 보여준다. 우리 세계에서의 인간 활동 역시 놀랄 만큼 이 관점에 적합하다. 인간의 기능에서 세 가지의 핵심 부분—생각하기, 행동하기, 만들기—도 약간씩 다른 방식으로나마 세 단계나 세 측면, 또는 하나의 전체를 구성하는 세 부분이라는 관점으로 검토해볼 만하다.

가장 엄격한 형식의 사고는 논리를 수반한다. 논리란 전제들로부터 타당한 결론을 주장하게 해주는 원칙이다. 아리스토텔레스는 타당한 주장이 취할 수 있는 형식을 분석했고, 아리스토텔레스의 형식논리는 중세의 진지한 사상가라면 꼭 받아야 할 교육이었다. 이른바 삼단논법은 단테와 그 동시대인들에게는 진리에 도달하기 위한 유일하게 합법적이고 "과학적인" 방식이었다. 논쟁 속의 오류를 감지하는 엄격한 훈련이자 사례를 주장할 때 결정적인 증거를 구축할 수 있는 원칙이었다.

삼단논법은 3이라는 숫자를 중심으로 구성된다. 삼단논법에는 세 개의 항이 있으며, 이 항들은 세 개의 명제(대전제, 소전제, 결론)로 배열된다. 따라서 삼단논법의 가장 간단한 예는 다음과 같다. 모든 a는 b다(대전제), 모든 b는 c다(소전제), 따라서 모든 a는 c다(결론). 타당한 연역적 논증, 참 혹은 거짓을 증명하는 명제, 이 두 가지의 가능성 자체는 자연 속의 3부 구조와 연관된다. 단테에게 논리(사고)는 세 개 한 벌의 원칙을 구현하는 핵심적 인간 활동의 견고한 모델이다.

사실 인간의 모든 행동은 3단계를 포함하는 검토와 같다. 행동은 사실상 "실질적"인 삼단논법이자 대전제, 소전제, 결론이 있는 3단계 작용이다. 단테는 논리적 주장으로 하나의 결론에 이르는 과정과 행동의 과정 사이의 유사점을 설명한다(『제정론』 I xiv 7). 각각의 경우 그 과정은 3단계로 구성되며, 세번째 과정이 그 작용을 "결론"짓는다(삼단논법의 경우에는 연역을 통해, 실질적 영역에서는 행동의 실행을 통해). 실질적 삼단논법의 간단한 예는 이렇다. 나는 나무를 심어 생울타리를 만들 계획이다. 대전제: 생울타리에는 쥐똥나무와 삼나무가 적합하다. 소전제: 내 정원은 작으니 삼나무를 심는 건 좋은 생각이 아닐 것이다. 결론: 나는 쥐똥나무를 심는다.

단테는 주목할 만하지만 거의 언급되지 않았던 편지의 한 구절에서, 그리스도를 삼단논법 실행자로 일컫는다. 마치 그리스도의 탄생을 나타내는 평화가 어떻게든 삼단논법 논증의 완성으로 볼 수 있다는 것처럼 말이다(편지 v 9). 단테가 생각하던 게 정확히 무엇인지 확신하기는 힘들지만, 인간 개인의 행동에서는 물론 역사의 방대한 패턴 속에서도 삼단논법 패턴을 감지할 수 있다고 암시하는 듯하다. 평소에 우리가 삼단논법을 찾아볼 생각을 하지 않는 곳에서도 그것을 감지할 수 있다는 듯이 말하는 중세 사상가는 단테만이 아니었다. 12세기 수사 오툉의 호노리우스(Honorius Augustodunensis)는 성서 안에 삼단논법이 숨겨져 있다고 말한다. "삼단논법은 깊은 바다의 물고기처럼 성서 안에 숨어 있다(syllogismi latent in sacra Scriptura, ut piscis in profunda aqua)." 세 개 한 벌의 형식을 갖춘 삼단논법은 중세인들에게는 형식논리에서뿐 아니라 성서에서, 그리고 역사의 방대한 패턴 안에서도 감지되는 하나의 구성 원리다.

그러나 숫자 3과 세 개 한 벌과 관련해 사고 작용보다 더 많이 고려할 만한 가장 확실한 인간 활동은 제작이다. 단테는 우주를 창조한 신의 행동과 자연세계의 작용, 자연세계에서 벌어지는 인간의 생산 활동 사이의 직접적인 유사성을 보았다. 다시 말해 일상생활 속에서 우리 누구나 어떤 면에서는 신이 일하는 방식과 유사한 활동을 하고 있다는 것이다. 이 세 가지―단테의 언어로는 신, 자연, 기술―의 관계는 「지옥」 11곡에 설명되어 있다.

베르길리우스와 단테는 아직 이단의 원에 있다. 10곡에서 단테는 저승 같은 건 없다고 생각했던 두 명의 피렌체인, 즉 기벨린파를 이끌었던 파리나타 델리 우베르티와 그의 친구 구이도의 아버지인 카발칸테 데 카발칸티와 이야기를 나누었다. 이제 단테와 베르길리우스는 골짜기를 내려가는 길을 따라 원의 중심을 향해 출발한다. 그러나 골짜기에서 올라오는 악취 때문에 발걸음을 멈춘다. 그들은 버려져 있다시피 한 어느 석관 뒤로 몸을 피하는데, 거기에 교황 아나스타시우스의 이름이 새겨져 있다. 이단의 죄를 지은 교황이다. 단테는 악취에 익숙해질 때까지의 시간을 활용하자고 제안한다. 베르길리우스는 지옥의 구조와 지옥에서 죄가 배치된 방식을 설명하기 시작한다.

이 기다란 설명(잠시 후에 다시 다루기로 한다)의 끝에서, 단테는 인간의 제작이라는 주제와 직접 관련된 결정적인 질문을 한다. 고리대금은 왜 죄악인가? 오늘날 독자에게 고리대금―대출금에 이자를 매기는 것―은 상대적으로 무해하게 보일 것이다. 어쨌거나 그것은 자본주의와 현대 서구사회의 바탕이다. 그러나 중세시대에는 고리대금업을 도덕적으로 옳지 않다고 여겼고, 오늘날 무슬림 사회에서도 여전히 그렇다. 힘없는 사람을 먹이로 삼는 악덕 사채업자나 금융시장을 주물러 엄청난 돈을 버는 헤지펀드 투기꾼들의 행동이 도덕적으로 문제될 수 있다는 데는 누구나 동의할 것이다. 베르길리우스는 고리대금이 왜 죄악인지 대답하다가 신과 자연과 기술의 관계, 그리고 그것들이 서로 연관되어 작용하는 방식을 설명한다. 그의 설명을 읽으면 단테가 인간의 제작 활동을 어떻게 보았는지 이해하는 데 도움이 될 것이다.

베르길리우스는 명쾌하게 아리스토텔레스의 권위를 인용하면서 신과 자연과 기술의 관계를 한 가족으로 설명한다.

그분이 말했다. "철학은 그것을 이해하는
이에게는 한 가지만 가르치지 않고
성스러운 지성과 그 기술에서
자연이 취하는 경로를 설명해준다.
만약 네가 『물리학』을 주의깊게 읽으면

얼마 가지 않아, 제자가 스승을 따르듯

너희 인간이 최대한 자연을 따르고 있음을

그리하여 너희 기술이 신의 손자와

같음을 알게 될 것이다."

"Filosofia," mi disse, "a chi la 'ntende,

    nota, non pure in una sola parte,

    come natura lo suo corso prende

dal divino 'ntelletto e da sua arte;

    e se tu ben la tua Fisica note,

    tu troverai, non dopo molte carte,

che l'arte vostra quella, quanto pote,

    segue, come 'l maestro fa 'l discente;

    sì che vostr arte a Dio quasi è nepote.   (「지옥」 11곡 97~105)

인간의 기술 또는 제작은 자연의 자녀이며, 자연은 신의 자녀이므로, 인간의 기술은 (비유적으로는) 신의 손자다. 이 관념은 단테가 만든 것이 아니다. 오랜 역사를 지니며 르네상스시대까지도 이어진 관념이다. 단테 이후 200년이 지난 뒤 레오나르도 다빈치는 똑같은 내용을 공책에 적고 있었다. 이 가족 관계는 더 자세히 들여다볼 가치가 있다.

소박한 기능공이나 공예가부터 오늘날과 같은 의미의 예술가(요즘 말하는 "창조적" 예술가)를 막론하고, 인간의 제작은 3의 원칙과 관련해 매우 다른 두 방식으로 이해할 수 있다. 첫번째는 예술가의 정신, 그의 재료

및 도구 사이의 관계에 관한 것이다. 두번째는 우주의 작용 방식이라는 더욱 폭넓은 배경에서 인간 창조성을 고려한 것이다. 단테에게 이 둘 사이에는 엄격한 평행선이 있었다. 첫번째를 이해한다면 두번째도 알게 될 것이다.

만드는 행위에는 세 요소가 개입된다. 우선 정신적 요소가 있다. 물건을 만드는 사람의 머릿속에 있는 아이디어가 그것이다. 그리고 도구적 요소가 있다. 그것을 만드는 데 필요한 도구와 도구를 사용하는 기술이다. 이 두번째는 종종 훈련의 결과지만, 그럼에도 타고난 소질이 작용한다. 마지막으로 재료적 요소가 있다. 작업의 원재료는 선택이 개입될 수 있지만 본질적으로는 주어진 것이다. 따라서 고전적인 예를 들면, 도공의 머릿속에는 자신이 만들고자 하는 항아리에 대한 그림이 있다. 도공은 자신의 도구(도공의 물레)를 사용해 재료(도공의 흙)를 빚어 머릿속 그림의 크기와 모양대로 항아리를 만든다. 이 세 가지 기본 요소가 없이는 어떤 물건도 만들어지지 않는다.

인간의 기술에서 이 세 요소의 상호연관 작용은 정확히 자연세계의 작용과 상통한다. 기술은 자연을 흉내낸다. 그러나 여기서 '기술'과 '자연'이라는 말의 의미는 오늘날 사용하는 것과 똑같지는 않다. 기술은 어떤 것을 만드는 데 필요한, 아니 사실상 모든 인간 행동을 성공적으로 해내는 데 필요한 실력 또는 전문성, 솜씨다. 항해 기술을 가진 선장은 배를 안전하게 항구로 끌고 간다. 자연은 무엇보다 천체와 그 영향력의 작용이다.

단테는 기술과 자연의 유사점을 명확하게 설명한다. "기술이 기능공의 정신, 그가 사용하는 도구, 그의 솜씨를 통해 형태를 갖추는 재료 등 세 수준에서 발견되는 것처럼, 우리는 자연도 세 수준에서 고려할 수 있다. 왜냐하면 자연은 최초의 원동자(原動子), 즉 신의 정신에 있고, 그다음은 하늘에, 그리고 변동하는 물질 속에 영원한 선의 이미지를 부여하는 도구에도 있기 때문이다."(『제정론』 II ii 2)

중세 철학의 다소 난해한 언어로 단테의 생각을 번역해보자. 신은 성스러운 기능공이다. 자연, 회전하는 하늘은 신의 수단, 신이 세계를 빚어낼 때 사용하는 도구 모음이다. 신의 정신은 도공(또는 시인)의 정신처럼 창조 행위가 시작되는 곳이다. 하늘(행성과 별자리 같은 천체를 포함하는)은 도공의 도구와 같은 기능을 한다. 1차 질료는 도공의 흙과 같이, 신의 창조적 행위에 의해 빚어져 모양을 갖추는 재료다. 도공이 만들고자 하는 머릿속의 항아리 이미지가 그가 물레를 가지고 작업하는 흙에 "새겨지는" 것과 마찬가지로, 신을 닮은 것이 천체의 중간 영향을 통해 1차 질료에 새겨진다.

결국 자연에 관한 단테의 생각을 분석하면 또다른 세 개 한 벌이 나오는데, 여기서 자연은 세 가지 측면에서 고려할 수 있다. 자연은 신의 기술이며, 신의 정신 안에 있다.(『제정론』 I iii 2). 자연은 그 기술의 도구, 하늘이다(『제정론』 II ii 3). 그리고 자연은 그 기술의 최종 산물이며, 우리가 거주하는 자연세계이자 그 세계를 다스리는 법이다. 신은 창조하고, 자연은 발생시키고, 인간은 만든다. 신이 창조하는 것은 영원하다("나는 영원히 지속되니e io etterno duro", 지옥문에는 그렇게 씌어 있다). 자연이 발생시킨 것은 변하고 쇠락하고 태어나고 죽기 마련이다. 자연세계의 일부인 인간이 만든 것에도 똑같은 부패의 법칙이 적용된다. 인간이 만든 것은 그것을 만든 인간보다 오래갈 수는 있지만 영속하지 않는다.

단테의 세계에서 숫자 3은 현실을 근본적인 여러 측면에서 이해하는 열쇠처럼 보인다. 세 개 한 벌의 삼위일체 수 패턴은 사물의 구조 자체에 짜여 있다. 중세판 "프랙털"인 셈이다. (프랙털은 작은 부분이 전체와 비슷한 자기 유사성을 갖는 패턴이다. 어떤 배율을 사용해서 보든 간에 똑같은 패턴이 다시 나타난다.) 어쩌면 단테가 자신이 상상한 세계와 그 세계를 찬미하는 시를 구성하면서 삼위일체 원리를 사용한 것도 놀랍지는 않을 것이다. 놀라운 점은 그가 매우 성공적으로 그것을 해냈다는 것이다.

인간 기술의 산물, 즉 언어 기술로 만든 작품으로서 『신곡』은 삼위일체 원리 구현을 위해 단테가 설계한 것이다. 이 작품의 전반적 구조나 개별 부분 모두 만족스러운 비례로 그 원리를 구현한다. 「지옥」, 「연옥」, 「천국」의 3부로 되어 있고, 이것이 한 편의 시 『신곡』을 구성한다. 이 시를 구축한 기본적인 건축 벽돌은 세 개의 행으로 이루어진 하나의 운율 단위인 테르치나(terzina), 즉 3행 연구다. 단테는 이 운율 체계를 고안함으로써 세 개 한 벌을 이 시의 짜임 자체의 한 부분으로 만들었다.

삼위일체처럼, 연옥도 성서에서 언급되지 않는다. 중세 초부터 신학자들은 성서 속 각각의 암시들과 구절들을 바탕으로 완전한 연옥 이론을 발전시켰다. 13세기까지 연옥 개념은 교회 내의 뜨거운 논쟁거리였다. 그러나 단테가 아홉 살 때인 1274년 제2차 리옹 공의회에서 정화의 과도적 단계에 대한 인식이 공식적으로 가톨릭 교리로 받아들여졌다. (그보다 20년 전, 교황 인노켄티우스 4세는 그리스인들에게 보낸 편지에서 연옥에 대해 최초의 정의를 내렸는데, 이것이 오늘날까지도 권위 있는 정의로 남아 있다.) 역사학자들은 이런 발전이 교회 세력 확장을 위한 시도였다고 설명한다. 저승세계에 대한 통제가 점점 더 이승의 삶을 통제할 수단이 되어간 것은 죽은 자를 위한 기도와 면죄부 판매라는 쌍둥이 제도를 통해서였다. 제2차 리옹 공의회는 산 자들의 기도는 저승세계에 간 죽은 자들을 도 와준다고 선언했다(그리고 우리가 본 것처럼, 단테는 옛친구 포레세 도나티를 만나는 장면에서 이 생각을 활용한다). 면죄부는 지상의 교회에 돈을 바침 으로써 연옥에 있는 죄인의 감형을 사는 것이었다.

마침 단테에게 이런 조치는 더할 나위 없이 시의적절했다. 연옥의 탄 생으로 이분법 체계는 삼분법 체계가 되었다. 그전에는 양극화된 두 반 대쪽들만 있었다(천국과 지옥만이 아니라 선과 악, 빛과 어둠, 신의 영역과 사 탄의 영역 등 그에 상응하는 개념들). 연옥은 제3의 중간 상태—인간 존재 의 두 가지 근본 특징인 시간과 변화를 보유한 상태—를 도입했다. 덕분 에 단테는 세 개 한 벌의 시적 구조를 만들 수 있었다. 이 구조는 우리가 인간의 경험세계와 인간 역사에서 마주치는 나머지 부류의 세 개 한 벌 체계를 만족스럽게 반영하고 암시한다.

단테가 어떻게 『신곡』의 보격 형식인 테르차 리마(terza rima, 삼운구법) 를 고안하게 되었는지는 상상할 수밖에 없다(그 이야기는 381~382쪽의 '테 르차 리마의 발명'을 참조할 것). 테르차 리마는 일련의 테르치네(terzine), 즉 3행 연구들이 이어지는 형식이다. 이것은 천재성이 발휘된 연결 메커 니즘—압운 형식—이다. 3행 연구의 첫번째 연과 세번째 연은 압운을 이루지만 중간 행에서는 새로운 운이 도입되는데, 이 새로운 운이 다시 다음 3행 연구에서 압운의 쌍을 이룬다. 복잡하게 맞물려 연속되는 이 런 압운들이 3행 연구의 사슬을 만든다. 각각의 3행 연구가 다음의 3행 연구를 발생시키고, 다음의 그것이 없이는 불완전하다. 각 3행 연구는 끝 마침과 새로운 시작을 동시에 제시한다. 종결된 행위에 대한 강한 느낌

뿐 아니라 다음에 올 미정의 행위에 대한 느낌 역시 존재한다. 단테의 보격은 서사시에 이상적인 방식으로 우리를 앞으로 나아가게 한다.

앞으로 나아가는 추진력의 강한 느낌 외에도, 테르차 리마에는 덜 언급되는 또하나의 이점이 있다. 단테는 기량을 시험하고 또 증명하듯 보격 형식을 빠듯하게 통제하고 있지만, 테르차 리마로 쓰면 한 곡을 원하는 만큼 길거나 짧게 만들 수 있다. 『신곡』의 곡들은 길이가 115행에서 150행까지 다양하다. 그 형식 덕분에 까다로운 기술적 요구를 희생하지 않고도 곡의 길이를 얼마든지 바꿀 수 있다. 더욱이 각각의 곡은 그 시작과 끝이 삼중의 압운보다는 이중의 압운을 이룬다는 점에서 저마다 대칭을 이룬다. 맨 처음과 마지막 쌍을 제외하면 모든 압운은 세 번 등장한다. 이 형식을 문자로 나타내면 이렇다. aba bcb cdc (…) xyx yzy z.

나아가 이 보격 체계의 실질적 이점은 그 때문에 단테의 시를 고치기가 사실상 불가능해진다는 것이다. 중세 필경사들은 종종 텍스트를 베끼면서 멋대로 고치기도 했다. 음악가가 악보를 그저 능숙한 즉흥연주의 바탕으로 삼을 수 있는 것처럼, 필경사는 마음에 안 드는 부분은 잘라버리고, 대신 자신이 지은 행을 써넣었다. 『장미 이야기』의 필사 재작업만을 전문으로 연구하는 학문 분야도 있다. 단테가 사용한 일부 소재의 논쟁적 성격을 고려하면, 필경사들이 곤란한 부분은 삭제하고 싶은 텍스트 검열의 유혹을 받았을 가능성은 충분하다. 그러나 테르차 리마에서는 그런 일이 사실상 불가능하다. 일부라도 잘라낸다면 분명 엉망이 된 텍스트가 나올 것이다. 소재를 추가하려는 시도도 마찬가지로 실패할 수밖에 없다. 까다로운 형식은 아주 훌륭한 시인만이 자신 있게 다룰 수 있다. 자주 이야기되어왔다시피, 영어는 그 언어의 음성학적 성격―

이탈리아어는 모음의 비율이 훨씬 높아서 자연스러운 음악성을 띠지만 영어는 자음군이 조밀하다—때문에 3행 연구가 특히 까다롭다. 영시 중에는 유일하게, 셸리가 죽을 무렵 작업하다가 미완으로 남긴 「삶의 승리 The Triumph of Life」만이, 단테를 연상시키는 이 형식을 힘들이지 않고 능숙하게 구사했다는 느낌을 준다.

『신곡』에 사용된 테르차 리마는 어떤 면에서는 이 시의 필사 전통이 문제가 없다는 걸 뜻한다. 현존하는 필사본 600여 점에서 빠진 부분은 전혀 없으며 의미 있는 부분이 추가된 경우도 없다. 소재 탄압의 욕구를 충족시키려면 분명 아주 힘든 방식이 필요할 것이다. 검열이 확연하게 나타난 한 부분이 단테가 바위 구멍 속에 거꾸로 처박힌 부패한 교황들을 만나는 일화다. 영국 국립 도서관에 소장된 아름답게 채색된 예이츠 톰슨 필사본 36에서, 「지옥」19곡의 이 모욕적인 대목은 양피지에서 긁힌 채 보이지 않는다. 금색으로 섬세하게 쓴 첫 글자들만 왼쪽에 세로줄을 이룰 뿐 빈 페이지로 남아, 사라져버린 무언가를 유령처럼 상기시키고 있을 뿐이다. 금박 글자는 너무 소중해서 차마 긁어 없애지 못했던 것 같다. 편집자들도 『신곡』을 작업할 때, 이 시의 텍스트 내용이나 언어 형태와 관련된 수많은 문제에 부닥치겠지만, 길이와 형식에 관한 문제는 의심하지 않을 것이다.

3행 연구를 구성하는 한 행으로 초점을 좁혀보면, 이탈리아어 작시법은 강세가 아닌 음절 중심이라는 점을 제대로 이해하는 게 중요하다. 이는 단테의 시행 안에 담긴 음절 수가 아주 정확하다는 뜻이다. 『신곡』의 모든 행은 11음절이며, 그래야 한다. 11음절 시행 형식은 겉보기에 약강 5보격 영시와 길이가 비슷하지만 그 지배 원리와 리듬 구조에서 근본적으로 다르다. 이 둘에 대한 충분한 설명과 비교는 377~380쪽의 "11음절 시"를 참조하자.

시의 패턴을 전반적인 구조부터 개별 음보 단위까지 반영한다는 것은 그보다 더 힘든 일이다. 시의 모든 행이 11음절로 이루어져 있으므로 각각의 3행 연구는 33음절로, 「연옥」과 「천국」의 각 33곡의 수와 일치한다. 「지옥」은 한 곡이 더 많은데, 전체 작품의 서문 기능을 하면서 시 전체가 100개의 곡, 완벽한 수 100이 되게 만든다. (완벽한 수는 10의 곱이다. 중세 수학자들은 1+2+3+4의 합인 10을 완벽한 수로 생각했다.) 따라서 이 시는 단지 언어적 산물이 아니라 수학적 산물이기도 하다.

이런 것들은 사소한 사항이 아니다. 이 시는 현실 자체의 순서 또는 구조를 반영하는 수 패턴을 통합한다. 창작자 단테는 창조주의 창조 활동을 따라 하고 있다. 인간의 기술(다시 말해 창조력)은 신의 손자다.

이 시의 형태와 구조에 통합된 훨씬 정교하고 복잡한 수 패턴을 알아보기로 마음먹은 독자라면 아무 문제 없이 그것을 찾아낼 수 있을 것이다. 중세 독자들은 그런 패턴을 감지하기가 어려울 수도 있었을 텐데, 중세 필사본에는 행수가 표시되지 않았기 때문이다. 그러나 그렇다고 단테가 이 시를 쓰면서 행수를 사용하지 않았다는 뜻은 아니다. 그는 자신의 작시 과정에서 형태와 순서를 강하게 의식한다. 때로 그는 이것을 분명히 밝히는데, 「연옥」의 끝에서 에우노에 강물을 마시는 걸 설명할 때가 그렇다.

독자여, 내게 더 쓸 공간이 있었다면
아무리 마셔도 물리지 않을 달콤한 물이

나오는 부분을 계속 노래했을 터이나
이 두번째 곡에 예정된 양피지들이
모두 다 찼기 때문에 예술의 고삐는
내가 더 나아가게 허락하지 않소이다.

S'io avessi, lettor, più lungo spazio
  da scrivere, i' pur cantere' in parte
  lo dolce ber che mai non m'avrìa sazio;
ma perché piene son tutte le carte
  ordite a questa cantica seconda,
  non mi lascia più ir lo fren de l'arte. (「연옥」 33곡 136~141)

시에 행수가 매겨진 현대의 인쇄본에서는 수 패턴을 감지하기 쉽다. 그러나 인쇄 기술로 얻는 것만큼 잃는 것도 있다. 현대의 인쇄본과 달리 중세 필사본에서는 시의 레이아웃을 통해 3행 연구 구조가 강조된다. 전형적인 필사본은 각 3행 연구가 시작되는 왼쪽에 (문법에 관계없이) 커다란 대문자가 있고 종종 그 글자를 통과하는 색선(色線)으로 장식되어 있다. 따라서 페이지에 쓰인 텍스트의 레이아웃에 의해 이 보격 체계의 삼위일체 기조가 미묘하게, 그러나 계속해서 강조된다. 그리고 필사본에는 비록 행수가 적혀 있지 않지만, 초기 필경사들이 수를 중요하게 여겼다는 분명한 증거가 있다.

물론 필경사들과 필사용 양피지를 준비하는 자들이 텍스트의 행수를 신경써야 했던 데에는 실용적인 이유도 있다. 필사본(필요한 페이지 수, 그

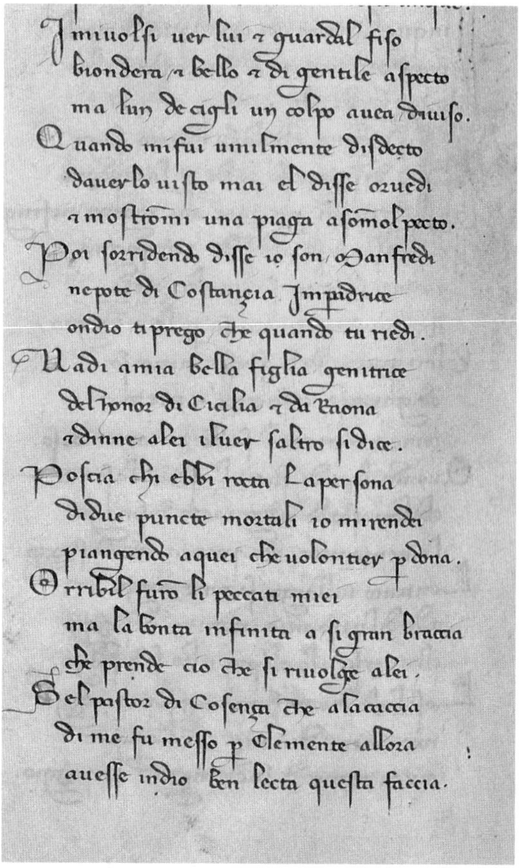

그림 30

왼쪽 위 3행 연구의 시작점이 커다란 대문자로 되어 있는 텍스트 레이아웃. 테르차 리마 (삼운구법)의 세 개 한 벌 구조를 강조하고 있다.

페이지의 레이아웃)을 쓰려면 계산이 정확해야 했다. 그런 계산의 흔적이 그대로 남은 필사본들도 있다. 흥미롭게도 아주 초기의 몇몇 필사본은 거의 정확히 100장이 사용되었는데, 이 시의 이상적인 판본이라면 전체 쪽수가 정확히 100이어야 하는 게 아닌지 생각하게 한다. 한 필사본에는 이보다 평범한 실용적 고려의 흔적이 남아 있는데, 각 곡의 끝마다 숫자 하나가 씌어 있다. 그 곡 안에 있는 3행 연구의 수에, 마지막 행을 더한 수다. 아마도 필경사가 받을 돈을 계산하기 위한 숫자였을 것이다.

숫자 3, 그리고 더 특별하게는 세 개 한 벌에 대한 인식은 단테가 저승세계의 세 영역을 상상하는 중요한 구성 원리다. 이는 지리적 의미와 개념적 의미에 모두 적용된다. 지리학과 신학(또는 윤리학)이 특징적으로 나란히 간다.

지옥 구덩이에서 죄는 크게 세 가지 표제(무절제, 폭력, 사기)로 분류되며, 아홉 개의 원에 분포되어 있다. 무절제의 죄는 대식가 등 의지가 부족한 사람들이 저지르는 죄다. 피해는 그 죄를 저지르는 사람에게만 돌아간다. 폭력의 죄는 보통 다른 사람들이 피해자가 되지만, 폭력은 자기 자신(자살, 방탕)이나 신에 대해서 사용될 수도 있다. 그래서 폭력의 원은 세 개의 하부 원으로 나뉜다. 신에 대한 폭력은 다시 세 개의 하위 범주로 나뉜다. 신에 대한 폭력(불경), 자연에 대한 폭력(남색), 기술, 즉 인간의 생산성이나 정직한 노고에 대한 폭력(고리대금업)이 그것이다.

사기—교활함 또는 기만—는 폭력보다 나쁜데, 인간적 속성인 이성을 남용해서 다른 사람에게 해를 입히기 때문이다. 사기에는 크게 두 부류가 있다. 첫째는 동료 인간에 대해 저지르는 사기다. 이질적이고, 현대인이 보기에는 약간 놀라운 이 열 가지 사기죄에는 구덩이 속에 거꾸로 머리를 처박은 성직매매와 날름거리는 불꽃에 감싸인 이중적인 상담자들이 포함되어 있다. 그러나 뚜쟁이, 아첨꾼, 위선자, 여장 남자, 위조꾼, 도둑도 포함된다. 두번째 부류의 사기는 배신이다. 다시 말해 특별한 믿음으로 이어진 사람에게 저지른 사기를 말한다. 우리가 본 것처럼, 그런 관계에는 가족, 출신지나 정당, 손님, 은인 등 네 범주가 있다. 이렇듯 많은 세부로 나뉘는 사기의 죄는 지옥에서 여덟번째와 아홉번째 원을 차지하며, 「지옥」의 물리적 지형과 이야기 공간에서 거의 절반(18~34곡)에 해당한다.

사랑의 정반대인 배신은 지옥 구덩이 밑바닥의 얼음 황무지에서 벌을 받는다. 단테의 가치 체계에서 지옥에서 최악의 죄를 벌하는 것은 전통적인 불과 유황이 아니라 얼음이다. 이는 결코 정통적인 관점은 아니다. 얼음은 보통의 인간적 따스함이나 공감이라곤 전혀 없이 행동하는 배신자의 차가운 마음을 반영한다. 모든 죄 가운데 최악은 고맙게 여겨야 할 은인을 배신하는 배은망덕의 죄다. 지옥 구덩이의 한가운데, 우주의 중심인 지구의 중심이자 신에게서 가장 먼 지점에는 루시퍼가 있다. 그의 거대한 모습은 지평선 위의 풍차처럼, 허리 아래가 얼음 속에 붙박인 채 도사리고 있다. 세 개의 기괴한 얼굴에 있는 괴물 같은 세 개의 입은 삼위일체에 대한 명쾌한 패러디다. 각각의 입은 유다와 카시우스, 브루투스를 짓씹고 있다. 신을 배신하고 카이사르(단테는 카이사르가 로마제국의 설립자라고 보았다)를 배신한 자들이다. 루시퍼는 움직이지 못하는 무능한 패자다. 신의 정의를 위한 도구 신세가 되어버린 그는 분해서 울고 있다. 그러나 아무 소리도 내지 않는다. 울부짖지도 않고, 한탄하지도 않고, 욕설을 내뱉지도 않고, 아무런 말도 하지 않는다. 영웅적인 태도와 마음을 휘젓는 말솜씨를 가진 밀턴의 사탄을 보고 블레이크가 느꼈던 것처럼, 독자가 보기에 단테가 본인도 모르는 사이에 악마의 편에 있다고 느낄 위험성도 없다.

단테의 지옥 체계는 죄와 악에 대한 아리스토텔레스와 키케로의 인식 (아리스토텔레스의 『윤리학』과 키케로의 『의무론De officiis』을 중심으로 한)을 혼합하고 여기에 이단에 대한 그리스도교식 사고를 추가한 것이다. 만약 지옥문 바로 안쪽, 선하지도 악하지도 않아 "치욕도 없이 또 명예도 없이 (sanza 'nfamia e sanza lodo)" 살았던 영혼이 거주하는 첫번째 구역을 지옥의 아홉 개 원에 추가한다면, 완벽한 수 10이 된다. 이 비정통적인 지옥입구의 구역은 신학 원전이나 그리스 철학에서는 볼 수 없었던 단테만의 인식을 나타낸다. 이 구역에서 그는 "비겁함 때문에 중대한 거부를 했던" 사람의 그림자를 경멸어린 침묵으로 지나친다. 그 사람이 바로 교황직을 포기함으로써 보니파키우스가 교황이 되도록 했던 켈레스티누스 5세다. 이곳의 어느 누구도 이름이 거론되지 않는다. 영혼들은 아주 빠른 속도로 돌며 지나가는 깃발을 따라 달리는데, 살면서 어떤 명분에 헌신하거나 어떤 도덕적 입장도 취하지 않았던 것과는 매우 대조적이다. 이 치명적인 도덕적 무관심의 죄를 지은 수많은 영혼에 대한 놀라움은 "죽음이 그토록 많이 쓰러뜨렸는지 나는 믿을 수 없었다(i' non averei creduto/che morte tanta n'avesse disfatta)"에 표현되어 있는데, 이 메아리는 런던브리지 위를 흐르듯 지나가는 엄청난 수의 사람들을 보며 똑같이 놀라운 감정을 표현했던 T. S. 엘리엇의 시행에서도 포착된다.

연옥 산도 지옥처럼 지리적으로는 크게 세 구역으로 나뉜다. 산 밑의 연옥 입구와 일곱 개의 테라스가 있는 산 자체, 그리고 꼭대기의 에덴동산이다. 여기서도 전체 수는 아홉이다. 일곱 테라스는 다시 3+1+3의 패턴으로 배열된 세 그룹으로 나뉜다. 이 구도에서 상상력이 발휘된 지리적 세부는 중세에 묘사되었던 연옥과는 놀랄 만큼 대조적이다. 앞서 말했다시피 중세에는 연옥에 대한 묘사도 별로 없었지만, 대체로 연옥은 그저 지옥에 부속된 것으로 여겨졌다. 반대로 단테는 7대 죄악을 이 상상의 산에 관한 지리학과 결합한다. 만약 우리가 연옥 입구에서 뚜렷이 구분되는 두 구역―만프레디처럼 파문당한 자들의 구역과 본콘테처럼 죽음의 순간에야 회개한 자들을 위한 구역―을 하나가 아닌 둘로 셈한다면, 지옥이 그렇듯 연옥에도 아홉 개가 아닌 열 개 구역이 있는 셈이다.

지옥과 연옥처럼 천국도 크게 세 구역씩, 모두 아홉 개의 구역이 있으며, 여기서도 숫자 7은 중요한 역할을 한다. 행성천은 일곱 개이므로, 단테는 일곱 개의 하늘을 거쳐 간 후 항성천에 도착하고, 이어서 원동천에 도착한다. 따라서 회전하는 천구 또는 하늘은 모두 아홉 개이며, 모두 창조된 세계를 구성한다. 천계의 위계는 각각의 하늘을 회전하게 만드는 길잡이 지성, 아홉 천사의 위계와 일치한다. 천사의 위계는 세 단계이며, 저마다 다시 세 가지로 나뉜다. 맨 아래 두 단계의 천사와 대천사에 관해서는 독자들도 들은 적이 있을 것이다. 또한 맨 위 두 단계 천사의 이름인 세라핌(치품천사)과 케루빔(지품천사)도 알 것이다. 그러나 대천사 이후 올라가는 중간 단계의 천사들에 관해서는 잘 모를 가능성이 높다. 그들은 위로부터 좌품천사, 주품천사, 역품천사, 권품천사, 능품천사 등이다. (정확한 순서에 관해서는 신학자들 사이에 견해가 갈린다.) 회전하는 아홉 하늘에 아홉 천사의 위계를 연결한 단테의 구도는 교회의 공식 교리가 아니며 그의 독창성을 나타내는 또하나의 예로 보인다.

천국 모델은 단테가 이해한 천문학에 기반하고 있다. 7개 행성(중세에 알려져 있던 행성)은 지구를 중심으로 회전한다. 그 행성들 너머의 항성들은 여덟번째 영역을 이룬다. 아홉번째 영역은 원동천—모든 천구들 중 가장 크며, 창조된 세계 전체를 에워싸고 있는—이다. 원동천은 투명해서 지구의 관찰자들에게는 보이지 않지만, 나머지 영역의 움직임을 설명하기 위해서 필요하다. 만약 우리가 엠피레오empireo, 즉 지고천—시공 너머, 신이 있는 곳이자 축복받은 영혼들이 거주하는 곳—을 추가한다면 9는 10이 된다.

이것이 『신곡』의 저승세계 세 영역의 구조적 유사성을 보여주는 가장 기본적인 지리적 구도다. 단테는 다양한 방식으로 그 패턴에 변화를 주고, 방대한 출처를 끌어내면서 거기에 살을 붙인다.

숫자 3은 『신곡』의 각 곡들과 에피소드를 만들고 구성할 때 종종 중요한 요소가 된다. 하나의 예만으로도 그 가능성을 알 수 있다. 「연옥」 11곡에서 교만의 영혼들을 만나는 장면은 세 개의 패널에 그린 3면화로 생각할 수 있다. 여기서 연옥 산의 첫번째 테라스에서 단테는 참회하는 세 영혼을 만나 그들에게 말을 건다. 가운데의 오데리시 다 구비오(Oderisi da Gubbio)는 아름답게 색칠한 필사본 삽화로 유명한 화가다. 그의 교만은 미술적 재능의 교만이다. 그의 옆에 있는 움베르토 알도브란데스키(Umberto Aldobrandeschi)는 사회적 지위와 귀족 혈통에서 교만의 죄를 지은 자이며, 다른 한쪽 옆에 있는 프로벤차노 살바니(Provenzano Salvani)는 정치적 위치와 권력에서 교만의 죄를 지은 영혼이다.

그러나 11곡의 양옆에도 평행하게 균형을 맞추는 10곡과 12곡, 두 개의 곡이 있다. 따라서 11곡은 세 개 곡으로 이루어진 더 큰 그룹의 중심

패널을 이루고, 3면화 속의 3면화가 된다.

연옥 산의 각 테라스에 있는 영혼들의 일과에는 그들이 정화하는 죄악과 반대되는 덕과, 그들이 받는 벌 자체에 대한 명상이 포함되어 있다. 단테는 특유의 과감함으로, 그리스도교 이야기와 이교도 이야기를 나란히 사용하면서 성서와 고전문학 모두에서 예를 끌어낸다. 덕성의 예는 항상 성모 마리아 생애의 일화로 시작하고, 그 뒤로 성서나 그리스 역사, 신화의 일화가 나온다. 교만의 테라스에서 그 일화들은 암석 부조로 새겨져 있어 죄인들이 테라스 주변을 돌 때 보면서 묵상하게 된다.

10곡에서 겸손(교만의 반대, 따라서 교만의 죄인들이 묵상하는 적절한 주제)의 덕은 세 개의 암석 부조에 묘사되어 있다. 처음에 보이는 것은, 뒤에서 "모든 창조물 중 가장 겸손하고 가장 높은 분(umile e alta più che creatura)"으로 묘사될 성모 마리아의 성수태고지다. 그녀는 겸손의 미덕을 보여주는 본보기이자 역설적으로 누구보다도 높은 인간이기도 하다. 그다음에 보이는 것이 구약의 예언자이자 시편의 저자인 다윗이 하느님 앞의 겸손을 알리듯 성궤 앞에서 벌거벗은 채 춤을 추는 장면이다. 다윗의 아내 미갈은 궁전의 창문에서 그런 남편을 경멸스럽게 내려다보고 있다. 마지막으로 로마 황제 트라야누스의 모습이 보인다. 서기 98년부터 117년까지 로마를 통치했던 그는 덕성으로 유명한데, 말을 타고서 펄럭이는 독수리 깃발을 든 군대에 둘러싸여 있다. 그는 한 과부의 탄원에 귀를 기울이기 위해 말을 멈추고, 그에게 과부는 전쟁에 나가기도 전에 죽은 아들의 원수를 갚아달라고 애원하고 있다. 신의 손이 이 테라스의 수직 암벽에 기적 같은 솜씨로 이 이야기들을 새겨놓았다. 비록 그것은 대리석 부조였지만, 너무도 생생해서 그것을 보다보면 향기가 나는 것

같고 말소리가 들리는 것 같다.

단테가 대리석 표면에 새겨진 이야기들을 "읽는" 동안, 그의 시선은 왼쪽에서 오른쪽으로 이끌리고, 따라서 걸음은 산비탈을 오른쪽 방향으로 나아가게 된다. 연옥에서 그는 항상 오른쪽으로 도는데(항상 오른쪽으로 돌아야 한다), 지옥에서는 항상 왼쪽, 즉 "불길한" 쪽으로 돌았다. 따라서 처음에는 지옥으로 나선을 그리며 내려갔다가 이후 연옥 산을 나선형으로 돌며 오르기 때문에, 그의 저승 여행은 연속적인 나선형 궤적을 따라간다.

12곡에서 벌받는 교만의 예들을 보여주는 부조는 마치 교회 바닥의 무덤 부조처럼 바닥에 새겨져 길을 걷는 사람들의 발에 짓밟히게 되어 있다. 그런 부조의 예는 루시퍼의 추락부터 트로이 함락까지 13개에 이른다(단테의 그리스도교 저승세계에서 그리스도교적 예와 이교도적 예가 공존하는 또하나의 예다).

교만의 죄인들은 등에 진 커다란 돌의 무게로 인해, 살아 있을 때의 교만을 확실히 교정하듯 두 배는 더 몸을 숙이고 있다. 첫번째 영혼의 이야기를 듣던 단테는 그의 말을 더 잘 듣기 위해 고개를 숙이면서 상징적인 겸손의 몸짓을 한다. 두번째 영혼은 그를 알아보고 돌의 무게에 짓눌린 채 힘들게 그를 바라보며 이름을 부른다. 단테도 그 영혼을 알아본다.

내가 말했다. "오, 그대는 오데리시,
구비오의 영광이자 파리에서 세밀화라 부르는
예술의 영광이 아닙니까?"

"Oh!" diss'io lui, "non se' tu Oderisi,
　l'onor d'Agobbio e l'onor di quell'arte
　ch'alluminar chiamata è in Parisi?" (「연옥」 11곡 79~81)

그 영혼의 대답은 참회하는 영혼의 전형이다. 그는 그 칭찬에 손을 내저으며 더 나은 다른 화가의 작품을 찬양한다.

그가 말했다. "형제여, 볼로냐 사람
프랑코가 색칠한 양피지들이 더 생생하오.
영광은 그의 것이고 내 것은 일부뿐이오.
살아 있을 때 나는 내게 정해진 것보다
뛰어나고 싶은 큰 욕심에
예의라고는 정말 없었을 것이오."

"Frate," diss' elli, "più ridon le carte
　che pennelleggia Franco Bolognese;
　l'onore è tutto or suo, e mio in parte.
Ben non sare' io stato sì cortese
　mentre ch'io vissi, per lo gran disio
　de l'eccellenza ove mio core intese." (「연옥」 11곡 82~87)

이어서 오데리시는 인간적 성취의 덧없음을 이야기한다. 예술적 명성의 지속 시간은 너무도 짧고, 그게 아니더라도 쇠퇴의 시기가 따라온다.

그는 먼저 동시대 화가들을 언급하고, 이어서 『신곡』에서 가장 유명한 구
절 중 하나에서 시인들을 언급하며 그 점을 분명히 설명한다.

치마부에는 그림 분야를 잡고 있다
생각했지만 지금 조토가 이름을 떨치니
그의 명성은 어두워졌소.
마찬가지로 한 구이도가 다른 구이도에게서
언어의 영광을 앗아갔고, 그 두 사람 모두를
둥지에서 몰아낼 자가 아마 태어났을 것이오.

Credette Cimabue ne la pittura
　　tener lo campo, e ora ha Giotto il grido,
　　sì che la fama di colui è scura.
Così ha tolto l'uno a l'altro Guido
　　la gloria de la lingua; e forse è nato
　　chi l'uno e l'altro caccerà del nido. (「연옥」 11곡 94~99)

치마부에는 비잔틴 양식의 선적(線的)인 그림으로 회화에서 두각을
나타냈다. 그러나 그의 명성은 불과 한 세대 후 조토의 그늘에 가려졌다
(치마부에는 조토의 스승이었다). 평평한 패널이나 벽면에 부피와 깊이를
표현해내는 조토의 새로운 능력은 이탈리아 미술에서 가히 혁명적이었
다. 피렌체의 우피치 미술관은 두 화가가 큰 패널에 그린 마돈나를 같은
공간에 전시하고 있어, 단테의 요점을 곧바로 상기시켜준다. (초기의 여러

주석가들은 단테가 파도바에 갔다가 아레나 예배당 프레스코 작업을 하던 조토를 만났다고 전한다. 생각만 해도 즐겁다.)

시에서도 똑같은 일이 일어난다. 구이도 카발칸티는 구이도 구이니첼리를 가려버렸다. 그리고 어쩌면 그 둘 모두를 능가할 사람이 태어났을 것이다. 이는 그 두 시인보다 더 위대하고 더 유명해질 운명인 단테 자신을 가리키는 그다지 모호하지 않은 암시일 것이다. 이런 주장이 바로 교만의 테라스에서 나왔다는 사실, 그래서 그 죄인들이 거기서 뉘우치는 바로 그 죄를 저자인 단테가 저지르고 있음을 보여준다는 건 이 에피소드가 주는 짜릿함 중 하나다. 바로 그 이유 때문에 일부 독자들은 단테가 가리키는 사람이 그 자신일 리는 없다고 생각한다. 카발칸티에 대한 뚜렷한 암시는 때마침 단테의 시적 기원을 되새기게 해준다. 젊은 시절의 친구에 대한 이 마지막 관대한 언급은 위대함이 예정된 시인으로서 자기 역할에 대한 자신 있는 주장이기도 하다.

그의 가장 친한 친구보다 단테가 낫다는 주장은 인간의 명예 또는 명성이 덧없다는 오데리시의 말에 의해 곧바로 깎아내려진다.

이승의 명성은 바람의 숨결일 뿐
이쪽에서 불다가도 저쪽에서 불어
방향이 바뀌면 이름도 바뀐다오.
늙어서 육신을 벗는 것이
"파포" "딘디"(유아어를 가리킨다)를 말하다 죽는 것보다
더 많은 명성을 누릴지언정
천 년이 지나면 어찌되겠소?

영원에 비하면 천 년이란

가장 느린 천구의 한 바퀴에 비하면

눈 깜짝할 시간보다 짧은 것이라오.

Non è il mondan romore altro ch'un fiato

di vento, ch'or vien quinci e or vien quindi,

e muta nome perché muta lato.

Che voce avrai tu più, se vecchia scindi

da te la carne, che se fossi morto

anzi che tu lasciassi il "pappo" e 'l "dindi,"

pria che passin mill' anni? ch'è più corto

spazio a l'etterno, ch'un muover di ciglia

al cerchio che più tardi in cielo è torto. (「연옥」11곡 100~108)

여기서, 예술적 업적과 명성도 영원의 맥락에서는 지극히 작은 시간의
틀이다.

숫자 3의 예는 『신곡』 어디에서나 등장한다. 물론 고대와 중세, 그리고
현대의 생활과 사고의 여러 측면에서도 숫자 3의 예는 어디에나 존재한
다. 예수 탄생을 설명하는 성서에서는 세 명의 동방박사가 등장하고, 전
통적으로 그들은 세계의 세 지역(유럽, 아시아, 아프리카)과 인간의 세 연령
(청년, 장년, 노년)을 대표한다고 받아들여진다. 중세와 르네상스기의 예수
탄생 회화에서는 동방박사 중 한 명은 아프리카를 대표하는 흑인, 한 명
은 노인, 또 한 명은 젊은이로 표현된다. 노아의 세 아들 역시 세계의 세

부분을 대표하고 있으며 인간의 이주와 언어 분화라는 관념과 연결되어 있다.

신화에는 미의 세 여신, 복수의 세 여신, 운명의 세 여신이 있다. 어린이 동화에는 아기돼지 3형제, 빌리고트 그러프 3형제, 골디락스가 먹은 죽의 주인인 곰 세 마리가 있다. 전승동요에는 세 마리 눈먼 생쥐가 있다. 셰익스피어는 『맥베스』에서 세 명의 마녀를, 『베니스의 상인』에서는 세 개의 궤와 세 명의 구혼자를 소개한다. 숫자 3은 세련미의 수준에 상관없이 작가들이나 이야기꾼들에게는 거부할 수 없는 매력을 가진 듯하다.

『신곡』에서 숫자 3의 예가 항상 삼위일체를 반영한다고 볼 것인가 하는 문제는 개인적 성향의 문제다. 그러나 결코 의심의 여지가 없는 것은 이 시를 쓰는 단테에게 삼위일체 또는 세 개 한 벌의 관념은 상상과 그 구성에서 필수적인 차원이었다는 것이다.

"숫자로"—다시 말해 수의 원칙에 기반한 엄격한 보격 형식으로—글을 쓰는 것은 우리 일상 속 경험과 언어의 덩어리에 하나의 의미 패턴을 부여하는(또는 의미 패턴을 끌어내는) 방식이다. 시인은 누구나 시가 구현하는 현실을 더욱 생생하게 또는 강력하게 해줄 형태와 형식을 갖춘 말의 구조를 창조하려고 한다. 나아가 일부 시인은 페이지에 쓰인 단어의 물리적 형태로써 그 단어가 묘사하는 것을 반영한다. 조지 허버트(George Herbert)의 시 「부활의 날개Easter Wings」와 「제단The Altar」을 떠올려보라.

나머지 시인들은 그보다는 덜 시각적일지라도 그 시의 주제와 중요하게 연관시키기 위한 운율 패턴을 구사한다. 고전학자 버나드 녹스(Bernard Knox)는 호메로스가 사용한 6보격(hexameter)은 그 구조와 리듬에서 오디세우스의 방랑과 최종적인 안전한 귀향을 반영하고 있어, 그 시의 전반적인 테마가 텍스트의 모든 행에서 운율적으로 재현되고 있다고 주장해왔다. A. S. 바이엇(Byatt)은 『오마르 하이얌의 루바이야트*Rubáiyát of Omar khayyám*』의 운율과 내용이 완벽하게 일치한다고 지적한다. "우리가 한 번 숨쉴 때마다 심장은 다섯 번 뛰는데, 피츠제럴드(『오마르 하이얌의 루바이야트』를 영어로 옮겨 널리 알린 19세기 영국 시인—옮긴이)가 사용한 약강 5보격은 흘러가는 우리 삶의 리듬이다."

『신곡』에서 독특한 점은 그 시가 구현하는 믿음 체계—신학적인 믿음은 물론 철학적, 과학적 믿음까지—와 그것을 표현하기 위한 구조적, 운율적 형식이 완벽하게 들어맞는다는 것이다. 윌리엄 엠프슨(William Empson)은 테르차 리마로 트로일리즘(troilism, 세 명의 파트너가 가담하는 성행위)에 관한 장시 한 편을 쓸 계획이었다고 전해진다. 그는 연의 형식과 주제가 완벽하게 들어맞도록 쓸 생각이었지만 계획은 결코 실행되지 않았던 것 같다. 단테가 자신의 종교적 믿음의 핵심에 있던 수학적 패턴을 시의 구조와 소재에 매우 만족스럽게 통합할 방법을 찾아냈다는 것은 그의 천재성을 잘 보여준다. 독자들에게는 그 만족감이 종교적인 만큼이나 미적이고 지적이다.

T. S. 엘리엇은 '객관적 상관물(objective correlative)'이라는 용어를 사용해 언어적 산물, 시, 그것을 표현하는 시인의 정신 사이의 관계를 설명했다. 단테와 관련해서 그 용어를 약간 다른 방식으로 사용할 수도 있을 것이다. 『신곡』은 시인 단테의 정신에 대한 객관적 상관물이라기보다는 그가 이해하는 중세세계 전체에 대한 객관적 상관물로서, 현실과 인간

삶의 본질에 관한 깊은 내면적 믿음을 구체화하고 반영하는 수적 원리를 통합하고 있다.

갈릴레이는 수학은 신이 우주를 쓴 언어라고 했다. 신을 믿지 않는 사람이라면 다음의 수동태 표현을 선호할 것이다. 수학은 우주가 쓰인 언어다. 그리고 이언 매큐언의 『토요일』에 나온 문장을 빌리면, 유전자형은 "영혼의 현대적 변형"이며, 따라서 현대 독자들은 추가적인 즐거움을 누리게 된다. 왜냐하면 유전자형은 아우구스티누스가 말한 영혼만큼이나 확실하게 세 개 한 벌의 원칙을 보여주기 때문이다. 최근 1959년에 분자생물학자들이 발견한 것—세 개 한 벌의 원리가 분자 수준에서는 생명 자체의 기본이라는 것—에 관한 소식을 단테가 들었다면 틀림없이 외경심과 기쁨을 느꼈을 것이다. 유전자 암호에서 의미 단위는 세 개 한 벌—특정 아미노산을 특징짓는 세 개의 염기 서열, 즉 코돈(codon)—이다. 책에서 단어의 서열이 의미를 창조하는 것처럼, 세 개의 염기가 한 벌이 된 코돈이 단백질 안의 아미노산 서열을 만들어낸다. 그리고 이 서열에서 그 형태가 만들어지고 따라서 기능이 만들어진다. 그리고 그 단백질의 성질에서 생물학의 모든 것이 나온다. 그래서 생명의 책 자체에 있는 모든 단어에는 세 개의 글자가 있다. 단테의 시를 사랑하는 현대 독자들은 분명 이 사실이 묘하게도 만족스럽게 여겨질 것이다.

7장

말

시인은 다른 무엇이기 전에,

언어와 정열적으로 사랑에 빠진 사람이다.

—W. H. 오든

기본적으로 스스로 즐거운 창의성,

세상의 것에 대한 재현이자 언어의 과정이 된다는 기쁨,

시가 그런 것을 잃을 수는 없다.

—셰이머스 히니

영어권 독자들에게 『신곡』의 언어에서 무엇을 주목해야 하는지 설명하기란 실패가 빤한 과제처럼 보일 수도 있다. 그러나 단테의 언어를 가까이서 본다는 건 그 보상이 매우 크기 때문에 시도해볼 가치는 있을 것이

다. "나는 준비되었소(I' mi sobbarco)." 명징한 단테의 글귀가 곧바로 머릿속에 떠오르는 건 아마도 상서로운 출발이리라. 우리는 몇 가지 사실부터 시작해서, 언어에 대한 단테의 관점, 그가 시어로 가장 적절하다고 생각했던 언어의 종류까지 살펴볼 수 있을 것이다. 단테의 관점은 생애를 거치며 크게 바뀌었다. 그의 관점이 어떻게 바뀌었는지 이해하는 일은 시어와의 씨름이라는 긴 여정으로 우리를 데려간다.

먼저, 사실부터 시작하자. 『신곡』의 80퍼센트는 오늘날 이탈리아어를 모국어로 쓰는 이들이 당장에 이해할 수 있는 언어로 되어 있다. 거꾸로 말해서 현대 이탈리아 어휘의 핵심 단어 2000개가 모두 단테의 시 안에 있다. 이와는 달리, 오늘날 영어를 모국어로 쓰는 이들은 『신곡』보다 두 세대 후인 14세기 말에 초서가 중세 영어로 쓴 『캔터베리 이야기』를 상당 부분 이해하지 못한다("A povre widwe, somdeel stape in age다소 나이 든 가난한 과부"). 이탈리아에서는 토스카나 출신 배우 로베르토 베니니(Roberto Benigni)가 피렌체의 산타크로체 광장 같은 커다란 공공장소에서 단테 낭송회를 하며 최근 몇 년 동안에도 주기적으로 청중을 끌어모았지만, 초서의 원작을 그대로 낭송하면서 그 정도의 청중을 모은다는 것은 생각할 수 없는 일이다.

때로 단테는 그 걸작을 라틴어가 아닌 이탈리아어로 쓰기로 선택해 결국 이탈리아어를 발명했다고 이야기된다. 다소 황당하게 들리는 이 주장은 무엇을 의미할까? 왜 그가 이 시를 토착어로 쓰기로 했는지 이해하기 위해서는 이 문제의 핵심으로—그리고 시인으로서 그 업적의 핵심으로—곧장 들어가야 한다.

단테는 어디에서도 그 결심에 관해 말하지 않지만, 라틴어와 이탈리아어의 관계를 두고 굉장히 많은 생각을 했고 그와 관련해 두 번이나 상당한 분량의 글을 썼다. 한 일화에 따르면 그는 『신곡』의 초기 판본을 라틴어로 쓰기 시작했지만 서두만 쓰고는 포기하고 얼마 후 이탈리아어로 새로 쓰기 시작했다고 한다. 그것이 꾸며낸 이야기라면, 중세의 그 이야기꾼은 라틴어로 된 시의 앞부분을 제시하기 곤란했을 것이다. 그러나 보카치오는 단테의 전기에서 그 이야기를 전하면서 그 서두를 인용한다.

만물의 대(大)설계 속에서 언어의 위치에 대한 단테의 관점은 중세적이다. 이는 궁극적으로는 아리스토텔레스에게서 비롯된 것이지만, 천사들을 포괄하면서 그리스도교식으로 바뀐다. 단테는 창조의 설계도에서 인간은 동물과 천사 사이의 중간에 있다고 믿었다. 정신 또는 이성은 인간의 독특한 특징이다. 언어는 이성의 필수적인 도구다. 동물은 본능에 따라서만 행동하기 때문에 언어가 전혀 필요하지 않으며 서로 소통할 생각도 없다. (말하는 동물 같은 예는 단지 흉내내기일 뿐이라고 그는 설명한다.) 천사들은 생각을 이동시켜 직접 소통한다. 오직 인간—물성과 영성, 육체와 영혼의 독특한 혼성물—만이 언어를 필요로 한다.

언어가 가진 두 가지 근본 특징(소리와 의미)은 이 혼성물의 성격을 반영한다. 한 사람이 다른 사람에게 생각을 전달하려면 언어는 의미를 가져야 한다. 또 인간은 체화된 피조물이며, 체화된 한 사람에게서 다른 사람에게로 감각을 통해서만 의미가 전달될 수 있기 때문에 언어는 소리를 가져야 한다.

위의 관점은 단테가 토착어 말하기와 관련해 라틴어로 쓴 미완성 논문의 서두에서 설명된다. 그것이 이른바 『속어론_De vulgari eloquentia_』(영어로는 'Eloquence in the Vernacular'로 번역된다)이다. 이런 생각은 동시대 지식인들도 공유하던 것이었다. 그러나 이 관습적인 생각의 핵심은 다른 면에서 깜짝 놀랄 독창성을 지닌 작품 속에 깊이 뿌리내렸다.

망명생활 초기 1304~1307년에 『속어론』을 쓸 당시 단테는 이미 이름 있는 시인이었다. 『새로운 삶』에 수록된 서정시와 이후의 보다 긴 철학적 시들을 썼기에 굳이 『신곡』이 아니어도 주요 시인으로서 명성은 보장될 터였다. 그가 이 논문을 쓰게 된 주요 동기는 시인이 이탈리아어로 탁월한 글을 쓰려 한다면 어떤 부류의 언어를 채택해야 할지 분석하기 위해서였다. 그 방법은 이탈리아의 각지에서 사용되는 다양한 토착어를 체계적으로 검토하는 것이다. 이 무렵 단테는 여러 해 동안 망명생활을 하면서 이탈리아반도를 두루 여행한 후였다. 그에겐 직접 얻은 지식이 있었다. 그의 결론은 이탈리아어의 다양한 입말 중에는 진지한 시에 적합한 매체가 없다는 것이다. 야심만만한 이 시인은 어떻게든 지역적 차이를 초월한, 그럼에도 모두가 이해할 수 있는 언어를 목표로 했을 것이다.

이런 이상적인 언어 형태는 사실상 훌륭한 시에서만 발견되지만, 그럼에도 시민적, 정치적 울림을 가진다. 단테는 이 이상을 이론적으로 옹호하는 과정에서 여러 구절을 인용해가며 모든 지역 언어의 단점을 보여준다. 적어도 이론상으로는 예를 들 만한 지역어―이를테면 시칠리아어나 볼로냐어―가 있기는 하다. 그러나 그런 언어조차 시험해보면 이상에는 훨씬 못 미친다. 나머지 언어는 투박해서 아예 제외된다.

단테는 적당히 사정을 봐주지 않는다. 북부 포를리어는 너무 부드러워서 남자들이 말할 때 마치 여자처럼 소리를 낸다. 베로나어, 비첸차어, 파도바어는 너무 거칠어서 여자들이 남자처럼 말한다. 풀리아 사람들은 "지독히 야만적인 말을 쓴다(turpiter barbarizant)". 아퀼레이아와 이스트리아 사람들은 "거친 액센트로 트림을 내뿜는다(crudeliter accentuando eructuant)". 제노바 사람들은 문자 z가 없다면 전혀 말을 할 수 없을 것이다. 시를 잘 쓰고 싶은 시인들이 사용해야 할 언어, 찾기 힘든 이상적 언어를 찾으려는 탐색의 밑바탕에는 거칠고 조잡하게 느껴지는 말, 언어적 감수성이 있는 사람이 꺼리게 되는 그런 언어에 대한 혐오감이 있다.

단테는 거의 우연히, 방언 연구의 선구적 작업, 그러면서도 매우 이념적이고 문학적인 토대를 놓는 작업을 하게 된다. 바로 이탈리아의 여러 방언에 대한 최초의 조사를—예를 곁들여서—한 것이다. 자신이 옹호하는 이상적인 언어를 설명하기 위해, 그는 그 이전과 동시대의 탁월한 토착어 시인들(그 자신을 포함해)을 인용한다. 따라서 이 논문은 이탈리아 토착어 시에 대한 최초의 체계적인 조사이자 맹아적 문학을 다룬 발생기 문학사이기도 하다. 이탈리아 문학은 불과 100년 전, 팔레르모의 프리드리히 2세의 궁정에서 프랑스 남부의 음유시인들로부터 이식되면서 시작되었다. 이후 이탈리아 문학이 토스카나 지방의 도시들로 퍼져갔다. 단테 이전에는 어느 누구도 그에 관해 쓰려고 하지 않았다.

『속어론』은 극단적인 언어적 세밀함을 보여주는 기념비적 작품이다. 그가 설명하고 있는 이상적인 언어 형태, 그의 표현을 빌리면 "뛰어난 속어(vulgare illustre)"에서는 지나치게 지역적이거나 지방색이 강하고, 또는 지나치게 구체적이고 저속한 형태들은 거부된다. 심지어 특정 소리 또는 소리의 조합을 가진 단어는 피하는 것이 최선이다. 예를 들어 "이중" 자음인 z와 x(z와 x 모두 뚜렷한 두 개 음소로 이루어져 있다), 이중 l이나 이중 r, 또는 특정 자음 뒤에 오는 l이나 r 등이 그렇다.

더욱이 그 책 전체는 엄격한 위계 원칙을 따른다. 전통적인 수사학 교육에 따르면, 주제에는 높은 것, 중간 것, 낮은 것이 있으며 그에 맞는 문체를 채택해야 한다. 언어에도 나머지 것들보다 나은 형태가 있고, 시에는 나머지 운율과 주제보다 우월하거나 "높은" 운율과 주제가 있다. 단테는 "뛰어난" 토착어 형태를 규정하고 집어내기 위해 그런 전통적인 틀을 사용한다. 최고의 시인들은 최상의, 가장 까다로운 운율 형태(칸초네나 송가)를 사용할 것이다. 그리고 주제도 그 숭고한 형태에 가장 적합한 세 가지(무기를 갖춘 용기, 애정의 열정, 도덕적 청렴함—사실상 전쟁, 사랑, 미덕)만 다룰 것이다. 그리고 그들은 단테가 지금 무척 공들여 설명하는 그 고상한 언어 형태를 사용할 것이다. 진지한 시 쓰기에 적합한 세 가지 주제는 다름 아닌 인간의 세 갈래 본성—다시 말해 중세 사상가들이 말하는 인간 영혼의 무의식 요소, 감각 요소, 이성 요소(『속어론』 II ii 6~7)—이다.

『속어론』은 시인 단테의 경력에서 비교적 초기의 생각을 보여준다. 그러나 그 논문을 쓴 뒤 그는 어느 시점에선가 생각을 바꾼다. 그가 『신곡』을 쓴 방식은 그 논문에서 설명한 것과는 매우 대조적이다. 언젠가 에즈라 파운드가 시도했듯, 『신곡』에서 단테의 기량을 설명하기 위해 그 논문을 사용하는 것은 기본적으로 방향 설정이 잘못된 일이다.

사실 『신곡』에서 단테는 이전의 논문에서 중시했던 언어의 성격 자체에 관한 오해를 수정하기 위해 피나는 노력을 한다. 언어와 언어의 성격, 시의 매체로서 언어의 사용법에 관한 생각은 작가로서 평생의 원동력이었다. 그의 생각은 근본적으로 바뀌었고, 『신곡』의 독창성과 그 언어의 힘을 이해하려면 이런 진화 과정을 이해해야 한다.

단테가 『속어론』에서 지지하다가 『신곡』에서 수정하는 언어관은 그 퍼

그림 31
보티첼리: 아담을 만나는 단테.

즐의 결정적인 한 조각이다. 『속어론』에서 언어는 신이 주신 것, 최초의
사용자인 아담과 함께 신이 창조하신(concreatam) 것이다. 이런 관점에서
보면 언어는 인간의 창조물이 아니라 주어진 것이다. 『신곡』에서 언어의
속성을 탐구하는 순례자를 깨우치는 것은 매우 그럴듯하게도, 아담 자
신이다. 최초의 인간―최초의 발화자(發話者)―인 아담은 이 시에서 단
테가 창조된 세계에서 시공 너머의 지고천에 들어가기 전 마지막으로 만
나는 사람이다.

단테와 베아트리체는 항성천에 도착한다. 항성천은 눈에 보이는 가장
바깥쪽 하늘이며, 그보다 작은 행성들의 하늘을 에워싸고 있다. 단테는
예수와 가장 가까웠던 세 명의 사도 베드로, 야고보, 요한으로부터 믿음,

소망, 사랑에 관한 엄중한 구두시험을 방금 치렀다. 그는 세 가지 신학적 덕목에 관해 시험관들을 충분히 만족시킨다. 이제 갑자기 눈부신 새로운 존재가 나타난다. 베아트리체는 그것이 아담이라고 설명한다. 단테는 그를 "모든 신부가 딸이자 며느리가 되는 오래된 아버지(padre antico/a cui ciascuna sposa è figlia e nuro)"라고 부르면서 그에게 말해달라고 간청한다.

아담은 순례자 시인의 관심사를 직감으로 알고, 그의 질문을 말하면서, 신이 자신에게 주신 것은 언어가 아니라 언어 능력이라고 한다. 그는 타고난 이 능력을 발휘해 직접 언어를 만들어 사용했다는 것이다. 그는 "내가 만들어 사용한 언어(l'idìoma ch'usai e che fei)"에 관해 이야기한다. 처음부터 언어 사용은 창조 활동이었다. 아담은 모든 시인을 위한 중요한 함의를 담은 원리를 제시한다.

아담은 또한 관련된 요점을 명쾌히 밝혀준다. 『속어론』에서 언어란 신이 주신 것이며 불변의 속성을 갖는 것이었다. 인류가 바벨탑("혼돈의 탑 turris confusionis")을 건설해 하늘에 닿으려는 어리석은 시도를 하기 전까지 언어는 변하지 않았다. 서로 다른 언어들로의 분열은 오만의 죄를 지은 인류에게 가해진 벌이었다—에덴동산에서의 추방과 노아의 홍수 이후 인류에게 내려진 세번째 큰 벌이다. 인간들이 뻔뻔스럽지만 않았어도 우리 모두가 여전히 아담의 언어로 말하고 있을 거라고 그 논문은 주장한다. 그 언어가 히브리어였다.

그러나 지금 천국의 아담은 단테에게 그것이 틀렸다고 설명한다. 인간의 창조물인 언어는 처음부터 바뀔 수 있는 것이었다. 결코 정적이고 고정된 것이 아니라는 얘기다. 바벨탑에 대한 벌은 사람들이 더이상 서로를 이해하지 못하게 되었다는 것이지 언어의 변화가 아니었다. 권위 있는 상대와의 이 극적인 만남을 통해, 이제 단테는 젊은 날 언어에 대한 잘못된 관점을 요령껏, 그러나 확실하게 수정한다. 진화하는 생각을 시의 직조에 짜 넣은 놀라운 예다.

언어를 만든 것은 신인가 인간인가, 언어 변화는 원래 그 속성에 있는 것인가 아니면 인간의 죄에 대한 벌인가 하는 문제는 우리에게는 학문적으로 보일 수도 있다. 그러나 아담과의 만남을 세심하게 구성하고 배치한 점은 단테에게 그 문제가 매우 중요했음을 일깨워준다. 그 만남은 시에서 거의 끝부분인 「천국」 26곡에서 이루어진다. 순례자 주인공은 인간적 노력과 성취의 세계를 막 떠나려 하고 있다. 그리고 시인 자신은 이 시의 완성을 향해, 걸작을 위해 언어와 씨름해온 찬란한 결과물을 향해 다가가고 있다. 이는 언어의 속성에 관한 그의 마지막 말이요, 자신의 매체에 관해 고민해왔던 평생의 결실이다. 언어는 본질상 신이 만든 게 아니라 인간이 만든 것이며, 언어의 변동성은 그 자체의 성격에 내재한 것이라는 성숙기의 확신이 아담을 통해 표현되는데, 이것이 단테의 업적에서 중심을 차지하는 몇 가지 쟁점을 이해하는 열쇠가 된다.

『속어론』─시에 가장 적합한 형태의 토착어 탐구─은 라틴어로 씌어 있다. 이 흥미로운 사실이 암시하는 바는 생각해볼 가치가 있다. 이 논문은 간결하지만 의미심장한 문장으로 서로 다른 두 언어를 대조하면서 시작된다. 그 두 언어란 토착어(우리가 "모어母語"라고 하는)와, 학습과 훈련으로 습득되며 본질적으로 문화어인 2차 언어(locutio secundaria)를 말한다.

중세에 라틴어는 "2차 언어"였다. 라틴어는 고급교육의 언어, 과학 언어, 철학 언어, 신학 언어였다. 그리고 공공 기록의 언어였다. 단테의 생애나 피렌체 코무네에 관한 현존 문서는 모두 라틴어로 쓰어 있고, 단테의 편지도 마찬가지다. 라틴어는 추상적인 생각을 위한 언어, 인간의 본성에서 사색적인(더 높은) 측면을 탐구하고 표현하는 유일한 언어였다. 토착어로 이런 주제를 다루는 전통은 어디에도 없었다.『속어론』이 라틴어로 쓰인 이유는 지식인과 동료 시인 등 엘리트 청중을 상대로 이론적 주제를 진지하게 검토하는 논문이기 때문이다. 토착어로 글을 잘 쓰는 기술을 주제로 다루면서 라틴어로 논의하는, 우리에게는 모순으로 보이는 이 행위는 단테의 동시대인들에게는 보통의 일이었을 것이다.

"2차 언어"는 학교나 고등 교육기관에서의 학습과 노력을 통해, 훈련과 연습을 통해 습득된다. 이와 달리 토착어는 젖먹이나 걸음마를 배우는 어린아이들이 의식적으로 애쓰거나 규칙을 외우는 수고를 하지 않아도 어머니나 보모의 품에서 습득한다. 사람은 누구나 자연어, 토착어를 익힌다. 그러나 2차 언어인 문화어는 교육받은 소수(단테의 시대에는 거의 모두 남자였던)만이 배울 수 있다. 단테는 이런 차이를 설명하고 다른 문화(그리스 같은)들도 나름의 2차 언어를 가진다는 것을 언급한 후, 과감하고 전폭적인 선언을 한다. 두 부류의 언어 가운데 속어가 더 고상하다 (nobilior est vulagris)는 것이다. 매우 급진적이고, 나아가 쾌씸하기까지 한 관점이다.

라틴어 같은 2차 언어의 기능은 후대를 위해 역사와 문화—과거 위인들의 말과 행위—를 보존하는 것이다. 문화어는 문명의 역사에 접근하게 해준다. 문자 기록이 2차 언어로 보존되는 이유는 바로 안정성 때문이다. 그 안정성은 토착어와 2차 언어를 구분하는 성격이다. 문화에서 "2차" 언어의 발명이 필요한 이유는 다름 아닌 자연어, 즉 토착어의 변동성 때문이다.

언어가 시간을 통해서는 물론 공간을 통해 지리적으로도 변한다는 사실 인식은 단테의 생각에서 이미 주목할 만한 한 측면이다. 공간적 변화에 대한 인식은 우리가 이미 본 것처럼, 이탈리아 여행의 결과물이다. 그는 밀라노 사람들의 말이 베로나 사람들의 말과 다르고, 나폴리 주민들은 가까운 가에타 이웃들과도 다르게 말한다는 것을 경험으로 알고 있다. 그러나 그게 전부가 아니다. 조지 버나드 쇼는 『피그말리온*Pygmalion*』에서, 말하는 방식만 보고도 어떤 사람이 런던의 어느 지역에서 자랐는지 정확하게 알아내는 헨리 히긴스 교수를 보여주었지만, 이미 600년 전에, 단테는 한 도시 안에서도 이 거리 주민과 저 거리 주민의 말이 다르다는 점을 주목한다. 볼로냐에서는 보르고 산펠리체의 말과 스트라다 마조레의 말이 다르다. 오늘날 이 두 거리는 도심에서 서로 다른 방향으로 뻗은 바큇살처럼 다른 방향에 있다. 단테의 시대에 스트라다 마조레는 성벽 안에 있었지만, 보르고 산펠리체는 성벽 바로 밖이었다. 단테는 심지어 한 가족들에게도 이웃 가족들과는 다른 독특하고 특징적인 말의 방식이 있다는 걸 언급하면서, 현대 언어학자들이 '개인 언어(idiolectic)'라고 부르는 것까지 알아본다.

언어가 시간에 따라 변한다는 사실도 똑같이 자신 있게 주장된다. 만약 1000년 전의 파비아 사람이 지금 고향에 돌아온다면, 현대의 말이 그 조상들의 말과 너무도 다르기 때문에 고향 도시가 외국인에게 점령되었다고 생각할 거라고 단테는 말한다. 그가 천국에서 만난 고조부 카차구이다는 "요즈음의 말이 아닌 말(non con questa moderna favella)"로 말한다. 다시 말해 단테의 시대인 요즘 사람들이 말하는 방식이 아니다.

언어 변화의 문제는 라틴어와 이탈리아어의 상대적 가치에 관한 질문이 거론될 때면 항상 논쟁의 핵심이 된다. 이 질문에 대해 단테는 다른 맥락에서 다른 의견들—심지어 겉보기에 모순되는 듯한—을 말한다.『신곡』에 착수하기 전, 역시 망명 초기에 쓴『향연』에서, 그는 보다 관습적이고 보수적인 입장에서 출발한다. 여기서 그는 이탈리아어를 사용해, 자신의 몇몇 장시를 설명하고 주석을 달고, 대체로 라틴어를 쓰던 기능적 목적(학술적인 주석)에 토착어를 사용하는 자신의 행위를 옹호한다. 또 한번 그답게, 언어 장벽을 밀어대면서 새로운 땅을 개척하고 있다.

길고 약간은 방어적인 서두에서, 그는 이탈리아어로 주석을 쓰기로 한 이유를 설명한다. 우선은 라틴어로 쓸 경우 그 글의 혜택을 얻지 못할 청중에게 다가가기 위해서다. 그는 그런 사람들을 떠올리게 하는 목록을 제시한다. "대공들, 남작들, 기사들, 그리고 나머지 많은 귀족들, 남자는 물론 여자들까지." 비록 "논 리테라티(non litterati)"로서 라틴어를 몰라도 훌륭한 남녀가 많기 때문이다.

그러나 여기서 그는—자신이 쓴 시의 주석에 라틴어를 사용한다면 상급 언어가 하급 언어에 봉사하는 격이 될 테니 부적절했을 거라고 주장하면서—라틴어는 세 가지 측면에서 이탈리아어보다 우월하다고 말한다. 라틴어는 더 고상하다(più nobile). 왜냐하면 변경할 수 없고 바뀌지 않기 때문이다. 그리고 라틴어는 표현력이 훨씬 높다(라틴어로는 추상적 개념을 쉽게 다룰 수 있는 반면, 토착어로 그것을 표현하기는 쉽지 않다.) 그리고 라틴어는 '쓰임(uso, 관습, 용법)'이 아닌 '기술(arte, 규칙, 문법)'에 지배되기 때문에 더 아름답다.

이와는 반대로『속어론』에서 "더 고상한"—속어가 더 고상하다—것은 매우 다른 특질과 관계가 있다. 시간 속의 우선성(속어는 어떤 문화어보다 먼저 존재했다), 장소의 보편성(모든 시대를 통틀어 세계 모든 곳의 모든 사람에게는 일정한 말의 형식, 즉 토착어가 있지만 그들 모두 문화어를 가지는 건 아니다), 그리고 결정적으로 자연스러움이다 ─ 반대로 문화어는 인공적이며 관습적인 것이지 자연의 산물이 아니다. 한 맥락에서는 우월성의 표지(자연의 산물이라기보다는 '기술'의 산물)이던 특질 자체가 지금은 열등함의 척도가 된다. 그가 『신곡』을 쓰기 전 몇 년 동안 끓어오르던 지적 열기가 가장 뚜렷하게 반영된 것이 바로 여기, 거의 비슷한 시기에 나온 이 저작들 속 해결되지 않은 모순처럼 보이는 이 구절들이다.

단테는 결코 이 모순을 명확하게 설명하지 않는다. 그러나 언어 사이의 관계를 개념화하는 서로 다른 두 방법의 대조는 그의 사고에 엄청난 변화가 있었음을 암시한다. 「천국」에서 아담의 말을 통해 재구성할 수 있을 뿐 결코 묘사되거나 설명되지 않는 변화다. 적절한 주의를 기울인다면, 우리는 다음의 말로 그것을 요약할 수 있을 것이다. 라틴어는 변할 수 없다, 이 사실은 변함없이 남아 있다. 초기에 단테는 그 불변성이 애초에 신이 주신 언어의 고정성을 모방한다고 생각했다. 따라서 라틴어는 죄악(하늘에 닿는 바벨탑을 지으려는 오만한 시도)의 직접적 결과인 변동성을 지닌 토착어보다 이상에 더욱 가깝다.

그러나 언어가 신이 주신 것이라는 인식이 폐기되고, 아담의 말처럼 언어가 처음부터 변할 수 있는 것이었다면, 변동성은 더는 죄악의 표지가 아니며, 라틴어의 불변성도 더는 신에게 가까이 가게 해주는 것이 아니다. 이제 라틴어의 불변성은 더 높은 가치를 뜻하는 게 아니라, 인간이 부여한 인위적인 것에 불과하다. '기술(arte)'은 어느 관점을 채택하는가에 따라 매우 다른 의미를 갖게 된다. 첫째 관점에서는 기교, 탁월함, 예술적 수완이지만 두번째 관점에서는 술책, 인위성, 관례성이다.

내면 깊은 창조적 본능이 단테로 하여금 토착어의 가치를 인정하는 결론으로 이끌었음이 분명하다. 그러나 묘하게도, "속어가 더 고상하다"는 주장이 자리 잡은 곳은 여전히 아담의 언어에 관한 전통적인 관점이 중요한 이론적 논쟁의 틀을 제공하고 있는 텍스트 안이다. 그 논쟁은 다음과 같이 불가사의한 질문을 다룬다. 아담이 처음 말한 단어는 무엇인가? 이브가 최초의 발화자였다는 성서의 설명을 믿을 수 있는가? (덧붙이자면 이 두번째 질문에 대한 답은 '아니다'이다. 남자보다 여자가 먼저 말했다는 생각은 비합리적이었을 것이다.) 이 퍼즐에서 빠진 한 조각을 『신곡』에서 아담 자신이 제시한다는 것은 매우 만족스럽다.

단테가 결코 직접 거론하지 않는 것은 고전 라틴어와 중세 라틴어의 관계다. 그의 시대에 중세 라틴어는 한때의 생기를 잃고 화석화되어 있었으나, 오늘날 우리가 아는 이 사실을 단테는 알지 못했다. 그는 자신이 잘 아는 세 가지 로망스어—이탈리아어, 프랑스어, 프로방스어—가 공통의 모어에서 파생되었다는(독일어와 그리스어가 그렇듯이) 사실을 알고 있지만, 그 모어가 라틴어라고 보지 않는 게 분명하다. 실제로 그는 정반대를 제시하는 듯하다. '2차 언어(locutio secundaria)'로서 라틴어는 인간이 작정하고 발명한 어떤 것이라고 말이다. 엄청나게 큰 성공을 거둔 일종의 '이전 시대(avant la lettre)' 에스페란토로서, 인류 역사의 어느 시기에, 로망스어를 쓰는 유럽 대부분 지역의 문화 보존을 위해 고안되었다는 것이다. 우리가 보기에는 특이한 관점이지만, 이런 생각을 가진 사람이 단테 혼자만은 아니었다.

예를 들어 그는 이탈리아어가 프랑스어나 프로방스어보다는 라틴어에 더 가까운 것 같다고 말하고, "그렇다"를 뜻하는 sic를 이탈리아어의 sì 와 매우 비슷하게 선택한 것으로 보아 라틴어 "발명자들(inventores)"은 이 탈리아어에 많이 의지했다고 설명한다. 물론 우리는 이탈리아어의 sì가 거꾸로 라틴어의 sic에서 나왔음을 알고 있다. 상대적으로 최근 학문인 역사언어학의 덕을 보았기 때문이다. 라틴어가 이탈리아어의 조상이라 는 관점은 단테가 죽고 한 세기 후의 초기 인문학자인 포조 브라촐리니 (Poggio Bracciolini)가 처음 제시한 것이다. 언어들 사이의 계보가 제대로 자세히 그려진 것도 몇 세기 후 위대한 문헌학자들의 선구적 작업이 있 은 후였다.

우리가 아는 베르길리우스를 단테가 생각했던 베르길리우스와 비교해 보는 것도 도움이 된다. 베르길리우스는 분명 라틴어로 글을 썼지만, 단 테에게 라틴어는 '2차 언어', 문화의 2차 언어다. 베르길리우스는 만토바 에서 태어났으니, 단테는 그가 만토바의 토착어를 사용하며 자랐다고 생 각했다. 그러나 단테의 주장처럼, 그 언어는 13세기 후 단테 시대의 만토 바 사람들이 쓰던 언어와 매우 달랐을 것이다. 그는 로마에 살았고, 따라 서—우리가 생각하듯—그곳의 입말 형태를 채택했을 것이다. 피렌체에 서 태어난 단테도 훗날 이탈리아의 여러 지역에서 지내며 말하는 패턴 이 바뀌었을 것처럼 말이다. 『신곡』의 어느 대목에서 누군가 베르길리우 스에게 말을 건다. "롬바르디아 말을…… 했던 그대여(tu… che parlavi mo lombardo)." 주인공 단테가 어법이나 억양 때문에 곧잘 토스카나인 또는 피렌체인이라는 게 드러나듯이, 베르길리우스는 북부 이탈리아 출신으 로 여겨졌다는 걸 글쓴이 단테는 분명히 보여주고 있다.

베르길리우스가 쓰는 토착어를 단테가 라틴어라고 부르지 않았으리라는 것은 분명해 보인다. 그는 그 언어적 풍경(다양한 지역어와 누구에게나 똑같고 중대한 2차 언어 라틴어가 공존하는)이 베르길리우스의 시대나 자기 시대나 똑같다고 가정하는 듯하지만, 그럼에도 이 문제는 직접 언급하지 않은 채 관련 용어들로 약간 얼버무린다. 『신곡』에서 이탈리아인들을 가리키는 일반적인 말은 '라틴 사람(latini)'다. 이 용어는 이탈리아(「지옥」 27곡 27행과 「지옥」 28곡 71행의 terra latina, 오늘날의 라초에 해당하는 로마 주변 지역 라티움Latium에서 유래)에서 태어난 사람, 따라서 단테가 쉽게 대화할 수 있을 사람을 가리킨다. 새로운 영혼들과 만날 때 그는 그들 중에 '라틴 사람'—즉 이탈리아인—이 있는지 물으면서 말을 시작하곤 한다. 단수형 명사 latino는 언어 또는 말을 통칭하는 단어다.(「천국」 12곡 144행, 「천국」 17곡 35행). 이탈리아에서 쓰이던 중세 라틴어에서, 흔히 라틴어를 가리키는 말은 gramatica다(『속어론』 I xi 7과 II vii 6에서 이 단어가 그렇게 쓰인다).

무엇보다 난감한 질문은 베르길리우스가 쓰던 입말과 글말의 관계를 단테가 어떻게 생각했을까 하는 것이다. 오늘날 우리는 베르길리우스가 자신이 쓰는 입말을 굉장히 공들여 다듬은 세련된 글말을 썼으며 그 둘 다 라틴어라는 걸 알고 있다. 독자들은 그러나 『속어론』에서 글을 잘 쓰고 싶은 시인에게 제시하는 해법—실제 토착어의 입말보다 더욱 세련되고 다듬은 형태를 써야 한다는—이 우리가 역사적으로 이해하는 베르길리우스의 상황과 흥미로울 만큼 비슷해 보인다는 느낌을 받을 것이다.

단테가 『속어론』을 쓸 무렵, 그 단계에서 그가 옹호하고 묘사하는 언어는 역설적이게도 '2차 언어', 즉 일상의 토착어 입말과는 가장 거리가 먼 언어와 매우 흡사해 보인다. 그렇지만 그 글을 쓸 당시 그는 이미 자신이 다루는 언어가 라틴어와 전혀 다른 부류라는 확신을 갖고 있었다. 그가 『속어론』을 쓰다가 중단한 것은 점점 뚜렷해지기 시작한, 궁극적으로 해결 불가능한 그런 내적 모순 때문이었을 가능성이 높다.

『속어론』은 매력적인 작품이지만 영시 애독자들이 그 논문을 읽으면, 우선은 실망하고, 심지어 당혹스러울 것이다. 단테는 시 쓰기에 관해 말하면서도 창작 과정이나 시인 정신의 내면 작용에 관해서는 아무 말이 없다. 셸리가 「시의 옹호Defence of Poetry」에서 시의 지위("지식의 중심이면서 주변")와 시인의 지위("인류의 공인받지 못한 입법자")를 근사하게 주장할 때의 짜릿한 수사학 같은 것은 보이지 않는다. 시인이 갖춰야 할 독특한 감수성이나, 진정한 시적 영감과 작시(作詩)의 무의식적 성격("창조의 정신이란 꺼져가는 석탄과 같아서, 변덕스러운 바람처럼 보이지 않는 영향력에 순간적으로 밝게 타오른다")에 관해서도 전혀 말이 없다.

시 쓰기의 과정에 관해서도, 셰이머스 히니가 에세이에서 "글쓰기 경험의 느낌은 (…) 성공적이고 독창적인 작문을 보상하는, 근육의 감각에 가깝다"고 밝힌 것과는 달리, 전혀 알 수 없다. 대신에 아주 일반적이고 도식적인 것(언어의 속성과 역사)으로부터 아주 세세한 것(시 쓰기에 부적합한 특정 소리의 음성적 특질)으로 옮아가는 주장이 있다. 이 논문은 시 쓰기에 관한 젊은 단테의 생각—이를테면 『새로운 삶』에 수록된 시들에 반영된—를 알게 해주지만, 우리는 그가 어디서부터 시작했는지 알아야만 『신곡』의 언어와 그 시가 근본적으로 얼마나 다른지 이해하게 될 것이다.

『속어론』은 미완성으로 남았다. 실제로 문장 중간에 중단되었다. 『향연』 역시 미완성이다(계획된 열다섯 권 중 네 권만 썼다). 창작의 긴급함이 이론화의 충동을 대신했다. 단테는 『신곡』을 쓰기 시작하고, 라틴어가 아닌 토착어로 글을 쓴다. 어마어마하게 야심 찬 새 창작 프로젝트의 빛 속에서, 예전에 쓰던 해설적이고 설명적인 작품은 그냥 관심에서 멀어진 것으로 보인다. 언어에 관해 진화하던 생각이 이론화보다 실천이 더 중 요한 지점, 쓰는 방법에 관한 글보다 직접 그런 글을 쓰기가 더 중요해진 지점에 이른 것이다. 이 새 작품에서 언어에 대한 접근은 완전히, 근본적 으로 새로운 것이 되어야 했기 때문에 더더욱 그랬다.

단테는 『신곡』의 언어관을 체계적으로 설명하는 이론적 진술을 남기 지 않았다. 예전에 쓴 시를 『속어론』에서 설명했던 것과는 달리 『신곡』에 관해서는 아무것도 쓰지 않았다. 그러나 우리에겐 아담과의 만남 같은 단서들이 있다. 그리고 그 생각을 구현하는 시 자체가 있다. 단테는 시 를 쓰면서 항상 자기 예술을 비판적으로 바라보는 그런 시인이다. 『신곡』 에서 자신의 예술을 생각할 때는 두 가지 특유의 구체적인 방식으로 그 렇게 한다. 작시의 고된 과정과 그로 인한 난관을 곳곳에 토로하고, 다 른 시인들과의 만남이라는 극적인 형태를 빌리는 것이다. 이 시에서 가 장 감동적인 일부 장면이 포함된 이런 만남들은 이미 『속어론』에서 개 략적으로 그렸던 초기 토착어 시에 대한 스케치를 완성한다. 이 두 가지 테마―자기 매체에 대한 예술가의 고민과 선배들이 쌓은 업적을 이어받 는 것―모두 뚜렷한 언어적 차원을 갖지만, 이를 다루는 방식은 해설적, 설명적이라기보다는 시적이고 극적이다. 우리는 논점을 하나씩 조각처럼 맞춰나간다. 이 시를 읽는 경험만이 우리의 길잡이가 된다.

『신곡』에서 단테가 사용한 언어는 어떤 점이 독특할까? 『신곡』의 언어 는 종종 "복수언어적(plurilinguistic)"이라고 이야기된다. 이 말은 잔프랑코 콘티니가 처음 사용했는데, 그는 단테의 양식적인 방식을 페트라르카의 "단일언어적(monolinguistic)" 방식과 비교했다. 페트라르카는 단테보다 약 40년 늦게 태어났고, 라우라라는 여인을 찬미하며 그가 쓴 훌륭한 소네트들은 『칸초니에레Canzoniere』에 수록되었다. '복수언어적', '단일언어적'이라는 용어는 두 시인이 걸작을 창작하면서 언어에 대해 근본적으로 다른 접근법을 취했음을 반영한다.

페트라르카는 엄격한 선택과 배제의 접근법을 사용했다. 그의 시에는 절묘한 조화를 이루지 않는 것, 음악적이지 않은 것, 다듬지 않은 것, 세련되지 않은 것(그리고 말할 필요도 없이 점잖지 않은 것)은 일체 허락되지 않는다. 이는 『속어론』이 규정하는 것에 가깝다. 반대로 『신곡』에서 단테의 방식은 포용적이다. 인간 삶에서 꼼꼼히 살피고 재현할 가치가 없는 측면이 없듯이, 표현적 잠재력을 지닌 인간 언어에서 채택할 수 없는 측면은 없다는 것이다.

두 시인의 시에서 신체 기관을 가리키는 대목을 비교하면 그 점이 명쾌하게 드러난다. 『칸초니에레』에는 라우라의 손(la bella man, '아름다운 사람'), 발(il bel piè, '아름다운 파이'), 눈, 코 등이 나오는데, 그녀의 신체적 외형에 대한 세세한 묘사는 그게 전부다. 시는 온통 라우라에게 사로잡혀 있음에도, 그녀는 물리적 존재이기보다는 신비한 존재로 남아 있다. 반대로 『신곡』에서는 턱, 정강이, 배, 가슴, 손톱, 내장, 엉덩이, 엉덩이 골, 창자, 항문 등 신체 부위에 관한 어휘가 풍부하다. 방귀와 똥도 언급된다. 지옥에서 받는 벌의 꼴사나움과 사지 절단을 포함해 육체화된 상태의 물성이 결벽증 없이 맛깔스럽게—언어적으로 맛깔스럽게—기록되어 있다.

보티첼리는 단테의 언어적 활력에 뒤지지 않는 기백의 화풍으로, 비정

그림 32
보티첼리: 악마의 나팔.

통적인 신호로 군대를 소집하는 악마를 그려낸다. "놈은 궁둥이로 나팔을 불었다(ed elli avea del cul fatto trombetta)." 그런 말이 고상한 취향과 언어적 예의를 해친다는 이유로 눈살을 찌푸리고 질겁한다면 요점을 놓치는 것이다.

"저급한" 단어는 지옥의 잔인한 현실을 묘사하기 위해 필요하다. 거꾸로 그런 단어는 거기서 벌받는 인간 도덕의 타락상을 일깨운다. 그리고 그런 저급한 단어가 가끔씩 보란듯이 「천국」에서 사용될 때, 그 효과는 짜릿하다. 네가 본 모든 것을 명백히 보여라. 카차구이다는 단테에게 그렇게 말한다. 그래서 "옴 있는 자는 긁도록 만들어라(e lascia pur grattar dov'è la rogna)". 그리스도가 제자들에게 "너희는 가서 세상에 헛소리를 전해라(Andate, e predicate al mondo ciance)"라고는 말하지 않았다고 베아트리체는 상기시킨다. 또한 성 베드로는, 내 자리를 지상에서 더럽히는 자가 '성좌'(베드로의 무덤 위에 세워진 교황청)를 "피와 악취의 시궁창(cloaca del sangue e de la puzza)"으로 만들었다고 말한다. 천국의 맥락에서 이런 저급한 단어들을 마주칠 때 우리는 충격의 전율을 느낀다.

지옥의 더 아래쪽으로 내려갈수록 단테의 언어가 거칠어지는 것은 자신이 경험하는 공포를 제대로 다루기 위해서다. 그는 지옥 바닥에 가까워지자, 자신의 언어적 역량이 달린다고 토로한다.

다른 모든 바위들이 짓누르는

비참한 구덩이에 어울릴 만큼

거칠고 거슬리는 시구가 있다면

내 상념의 정수를 더 충분히

짜내기라도 하겠지만, 그게 아니니

글쓰기에 두려움이 없지는 않구나.

우주의 밑바닥을 묘사하기란

농담처럼 다룰 일도 아니요

엄마 아빠를 부르는 말도 아니기 때문이다.

S'ïo avessi le rime aspre e chiocce,

　　come si converrebbe al tristo buco

　　sovra 'l qual pontan tutte l'altre rocce,

io premerei di mio concetto il suco

　　più pienamente; ma perch' io non l'abbo,

non sanza tema a dicer mi conduco;

ché non è impresa da pigliare a gabbo

discriver fondo a tutto l'universo,

né da lingua che chiami mamma o babbo. (「지옥」 32곡 1~9)

그는 그 과업에 필요한 "거칠고 거슬리는 시구"를 찾아내지 못하는 무
능함을 한탄하고 있지만, 그러나 운율은 몹시 거칠고 거슬린다. -occe
와 -abbo라는 어려운 각운—그 둘 다 너무 어렵기 때문에 이 시의 1만
4233행 가운데 딱 한 번 나온다—은 그가 해낼 수 없다고 절망하는 현
실을 음성적으로 구현한다. 러시아 시인 오시프 만델스탐은 이 대목의
청각적 음색에 감탄해 abbo, gabbo, babbo를 소리 낼 때의 입과 입술의
물리적 감각에 주목하면서, 흔히 생각하듯 단테를 종교적 정통성의 대변
인이 아닌, 언어 자체의 음성적 특질과 가능성에 기뻐하며 그것을 실험
하는 사람으로 볼 것을 주문했다. 거장다운 운율이 특히 지옥에서 도드
라지는 것은 단테가 가끔 눈부신 재치로 "거칠고 거슬리는 시구"를 지어
내기 때문이다.

이 시에서 딱 한 번 사용된 또하나의 거친 각운이 -egghia다. 이것은
가장 단순하고 가장 논란의 여지가 적은 의미의 저급한 말을 보여주는
대목에서 나온다. 그것은 우아하고 품위 있게 고급 사회질서를 지향하
는 것과는 거리가 먼, 부엌이나 마구간의 구체적이고 실질적인 현실을 환
기시키기 위해 사용된 언어다.

단테와 베르길리우스는 지옥의 여덟번째 원 마지막 테라스에 도달했
다. 다양한 부류의 "위조꾼"들이 벌을 받는 곳이다. 죄인들은 온갖 병을

앓고 있다. 그들은 똑바로 일어서지 못하고 바닥에 누워 있거나 기어다닌다. 그 가운데 두 영혼은 나병의 딱지로 덮여 미칠 듯한 가려움에 몸을 긁고 있다.

한편 우리는 말없이 걸어가며
똑바로 서지도 못하는 병자들을
보며 그 소리에 귀를 기울였다.
냄비에 냄비를 엎어 열을 가하듯이
서로 등을 기대앉은 두 사람을 보았는데
머리에서 발끝까지 종기투성이라,
주인이 기다리는 마구간 소년이나
자고픈 마음이 간절한 누군가라 해도
그렇게 거친 말빗질은 본 적 없으니
다른 치유책이 없는 가려움 때문에
미친듯이 각자 손톱으로
자기 몸을 뜯어내고 있었다.
잉어나 더 큰 비늘 물고기의
비늘을 칼이 벗겨내듯이
그들의 손톱은 딱지를 뜯어냈다.

Passo passo andavam sanza sermone,

guardando e ascoltando li ammalati,

che non potean levar le lor persone.

Io vidi due sedere a sé poggiati,

　　com'a scaldar si poggia tegghia a tegghia,

　　dal capo al piè di schianze macolati;

e non vidi già mai menare stregghia

　　a ragazzo aspettato dal segnorso,

　　né a colui che mal volontier vegghia,

come ciascun menava spesso il morso

　　de l'unghie sopra sé per la gran rabbia

　　del pizzicor, che non ha più soccorso;

e sì traevan giù l'unghie la scabbia,

　　come coltel di scardova le scaglie

　　o d'altro pesce che più larghe l'abbia.　(「지옥」 29곡 70~84)

여기서 불 위에 서로 기대 얹은 냄비, 활기차게 생선 비늘을 벗기는 손질—가정에서 친숙한 사건들에 대한 생생한 묘사—은 상상 속 저승세계의 초현실적인 현실을 실제의 현실과 결부시키는 역할을 한다. 단테가 지옥의 공포를 실감케 하는 강렬한 사실주의를 가지고 가정에서의 일상 활동을 환기시키는 데에는 타의 추종을 불허한다.

『신곡』에서 눈에 띄는 한 측면은 직접 화법의 높은 비율이다. 이 시의 절반 이상의 시행이 대화다. 대화는 본질적으로 극적이며, 단테가 열정적으로 개척하는 저급한 스타일의 통속적 표현법을 가능하게 한다. 이런 대화는 대체로 짧지만, 지옥의 어느 깊은 구덩이에서 상스러운 싸움을 벌이는 두 죄인은 사실상 논쟁시로써 길게 욕설을 주고받는다. 단테와 그 친구 포레세 도나티가 익살스럽게 사용했던 저급 언어의 3류 시가 이제 영원한 지옥이라는 매우 진지한 맥락에서 재현되는 것이다.

위조꾼들의 원에는 거짓말쟁이(언어의 위조꾼), 화폐 위조꾼(금속의 위조꾼)이 있다. 옥신각신 다투고 있는 그 두 죄인은 목마에 관해 거짓말을 했던 유명한 트로이 사람 시논과 가짜 플로린화를 유통시킨 죄로 1281년 피렌체에서 화형당한 아다모다. 화폐 위조는 피렌체의 경제적 번영을 위협했기 때문에 특히 중한 죄였다. 플로린 금화의 앞뒷면에는 각각 피렌체 백합과 피렌체의 수호성인 세례 요한이 새겨져 있었는데, 1252년부터 주조되었고 오늘날 미국 달러화처럼, 곧바로 안전하고 믿을 수 있는 국제 통화가 되어 사라센들에게도 사용할 수 있었다. 그때까지 어떤 도시도 저만의 금화를 주조하지 못했다. 플로린화는 자주권과 경제력을 동시에 나타내는 상징이었다. 각각의 플로린화에는 순금 24캐럿이 들어 있었지만 장인 아다모의 플로린화는 그중 3캐럿이 비금속이었다.

위조꾼들은 수종(水腫)으로 고통받고 있다. 배가 거대하게 부풀고 입술도 퉁퉁 부어 몸은 그로테스크하게 흉측한 모습이다. 이 거짓말쟁이들은 열이 펄펄 끓어, 악취 나는 땀으로 목욕한 듯 흥건히 젖어 있다. 시논은 "트로이아의 거짓말쟁이 그리스인"이라는 말을 듣자 불쾌해한다. 그가 난폭하게, 류트 모양으로 팽팽하게 부은 장인 아다모의 배를 치자 북소리가 난다. 장인 아다모는 시몬의 얼굴을 갈김으로써 응수한다. 이제 두 죄인 사이에는 거의 제의적인 욕설 교환이 시작된다. 트로이 성벽을 무너뜨린 유명한 역할을 한 이 고대 그리스인은 『아이네이스』 2권에서 소개되며, 별로 알려지지 않은 이 영국인 위조꾼은 단테가 미성년이던 때 피렌체에서 처형되었는데, 그에게 지워지지 않을 인상을 남긴 것이 분명하다. 이 둘만큼 생뚱맞은 언쟁 상대를 상상해내기도 힘들 것이다. 단테의 과감한 상상력, 시간과 사회계급을 넘나드는 평등주의자로서 저승세계에 대한 극적인 설정이 발휘된 대목이다. 순례자 단테는 관용어와 입말의 힘에 담긴 폭발적 에너지에 홀린 듯 꼼짝 않고, 30행이나 되는 악담에 귀를 기울인다.

단테는 1290년대에 두 가지 형태로 언어 실험을 했다. 하나는 조잡하고 거친 언어를 열광적으로 수용하면서 포레세와 주고받은 논쟁시였다. 다른 하나는 그의 열정에 무심한 "돌 같은" 숙녀를 위해 쓴 "리메 페트로세(rime petrose, '돌의 시')"로 알려진 시들이었다. 이들 시에 쓰인 단어들의 음성적 특성은 만만치 않고 저항하는 주제와 문체를 일치시키려는 부단한 노력을 생생하게 느끼게 해준다. 돌이켜보면 이런 노력은 지옥의 깊이를 묘사하기 위해 거쳐야 할 양식적 견습이었음이 분명하다.

『신곡』의 언어적 포용성과 다채로움을 주장하기 위해 **백과사전적**이라는 단어 역시 자주 사용된다. 이 시는 "문체의 백과사전"이다. 『속어론』이 언어론과 시론에서, 『향연』이 철학과 과학의 전반적 관심사에서 백과사전을 지향했다면, 『신곡』은 더 포괄적으로 내용(인간 삶의 모든 측면)뿐 아니라 언어 면에서도 백과사전적이다. 실제로 이 둘은 떼어놓을 수 없다.

『신곡』에서 단테는 모든 사용역 또는 문체 등급의 이탈리아어는 물론 지역어와 방언, 외국어, 심지어 지어낸 언어까지 사용한다. 지옥의 네 번째 원에서 문지기 플루토는 "파페 사탄, 파페 사탄 알레페(Pape Satàn, pape Satàn aleppe)!"라는 잘 알아들을 수 없는 (그러나 뚜렷한 적의가 담긴) 감탄문으로 베르길리우스와 단테를 맞는다. 지옥 저 아래에서는 바벨탑 건설을 계획했던 거인 니므롯이 "라펠 마이 아메케 차비 알미(Raphél maì amècche zabì almi)!"라고 외친다. 히브리어, 그리스어, 라틴어 요소가 뒤섞여 무슨 말인지 모를 이 구절의 의미와 언어학적 기원은 독자들의 창의성을 시험하는 듯한데, 맥락상의 극적인 기능은 매우 분명하다. 당황시키고, 겁주고, 움츠러들게 하고, 소외감을 느끼게 하기 위한 것이다.

단테는 행동을 전개하거나 등장인물을 제시할 때는 지역어를 사용한다. 베르길리우스가 사용한 "지금(istra)"이라는 단어를 통해 자신이 북부 이탈리아 출신임을 드러낼 때가 그런 예다(「지옥」 27곡 21). 그리고 마치 『속어론』 이후 자신이 얼마나 멀리 왔는지 알리듯, 그 논문에서 시어로 부적합하다고 콕 집어 거부했던 두 개의 피렌체 단어를 사용한다. 「지옥」 33곡 60행의 "먹다(manicar)"와 지옥 20곡 130행의 "그러는 동안(introcque)"이 그것이다. 200년 후 마키아벨리는 비록 본인도 피렌체인이었지만, 단테가 『신곡』에서 사용한 후자의 단어를 꺼림칙하게 여겨 그것이 "어설프다(goffo)"고 선언했다. 그러나 "introcque"는 다른 방식으로는 한 행의 끝에 사용할 수 없는 단어인 nocque와 각운을 이룬다. 이것 역시 이 시에서 딱 한 번 쓰인 각운이다.

「연옥」 19곡에서 교황 하드리아누스 5세는 탐욕의 테라스에서 손이 뒤로 묶인 채 바닥에 엎드린 자세로, 성직자답게 엄숙한 라틴어로 "내가 베드로의 후계자였음을 알아두오(scias quod ego fui successor Petri)"라는 말로 단테에게 자기 정체를 밝힌다. 단테가 무릎을 꿇고 있는 걸 알자—이 순례자는 존경의 마음으로 본능적으로 교황 앞에 무릎을 꿇는다—일어서라고 재촉할 때 교황의 말투는 억센 입말로 바뀐다. "형제여, 다리를 쭉 펴고 일어나시오(Drizza le gambe, lèvati sù, frate)!" 이 꾸짖는 친숙한 말투가 이승세계와 저승세계의 차이를 강조한다. 교황과 평신도라는 지상 서열의 구분도 저승에서는 전혀 의미가 없다. 라틴어 정식 가정법(scias)에서 다급하고 친근한 명령법의 토착어(drizza, lèvati)로의 전환은 단테가 언어와 언어 사용역을 쉽게 오가는 극적인 효과에 민감했음을 보여준다. 그는 설명하는 것이 아니라 보여주고 있다.

익숙한 언어학적 기대에 도전하는 단테의 과감성은 이 시의 가장 감동적인 장면 중 하나에서는 매우 중요한 요소다. 그는 주인공 단테에게 말을 거는 한 프로방스 시인을 통해, 「연옥」 26곡의 클라이맥스에서 대단원까지의 여덟 행에 프로방스어를 사용하는 화려한 기교를 부린다. 이 일화는 관습적인 기대를 비켜 가는 한편, 어느 대목에서든 자유롭고 자신 있게 언어와 문체를 구사하는 단테의 눈부신 능력을 보여준다.

여기 「연옥」 26곡 이 산의 마지막 테라스, 평평한 표면을 뒤덮다시피 한 불길 속에서 호색의 영혼들이 벌받고 있다. 베르길리우스, 스타티우스, 단테는 불길을 피하려고 테라스의 바깥쪽 가장자리를 따라 한 줄로 걸어간다. 그 불길—그들이 시에서 찬양했던 열정의 뚜렷한 대응물—속에는 토착어 연애시를 썼던 두 시인이 있다. 이탈리아 시인 구이도 구이니첼리와 프로방스 시인 아르노 다니엘(Arnaut Daniel)이다. 두 시인은 불길 속에 있고, 세 시인은 테라스 가장자리를 걷고 있다. 나머지 시인들도 그 곡에서 언급될 테지만, 그들의 말만 들릴 것이다.

욕정의 죄는 지옥에서는 시의 독자(프란체스카)로, 연옥에서는 연애시의 작가들로 대표된다. 문학과의 연관성은 피할 수 없는 것처럼 보인다. 이 테라스에 머문다는 건 단테 시대 시인들이 무릅써야 할 직업적 부담이었다. 출세하고픈 시인에게 사랑은 필수 주제였기 때문이다. 정확히 이 곡에서 의문을 제기하는 건 아무리 승화되고 고상하거나 지적일지언정

성애적인 충동과 욕정 사이의 관계다. 이 곡은 또한 이 시에서 계속 발전시켜왔던 더욱 광범한 테마들을 정점에 올려놓는다. 무엇이 시인을 위대하게 만드는가? 한 시인을 다른 시인보다 훌륭하게 만드는 것은 무엇인가? 예술적 성취의 궁극적 의미와 가치는 무엇인가?

불길 속의 영혼들은 단테가 살아 있다는 걸 알고 놀라서 말을 잃는다. 이들의 반응은 도시에 처음 간 산골 사람의 반응과 비교하는 유명한 직유로 표현된다. 단테는 번화한 대도시 피렌체에 온 아펜니노 고산지 시골뜨기를 만났던 직접 경험에서 이 이미지를 끌어냈을 것이다. 피렌체에 온 그 방문객은 놀라서 말을 잃었다. 말과 말의 구사력에 대한 관심으로 주목받게 될 맥락에서는 강하게 시선을 사로잡는 이미지다.

마치 거칠고 투박한 산골사람이

도시에 왔을 때 놀라고 당황해서

말없이 주변을 두리번거리는 것처럼 (…)

Non altrimenti stupido si turba

　　lo montanaro, e rimirando ammuta,

　　quando rozzo e salvatico s'inurba, (…) (「연옥」 26곡 67~69)

여기에는 굉장한 언어적 독창성이 번뜩인다. 동사 ammuta와 s'inurba 모두 단테가 만든 말이다. (재귀동사 inurbarsi—'도시에 들어가게 하다'는 문자 그대로는 '스스로 도시화하다'라는 뜻—를 이상하게 여긴 일부 필경사들이 보다 평범하게 entra in urba, 즉 '도시에 들어가다'로 수정하면서 단테가 사용한 단어의 과감함과 독창성을 잃어버렸다.)

단테가 『신곡』을 써가는 방식에서 놀라운 점 한 가지는 그가 얼마나 언어적 재간이 많은가이다. 수많은 신조어들(당대의 어떤 작가도 사용하지 않은, 십중팔구는 그가 발명했을 새 단어들)은 목적에 맞게 언어를 구사하는, 거의 조형적인 감각을 부여한다. ammuta와 s'inurba 모두 각운 위치에 있다. 운율 형식이 제약으로 다가오기는커녕, 정반대로 창작 충동을 자극하는 역할을 하는 것 같다. 『최고 걸작Ottimo』이라는 제목의 한 초기 주석서 저자는 개인적으로 단테와 아는 사이였던 몇 안 되는 주석가였는데, 단테에게서 이런 말을 들었다고 한다. 그는 각운을 찾을 필요성에 쫓겨 의도하지 않았던 단어를 쓴 적이 한 번도 없으며, 오히려 언어를 가지고 지금껏 하지 않았던 것을 하게 된다는 것이다. 다른 작가들은 엄두도 못 낼 일이었다. 단테가 만든 신조어 중에는 동사가 많으며, 그중 다수는 각운 위치에 떨어진다. 프루스트가 지적했듯이(물론 단테를 가리킨 것은 아니었지만) "압운의 횡포는 시인으로 하여금 가장 아름다운 시구를 발견하게 만든다".

여기서 매우 생생하게 환기되는, 말을 잃은 산골 사람은 이제 단테의 질문에 대답할 언변 유창한 영혼들과는 대조적이다. 또한 그들은 얼마 후면 할말을 잃어버리는 단테 자신의 침묵과도 대조된다. 단테는 구이니첼리가 정체를 밝히자 침묵한다. 물론 이는 전혀 다른 침묵이다. 그 침묵은 마음속 복잡한 감정을 전달한다.

나는 구이도 구이니첼리, 이미 정화중이니
죽기 전에 깊이 뉘우쳤기 때문이라오.

son Guido Guinizzelli; e già mi purgo

per ben dolermi prima ch'a lo stremo. (「연옥」 26곡 92~93)

이 자기소개에 대한 단테의 반응을 묘사하는 직유는 설명적이거나 사실적이 아니라, 문학적이고 암시적이다. 단테는 독자들이 스타티우스의 『테바이스』에 나오는 리쿠르고스왕의 이야기를 알 것이라 기대한다. 리쿠르고스는 어린 아들이 뱀에 물려 죽게 되자 슬퍼하고 분노했고, 결국 부주의한 보모 힙시필레가 병사들에게 붙잡혀 끌려가 죽을 위기에 놓였다. 그녀가 끌려갈 때 뜻밖에도 그녀의 아들들이 나타났다. 그들은 몸을 날려 어머니를 껴안고는 안전하게 빼냈다. 그러나 어느 것도 단테는 설명하지 않는다. 우리가 이 원대한 직유를 읽는 동안, 감정적 클라이맥스에 다가가는 생생한 느낌이 전해진다.

마치 리쿠르고스의 슬픈 이야기에서

두 아들이 다시 어머니를 만났을 때처럼

나도 그랬으나 거기 미치지 못했다.

달콤하고 우아한 사랑의 시를 썼던

나보다 나은 자들의 아버지이자 내 아버지가

자신의 이름을 말하는 소리를 듣고서

나는 생각에 빠져 듣지도 말하지도 않고

한참 동안 그를 바라보며 걸었지만,

불 때문에 더 가까이 가지도 못했다.

Quali ne la tristizia di Ligurgo

    si fer due figli a riveder la madre,

    tal mi fec' io, ma non a tanto insurgo,

quand' io odo nomar sé stesso il padre

    mio e de li altri miei miglior che mai

    rime d'amore usar dolci e leggiadre;

e sanza udire e dir pensoso andai

    lunga fiata rimirando lui,

    né, per lo foco, in là più m'appressai. (「연옥」 26곡 94~102)

자신이 말을 건 상대가 구이도 구이니첼리라는 걸 알자, 단테는 힙시
필레의 아들들처럼 충격, 기쁨, 경악의 감정이 솟구침을 느낀다. 그러나
그들과 달리 단테는 행동하지 않는다. 「연옥」에서의 행동들, 시인들과 예
술가들의 만남(카셀라와 단테, 소르델로와 베르길리우스, 스타티우스와 베르
길리우스)은 모두 포옹 또는 하지 못한 포옹으로 이루어지는데, 불속으로
들어가 구이니첼리를 껴안지 못하는 단테의 행동은 그중 마지막이다. 단
테는 애정과 감사의 마음을 갖고 있음에도, 구이니첼리는 불길 밖으로
나갈 수도 없고 단테를 불길 안으로 끌어들이지도 못한다.

두 사람이 나란히 걷는 동안 긴 침묵이 이어진다. 등장인물 단테는 시
인 단테가 명쾌하게 표현하는 힙시필레 아들들의 감정을 표현하지 못한
채 구이니첼리를 바라보기만 한다. 등장인물 단테는 마침내 마음을 가
라앉히고 구이니첼리의 시를 찬양하면서, voi라는 정중한 형태로 나이
많은 그 시인에게 경의를 표하려 한다. 구이니첼리는 tu라는 친근한 형태

로 대답하면서 능숙하게 암암리에 단테의 말을 고쳐준다. 스타티우스를 만나 비슷하게 감정이 고조되었던 순간의 베르길리우스처럼, 그는 단테를 "형제(frate)"라고 부른다.

단테는 구이니첼리를 한참 바라본 후 그를 섬기겠다고 다짐하고, 그러는 단테의 말과 표정을 본 구이니첼리는 왜 자신에게 애정을 느끼는지 묻는다. 단테는 이렇게 대답한다.

내가 말했다. "당신의 감미로운 시들은
새로운 쓰임새가 지속되는 한 그것이 쓰인
잉크를 소중히 여기게 할 것입니다."

E io a lui: "Li dolci detti vostri,
    che, quanto durerà l'uso moderno,
    faranno cari ancora i loro incostri." (「연옥」 26곡 112~114)

오데리시 다 구비오가 교만의 테라스에서 그랬던 것처럼, 구이니첼리는 손사래를 치면서 더 나은 예술가를 가리킨다.

그가 "오, 형제여. 내가 가리키는 사람은"
하더니 앞의 한 영혼을 가리켰다.
"모국어 최고의 대장장이였소."

"O frate," disse, "questi ch'io ti cerno

col dito,' e additò un spirto innanzi,

"fu miglior fabbro del parlar materno." (「연옥」 26곡 115~117)

채식화가 오데리시처럼, 구이니첼리는 지상에서 예술가로서 이룬 업적에 느끼는 모든 자부심을 초월했다. 그러나 요점을 자세히 설명할 때 그의 반감은 놀랍다. 그는 정당하게 찬양받는 시인들과 명성이 부풀려진 시인들이 있다는 의문을 제기하면서, 문학적 가치의 객관적 성격에 대한 자신의 믿음을 강변한다. 시적 업적이란 견해나 변덕의 문제, 취향이나 유행의 문제가 아니다. 그러면서 이를 잘못 이해하는 바보들을 공격하는데, 지상의 경쟁 관계를 초월했을 영혼의 그런 모습은 놀랍기만 하다. 오데리시가 지상에서 누리는 명성의 덧없음을 고발하며 결론짓는 11곡과 나란히 보면 두 배는 더 놀랍다.

문학 논쟁이 저승세계에서 불이 붙는다. 단테는 구이니첼리를 통해 최근 문학사에 그 나름의 의미 부여를 하면서, 과대평가된 선배 작가를 지명하고 존경해야 할 선배 작가를 거론한다. 연옥에서 단테와 구이니첼리와의 만남은 앞서 24곡에서 시작된 토착어 시의 역사라는 풍경에 세부를 더하고 강조한다(그러는 과정에서 단테가 『속어론』에서 처음 체계적으로 시도했던 토착어 문학의 지형도를 수정하고 확대해간다). 그리고 기록을 새로 쓰면서 진정한 시적 계보를 강하게 주장한다.

이 만남이 더욱 중요한 것은, 단테가 구이니첼리를 찬양하는 것과 같은 마음으로 구이니첼리가 이른바 "최고의 대장장이"를 소개하기 때문이다. 시적 조망이 프로방스 전통까지 올라가며 시간적으로나 지리적으로 깊어지고 넓어진다. 이탈리아 서정시의 기원인 프로방스 시 전통이 이 곡의 마지막에서 인상적으로 찬양된다.

아르노 다니엘은 운문이든 산문이든 다른 모든 작가를 능가하는 토착어 문학 최고의 대가로 제시된다. 이미 『속어론』에서도 그의 영향이 매우 중요하다고 인정되었는데, 돌이켜보면 「지옥」에서 저급한 문체를 그렇게 효과적으로 사용하게 된 것도 그의 영향이었으니, 그것이 중요하게 여겨졌음이 분명하다. 구이니첼리의 영향도 똑같이 결정적이었다. 구이니첼리에게서 영감을 받았고, 단테 자신이 시인으로서 전환점이라 여겼던 『새로운 삶』의 송시들은 궁극적으로는 「천국」에서 베아트리체에 대한 찬양으로 발전한다. 그런 까닭에 연옥 산의 꼭대기에서 이 두 시인을 함께 만난다는 건 특히 감동적이다.

마침내 아르노는 순례자 단테의 열렬한 관심에 정중하게 응답하는데, 이때 프로방스어로 말한다. 모든 영혼이, 심지어 외국인의 영혼마저도 이탈리아어를 사용해온 서사의 관례가 이번만큼은 폐기되면서 탁월한 극적 효과를 낸다. 이 곡의 모든 것이 지금 이 순간으로, 뜻하지 않게 자기 목소리를 내는 아르노에게로 귀결된다.

프로방스어로의 자연스러운 전환은 독자에게 놀라움과 함께 즐거움을 안겨준다. 그것은 아르노라는 인물이 멀리 떨어져 있고, 외롭고, 언어적으로 분리되어 있는 것처럼 보이게 한다. 그런 동시에 고대의 문학 유산과 뚜렷이 구분되는 지리적, 시간적 연속체로서 근대 토착어 전통의 관념을 강화해준다. 그것은 과거 『속어론』의 이론적 입장을 확실하게 폐기한 『신곡』에 새로운 문체의 이상을 승인해주고, 아울러 "고급" 문체 내에서 엄선하는 게 아니라 말이 가진 모든 표현적 가능성을 활용하겠다는 의지를 표명한다.

구이니첼리는 단테에게 천국에 도착하면 주기도문을 말해달라고 부탁하고는, 물고기가 물밑으로 내려가듯 불꽃 속으로 사라진다—영화의 디졸브(dissolve) 기법을 언어적으로 구현한다.

그러고는 가까이 있던 누군가에게
자리를 내어주듯 불 속으로 사라졌으니,
물고기가 밑바닥으로 들어가는 것 같았다.
나는 아까 지목된 자에게 조금 더 다가가
내 열망이 그 이름을 맞이할 장소를
마련해놓았다고 말했다.

Poi, forse per dar luogo altrui secondo
    che presso avea, disparve per lo foco,
    come per l'acqua il pesce andando al fondo.
Io mi fei al mostrato innanzi un poco,
    e dissi ch'al suo nome il mio disire
    apparecchiava grazïoso loco. (「연옥」 26곡 133~138)

그러자 그 남자가 단테에게 말한다.

그가 막힘없이 말을 시작했다.
"그대의 정중한 요청에 내 마음이 기쁘니
내 이름을 숨길 수도 없고 그럴 생각도 없소.

나는 아르노, 울며 노래하며 가고 있다오.

지난날의 어리석음을 슬퍼하며

내 앞에 놓인 즐거움을 기쁘게 바라고 있지요.

그대를 계단 꼭대기로 인도하는

덕성의 이름으로 그대에게 청하건대

좋은 시절에 내 고통을 기억해주시오."

그러고는 정화하는 불길 속으로 사라졌다.

El cominciò liberamente a dire:

   "Tan m'abellis vostre cortes deman,

     qu'ieu no me puesc ni voill a vos cobrire.

Ieu sui Arnaut, que plor e vau cantan;

     consiros vei la passada folor,

     e vei jausen lo joi qu'esper, denan.

Ara vos prec, per aquella valor

     que vos guida al som de l'escalina,

     sovenha vos a temps de ma dolor!"

Poi s'ascose nel foco che li affina.　(「연옥」 26곡 139~148)

기울어가는 시적 전통에 궁극의 경의를 바치는 이 행동에서, 단테는
아르노로 하여금 음유시의 핵심이자 개인적인 이야기인 듯한 내용을 말
하게 한다. 아르노가 하는 말은 단테가 자신을 비롯한 여러 시인의 시에
서 따온 단편들로 만든 능숙한 모자이크 작품이다. "나는 아르노"는 그

자신의 가장 유명한 시를 인용한 것으로, 여기서는 (프란체스카와 우골리노 모두 그랬던 것처럼) 울면서 말하는 테마와 연관된다. 사랑의 기쁨과 고통이라는 테마, 그리고 그 테마와 관련된 어휘는 대체로 아르노 특유의 것이라기보다는 음유시인의 어휘다. 그러나 그 말은 아르노 자신의 시와 대위법을 이루기도 한다. "즐거움(joi)"은 주로 귀부인의 호의, 때로 더욱 노골적으로는 귀부인의 침실과 관련된 아르노의 시에서는 거의 중심 주제다. 고통은 귀부인의 냉담함에서 비롯된다. 가치는 그녀, 또는 (빈도는 덜하지만) 시인이나 시인의 말에서 나온다.

그렇듯 여기서 모든 것이 이해가 되지만, 그럼에도 모든 것이 아르노가 생전에 썼던 시 속의 의미와는 반대의 의미를 담고 있다. 물질 대상이 가득한 물리적 세계에서 그 시인은 계절의 순환과 관련해 자신의 열정을 경험하고 표현했고, 그의 시들은 인간 삶의 차원으로서 시간을 강력하게 느끼게 해준다. 그러나 여기 연옥에서 시간은 그 본질만 남아 있다. 실체 없는 매질을 가진 유령 형체인 아르노는 과거와 미래 사이에, 어리석음과 즐거움 사이에 자리잡고 있다. "어리석음(folor)"은 생물학과 문학, 살아온 경험, 거기서 자라난 시를 모두 아우른다. 지상의 사랑에 집착한 어리석음, 그런 사랑의 찬미에 시적 재능을 쏟은 어리석음이다.

그러나 아르노는 시에 관해 이야기하지 않는다. 보나준타의 경우 단테의 작시법이 뭐가 새로운지 알고 싶어 안달하며 여전히 시인으로서 미련이 남았음을 보여줌으로써 부족한 점을 드러낸다. 구이니첼리는 그의 시적 탁월함에 대한 찬사를 일축해버리지만, 여전히 문학적 기록을 바로잡는 데 관심이 있다. 이 두 시인과는 대조적으로, 아르노는 논의의 주제이자 과시의 구실로서의 문학을 초월하고 있다. 여기 연옥에서 그가 하는 말은 모든 면에서 그의 시와는 대조적인데, 그중 가장 주목할 만한 것은 아무런 기교 없이 자신을 표현한다는 점이다. 그는 그의 어려운 시와 떼려야 뗄 수 없는 화려한 기교를 자랑하던 시인이었다. 그러나 여기서는 그 치밀한 태도를 의식적으로 포기하는 듯하다.

단 하나 모호한 점은 그의 말에서 마지막 행이다. 이는 흔히 해석되듯이 "내 아픔을 기억하고 나를 위해 기도해달라"는 뜻일 수 있다. 이런 의미에서 그 행은 구이니첼리의 마지막 부탁과 정확히 대칭을 이룬다. 한편으로 그 행은 (아마도 틀림없이) "나의 아픔을 기억하고, 그 기억으로 행동하고 명심하고 배우라"는 뜻일 수도 있다. 이는 단테가 연옥에서 만난 모든 영혼이 마지막으로 하는 말이다. 이런 모호성은 연옥 산에서 회개하는 영혼들과 단테의 관계가 가지는 이중적 측면을 완벽하게 요약하고 있다. 사실 아르노의 말 전체—단테가 죄 많은 영혼들에게서 듣는 작별 인사—는 연옥 경험의 세 가지 상수(常數)를 돌이키게 만든다(folor-val-or-dolor의 압운 단어를 통해서). 바로 인간의 어리석음, 구원의 가능성을 주시는 신의 선하심, 그리고 구원에 이르기 위해 거쳐야 하는 고통이다. 신은 시보다 더 중요하다.

비록 아르노의 말은 우리로 하여금 뒤를 돌아보게 하지만, 앞을 내다보게 만들기도 한다. 단테는 베르길리우스와 스타티우스의 든든한 보호를 받으며(실제로 지금은 그 둘 사이에 있다), 그리고 그들의 적극적이고 세심한 격려에 힘입어 불을 뚫고 지나가고, 비록 무섭기는 했지만 상처 하나 없이 반대편으로 나온다. 베르길리우스와 스타티우스가, 그리고 베아트리체의 이름이 두려움을 이겨내게 한다. 존경받는 토착어의 거장 구이니첼리와 아르노는 뒤에 남은 채, 열정에 대한 시적 은유를 대체하는 참회의 현실인 불길 속에 갇혀 있어야 한다. 그 불이 그들을 정련해줄 것이다. 한때 그 시인들이 언어를 정제했던 것처럼 말이다. 다루기 힘든 매체를 정제하고 두드리는 장인의 이미지가 앞서 명사 fabbro("대장장이")에 함축되어 있던 것처럼, 동사 affina("정화하다")에도 그 이미지가 내포되어 있다. 그러나 이제 언어적, 기술적 노력에서 영적인 노력으로 옮겨진 그 이미지는 이 곡을 마무리하는 잊지 못할 이미지가 된다.

단테는 위대한 고전 시인들의 선례와 도움이 없었다면, 고전 세계의 위대한 시들과 비견할 만한 서사적 야망과 형식을 가진 『신곡』을 쓰지 못했을 것이다. 그들의 작품은 그의 작품을 살찌우고 양분을 대주었다. 「연옥」 26곡의 줄거리는 이 문학적, 역사적 진실을 분명하게, 감동적으로 보여준다. 토착어 전통에는 그가 모델로 삼을 만한 작품이 하나도 없었다. 그러기에 그가 그 과제를 위해, 곧바로 고전 시인을 모방해 라틴어를 선택하고 기존 문학 모델의 든든한 지원을 받으며 쓰는 대신, 자기 고향, 피렌체 토착어라는 소박한 언어로 쓸 수 있을 거라 생각했다는 점은 더더욱 놀랍다.

고전 시인들에 대한 도전은 「지옥」의 주목할 만한 한 대목에서 뚜렷이 구체화된다. 단테는 변신을 묘사했던 루카누스와 오비디우스를 의식적으로 끌어들인다. "루카누스여, 입을 다물어라 (…)/오비디우스여, 카드모스와 아레투사에 대해/말하지 마라 (…)(Taccia Lucano…/Taccia di Cadmo e d'Aretusa Ovidio,…)." 「지옥」 25곡에서 단테는 괴물로 변하는 도둑들을 묘사하면서 그 두 시인을 능가하기 시작한다. 사람이 뱀이 되고, 뱀이 사람이 되거나—이 절정의 순간이 그가 그 고전 시인들을 능가하는 지점이다—뱀과 사람이 하나로 합쳐지고, 각각 서로의 모습으로 변한 다음

다시 분리된다. 단테도 분명히 의식하고 있지만, 이는 고도의 예술적 기교이며, 그 거장들과 경합하며 열렬한 갈채를 받는 장면이다.

T. S. 엘리엇은 1929년 『황무지』 영문판 재판에 헌사를 덧붙였다. 'il migilor fabbro(최고의 대장장이), 에즈라 파운드에게.' 자기 시가 최종적 형태를 갖추기까지 친구의 공로를 품위 있게 인정하는 태도가 「연옥」 26곡에서 따온 의미심장한 구절에 우아하게 표현되어 있다. 파운드가 엘리엇의 『황무지』 전체를 싹둑 자르고 수정하면서 철저하게 손질했다는 일화는 유명하다. 혹독하지만 흠 없이 명민한 파운드의 편집을 거쳐 군더더기를 걷어낸 깔끔한 시가 출판되었고 그것이 오늘날 우리가 읽는 엘리엇의 작품이다.

『황무지』의 자필 원고를 검토해보면, 아르노 다니엘의 일화가 그 시를 구상하는 데 결정적 역할을 했음을 알 수 있다. 초기 원고에 있던 이 곡의 마지막 행(Poi s'ascose nel foco che li affina)은 엘리엇이 "이런 조각들로 나는 나의 폐허를 지탱해왔다"고 말한 그 조각들 중 하나였다. 초기 원고에는 파운드가 최종 편집본에서 전체를 깡그리 삭제해버린 "장례행렬"이라는 절이 있다. 이 절에는 Sovegna vos al temps de mon dolor[원문대로]가 나온다. 타이프로 친 그 행이 삭제되자 엘리엇은 그 자리에 Consiros vei la pasada folor라고 손으로 써넣었다. 이 행 역시 삭제되었다. 엘리엇은 구구절절 자신에게 특별한 울림을 주던 아르노의 대사를 떨쳐버리지 못했던 것으로 보인다.

실제로 엘리엇은 다른 때에도 울림 있는 구절을 위해 아르노의 말을 종종 끌어다 쓰곤 했다. 『지금 당신께 바랍니다*Ara vos prec*』는 이미 1919년에 출간된 작은 시집의 제목이었다. "계단 꼭대기 널돌에 서서"의 확신에

찬 공격은 som de l'escalina를 모방한 것이다. 그는 언젠가 「재의 수요일」 연작 중 한 편의 서두로 som de l'escalina를, 그리고 또다른 시의 서두로 jausen lo jorn을 이용하려고 계획했다. 그러나 막상 그는 sovegna vos만을 「재의 수요일」 4에서 사용했을 뿐이다.

엘리엇은 파운드의 편집으로 『황무지』에서 아르노의 맥락이 사라질까 걱정스러웠는지, 최종본 텍스트 주석에 「연옥」 26곡의 145~148행을 인용했다. (1922년 12월 뉴욕 판본에 앞서 10월 『크라이티어리언*The Criterion*』과 11월 『다이얼*The Dial*』에 발표한 판본에는 주석이 없었다.) 파운드에 따르면 평론가들의 관심을 불러일으킨 것은 바로 그 주석의 존재였다고 한다.

그 주석을 그 시에서 중요한 부분으로 봐야 하는지 아니면 별 관련이 없다고 봐야 하는지는 신비평가들에게 핵심 쟁점이 되었고, 이는 저자의 의도에 관한 유명한 논쟁에 불을 댕겼다. 따라서 「연옥」의 아르노 다니엘 일화는 20세기 영국 문학에서 위대한 걸작의 핵심일 뿐 아니라 20세기 주요 비평논쟁에서 하나의 핵심이기도 하다. 단테가 서사적 관점에서 이 곡에서 하고 있던 것—동시대 시인들과 과거 위대한 시인들과의 관계 속에 자신을 놓는 것—이 바로 엘리엇이 『황무지』에서 더욱 모호하고 암시적인 방식으로 하고 있는 바로 그것이다.

엘리엇이 단테의 언어를 보는 관점을 잠깐 살펴볼 가치가 있는데, 엘리엇의 관점은 영시 애호가의 표준적 참조점이기 때문이다. 엘리엇은 단테의 이탈리아어가 지닌 "보편적" 특성을 이야기한다. 아마도 단테의 언어에서 분명히 감지되는 라틴 조상언어, 로마제국과 교회의 문화유산을 간직한 언어를 가리키는 것으로 보인다. 『신곡』의 서두(Nel mezzo del cammin di nostra vita/mi ritrovai per una selva oscura,/ché la diritta via era smarrita)에서 많은 영어권 독자들은 vita(인생)가 라틴어 vita(m)이며, sel-va(숲)는 라틴어 silva(m), via(길)는 라틴어 via(m)라는 걸 알아볼 것이다. 그러나 이 각도에서 문제에 접근하는 것은, 비록 많은 생각을 하게 만들지만 우리의 목적에는 별 도움이 되지 않는다. 단테의 언어에서 "시끌벅적한 지역주의 에너지"를 이야기한 셰이머스 히니가 그 지점에 훨씬 더 가깝다.

시인으로서 히니의 상황은 어떻게 보면 단테와는 정반대다. 얼스터 시인인 그는 더 많은 독자에게 다가가기 위해 표준 영어를 사용하면서, 가끔 한 단어의 지역적이고 "한정된" 적확성을 배신할 수밖에 없는 지역 시인의 곤경을 분명히 드러내는 시를 써왔다. 히니가 어린 시절을 보낸 얼스터에서는 농기구를 가지고 하는 모든 일에는 항상 wrought라는 단어를 썼고, 그것이 그에게 자연스럽게 다가오는 단어임에도, 'My father wrought with a horse-plough'라는 문장은 'My father worked with a horse-plough'로 수정된다.

히니는 자신의 지역어와 비교될 수 있는 표준 영어를 섬세하게 이해하고 있다. 이와는 반대로 단테의 시대에는 표준 이탈리아어 같은 건 전혀 없었다. 단테는 자신의 고향 말로 쓰기로 했지만, 그의 언어 선택에 영향을 주거나 지침이 될 수 있는, 널리 받아들여지거나 인정된 토착어가 따로 없었다. 그는 토스카나어로 글을 썼고, 너무 훌륭하게, 뛰어난 표현력을 발휘했고, 그 언어를 매우 능숙하게 구사했기 때문에, 토스카나어가 표준적 형태가 **되었다**. 단테가 이탈리아어를 "발명"했다고 하는 의미가 바로 이것이다.

『속어론』에서 단테는 피렌체, 피사, 아레초, 시에나, 루카 등지에서 사용되는 최소 다섯 개의 토스카나어를 구분했다. 그는 지역에 따라 변형된 이들 각각의 언어에서 특징적인 구절을 인용하고, 안목 있는 독자에게 기량을 인정받지 못하는 시인의 예를 한 도시에 한 명씩 다섯 명 언급했다. 이들 모두 "지방적"이라며 퇴짜를 맞았다. 다시 말해 탁월함과 언어적 세련미가 없다는 얘기다. (그중 피렌체 시인은 다름 아닌 브루네토 라티니, 우리가 「지옥」 15곡에서 자연을 거스른 죄인들 중에 만났던 존경받는 거장이자 멘토다. 단테는 확실히 그를 시인으로서보다는 정치가와 교육자로서 더 칭송했던 모양이다.)

『신곡』에서 단테의 이탈리아어는 토스카나어다. 비록 나머지 토스카나어 형태도 나오지만 대체로 말하면 피렌체어다. 사실 "표준" 언어가 없는 가운데, 구사할 수 있는 다양한 언어 형태가 많다는 것은 그가 놓인 언어적 상황의 이점 가운데 하나다. 덕분에 운율 체계를 다루기가 훨씬 더 쉬웠다. (번역가들은 이런 이점을 누리지 못한다. 현대 이탈리아 시인들도 확실히 그 이점을 똑같은 정도로 누리지 못한다.) 그래서 「지옥」 3곡 38~39 두 행에서, be 동사에 해당하는 3인칭 복수 과거형의 세 가지 형태(furon, fur, fuoro)는 압운과 음절 수의 여러 가능성을 열어준다. 그 단어들은 지옥 입구에 추락한 천사들을 묘사할 때 사용되고 있다. "하느님께 거역을 하지도, 그렇다고 충실하지도 않은 채 자기만을 위해 살았던 사악한 천사 무리(quel cattivo coro/de li angeli che non *furon* ribelli/né *fur* fedeli a Dio, ma per sé *fuoro*)." 또다른 세 가지 형태인 furo, furono, fuorono가 다른 곳에서 필요에 따라 사용되기도 했다. 마찬가지로 "잃다"의 과거시제는 perdè, perdette, perse, perdeo가 될 수 있다. 이 모든 것이 의미나 시적 효과 면에서 뚜렷한 차이 없이 각기 다른 지점에서 사용되지만, 운율이나

11음절 내의 위치와 관련해 여러 가지 가능성들을 제공한다.

이런 단어 형태에서의 다양성에 못지않은 것이 단어 선택에서의 다양성이다. "이제"는 ora, adesso, mo가 될 수 있고, 나아가 (등장인물 묘사를 위해) 지역어인 issa와 istra까지 될 수 있다. 어휘의 다양성은 수평적이기도 하지만 그만큼 수직적일 수도 있다. 따라서 "노인"을 가리킬 때는 vecchio, veglio나 sene가 쓰인다. 무엇이 맥락에 적절한지에 따라 선택이 좌우된다. 「지옥」3곡에서 포악한 에너지를 지닌 카론은 un vecchio, bianco per antico pelo("머리카락이 새하얀 노인")이다. 「연옥」1곡에서 카토는 un veglio solo, /degno di tanta reverenza in vista("존경받을 만한 모습의 외로운 노인")이다. 프랑스어에서 기원한 단어 veglio는 vecchio보다 더 점잖은 느낌을 주므로 연옥 문지기의 위엄에 어울리지만, 둘 다 그 의미와 라틴어 어근이 똑같다. 카토보다 더 덕망 높은 인물인 천국의 성 베르나르두스는 고상해 보이는 sene(진정한 라틴어법으로 현대 이탈리어에는 남아 있지 않지만, senile라는 형용사형으로 전해진다)다. 토착어가 하나의 표준적 형태로 굳어지기 전의 이런 상황에서는 엄청난 언어적 가능성과 유연성이 존재한다.

토착어로 시를 쓰기로 결정한 덕분에 단테는 엄청난 언어적 선택의 자유를 누린다. 인정되는 한 언어 형태나 어휘에 대한 특별한 반감이 전혀 없다. 그는 남달리 토착어의 표현력과 잠재성을 알아보았고, 바로 이런 자유—에너지의 자유, 무한한 표현 가능성의 자유—의 황홀한 감정에 이 시를 읽는 독자들이 반응한다. 하나의 언어를 밑바탕에서부터 벼려내야 한다는 생각, 단테가 무사(Musa)들에게 도움을 청해 자신의 언어 자원에 대한 도전을 이야기할 때 그 생각은 더욱 강하고 뚜렷이 전해진다.

아직은 표준어라거나 널리 인정되는 형태의 토착어가 전혀 없이, 진지한 지적 추구의 매체로 라틴어를 사용하던 풍부한 다언어적 문화의 현실을 오늘날의 우리가 상상하기는 쉽지 않다. 그러나 그런 언어 환경을 편안하게 여기던 단테의 자신감은 그가 쓴 것으로 보이는 한 편의 짧은 시에 나타나 있다. 이 시는 프랑스어, 라틴어, 이탈리아어 등 세 언어 사이를 물 흐르듯 오가고 있다. 이 시의 결구(congedo, 시인이 그 시를 끝맺는 짧은 부분)는 그 재기를 맛보게 해준다.

> 노래하라, 이제 너는 세상에 나아갈 수 있어라(프랑스어),
>
> 나는 세 가지 언어로 말해왔으니
>
> 내 무거운 고통은(라틴어)
>
> 온 세상이 알게 되리라. 모두가 그 말을 들으리라,
>
> 나를 괴롭히는 자는 가엾게 여기리라(이탈리아어).

> Chanson, or puez aler par tout le monde,
>
> Namque locutus sum in lingua trina
>
> Ut gravis mea spina
>
> Si saccia per lo mondo. Ogn'uomo il senta:
>
> Forse n'avrà pietà chi mi tormenta.

라틴어와 이탈리아어를 편안하게 오가는 단테의 능력은 『신곡』의 독특한 한 측면인 언어적 질감을 만들어낸다. 그가 라틴어의 한 조각을 토착어 언어 환경에 통합하면서 성서를 인용하거나 상기시킬 때에는 단어

와 리듬의 즐거운 실험 가능성을 제공하는 가단성(可鍛性) 있는 언어 매체에 도취한 것처럼 느껴진다. 이 시에서 처음 나오는 대화는 그 순례자가 어두운 숲속에서 길을 잃고서, 상대가 베르길리우스라는 걸 아직 모르는 채 그에게 도움을 청할 때다. "'나 좀 살려주시오', 나는 외쳤다("*Miserere di me*," gridai a lui,),"(「지옥」 1곡 65) 그 말은 시편 51장 첫 부분의 탁월한 참회의 기도(Miserere mei Deus secundum misericordiam tuam. 하느님, 한결같은 사랑으로 나를 불쌍히 여기소서)를 떠올리게 한다. 이 진심어린 외침은 처음부터 단테가 시편의 저자이자 가수인 다윗과 동일시된다는 설정을 은연중에 나타내고 있다. 그러나 miserere("불쌍히 여기다")는 『아이네이스』 6권 117행에서 아이네이아스가 시빌라에게 도움을 청할 때 사용한 단어이기도 하다.

miserere는 라틴어지만, 기도문에 사용되었으므로 단테의 독자들에게는 매우 친숙했을 것이다. 그 단어는 라틴어로 써야만 성서와 『아이네이스』를 모두 가리키는 이중의 암시를 보존할 수 있다. 그러나 여기서 그 단어는 토착어 맥락에도 들어맞는다. Miserere di me에서 di me는 이탈리아어이며, 이 혼합구는 6, 10번째에 강세가 오는 11음절 시행의 완벽한 앞쪽 절반을 이룬다(377~380쪽의 '11음절 시' 참조). 라틴어 형태 Miserere mei였다면 운이 맞지 않았을 것이다.

시편 51장의 이 부분은 이 시의 끝에 가서, 엠피레오의 축복받은 영혼들 중 다윗의 고조모였던 룻이 소개될 때, "지은 죄 때문에 한탄하며 '나를 불쌍히 여기소서' 노래했던(che per doglia/del fallo disse 'Miserere mei,')"(「천국」 32곡 11~12)에서 다시 인용된다. 이번에는 토착어와 섞지 않은 이 라틴어가 그 행의 마지막 단어다(그리고 4, 8, 10번째에 강세가 오는 완벽한

11음절 시행을 종결짓는다). 그리고 mei는 어렵지 않지만 유용한 각운이다. 단테는 언어의 유동성을 이용해 주제상 중요한 이 구절을 11음절 시행의 처음과 끝에서 서로 다른 두 형태로, 즉 시적 힘은 똑같되 운율 특성은 다르게 사용한다. 어쩌면 이 시의 앞부분과 끝부분에 사용된 것도 우연은 아닐 것이다.

반대로, 단테가 운율 때문에 라틴어 시행에 토착어 감탄사 oh!를 삽입한 경우도 있다. 지상낙원에서 천사들이 베아트리체의 도착을 알리며 베르길리우스의 시행을 인용할 때다(그렇다. 깜짝 놀랄 만큼 과감하게, 단테는 이 장면의 정점에서 그리스도교 천사들에게 베르길리우스를 인용하게 한다). "오, 한 움큼 가득 백합을 드리라(Manibus, oh, date lilïa plenis)!" 어느 영리한 주석가는 oh!로 표시된 날카로운 들숨은 베아트리체가 그 현장에 등장하는 바로 그 순간을 표시하기 위한 것일 수 있다고 주장한다.

실제 라틴어 단어들과 다른 단테의 라틴어법은 이 시에서 고상한 양식을 나타내는 독특한 표지가 되곤 한다. 라틴어법이란 라틴어 기원의 느낌이 아직 남은 이탈리아어 단어들을 말한다. 이런 단어들은 거의 하나같이 구체적 사물보다는 추상적 개념을 가리키며, 철학, 과학, 천문학, 신학 개념을 설명하는 맥락에서 흔히 사용된다. 이런 단어는 「천국」에서 훨씬 자주 등장하는데, 천국에서 죽은 영혼들과 만날 때 그 초점은 지상에서 그들의 삶에 관한 이야기보다는 지적으로 어려운 개념, 우주의 창조, 시간의 속성, 천사의 위계, 깨진 서약도 보상받을 수 있는가의 문제 등등을 그 순례자에게 설명하는 데 맞춰진다. 저승세계의 세번째 영역에서 베아트리체는 단테를 안내하면서 이런 문제를 설명해준다. 그녀는 스콜라 신학의 핵심 측면들을 유창하게 대변한다. 단테에게 가르침을 주는 이들 중에는 교회의 대학자 네 명(토마스 아퀴나스, 보나벤투라, 베네딕투스, 베르나르두스)이 포함되어 있으며, 세 가지 신학적 덕성을 시험하는 이로는 우리가 본 것처럼 세 명의 사도 베드로, 야곱, 요한이 있다. 주로 사용되는 라틴어법은 학술 용어인 quiditate(본질)와 sillogismo(삼단논법)다. 두 단어는 단테가 성 베드로에게 받는 믿음에 관한 구두시험에 나온다. 중요한 것은 quiditate가 각운 위치에 있다는 것이다(mei의 경우처럼). 『신곡』을 쓰기 전 단테는 그의 동시대인들처럼, 각운에 라틴어 단어를 사용하지 않았다.

단테의 언어에 문제가 있다고 생각하는 사람들은 늘 있었다. 그가 세상을 뜨고 200년 후, 르네상스시대 언어 사용을 검토하고 토착어 어법에 관한 책 『토착어 산문Prose della volgar lingua』을 쓴 피에트로 벰보(Pietro Bembo)는 시인으로서 단테의 위상을 인정하면서도 문체의 결함을 지적했다. 이 결함은 이따금 보이는 거칠음과 부적절함 때문만이 아니라 단테의 자유로운 언어 구사 때문이기도 했다. 벰보가 꼬집어 비판한 한 가지가 바로 단테의 라틴어 사용이었다. 그러나 벰보는 외래 단어, 고대 단어, 거친 단어(rozze), 추하고 더러운 단어(immonde e brutte), 거슬리는 단어(durissime), 그리고 순수하고 부드러운 단어(pure e gentili)를 난도질해 만든 단어, 무차별적으로 짜깁기하고 만든 단어(senza alcuna scielta o regola, da sè formandone e fingendone, ha operato)들도 반대했다. 벰보는 언어적으로 『신곡』은 잡초와 왕겨 때문에 숨을 못 쉬는 아름다운 옥수수밭 같다고 했다.

벰보에게 그것은 세심함과 점잖은 취향의 문제이자, 예의와 품위를 아는 사회가 받아들일 만한 토착어의 표준 형태를 확립할 필요성의 문제였다. 벰보가 매도하는 그것은 정확히 우리 현대인들이 가치 있게 여기곤 하는 바로 그것이다. 새롭게 만든 조어, 포괄성, 과감함, 신선함, 언어적 에너지, 풍부한 어휘, 언어 사용역을 통한 기존 경계 허물기, 언어의 모든 특성을 마음껏 활용하려는 의지 등이다. 단테의 언어 사용은 현대의 어떤 독자가 봐도 눈부실 만큼 독창적이고 기발하게 여길 만한 측면이다. "낱말을 비축해둔 모든 금고에 제약 없이 접근"(이것은 히니가 한 말로, 단테를 가리킨 것은 아니었다)한다는 건 그의 천재성의 징표다. 그 결과는 언어적 잡탕이 아니다. 우리가 첫 곡의 고뇌에 찬 Miserere di me에서 보았듯, 이들 다양한 언어 요소에는 늘 표현적, 기능적 목적이 있다. 이 구절을 영어로 번역하는 이들이 두 진영으로 나뉜다는 사실은 흥미롭다. 라틴어 단어를 보존하는 번역가와 영어로 "불쌍히 여기소서"나 "자비를 베푸소서"로 옮기는 번역가가 있다. 번역가들은 항상 혼합 절충주의를 피하지 못했지만, 그와는 반대로 『신곡』은 문맥과 이야기하는 순간 저자의 정확한 감수성—언어적 절대음감—을 반영한다. 이것은 언어 재료들의 우연한 조합이 결코 아니다. 모든 것은 흠잡을 데 없는 음감과 정확히 계산된 효과로 이루어진다.

『신곡』의 언어 차원은 굉장히 탁월하며, 단테가 각 편의 끝에서 만나는 마지막 사람에게 특별한 반전이 주어진다. 아르노 다니엘은 연옥에서 단테에게 말을 거는 마지막 사람이다. 아담은 천국에서 마지막으로 단테에게 말을 거는 사람이다. 「지옥」은 소름 끼치게도 말없이 끝났다. 지옥의 맨 밑바닥, 배신의 네 구역 중 마지막, 은혜를 배신한 영혼들의 장소에서, 단테는 얼음 표면 밑에 얼어 있는 죄인들을 보지만 그들에게 말을 걸지 못한다. 이 마지막 집단은 심지어 머리를 내밀고 있지도 않다. 단테의 발밑 얼음 속, 투명한 매체 속에, 유리 속의 지푸라기(festuca in vetro) 처럼 갇혀 있는 죄인들이 보인다. 단테는 임상적 무심함과 간결한 효율성으로 그들의 다양한 자세를 주목한다. 더러는 누워 있고 더러는 서 있으며(머리가 위로 또는 발이 위로 온 자세로), 또 더러는 머리가 발에 닿도록 뒤로 몸이 젖혀져 있다. 이 섬뜩한 광경은 그들의 인간성 상실을 환기시킨다. 그들은 결코 인간이 아니며, 동물이나 식물도 아니고, 그저 무덤덤하게 관찰하는 표본이 되어버렸다.

그들의 인간임을 의미하고 표현하는 바로 그것, 언어 능력의 소멸은 그들의 얼음 같은 마음, 인간적 공감 결여에 어울리는 조치이자 벌이다. 공감과 소통의 도구, 동료 인간에게 다가가는 도구, (아리스토텔레스의 말을 빌리면) "사회적 동물"이기 위한 도구인 언어는 마침내 지옥의 밑바닥에서 소멸된다. 중요한 건 바로 앞 곡, 「지옥」의 마지막 위대한 오페라 아리아에서 우골리노의 격정적인 말이 끝난 직후이기에 이 순간이 더욱더 강력하게 다가온다는 것이다.

『신곡』에서 언어라는 주제가 대두될 때마다 그 결과는 많은 생각을 불러일으키곤 한다. 단테는 왜 그렇게 아첨꾼들에게 혹독한 걸까? 그들의 언어 남용에 대한 벌은 가혹하다. 그들은 사람의 배설물(동물 배설물이 아니라는 점은 명백하다)이 가득한 도랑에 처박혀 있는데, 이는 중세 소도시의 현실을 반영하는 듯하다. 중세 소도시에서는 오물을 성벽 바깥의 노천 도랑으로 흘려보냈다. 아무리 자기 잇속을 위해서라지만 단순히 언어를 낭비한 죄치고는 지나치게 가혹한 벌로 보일 수 있다.

1481년에 『신곡』에 대한 장황한 주석본을 펴낸 크리스토포로 란디노(Cristoforo Landino)는 아첨꾼들에 대한 벌을 흥미롭게 설명한다. 란디노

그림 33
보티첼리: 아첨꾼들(세부).

의 크고 아름다운 판본은 피렌체에서 나온 최초의 『신곡』이었다(폴리뇨, 베네치아, 만토바, 나폴리, 밀라노 등지에서는 이미 몇 년 전에 출간되었다). 몸의 양분이 될 음식에서 해롭고 쓸모없는 부분이 폐기물로 배설되듯이, 아부는 언어에서 건강하지 못하고 해로운 부분이라고 란디노는 설명한다. 그는 오물 속에서 뒹구는 아첨꾼들은 그들이 했던 말, 부정직하고 이기적인 언어 남용을 은유적으로 나타낸다고 보고 있다. 현대 심리학자라면 아부를 "수단적" 언어 행동이라고 부를 것이다. 여기서 언어는 편협한 개인적 목적, 최우선적인 관심사인 자기 이익을 달성하기 위한 수단이지 사심 없는 진실 탐구나 타인과의 공감 표현을 위한 수단이 아니다. 물론 창의성과 놀이 요소가 있는 예술작품의 창조 수단도 아니다.

「천국」의 언어 사용역은 대체로 고급 문체에 해당한다. 복잡한 철학적, 신학적 관념의 설명은 앞의 두 편에서보다 더 큰 역할을 하며, 그 결과 앞에서 말한 것처럼 라틴어법의 비율이 높다. 그럼에도 단테는 심오하고 복잡한 문제를 이야기할 때조차 매우 소박하고 명료하게 말할 수 있고, 자주 그렇게 한다. 따라서 「천국」 서두에서는 우주의 구조에 깔린 기본 원리를 펼쳐 보인다. 우주는 신의 빛이 비치는 정도에 따라 순서가 정해진다. 그 빛은 지복의 반영이자 그 수단이다.

> 만물을 움직이시는 그분의 영광은
> 온 우주에 퍼지지만, 어떤 곳은
> 많이 비추고 어떤 곳은 적게 비춘다.

> La gloria di colui che tutto move
>   per l'universo penetra, e risplende
>   in una parte più e meno altrove. (「천국」 1곡 1~3)

신의 존재는 우주를 통해 드러난다. 우주의 서로 다른 부분들은 그 수용 능력에 따라 저마다 많이 또는 적게 빛을 받는다.

「천국」을 관통하는 두번째 원리는, 아퀴나스의 믿음처럼, 지성의 행동에 지복이 있다는 것이다. 사랑의 중요성을 강조하는 신비주의나 프란체스코회 전통과는 반대다. 베아트리체는 천사들의 위계를 설명하면서 이 원리를 분명히 밝힌다.

그들 누구나 모든 지성의 쉼터인

진리를 더 깊이 꿰뚫어보는 만큼

기쁨을 느낀다는 걸 당신은 알아야 해요.

축복받음은 보는 행위에 바탕을 두지

그뒤에 오는 사랑이 토대가 되지

않는다는 건 거기서 알 수 있지요.

e dei saper che tutti hanno diletto

　　quanto la sua veduta si profonda

　　nel vero in che si queta ogne intelletto.

Quinci si può veder come si fonda

　　l'esser beato ne l'atto che vede,

　　non in quel ch'ama, che poscia seconda;　(「천국」 28곡 106~111)

보는 것이 이해하는 것이다. 사랑은 이해에서 뒤따라 나온다. '보다'라는 동사 vedere는 「천국」에서 어떤 동사보다 자주 사용된다. occhio("눈")는 이 시에서 가장 많이 사용된 단어다(263번 사용되었다. 두번째로 자주 사용된 단어는 mondo, 즉 "세상"으로 한참 적은 143번 등장한다.) 이 시의 마지막 곡들은 이 지복 개념을 구현하고 보여주지만, 여기에는 현대의 인식, 즉 보는 것과 이해하는 것이 매우 이성적인 작용이라는, 또는 어쨌거나 강렬한 열망과 기쁨의 관념과 어울리지 않는다는 인식에 모순되는 열성이 담겨 있다.

단테는 「천국」에서 새로운 언어적 과제를 마주한다. 엄밀히 말해 언어로 옮겨질 수 없는―형용할 수 없는―것을 표현하는 과제다. 그 어려움은 처음부터 토로된다. "인간의 조건을 초월하는 경험은 말로 표현할 수 없다(Trasumanar significar per verba/non si poria)." 심지어 그 문제를 언급할 때도 언어적 부담이 감지된다. per verba는 라틴어(역시 운율을 맞추기 위함이다)이며, significar는 "말로 옮기다"를 뜻하는 성서적 라틴어법이고, trasumanar는 단테가 고안한 동사다. 그러나 trasumanar―인간의 조건을 초월하다, 인간 존재의 한계를 뛰어넘다―는 그 순례자가 신을 보기 위해서 해야 하는 그것이다. 이것은 그 여행의 궁극적 목적이요, 그 저자의 궁극적 과제다.

형용할 수 없음의 테마는 「천국」편을 관통하고 있는데, 이 시의 마지막 네 개 곡에서 절정을 이룬다. 단테는 우선 천국의 주인들의 환영을 보고, 이어서 마지막 곡에서 신의 환영을 본다. 그가 엠피레오, 즉 지고천―이전의 29개 곡에서 지나온 하늘들과는 다른 가장 높은 하늘―에 도착하는 중요한 순간은 「천국」 30곡에 묘사되어 있다. 한껏 고양되었지만 드라마를 놓치지 않으며, 심오하면서도 간결하고, 지적으로나 신학적으로나 핵심을 꿰뚫지만 유쾌하다. 이 시점에서 순례자는 창조된 세계, 시공 속 우리 인간세계를 뒤에 남겨두고 영원으로 들어간다. trasumanar의 경험, 인간을 초월하는 경험은 비록 그것을 묘사하는 단어들이 거기에 못 미칠지언정 마침내 말을 통해 말로 묘사된다.

「천국」 30곡은 끝이면서 시작이다. 그것은 물리적 여행의 끝, 순례자가 어두운 숲에서 길을 잃은 이후 추구해온 목표에 도달하는 순간이다. 이 시점부터 그의 전진은 순전히 보고 이해하는 그의 능력과 관련해서 기록된다. 그는 지적 감각을 통해서만 앞으로 나아간다. 그러나 30곡은 하나의 시작점이기도 하다. 살아 있는 인간이자 등장인물인 단테에게는 신의 신비를 꿰뚫고 이해하려는 최종적 노력의 시작이다. 예술가이자 시인인 단테에게는 그 여행의 정점에서 환영으로 이해한 경험을 말로 포착하기 위한 지난한 최종적 싸움의 시작이다.

영원의 경험은 이 마지막 네 곡에서 하나의 에피소드로 펼쳐지고, 단테는 천사들과 축복받은 영혼들을 통해 신을 이해하는 수준에서 중간 매체의 개입이 필요 없이 직접 신을 이해하는 수준으로 나아간다. 「천국」 30곡은 그가 이 새로운 세계에 발을 들이고 적응하는 곡이다. 빛과 기쁨과 황홀한 백열의 크레센도 중 첫 단계로서, 진정한 클라이맥스는 이 시의 마지막, 단테의 힘이 창조주를 통해 창조의 모든 것을 보고 이해하고 포용하게 되는 순간이다.

이 시 전체가 그렇듯이 이 곡의 형태는 엷은 빛에서 강한 빛으로, 작은 이해에서 큰 이해로 나아간다. 순례자의 시력에 변화가 일어나고, 이제 그는 한정된 인간적 능력으로 불완전하게 이해하는 게 아니라 직접 지복의 신비를 체험하기 시작한다.

이 변화가 일어난 후, 그는 화려함과 광채를 더해가는 일련의 환영을 지각한다. 행동의 각 단계마다 베아트리체가 짧은 말을 덧붙이면서, 그 환영이 무엇을 의미하는지, 그리고 단테의 시력이 어떤 점에서 아직 결함이 있는지 설명한다. 이 곡의 패턴은 환영 다음에 설명이, 보는 것 다음에 이해가, 이미지 다음에 교리가 따라오는 식이다. 이런 순서에 따라 펼쳐지는 극적인 행동은 눈부시도록 아름다운 이미지와 심오한 신학적 진리를 선사한다.

단테는 「천국」 28곡에서 처음으로 직접 신을 경험했다. 아홉 개의 동심원이 어지럽게 그 주변을 돌고 있는, 작지만 강렬하게 밝은 빛의 점을 보았을 때였다. "저 점에 하늘과 모든 자연이 의지하고 있지요(Da quel punto/depende il cielo e tutta la natura)." 그 점은 신이고, 그 원들은 저마다 지구 주변을 도는 천체 각각의 움직임을 책임진 천사들이다. 그러나 그 점과 빙빙 도는 원들은 그가 여행의 마지막에 보게 될 신의 진정한 본성을 인간이 이해할 수 있는 형태로 나타낸 또하나의 예시에 불과하다.

그 과제를 해내기에 자신은 역부족이라며 거듭되는 단테의 항변은 우쭐대지 않는 태도와는 거리가 멀다. 그런 항변은 중세 수사학에는 아주 흔했고, 종종 후원자의 관대함이나 귀부인의 아름다움에 바치는 상투적 찬사에 지나지 않았다. 진부한 테마를 이렇듯 다시 소생시키는 것은 중세 수사학 전통에 깊이 뿌리를 두면서도 매우 활기차고 독창적인 그의 예술이 오롯이 드러나는 특징이다. 여기 천국에서는 그런 무능함이 연쇄적 고리를 이룬다. 엠피레오에서 경험하는 환영의 성격은 페이지 위의 단어들에서 3단계를 제거해버린다. 따라서 인간의 정신은 순간적으로 경험한 것을 완전히 이해하지 못한다. 기억은 정신이 그 순간에 이해한 것조차 떠올리지 못한다. 단어는 심지어 기억이 떠올리는 것조차 표현하지 못한다.

이 시의 앞부분에서 단테는 언어 구사력의 한계를 강조하는 경향이 있었다. 이 시의 마지막을 향해 가는 지금, 방점이 찍히는 곳은 그 연쇄의 첫번째와 두번째 고리, 즉 신을 마주한 인간으로서 모든 인간이 느끼는 한계다.

「천국」 서두에서 이미 형용할 수 없음의 테마가 언급되면서 그 연쇄사슬의 고리들이 설명되었다. 인간 언어의 부적합성(4~6), 기억의 실패

(7~9), 인간 정신의 한계(10~12)가 그것이다. 이 테마는 30곡 첫머리(단테가 영원으로 발을 들일 때), 그리고 33곡의 끝(경험과 그것을 묘사하는 언어 사이의 괴리가 너무 커서 시 쓰기를 중단하게 될 때)의 특별한 주장으로 다시 언급된다. 『신곡』의 마지막 편 전체는 이 두 선언으로 얼개가 짜여 있는데, 첫째 선언은 이제 엠피레오의 축복받은 영혼으로서 충만한 영광으로 눈부시게 빛나는 베아트리체와, 둘째 선언은 신과 관련되어 있다.

이 시의 마지막 곡들을 관통하는 중단 없는 일군의 이미지와 말 속에서 행동의 강도는 점점 더 높아진다. 얼마 후면 베아트리체 대신 중세의 신비적인 클레르보의 성 베르나르두스가 단테의 길벗이 되어 신에게 안내할 것이다. 그러나 지금 베아트리체는 아직 그의 곁에 있고, 그녀는 그가 인간적 조건을 초월하게 되는 중요한 시점, 그의 시력이 영원을 받아들일 수 있게 되는 순간의 안내자이자 길벗이다.

그녀는 회전하는 천체 중 가장 큰 원동천에서 지고천으로 나오면서 단테에게 "우리는 가장 큰 천체에서 순수한 빛인 하늘로 나왔으니(Noi siamo usciti fore/del maggior corpo al ciel ch'è pura luce)"라고 말한다. corpo(천체)에서 luce(빛)로의 이동은 이 여행에서 결정적인 단계다. 그러나 지고천의 빛은 우리 세계의 빛처럼 감지할 수 있는 빛이 아니다. 그것은 순수한 빛, 즉 지성의 빛이다.

사랑 가득한 지성의 빛,
기쁨 가득한 참된 선인 사랑,
온갖 달콤함을 초월한 기쁨이지요.

luce intellettüal, piena d'amore；

amor di vero ben, pien di letizia；

letizia che trascende ogne dolzore. (「천국」 30곡 40~42)

순환하듯 연결되는 3행 연구의 구문과 리듬은 그것이 묘사하는 것과 닮아 있다. 시작도 없고 끝도 없는 원은 그 기하학적 완벽함 때문에 전통적으로 영원의 이미지였다.

지성의 빛이라는 개념을 이해하기 위해서는 우리가 느끼는 빛을 떠올리면 도움이 될 것이다. 보는 행위에는 세 가지(눈, 보이는 대상, 빛)가 필요하다. 빛은 시각 기관과 물체 사이에서 매개 역할을 하며, 전자가 후자를 볼 수 있게 해준다. 마찬가지로 이해에도 세 가지(정신, 포착할 진실, 지성의 빛)가 필요하다. 지성의 빛은 이해와 진실 포착의 행위를 가능하게 해주는 매개체다. 단테는 표현할 수 없었을 것을 표현하기 위해 순수한 빛 또는 지성의 빛이라는 이 개념을 사용한다. 그것은 지고천을 만든 빛이다. 신은 그 원천이며, 하늘은 그것이 반사된 상이다.

단테의 시력은 이제 정화되어 보통의 인간 능력을 넘어선다. 일단 이 빛—"영광의 빛(lumen gloriae)"—을 처음 접하고 나자 신을 볼 잠재력이 생긴다. 이 시의 나머지 부분은 그 새로운 능력이 발휘되어 서서히 그가 자기 앞의 현실을 더 많이 흡수하고 그 안으로 더 깊이 들어가는 과정이다.

이 적응 과정은 네 단계로 나뉘는데, 그것은 이 곡의 중심부를 흐르는 강렬한 서사적 힘이다. 우선 번갯불이 순간적으로 시력을 잃게 만들어 "새로운 시각(novella vista)"(새롭게 전환된 보는 능력)을 갖게 된 순간("눈부신 빛이 내 주위를 감싸고così mi circunfulse luce viva")이다. 라틴어법 동사 circunfulse는 사도 바울(성 파울루스)이 다마스쿠스로 가는 길에 썼던 바로 그 동사다. 신에게 다가가면서 인간의 한계를 초월하는 이 순간, 단테는 새로운 성 파울루스다. 그런 다음 그는 꽃이 만발한 기슭 사이를 흐르는 커다란 빛의 강을 본다("강의 형상을 한 빛을 보았다e vidi lume in forma di rivera"). 그 강에서는 보석 같은 불꽃들이 튀어올라 강둑의 꽃들 사이로 떨어졌다가 다시 강으로 들어간다. 이 빛의 강은 그가 지켜보는 동안에도 하나의 원을 그린다("처음에는 길게 보이던 것이 둥글게 보였다mi parve/di sua lunghezza divenuta tonda"). 길이에서 원형으로—강에서 원으로—의 변화는 시간에서 영원으로의 변화를 나타낸다. 통일성, 단순함, 완벽함을 지닌 원은 창조주가 갖는 성격을 나타내는 전통적 상징이다.

마지막으로, 단테가 새 시력으로 보는 현실을 받아들이게 되자 원 자체가 변한다. 변화하는 일련의 이미지 또는 시각적인 상사물을 통해 마침내 낙원의 진정한 모습이 드러난다. 원은 호수에서 올라가는 비탈이 된다. 이어서 원은 원형극장이 되는데, 원형극장의 한가운데 신의 빛인 원형무대를 중심으로, 계단식으로 올라가는 좌석에는 축복받은 영혼들이 앉아 있다. 빛과 기쁨과 경이로움이 점차 고조될 때 축복받은 영혼들과 천사들이 참모습을 드러낸다. 강둑의 꽃들과 불꽃들은 그 참모습의 "어둑어둑한 서두(umbriferi prefazi)"였다. 웅장한 느낌의 이 라틴어법은 단테가 어떻게 라틴어 유산에서 표현력을 끌어내는지 보여준다. 이어서 원형극장은 비유적으로 한 송이 장미가 된다. 이 장미 중앙에는 신이 있고, 축복받은 영혼들은 빛나는 꽃잎을 이룬다.

이 곡을 관통하는 두 가닥은 보는 행위와 빛이다. 빛과 관련된 풍부하고 다양한 어휘가 등장하고, 거의 무한한 듯한 그것과는 대조적으로 '보다'라는 단순한 동사는 고집스럽게 계속 사용된다. 이런 고집스러움은 극적으로 실패한 각운에서 처음 절정에 이르며("보았다vidi"는 95, 97, 99행의 각운 위치에서 세 번 반복된다), 이어서 그 대목의 마지막인 99행에서 직접적으로 단순하고 긴급하게 그 빛의 근원에 호소할 때 다시 절정을 이룬다. "내가 본 그대로 말할 능력을 주소서(dammi virtù a dir com'ïo il vidi)."

위엄 있는 예리함과 에너지가 넘치는 이 대목에서 단테는 지성의 빛에 대한 두번째 정의를 내리면서 이 곡의 중반부를 종결짓는다.

> 저 위에 빛이 있어 창조주를
> 창조물들에게 보이게 하니
> 평화는 오직 창조주를 보는 데 있다.

> Lume è là sù che visibile face
>   lo creatore a quella creatura
>   che solo in lui vedere ha la sua pace. (「천국」 30곡 100~102)

베아트리체는 장미 안으로 단테를 이끌고 축복받은 영혼들을 생각해보라고 한다. 단테는 그 장미의 거대한 차원을 이해한다. 그의 시력은 거리에 상관없이 맨 바깥쪽 가장자리까지 아주 또렷하게 본다. 그 장미는 천국에서 충만하고 아름답게 꽃을 피운 인류다.

아름답고 향기롭고 빛나는 천국을 시적으로 연상시키는 장미 이미지는 단테의 발명품이다. 물론 성서나 초기 그리스도교 텍스트, 전례서에도 축복받은 영혼들을 꽃으로, 성모 마리아를 장미로 암시하는 부분이 없지는 않지만, 단테의 장미 이미지에 대해 알려진 직접적 출처는 없다. 일부 독자는 중세 교회나 성당 장미창과의 연관성을 의심하기도 한다. 예를 들어 베로나의 아름답고 고풍스러운 산체노 바실리카에는 단테가 분명 알고 있었을 장미창이 있다.

그런데 무시하기 힘든 전혀 다른 부류의 문학적 관계도 있다. 기억하겠지만 『장미 이야기』는 세속적 시이며, 제목의 장미는 성적인 사랑을 상징한다. 역시 기억하겠지만, 13세기 말 『장미 이야기』의 이탈리아어 번역본은 단테의 작품일 가능성이 있는데, 번역본 제목이 『꽃Il Fiore』이다. 축복받은 영혼들을 나타내는 천국의 장미는 그 시인의 젊은 시절 성애적 장미의 대응물이자 수정판일 수 있다. 「천국」에서 각운 Cristo가 그 자체로만 운을 맞추게 함으로써 포레세와의 논쟁시에서 그리스도의 이름으로 도덕적으로 미심쩍은 운 맞추기를 보상하는 것처럼 말이다.

장미 이미지를 정교화하는 작업은 다음 두 곡에서 이루어진다. 단테는 그 장미를 응시하면서 탐구한다. "눈으로 이 정원을 날아보거라(vola con li occhi per questo giardino)." 어느새 베아트리체에게서 단테를 인계받은 성 베르나르두스가 그에게 말한다. 베르나르두스는 장미 안에서 축복받은 영혼들의 자리 배열을 설명하면서, 구약과 신약의 인물들, 유명한 성인들(프란키스쿠스, 베네딕투스, 아우구스티누스), 수많은 아이들을 가리킨다. 베아트리체의 모습은 이제 바깥쪽 가장자리, 가장 높은 계단에서 세번째 열에 보인다(늘 그렇듯 이 시인은 여기서도 어김없이 정확하다). 그 장미 안의 공간 대부분은 이미 자리가 차 있다. 인류의 역사에 남은 시간이 많지 않다. 세계의 종말이 머지않았다.

「천국」의 마지막 곡에서 성 베르나르두스는 단테가 신을 볼 수 있도록 성모 마리아에게 기도한다. 단테의 시선은 빛 속 더욱더 깊은 곳으로 들어간다. 30곡에서처럼, 온갖 광채와 화려함 속에서 우리가 시각화할 수 있는 눈부신 풍경 묘사는 더이상 나오지 않지만, 매우 다른 무언가가 있다. 이제 단테가 묘사해야 하는 것은 그의 말뿐 아니라 기억까지도 넘어서는 것이다.

베르나르두스는 그에게 빛 속을 보라는 몸짓을 하고, 단테는 시키는 대로 한다. 그러나 그는 자신이 본 것을 묘사할 말을 더는 찾아내지 못한다.

> 이때부터 내 보는 능력은 말로
> 할 수 있는 것을 뛰어넘었으니
> 그 광경 앞에선 말이 힘을 잃고
> 그 엄청남 앞에 기억은 무너져버린다.

> Da quinci innanzi il mio veder fu maggio
>   che 'l parlar mostra, ch'a tal vista cede,
>   e cede la memoria a tanto oltraggio. (「천국」 33곡 55~57)

그가 할 수 있는 일은 그 경험의 잔재들을 이해시키려고 시도하는 것뿐이다. 세 가지 비유가 우리가 사는 세계의 비슷한 경험을 떠올리게 한다. 이미 지나가버려 다시 붙잡을 수는 없지만 의식 속에 희미한 흔적을 남기는 것들이 그것이다. 깨고 나면 기억나지 않는 꿈은 꿈속에서 경험했던 감정의 흔적을 남긴다. 햇볕에 녹는 눈은 그 위에 찍힌 희미한 흔적을 담고 있다. 시빌라의 신탁이 쓰인 페이지는 바람에 날려 흩어져버린다.

단테는 신성한 빛을 응시하는 동안 창조의 통일성, 즉 이 세계에서 겪는 일상의 복잡하고 다채롭고 단편적인 경험들 밑의 통일성을 자각하게 된다. 바람에 흩어진 시빌라의 신탁 페이지의 이미지와 기막히게 균형을 이루는 대목에서, 그는 그 빛을 응시하며 느낀 깨달음의 순간을 묘사한다.

> 그 심오함 속에 나는 보았으니
> 우주 전체에 무리로 흩어진 것들이
> 사랑으로 모여 한 권으로 묶인 것을.

> Nel suo profondo vidi che s'interna
>   legato con amore in un volume,
>   ciò che per l'universo si squaderna: (「천국」 33곡 85~87)

이 시각적 경험의 순간에, 이승에서 우리 경험의 다채로움과 다양성과 풍부함은 이제 그에게 통일된 하나로 이해된다.

이 통일성의 감정을 전달하기 위해 단테가 사용한 이미지, 마땅히 유명한 그 이미지는 한 중세 작가의 세계에서 중심적인 한 경험을 바탕으로 그린 것이다. 중세 필사본의 구성 부분이자 필경사가 옮겨 쓰고 낱개로 유포할 수 있었던 묶음들은 한데 꿰매어지거나 풀로 붙여져 완전한

한 권의 책이 된다. 각각의 묶음마다 많은 페이지가 들어 있고, 각각의 페이지에는 단어들이 들어 있다. 12세기 신비주의자 생빅토르의 위고는 우주 전체는 신의 손가락으로 쓰인 한 권의 책 같다고 말한 적이 있다. 인간의 경험이란 그 책, 즉 우리 주변 세계를 읽고 이해하기 위한 배움이라 생각할 수 있다. 우주의 구성 부분들을 하나로 철해주는 것, 단테가 제시하는 이미지는 그것이 신의 사랑이라고 말한다. 이 책 제본의 이미지는 페이지 위에 쓰인 단어들―살면서 겪는 경험―로부터 그 책을 쓴 저자의 정신으로 우리를 데려간다.

단테가 『신곡』에서 사용하는 언어들, 즉 그가 살았던 물리적 세계만큼이나 풍부하고 다양하고 다원적인 언어들은 그의 창조적인 시적 행위에 의해 한 권의 시 안으로 들어와 완벽하게 통합된다. 인간의 창조성은 신의 손자다. 그러나 단테 자신은 작품의 모든 부분이 한 권으로 묶인 완벽한 『신곡』을 살아서 보지 못했다는 사실을 생각하면 정신이 번쩍 든다. 「지옥」과 「연옥」은 완성되자마자 따로 발표되었고 제각기 유포되었다. 「천국」은 그가 죽기 얼마 전에야 마무리되었다. 단테가 세상을 뜬 뒤 그 시를 모아 완벽한 판본을 만들어 피렌체로 가져가는 일은 그 아들 자코포에게 맡겨졌다.

단테는 우주의 통일성을 깨달은 후 세 개로 나타난 그리스도교 신, 즉 삼위일체의 환영을 본다. 그가 이 환영을 포착할 때 사용한 이미지는 미켈란젤로의 시스티나 예배당 천장화의 아담을 창조하는 신과 같이, 흔히 재현되는 의인화된 신―수염을 기른 엄격한 노인―과는 아주 거리가 멀다. 단테가 보는 신은 기하학적인 형상, 서로 다른 빛깔로 겹친 세 개의 원이다. 그러나 이 원들은 무지개처럼 서로를 반사하며 연결되어 있다. 어쩌면 단테가, 엄밀히 말해서 그려내지 못할, 심지어 시각화하지도 못할 어떤 것을 묘사한 것은 의도적이었는지 모른다.

이 세 원 가운데 두번째 원은 우리 인간과 비슷하기도 하다. 원의 면적을 구하려는 기하학자처럼, 단테는 이 믿음의 궁극적인 신비를 이해하려고 시도한다. 그런데 그것을 비추는 또하나의 섬광이 있다. 이 시의 거의 마지막 행들 속에서, 그는 비록 기억할 수는 없지만 직관적으로, 인간의 이미지가 그 원과 맞는다고 느낀다. 그리스도 안에서 신의 본성과 인간 본성이 통일되어 있다는 원리를 직관한 것이다. 그 후 그의 상상력은 소진되고, 천체를 움직이는 사랑에 의해 그의 지성과 의지가 돌아간다. "태양과 다른 모든 별을 움직이는 사랑 덕분이었다(l'amor che move il sole e l' altre stelle)."

「천국」의 마지막 곡들을 이렇게 요약하면 단테의 섬세한 표현력, 상상력, 그 시적 언어의 특질은 부득이하게 잃어버린다. 그 많은 시행의 활력, 명징하면서도 심오함, 이미지의 광채, 에너지 충만한 정교함은 사라져버린다. 단테는 이미 앞에서 신을 이야기할 때 인간적 한계를 받아들일 필요가 있음을 설명한 적이 있다. 인간이 이해할 수 있는 말로 인간에게 말해야 한다는 것은, 그의 말을 빌리면 "하느님께 손과 발을 부여"하는 것, 교회에서 인간의 얼굴을 한 천사를 그림으로써 궁극적으로 인간의 이해를 초월한 실재와 불완전하게나마 연결될 수 있게 하는 것이다.

그런 이유로 『성서』는 그대들 수준에 맞춰
하느님께 손과 발을 부여하지만
그것은 다른 것을 의도하고 있습니다.

그리고 성스러운 교회는 인간의 얼굴을 한

가브리엘, 미가엘……로 표현되지요.

Per questo la Scrittura condescende

a vostra facultate, e piedi e mano

attribuisce a Dio, e altro intende;

e Santa Chiesa con aspetto umano

Gabrïel e Michel vi rappresenta, (…) (「천국」 4곡 43~47)

단테가 토착어로 이 시를 썼다는 점은 매우 현실적인 인간적 한계를 가진 인간에게 신의 실재를 납득시키기 위한 투쟁이라는 더 넓은 맥락에서 이해해야 할 것이다.

그렇다면 단테는 왜 이 시를 이탈리아어로 썼을까? 한 가지 상식적인 (그리고 지극히 일리 있는) 대답은 더 많은 독자에게 다가가기 위해서라는 것이다. 일상생활에서 친근하고 직접적이고 익숙한 토착어를 채택함으로써 그는 복음서의 "소박한 말(sermo humilis)"을 모방하고 있다. 당시 복음서는 라틴어로 읽히고 있었지만, 고전시대 위대한 작가들의 수사학적 정교함과는 거리가 먼 단순하고 직접적인 라틴어였다. 성서를 라틴어로 번역한 성 히에로니무스에 관한 유명한 일화가 있다. 고전 작가들의 문체로 성서를 번역하면서 즐거워했던 그는 꿈에서 꾸지람을 들었다. "너는 키케로의 사람이지 그리스도의 사람이 아니다(Ciceronianus es, non Cristianus)." 다시 말해 글이 전달하는 메시지의 진실보다는 문체의 우아함과 세련됨에 더 신경을 쓴다는 얘기다. 복음서의 메시지는 모든 사람을 위한 것이지 박식한 엘리트만을 위한 것이 아니다. 『신곡』도 마찬가지다.

단테가 이 시를 왜 이탈리아어로 썼는가 하는 질문에 더 적절한 대답이 있다. 아마도 자신의 토착어 구사력이 '2차 언어' 구사력보다 더 완벽하며, 자신의 창조적 에너지의 원천에 더 가깝다는 걸 깨달았기 때문일 가능성이 높다. 그는 시대와 학문적 훈련의 한계 내에서 보면 유능한 라틴 산문 작가였다. 그러나 그가 이탈리아어로 쓴 작품은 라틴어로 쓴 어떤 것보다 더 생동감 있고 표현력 있고, 더 본능적이며 더 다양하고 독창적이었다. 자신의 창조적 본능을 따르기 위해서 그는 언어적 위계는 물론 그 언어들 내의 문체 수준, 서로 다른 장르와 주제에 대한 접근법 등에 관해 고대와 중세 선조들로부터 물려받은 모든 틀을 버려야 했다. 그가 이것을 해낼 수 있었음은 곧 그의 천재성의 척도다. 만약 라틴어로 썼다면 똑같은 에너지와 힘, 경이로울 만큼 풍부한 말재간을 발휘할 수 없었을 것이다.

단테가 시인으로서 보여준 언어적 차원의 창조 활동은 아마도 '지진'이나 '화산 작용' 같았다는 말로 표현할 수 있을 것이다. 단테 이후 이탈리아의 언어 지형은 철저하게, 결정적으로 바뀌었다. 에덴동산의 아담이 내면의 언어 능력을 발휘함으로써 자신이 말하는 언어를 발명했듯이, 단테는 인간적인 모든 것을 아우른 단 한 편의 작품으로 온갖 표현과 시적 잠재력을 보여줌으로써 이탈리아어를 "발명"한다. 우리가 본 것처럼, 그 시대에는 표준적이거나 인정되는 영어 형태가 없던 것과 마찬가지로 표준적이거나 인정되는 이탈리아어 형태가 없었다. 그러나 잉글랜드에서는 지리적, 문화적 특징 덕택에 런던과 궁정을 중심으로 남부 영어와 문예 문학이 궁극적으로 지배하게 되었던 반면, 이탈리아의 경우 지리적

파편화와 경쟁적이고 강력한 지역 문화 전통으로 말미암아 상황은 훨씬 더 복잡했다. 단테는 토스카나어를 표준어로(비록 경쟁이 없지는 않았지만) 확립한 걸작을 썼다. 토스카나어가 진정 작가들이 사용하고 이탈리아인들이 말하기에 가장 훌륭하고 적절한 형태인가 하는 문제는 몇 세기 동안 격렬한 논쟁이 되었다. 이탈리아의 방언 문화들(밀라노, 로마, 베네치아)은 꽤 최근까지도 번성하는 문학가들이 있었고 활력적인 지역 전통을 누렸다.

단테는 자신의 시를 왜 '희극Commedia'이라고 했을까? 계속되는 이 질문에 대해 가장 만족스러운 대답은 그 제목이 그 언어적 포괄성을 반영한다는 것이다. (틀린 말은 아니지만 이 작품이 지옥에서 나쁘게 시작했다가 천국에서 좋게 끝나는 희극이기 때문이라는 덜 세련된 답도 있다.) 희극은 더 이상 하나의 언어 사용역(전통적인 수사학 이론에 따르면 중간 사용역)이나, 또는 『속어론』에서 이미 허용한 것처럼 두 개의 언어 사용역(중간과 저급의)을 요구하는 장르가 아니다. (『속어론』에서 희극을 다룬 네번째 권은 유실되었다. 같은 주제를 다루었으나 사라진 아리스토텔레스의 저작―『시학』의 두번째 권―이 고전학자들에게 손실인 것만큼이나 이는 중세학자들에게는 큰 손실이다.) 단테의 걸작에서 이제 희극은 어떤 것이 부적절하다고 배제하는 법 없이 표현적 잠재력을 지닌 언어의 모든 측면을 수용하는 장르가 되었다. "낱말을 비축해둔 모든 금고에 제약 없이 접근"함은 그 위대함의 표지다.

『신곡』은 토착어 시의 들판에 화산 같은 폭발을 일으키며 기존의 인식, 체계, 위계를 전복하고 도치했다. 단테는 새로운 시 형식인 테르차 리마를 창조했고, 그 새로운 운율 체계에 구체적인 형식을 부여할 언어, 맥락상의 필요에 따라 저속할 만큼 구체적일 수도, 숭고할 만큼 고상할 수도 있는 언어를 창조했다. 그리고 이미 완전하게 형태를 갖춘 그 언어를 보여주는 걸작을 내놓았다. 거기서 그는 그 언어가 할 수 있는 모든 것을, 그것이 모든 문체 수준과 사용역에서 독보적인 표현력을 지니고서 어떻게 사용될 수 있는지를 보여주었다. 국민들의 기억에 새겨진 수많은 그의 시행들은 그 정교한 힘을 증언해준다.

그 가운데에는 우리가 이미 보았던 것들도 있다. 피렌체는 "새로운 벼락부자들 무리"(「지옥」 16곡 73)에 의해 부패한 도시다. 단테는 사업가들과 은행가들을 혐오했다. 피카르다는 단테에게 천국의 가장 낮은 곳에 있는 영혼들이 왜 그들의 위치에 만족하는지 설명한다. "우리의 평화는 그분의 의지 속에 있기"(「천국」 3곡 85) 때문이다. 프란체스카는 자신과 파올로 사이에 일어났던 일을 더이상 말하지 않는다. "그날 우리는 더는 읽지 않았답니다."(「지옥」 5곡 138) 마찬가지로 우골리노는 자신의 마지막 순간에 관해서 말을 삼간다. "고통보다 배고픔이 더 컸습니다(Poscia, più che 'l dolor, poté 'l digiuno)."(「지옥」 33곡 75)

다음은 특히 운율이 살아 있거나 표현력이 뛰어난 시행들이다. 죄악의 더러움을 정화하고 있는 연옥의 영혼들은 "세계의 그을음을 씻어내며(purgando la caligine del mondo)"(「연옥」 11곡 30) 걷고 있다. 단테는 구이니첼리와 함께 "한참 동안이나 그를 바라보며(lunga fiata rimirando lui)"(「연옥」 26곡 101) 나란히 걸었다. 카차구이다는 십자군 원정에서 자신의 죽음을 "순교로부터 이 평화로 왔다(e venni dal martiro a questa pace)"(「천국」 15곡 148)라는 말로 설명한다. 만프레디의 모습은 인상적이게도 "금발에 잘생기고 귀티가 흘렀(biondo era e bello e di gentile aspetto)"(「연옥」 3곡 107)

다. 그의 유골은 그가 쓰러졌던 전투 현장에 아직 그대로 누운 채 "무거운 돌더미가 지키고(sotto la guardia de la grave mora)"(「연옥」 3곡 129) 있을 것이다. 피아 데 톨로메이의 삶과 죽음은 "시에나가 나를 낳았고 마렘마는 나를 거두었는데"(「연옥」 5곡 134)라는 단 한 줄로 요약된다. 오데리시가 단테를 바라보는 그 간절함은 그 행의 구문과 다급한 리듬에 반영되어 있다. "나를 알아보고 불렀다(e videmi e conobbemi e chiamava)."(「연옥」 11곡 76)

단테는 이탈리아어를 가지고 원하는 건 무엇이든 할 수 있었던 것 같다. 그는 거의 모든 음절이 별개의 단어를 이루는 시행과 적게는 세 개 단어가 한 행을 이루는 경우도 아주 쉽게 구사한다. 열 단어나 열한 단어로도 쉽게 11음절을 맞춘다. "세상은 장님인데 그대는 분명 그곳에서 왔구려(lo mondo è cieco, e tu vien ben da lui)"(「연옥」 16곡 66), "저것은 진행 중이고 이것은 이미 완성됐다(che questa è in via e quella è già a riva)"(「연옥」 25곡 54)가 그런 예다. 단 세 단어로 이루어진 시행으로 엄청난 시적 충격을 주기도 한다. "깜짝 놀라서 낯빛이 창백해졌다(maravigliando diventaro smorte)"(「연옥」 2곡 69); "시기를 일으킨 진리를 논증했소(silogizzò invidïosi veri)"(「천국」 10곡 138). 『속어론』에서 단테는 그 자체로 11음절 시행을 이루는 기다란 단어(sovramagnificentissimamente)를 언급하면서 이보다 더 긴(시에 사용하기에는 너무 긴) 음절의 단어도 있다고 독자들에게 말한 적이 있다. 바로 honorificabilitudinitate(12음절이지만 라틴어 사격斜格에서는 13음절이 된다)다. 이 단어는 셰익스피어의 『사랑의 헛수고 Love's Lavour's Lost』에서 매우 진기한 예로 언급되고 있는데, 중세와 근대 초기에는 마치 오늘날 영어권 어린이 대부분이 아는 가장 긴 영어 단어인 floccinaucinihilipilification과 비슷하게 사용되었을 것이다.

구문을 운율에 맞추는 것은 단어들을 11음절에 맞추는 것만큼이나 손쉽게 느껴진다. 구문을 3행 연구에 맞추는 것도 굉장히 부드럽다. 마치 불가피하게 미리 정해진 느낌이다. 한 문장이 거의 언제나 한 행의 끝에서, 보통은 3행 연구의 마지막에 끝난다. 3행 연구의 마지막 행은 종종 가장 강렬한 행이며, 세 개 중 마지막 각운은 의미를 고정한다. 하나의 3행 연구가 정교한 특질을 가질 때도 많다. 여러 예를 나란히 제시할 때처럼 그 3행 연구들이 나란히 배열될 때에는 하나의 줄에 꿰인 완벽한 구슬들 같다. 그 예로 「연옥」 12곡에서 벌을 받는 교만의 예들을 살펴보자.

또한 바위로 된 바닥은 알크마이온이
어머니에게 불행의 목걸이에 대한
무거운 대가를 생각하게 했음을 보여준다.

Mostrava ancor lo duro pavimento
　　come Almeon a sua madre fé caro
　　parer lo sventurato addornamento.　(「연옥」 12곡 49~51)

한 3행 연구의 자기만족적 완벽함은 이 시 전체에서 볼 수 있다. 완벽한 형식적 예가 되는 3행 연구는 무수히 많다. 무작위로 고른 다음 시구도 마찬가지다.

하늘은 너희를 부르고 너희 주변을 돌며

영원한 아름다움을 보여주고 있지만,

너희 눈은 여전히 땅만 바라보는구나.

Chiamavi 'l cielo e 'ntorno vi si gira,

　　mostrandovi le sue bellezze etterne,

　　e l'occhio vostro pur a terra mira;　(「연옥」 14곡 148~150)

　단테는 시가 진행될수록 운율 구사력에 더욱 자신감이 붙는다. 3행 연구는 갈수록 더 큰 구문 구조와 연관되지만, 그럼에도 더 긴 단위를 이루는 각각의 3행 연구끼리는 거의 항상 분명하게 구분된다. 이런 식으로 서로 연관되는 3행 연구들은 더 큰 구조에서 뚜렷이 구분되는 부분들, 구문적으로나 개념적으로 뚜렷한 요소로서 더 큰 전체를 만들어가는 경향이 있다. 단테가 일단 시작하면 연관된 3행 연구들의 거대한 흐름은 도저히 멈출 수 없는 것처럼 보인다. 밀턴의 『실낙원』과 비교하면 비록 추진력과 가속도는 비슷할지언정, 운율상으로는 가장 거리가 멀어 보이는데, 『실낙원』은 구 걸치기와 행 도중의 문장 맺기가 계속되는 무운시(無韻詩)의 거대한 흐름이기 때문이다.

　「연옥」 30곡의 지상낙원에서 베아트리체는 단테를 나무란다. 단테는 열 살 이후 베아트리체를 보지 못했다. 우리는 기쁨에 겨운 재회의 순간을 기대한다. 그러나 그녀는 동행한 천사들에게 자신이 죽은 후 단테가 어떻게 자신을 버렸는지 설명하며, 맹렬하게 그를 과업으로 끌고 간다. 이 절정의 순간에 그는 자신이 진실의 길에서 얼마나 멀리 벗어나 있었는지, 얼마나 심각한 도덕적, 영적 상황 속에 빠져 있었는지, 이 시의 첫 머리에 있었던 어두운 숲에서 구원받기 위해서는 이번 저승세계 방문이 얼마나 필요했는지를 떠올린다(우리에게 상기시킨다).

베아트리체는 천사들에게 단테를 소개하며 타고난 재능—상서로운 별들의 영향력(첫번째 3행 연구)과 신께서 그에게 직접 주신 능력(두번째 3행 연구)—덕택에 특별한 약속(세번째 3행 연구)이 예정된 젊은 시인이었 다고 설명한다.

저마다 동반하는 별에 따라
모든 씨앗을 그 목적으로 인도하는
거대한 바퀴의 작용은 물론이요
우리 시야가 한참 못 미치는
높은 구름에서 비를 내리시는
성스러운 은총의 풍족함이 있어
젊은 시절의 이 사람에게는
모든 선한 성품이 놀라운 결과를 내었을
타고난 잠재력이 있었습니다.

Non pur per ovra de le rote magne,
    che drizzan ciascun seme ad alcun fine
    secondo che le stelle son compagne,
ma per larghezza di grazie divine,
    che sì alti vapori hanno a lor piova,

che nostre viste là non van vicine,

questi fu tal ne la sua vita nova

virtüalmente, ch'ogne abito destro

fatto averebbe in lui mirabil prova.　(「연옥」 30곡 109~117)

연결 순서는 삼단논법의 3부 구조를 모방하면서, 반박할 수 없는 결론을 구축해나간다. 그러나 안타깝게 그 젊은 시인은 그녀가 죽은 후 길을 잘못 들고 말았다.

내가 육신에서 영혼으로 올라가고

아름다움과 덕성이 커졌을 때 그는

나를 덜 소중하고 덜 기쁘게 여겼고

진실이 아닌 길로 접어들더니

약속한 대로 온전히 주지 않는

선의 헛된 모습을 쫓아갔습니다.

Quando di carne a spirto era salita

e bellezza e virtù cresciuta m'era,

fu' io a lui men cara e men gradita;

e volse i passi suoi per via non vera,

imagini di ben seguendo false,

che nulla promession rendono intera.　(「연옥」 30곡 127~132)

이것들은 단테가 테르차 리마로 무엇을 할 수 있는지 보여주는 가장 간결하고 간단한 예다. 시어에 관한 셰이머스 히니의 말을 마지막으로 인용해보자. "시는 궤도상의 언어다. (…) 시는 나름의 에너지 회로 위를 달린다. 그리고 그 회로를 돌리는 에너지는 단어와 운율 사이, 운율과 행 사이, 행과 연 사이에서 발생해 그것들 사이를 흐른다. (…)" 단테는 테르차 리마라는 새로운 형식을 창조했고, 그에 어울리는 언어를 창조했다. 그가 만들어낸 언어는 그가 발명한 운율 체계 안으로 겉보기에 쉽고 편안하고 우아하게 흘러들어가 그 체계를 채워준다. 그 두 가지가 완벽하게 맞아떨어진다. 『신곡』은 아마도 서구 문명에서 인간이 만든 가장 위대한 걸작일 것이다. 그것을 만든 이는 "가장 오래 지속되고 가장 많은 명예를 가져오는 이름(col nome che più dura e più onora)"의 한 예술가, 언어의 대장장이, 언어 사용의 장인, 단어의 제작자였던 한 시인이었다.

보격에 관한 보충 설명

A. 11음절 시(The Hendecasyllable)

신곡의 모든 행은 11음절 시행으로 되어 있다. 즉 한 행이 11음절이다 (그래야 한다). 다만 몇몇 행은 예외인데 마지막 단어가 '파롤라 트론카 (parola tronca)'이거나 '파롤라 스드루촐라(parola sdrucciola)'일 때다. 다시 말해 마지막 단어의 강세가 마지막 음절에 있을 때나(이 경우 그 행은 10음절이다) 강세가 뒤에서 세번째 음절에 있을 때다.(이 경우 그 행은 12음절이다) 두 예외 모두 아주 이따금 사용된다. 이 시의 1만 4233행 가운데 10음절 행은 32개다. 그 예가 「연옥」 4곡 72행(별표는 강세가 있는 음절)이다. "che mal non se*ppe carreggiar* Fetò*n." 그리고 12음절 행은 17개로, 「지옥」 24곡 66행인 "a parole forma*r disconvene*vole"가 그 예다. 그러나 이들 10음절 행과 12음절 행은 기술적으로는 여전히 11음절 행이다(아래 참조).

얼핏 보기에는 11음절이 넘는 행이 많아 보이지만, 크게 '발음 생략 (elision)'이라고 부르는 원리를 고려하면 그런 행들도 정확히 11음절이 된다. '발음 생략'을 전문용어로는 '시날레파(sinaloepha)'라고 한다. 몇몇 상황을 제외하면 단어의 구분 지점에 걸친 모음들 사이에서는 시날레파가 불가피하다. 따라서 "selva oscura"는 5음절이 아니라 4음절이다. sel¹va_ o²scu³ra⁴. 그렇더라도 운율 계산이 단어의 발음에 영향을 주지는 않는다 (이 행을 소리 내어 읽을 때 selva의 a와 oscura의 o는 음성적으로 완전하게 분절된다). 소리가 억압되는 지점의 발음 생략은 항상 '아포스트로피'로 표시된다. "la notte ch'i' passai con tanta pieta"에서 che io가 발음 생략 되어 ch'i'가 되는 것과 같다. 단테의 시날레파 사용은 그의 운율적 기량을 가장 확실하게 보여주는 측면 중 하나다. 따라서 "biondo era e bello e di gentile aspetto" 같은 행은 네 번의 시날레파가 일어나므로 15음절이 아닌 11음절로 볼 수 있다.

시행에서 음절의 강세 또한 중요하다. 강세는 항상 열째 음절에 와야 하는데, 이는 기본 규칙이다. (이 규칙은 첫번째 단락에서 설명했다시피 10음절과 12음절을 받아들일 수 있는 이유를 설명해준다.) 두번째 강세는 여섯째 음절이나 넷째 음절에 오게 되며, 두번째 강세가 넷째 음절에 올 때에는 일곱째나 여덟째 음절에 또다른 강세가 온다.

이런 패턴은 때로 "세 가지 카논 패턴"(6, 10; 4, 7, 10; 4, 8, 10)이라 불리는데, 이 시의 1만 4233행 가운데 99.7퍼센트를 차지한다. 예외는 극히 일부뿐이다. (단테 학자들은 비정상적으로 보이는 행을 어떻게 읽어야 할지를 두고 계속 논쟁하고 있다.) 우리는 여섯째나 넷째 음절에 오는 강세에 관한 단테의 관점을 알지 못하며, 심지어 그가 11음절 행의 세 가지 기본 유형을 생각했는지도 확신할 수 없다. 그런 유형들이 이론화된 것은 16세기 피에트로 벰보의 『토착어 산문』에서였다. 벰보의 분석은 훨씬 더 규칙적인 운율을 사용했던 페트라르카를 토대로 하고 있었다.

방금 설명한 원리에 따라, 이 시의 거의 모든 행은 자연스레 두 부분으로 나뉜다. 약간 더 긴 앞쪽 절반과 그보다 짧은 뒤쪽 절반(흔히 '아 마이오레a maiore'라고 불리는 6-10패턴), 약간 짧은 앞쪽 절반과 그보다 긴 뒤쪽 절반(흔히 '아 미노레a minore'라고 불리는 4-7-10 또는 4-8-10 패턴)으로 나눌 수 있다. 보통은 잠깐 멈춤이나 중간 휴지를 통해 앞뒤 절반을 구분하는 것이 자연스럽게 느껴진다.

따라서 11음절 시는 그 길이 면에서는 영시의 약강 5보격과 비슷해 보여도, 그 지배 원리나 운율 구조는 근본적으로 다르다. 약강 5보격의 고전적인 예인 그레이의 「시골 교회 묘지에서 쓴 비가」와 비교해보자.

The curfew tolls the knell of parting day,
The lowing herd wind slowly o'er the lea,
The ploughman homeward plods his weary way,
And leaves the world to darkness and to me.

저무는 날을 묻으며 만종은 울려퍼지고
소떼는 울면서 천천히 초원을 누비고
농부는 지친 걸음으로 집으로 향하니
세상에는 이제 어둠과 나만 남았다.

『신곡』에서 첫 두 행은 '아 마이오레'와 '아 미노레' 패턴을 보인다(별표
는 강세를 받는 음절).

Nel mezzo del cammi*n // di nostra vi*ta [6, 10]
mi ritrova*i // per una se*lva_oscu*ra [4, 8, 10]

우리 인생길의 한가운데서
나는 올바른 길을 잃고

(ritrovai의 -ai 같은 이중모음은 보통 발음 생략으로 보고 한 음절로 셈한다.)
이렇게 엄격하게 통제되는 체계 내에서 쉽고 무한히 다양하게 운율을 조
절하고 리듬 효과를 낸 것이야말로 이 시의 기적 가운데 하나다.

전체 운율을 분석해 표시한 『신곡』의 텍스트는 www.italianverse.read-
ing.ac.uk에서 볼 수 있다. 이 소중한 출처는 데이비드 로비(David Robey)
의 업적이다. 시 낭송 듣기에 관심 있는 독자들은 www.princeton.edu/
dante를 찾아보기 바란다. 여기서는 리노 페르틸레(Lino Pertile)가 전체
텍스트를 읽었다. 또는 둘째가라면 서러울 이탈리아 배우 로몰로 발리
(Romolo Valli)를 포함해 여러 이탈리아 배우들이 낭송하는 CD를 들을
수도 있다(자세한 것은 408쪽 참조).

B. 테르차 리마의 발명

단테가 어떻게 해서 테르차 리마(삼운구법)를 발명하게 되었는지 우리로서는 상상만 할 수 있을 뿐이다. 단테보다 두 세대 전, 팔레르모의 프리드리히 2세의 궁정에서 일하던 이탈리아 시인 자코모 다 렌티니(Giacomo da Lentini)가 고안했던 소네트 형식은 곧바로 인기를 끌었다. 이 소네트 구조는 페트라르카와 이후 르네상스시대까지도 이탈리아 시인들이 줄곧 사용했는데, 한 쌍의 4행 연구, 즉 8행 연구와, 뒤에 이어지는 한 쌍의 3행 연구, 즉 6행 연구로 되어 있다. 4행 연구 안에서 한 세트의 운율이 사용되며(보통은 abba나 abab 패턴으로 반복된다) 3행 연구에서 새로운 세트가 도입된다. 3행 연구 내의 다양한 운율 배열 가능성이 실험과 미묘한 변화의 여지를 열어주기 때문에, 단테와 그의 동시대 시인들은 이런 점을 십분 활용했다. 카발칸티와 단테가 소네트에서 사용한 패턴은 다음과 같다. cdc cdc; cde cde; cde edc; cdc cdd; cdd dcc; cde dce; cdc dcd. 마지막 패턴은 잠재적으로는 이미 테르차 리마에 가깝다.

영어권 독자들에게 더 친숙한 셰익스피어의 소네트는 결정적으로 이 구조를 바꾸어 두 개의 4행 연구와 두 개의 3행 연구[4+4+3+3] 대신 세 개의 4행 연구와 한 개의 2행 연구[4+4+4+2]를 사용한다. 마지막에 매듭을 짓는 2행 연구를 사용하는 이 구조는 그 구성이나 리듬 면에서 크게 다르게 느껴진다.

단테의 테르차 리마 발명과 관련해 타당성 있는 한 설명은 그것이 소네트의 3행 연구와 '세르벤테세(serventese)'의 네번째 행 운율 단위가 교배되어 나왔다고 본다. 세르벤테세란 프로방스에서 이탈리아로 수입되었던 더욱 확장된 시 형식으로, 흔히 서정시보다는 산만하고 풍자적인 이야기에 사용되었다. 이탈리아에서 인기를 끌었던 세르벤테세의 한 형태는 비교적 까다롭지 않은 운율 체계(aaab bbbc)의 4행 단위를 사용했는데, 여기서 짧은 네번째 행의 운율이 뒤에 이어지는 단위와 연관성을 만들어냈다. 소네트는 의무적으로 14개 행이 쓰이는 데 비해 세르벤테세는 시인이 원하는 만큼 길어질 수 있었다. 단테는 적어도 한 번은 세르벤테세를 사용했던 것으로 보이지만, 그 작품은 전하지 않는다. 『새로운 삶』에서 그가 전하기로는, 그 세르벤테세 작품은 시였고, 피렌체의 매력적인 젊은 숙녀들의 이름을 모두 나열했으며, 아무리 소재들을 재배치하더라도 결국엔 항상 베아트리체의 이름이 아홉번째 위치에 오게 되었다고 한다. 9는 물론 3의 3배수이며, 따라서 베아트리체의 수로서 이중의 의미를 가진다.

단테는 소네트를 많이 썼고, 소네트 연작도 한 편 썼던 것 같다. 많은 사람들이 믿는 것처럼, 그가 『꽃』―13세기 말에 『장미 이야기』를 이탈리아어로 번역한 소네트 연작―의 저자라면 그는 3행 연구를 확장된 서사구조의 한 요소로, 그러면서도 소네트 형식에 끼어 들어간 요소로 사용했다는 얘기가 된다. 『꽃』 소네트는 단 한 번의 변형이나 실험도 없이 전체가 3행 연구의 cdc dcd 패턴을 따른다. 앞에서도 말했지만 이 패턴은 잠재적으로 이미 테르차 리마에 가깝다. 이제 남은 것은 4행 연구를 제거하고, 더 큰 운율 구조에서 3행 연구를 해방시키고, 연계되는 운율 체계를 고안하는 것뿐이었다.

용어 해설

곡(canto) 『신곡』을 이루는 100개의 부분을 가리키는 이름.

기술(arte) 중세 정치의 맥락에서, arte는 무엇보다도 '길드'를 뜻한다. 따라서 팔라초 델라르테 델라 라나(Pallazzo dell'Arter della Lana, 오늘날 이탈리아 단테 협회가 있는 피렌체의 건물)는 '모직 길드 회관'이다. arte는 더욱 광범위하게는 학습과 훈련을 통해 습득하는 모든 기능 또는 전문기술을 뜻한다. artist는 어떤 것을 만드는 기술이 있는 사람이다.

논쟁시(tenzone, '갈등' 또는 '언쟁') 문학에서 운문으로 쓴 논쟁. 보통은 주고받는 소네트 형식을 띤다.

림보(limbo, 문자 그대로는 '가장자리') 단테의 지옥에서 첫번째 원, 즉 가장 바깥쪽 가장자리의 이름이다. 이곳에는 고전시대 위대한 시인들과 철학자들을 포함해 그리스도 이전에 살았던 덕망 있는 이교도들이 있다.

바르젤로(Bargello) 팔라초 베키오가 세워지기 전 피렌체 코무네의 정부가 있던 곳. 팔라초 델라 포데스타(Palazzo della Podestà)로도 알려져 있다. 지금은 국립미술관으로 쓰인다.

세르모 후밀리스(sermo humilis, 소박한 말) 키케로 같은 고전 작가들의 공들인 수사학과는 대조적인 간단하고 직접적인 성서 라틴어를 가리키는 말.

신플라톤주의적(neoplatonic) 15세기 피렌체인들이 플라톤 사상에 새로이 큰 관심을 쏟으면서 그에 영향받은 작품과 사상에 적용되는 형용사. 특히나 플라톤의 현존 저작을 모두 번역하고 주석을 달았던 철학자이자 인문주의자 마르실리오 피치노(Marsilio Ficino)의 영향이 컸다. 크리스토포로 란디노의 『신곡』 주석서는 신플라톤주의적으로 그 시를 해석하는데, 인간 영혼이 감각의 지배에서 스스로를 해방시켜 신을 향해 가는 상승 운동을 한다는 관념을 강조한다.

알레고리(allegory) 한 작품이 하나 이상의 의미를 가진다고 생각되게끔 구성하고 해석하는 기술. 흔히 풍유(諷諭)로 옮긴다.

에디티오 프린켑스(editio princeps) 어떤 책의 초판 인쇄본. 이런 초판본(사실상 모든 초기 판본)은 종종 그 작품의 토대가 된 유실된 원고를 재구성할 수 있게 해주기 때문에 학자들에게 큰 관심을 끈다.

연옥 입구(ante-purgatory) 연옥 산의 기부에 있는 가파른 바위 구간. 삶의 마지막 순간에야 회개한 영혼들이 연옥 산을 오르기 전에 기다리는 곳이다. 여기서 단테는 파문당한 영혼들(파문 기간의 30배를 그곳에서 기다려야 하는), 폭력적인 죽음을 맞아 마지막 순간에야 회개한 게으른 영혼들, 그리고 세속의 책임감 때문에 당연한 영적 의무감을 저버렸던 통치자들을 만난다.

우비 순트(ubi sunt?, "그들은 어디에 있는가?") 중세 문학의 전통적 모티프로 세월의 흐름과 한때 친숙했던 것들의 사라짐을 슬퍼하는 정서 또는 주제. 종종 후대의 작가도 사용했다. 프랑스 시인 비용(Villon)의 시구 où sont les neiges d'antan?은 단테 가브리엘 로제티가 "작년에 내린 눈은 어디로 갔는가?"로 번역한 바 있다(영화배우 매기 스미스Maggie Smith도 〈다운튼 애비Downton Abbey〉에서 프랑스어로 인용했다).

원동천(primum mobile) 아홉번째 천구. 원동천은 모든 천구를 에워싸고 있으며 그 안쪽에 있는 모든 천구에 움직임을 불어넣는다.

위대한 영혼들(spiriti magni) 림보의 덕망 있는 이교도를 가리키는 말. 고대의 위대한 시인들과 철학자들이 여기 속한다.

지고천(empireo) 신과 축복받은 영혼들이 사는 곳으로 시공을 초월한 곳에 있다.

지구(sestiere) 중세 피렌체는 여섯 개 지구 또는 구역으로 나뉘어 있었다. 각 지구에서 한 명씩 프리오르를 선출했다.

지상낙원(earthly paradise) 아담과 이브가 선악과의 열매를 먹고 쫓겨나기 전 살던 장소. 에덴동산이라고도 한다.

청신체(dolce stil novo) 「연옥」 24곡에서 이전 세대 토스카나 시인인 보나준타 다 루카는 단테의 서정시 문체를 "새롭고 감미로운 문체"라고 말했다. 그 두 형용사는 양식적 세련미(dolce)와 테마의 참신함(novo)을 암시한다. 보나준타는 단테가 그 두 가지 측면에서 토착어 선구자들과 결별했다고 말한다.

체르키아 안티카(cerchia antica, 고대의 원) 피렌체의 고대 로마시대 성벽. 단테의 고조할아버지 카차구이다의 시대였던 중세 초에도 여전히 피렌체의 성벽이었다. 그 뒤로 1258년에, 그리고 다시 1284~1333년에 크게 확장되었다. 46쪽의 지도 참조.

최고의 대장장이(miglior fabbro) 「연옥」 26곡에서 구이도 구이니첼리가 프로방스 시인 아르노 다니엘의 탁월한 예술성을 인정하면서 했던 말. 이 구절은

T. S. 엘리엇이 자신의 시집 『황무지』를 에즈라 파운드에게 바치는 헌사에 사용한 것으로 유명하다.

코무네(comune) 중세 이탈리아 중부의 독립 도시국가나 도시공화국들을 가리키던 공식 용어. 코무네들은 교황청과 제국의 위협에 맞서 자국의 자치권을 소중히 여기고 지켰다. 근대 이탈리아에서 코무네는 도시의 중앙행정부를 가리킨다.

쿠아데르노(quaderno, 묶음) 중세 책 제작에서 접어서 함께 꿰맨 여러 페이지를 부르는 말이다. 보통은 3, 4, 5, 6장의 낱장이 한데 묶인다(따라서 책을 펼쳐 왼쪽과 오른쪽을 따로 세면 6, 8, 10, 12쪽 등 두 배가 된다). 그런 다음 이 묶음을 꿰매거나 풀로 붙이면 코덱스, 즉 한 권의 필사본이 된다. 이 시 마지막에 나오는 인상적인 이미지 속에서, 단테는 그 우주 경험의 다채로움을 말하면서 squadernarsi('묶음별로 흩어지다')라는 동사를 사용한다. 그의 시력으로 보는 마지막 순간에 그는 그 경험의 다채로움이 신의 사랑으로 한 권으로 묶이는 것을 본다. 현대 이탈리아어에서 quaderno는 공책을 가리킨다.

테르차 리마(terza rima, 삼운구법) 서로 연결된 일련의 3행 연구를 이루는 시의 보격. 한 3행 연구에서는 중간 행의 운율이 다음에 오는 3행 연구의 첫번째와 세번째 운율이 된다(따라서 aba bcb cdc ded …). 자세한 설명은 377~382쪽의 "보격에 관한 보충 설명" 참조.

테르치나(terzina, 3행 연구) 테르차 리마를 구성하는 3행 단위.

텍스트 간 관계(intertextuality) 하나의 문학작품이 다른 문학작품의 울림을 띠거나 불가피하게 연관되는 여러 방식을 나타내기 위해 쓰는 말. 『신곡』에 사용된 두 가지 중요한 "인터텍스트"는 『아이네이스』와 성서지만, 나머지 고전 시대와 중세 문학작품들과의 연관성도 수없이 많다.

토레 델라 카스타냐(torre della castagna) 프리오르들이 2개월 임기 동안 위협과 폭력으로부터 안전하게 격리되어 지내는 탑. 지금도 피렌체에 남아 있다.

토착어(vulgare) 어릴 때부터 부모와 가족을 흉내내면서 본능적으로, 자연스럽게 배우는 입말. 학교 교육이나 공부가 개입되지 않는다. 현대세계의 교육은 보통 토착어—이른바 모국어—로 이루어지는 반면, 중세에 모든 고등교육에 쓰이는 언어는 토착어가 아닌 라틴어(gramatica)였다.

편(cantica) 『신곡』을 이루는 「지옥」, 「연옥」, 「천국」 등 세 주요 부분을 가리키는 이름.

포데스타(podestà, 최고 행정관) 피렌체 최고 행정관, 즉 시장직. 당파주의를 피하기 위해서 보통 피렌체인이 아닌 외부인이 맡았다.

포폴로(popolo, 민중) 중세 피렌체 정치의 맥락에서 포폴로는 피렌체 전체 인구를 가리키는 말이 아니라, 역사적으로 그 도시를 지배해온 권세가들[mag-nati(유력자)나 간단히 말하는 grandi(거물)]과 이해가 상충하던 사람들을 가리킨다. 포폴로는 대규모 길드의 일부 성원들(popolo grasso, "살진" 또는 "번성하는 사람들")과 소규모 길드의 일부 성원들(popolo minuto, "작은 사람들")로 구성되어 있었다. 13세기 말의 몇십 년 동안 모든 정치 과정에 포폴로의 참여를 수락할 것인가 하는 문제는 피를 부를 만큼 치열한 논쟁거리였다.

프리오르(prior) 2개월 임기로 선출된 코무네 수장 6인을 부르는 직함. 복수는 프리오리.

필경실(scriptorium) 원래는 수도원에서 필사본을 베껴 쓰기 위해 마련한 방. 나중에는 텍스트를 베끼기 위한 상업적 용도로 만든 도시 내 공간을 가리키게 되었다.

필사본(manuscript) 한 작품의 내용을 손으로 쓴 판본. 15세기 중반 인쇄기가 발명되기 이전의 책은 모두 필사본이었다. 어떤 필사본도 똑같지 않으며, 따라서 자필 서명도 전혀 없었으므로(다시 말해 저자가 직접 쓴 판본이 없었으므로) 편집자들은 다양하고 때로는 상충되는 증거들을 가지고 중세 텍스트를 재구성해야 하는 문제가 있었다.

항성들(stelle fisse) 황도대의 별자리들을 포함한 별들. 항성들은 서로에 대해 자기 위치에 '고정'되어 있으며, 밤하늘에 궤도를 그리는 행성들과는 달리 위치가 변하지 않는다. 단테의 우주에서 '항성들'은 일곱 개의 행성천을 그 안에 품고 있는 여덟번째 하늘인 "항성천(crystalline)"을 형성한다. 이 여덟번째 하늘은 다시 아홉번째 하늘이자 그 아래 모든 것에 움직임을 부여하는 원동천에 에워싸여 있다. 244쪽 그림 28 참조.

형상주의(figuralism) 구약과 신약의 등장인물 및 에피소드 사이에 의미 있는 연관성의 네트워크를 구축하는 성서 해석 기술. 이런 부류의 '신학적' 알레고리는 문학적 의미와 2차적 의미 모두 역사적 사실로 믿어진다는 점에서 시적 알레고리와는 구분된다('시적' 알레고리에서 문학적 의미는 허구다).

단테의 생애에 일어난 주요 사건들

1250년	신성로마제국 황제 프리드리히 2세 사망. 이후 6년 동안 황제의 자리는 공석이 되고 단테의 생애 동안 이렇다 할 황제는 등장하지 않는다.
1260년	몬타페르티 전투. 시에나 기벨린파와 파리나타 델리 우베르티가 이끄는 피렌체 기벨린파가 연합해 피렌체 겔프파를 패배시키고 피렌체에서 몰아낸다.
1265년	단테가 피렌체에서 태어난다.
1266년	베네벤토 전투. 프리드리히 2세의 서자인 만프레디가 살해되고 이탈리아 반도에서 황제 통치의 희망이 사라진다. 겔프파가 다시 피렌체의 권력을 잡는다.
	1283년경 → 단테가 피렌체의 대표적인 연애시인으로 떠오른다.
1289년	캄팔디노 전투. 단테는 피렌체 겔프파로 참전해 아레

초의 기벨린파와 싸운다.

1292년경 → 단테가 2년 전 죽은 자신의 사랑 피렌체 여인 베아트리체를 기리기 위해 자신의 시와 시에 붙이는 산문을 엮은 『새로운 삶』을 펴낸다.

1293년경 → 단테가 철학 공부를 시작한다. 나아가 철학적 테마로 시를 쓴다.

1293년	'정의의 법령'으로 피렌체에서 더욱 민주적인 정치체제를 향한 급진적 움직임이 시작된다. 70여 개가 넘는 유력 엘리트 가문이 공직 피선거권과 선거권을 잃은 반면, 대규모(나중에는 소규모도) 길드 성원들이 피선거권을 갖게 된다.
1294년	퇴위한 은둔자 교황 켈레스티누스 5세를 이어 보니파키우스 8세가 교황직에 오른다.
1295년	의사 및 약종상 길드에 가입한 단테가 피렌체 정계에 진출한다. 이듬해에는 여러 평의회에서 일한다. 겔프파가 두 분파로 나뉘고 각각 흑당과 백당으로 불리게 된다.
1300년	6월 15일~8월 15일. 단테가 곤팔로니에레 디 주스티차(Gonfaloniere di Giustizia), 즉 '정의의 기수' 아래 행정부 역할을 하는 6인의 프리오르 중 한 명으로 근무한다. 구이도 카발칸티는 추방당하고 그해 여름에 사망한다. 1300년 부활절: 단테가 『신곡』에 묘사된 가상의 저승

여행을 떠난 날이다.

1301년	10월. 단테가 피렌체를 떠나 있는 동안, 최근 추방되었던 겔프파 흑당 지도자들이 쿠데타를 일으켜 권력을 탈환한다(단테는 아마 피렌체 대사로 로마 교황청에 파견 나가 있었을 것이다).
1302년	1월 27일: 단테가 궐석재판에서 날조된 부패 혐의로 벌금형을 선고받고 공직에서 쫓겨나 토스카나에서 추방된다. 3월 10일: 형이 확정된다. 단테가 피렌체 당국에 체포되는 날에는 화형에 처한다는 선고가 내려진다. 12월: 보니파키우스 8세가 『거룩한 하나의 교회』 칙서를 통해 현세에서 교회가 최고 권력임을 선포한다.
1303년	10월: 보니파키우스 8세 사망. 베네딕투스 11세가 교황으로 선출되나 이듬해 사망한다.
1304년	단테가 겔프파 백당 망명 동지들에 대한 충성을 접고 "혼자만의 당"이 된다. 다음해 그는 이탈리아 전역을 두루 여행한다. 1304년경~1308년경 단테는 토착어에 관한 논문 『속어론』과 자신의 철학적 시에 관한 광범한 산문 해설인 『향연』을 쓴다(둘 다 미완성으로 남았다).
1305년	교황 클레멘스 5세가 선출된다. 프랑스인인 그는 한 번도 로마에 오지 않는다. 교황청은 결국 아비뇽에 세워

진다.

| 1308년 | 뢰상부르의 앙리가 선제후들에 의해 신성로마제국 황제로 선출되고 클레멘스의 지지를 받는다. |

1308년경 단테는 『신곡』을 쓰기 시작한다. 이 작품은 그가 죽기 얼마 전에 완성된다.

1309년   1월: 앙리가 엑스라샤펠(독일어로는 아헨, 이탈리아어로는 아쿠이스그라나)에서 신성로마제국의 앙리 7세로 즉위한다.

1310년   10월: 앙리 7세가 이탈리아 원정에 나선다. 단테는 이탈리아의 통치자들과 시민들에게 평화와 정의를 가져다줄 황제를 환영하라며 촉구하는 편지를 라틴어로 쓴다.

프랑스의 미남왕 필리프가 교황 보니파키우스에 대한 사후 재판을 연다. 친족 등용, 고리대금, 마법, 이단, 무신론 등의 혐의가 적용된다.

1311년   1월: 앙리 7세가 밀라노에서 대관식을 가진다.

3월 31일: 단테가 피렌체인들에게 앙리를 인정하라고 촉구하는 편지를 쓴다.

4월 17일: 단테는 황제에게 "자기 어머니의 생명에 등을 돌린 독사"인 피렌체인들에 대한 행동에 나서라고 촉구하는 편지를 쓴다.

1312년   6월: 앙리 7세가 로마에서 대관식을 올리지만 (교황의 반대로) 성 베드로 대성당에서 하지는 못한다.

1313년	4월: 앙리가 모든 사람은 황제의 신민이라고 선언한다.
	6월: 황제의 지배권 주장을 부정하는 클레멘스의 칙서
	『목자의 돌봄(사목)Pastoralis cura』이 발표된다.
	8월: 앙리 7세가 사망한다. 선제후들은 후계자 선출에
	합의를 보지 못한다.
1314년	연초에 그리고 훨씬 나중일 수도 있지만, 단테가 『제정
	론』을 쓴다.
1315년	6월: 피렌체인 망명자들에게 죄를 인정하라는 조건으
	로 사면이 제안된다. 단테는 제안을 거절한다.
	10월: 단테에 대한 피렌체 추방령이 종신으로 확정되
	고 이제 그 자녀들에게까지 확대된다(만약 체포될 경우
	단테에 대한 참수형이 예고된다). 단테는 말년을 베로나
	의 칸 그란데 델라 스칼라 궁정과 라벤나의 구이도 노
	벨로 다 폴렌타의 궁정에서 보내게 된다.
	1320년경 단테는 『물과 땅에 관한 문제』와 『선집Egloge』
	을 쓴다.
1321년	단테가 라벤나에서 숨을 거둔다.
	1325년경 단테의 아들 자코포가 『신곡』의 원고 전체
	를 피렌체에 가져오고, 이 시가 곧바로 인기를 얻어 많
	은 판본이 만들어진다.
	1327년경 도미니쿠스회 수사 구이도 베르나니가 단테
	의 정치 논문을 맹렬하게 공격하는 『제정론에 대한 부
	정De reprobatione Monarchiae』을 쓴다. 그는 단테의 이름을

거론하지는 않지만 그를 "악마의 그릇"이라고 칭한다.

1329년 보카치오에 따르면 『제정론』은 볼로냐에서는 이단으로 여겨져 공개적으로 불태워졌다. 그러나 그 논문과 단테의 유골을 불태우려는 계획은 무산되었다.

1335년 『신곡』이 도미니쿠스회에 의해 토스카나에서 금지된다.

1336년 전해지는 것 중 연대가 확실한 가장 오랜 판본이 1336년에 제작된다.

1472년 『신곡』의 '에디티오 프린켑스'(초판 인쇄본)가 4월 폴리뇨에서 출간된다. 같은 해에 만토바와 베네치아에서 다른 판본들이 출간된다. 몇 년 후 주석을 곁들인 판본들이 베네치아, 밀라노, 피렌체에서 인쇄된다.

1554년 『제정론』이 바티칸의 금서 목록에 오른다. 이 책은 20세기에 이르러야 해금된다.

1559년 『제정론』의 '에디티오 프린켑스'가 바젤에서 출간된다.

읽을거리

기본적인 단테 참고문헌만 해도 약 5만 종에 이른다. 단테를 다룬 새 책과 학술 논문은 거의 날마다 출간되고 있다. 한 세대 이전부터 학자들은 이미 이 사실에 대해서 느끼는 당혹감을 이야기하고 있었다. 내가 여기서 소개하는 것은 쉽게 구할 수 있고, 최대한 가장 최근의 연구 결과를 통합한 자료들로서, 독자들이 이 책의 각 장에서 전개된 다양한 테마를 탐색할 수 있게 주로 영어로 된 책을 골랐다. 또한 단테의 열성 팬이라면 읽고 싶어 할 고전적 연구서들도 일부 포함되어 있다. 참고문헌은 장별로 구성되어 있으며, 이후 전반적인 문헌과 단테 작품의 추천할 만한 영역본, 그리고 전자 자료 목록을 소개한다.

1장

Guido da Pisa의 「지옥」편 라틴어 주석은 영문으로 구할 수 있다. Guido da Pisa의 *Expositiones et Glose super Comediam Dantis* 또는 *Commentary on Dante's Inferno*, 편집, 주석, 서문은 Vincenzo Cioffari(Albany: State University of New York Press, 1974). 이 시에 관한 초기의 모든 주석서는 귀중한 Dartmouth Dante Project(DDP) 웹사이트(http://dante.dartmouth.edu)를 통해 온라인에서, 모든 행을 다 찾을 수 있다.

중세 유럽의 상업 생활에 관해서는 Peter Spufford의 *Power and Profit: The Merchant in Medieval Europe*(London: Thames and Hudson, 2002)이 권위 있고, 일러스트레이션이 많고, 세부 묘사에서는 타의 추종을 불허한다.

중세 피렌체의 건물들과 도시 건축에 관해서는 Richard Goy의 *Florence: The City and its Architecture*(London: Phaidon, 2002)가 좋은 입문서다. 아르놀포 디 캄비오와 13세기 말 이탈리아의 건축과 조각에 대한 그의 업적에 관해서는 다음의 화려한 전시 카탈로그에 맞먹을 영어 자료가 없다. *Arnolfo: Alle ogrigini del Rinascimento fiorentino*, ed. Enrica Neri Lusanna(Florence: Polistampa, 2005).

단테 시대 피렌체에 관한 권위 있는 설명은 John M. Najemy의 *A History of Florence, 1200~1575*(Oxford: Blackwell Publishing Ltd, 2006)의 앞부분에 잘 나와 있다. Compani의 훌륭한 영문판 번역본은 *Dino Compagni's Chronicle of Florence*로 Daniel E. Bornstein의 서문과 주석이 달려 있다(Philadelphia: Univesity of Pennsylvania Press, 1986). Daniel Waley

의 *The Italian City Republics*(London: Weidenfeld and Nicholson, 1969)는 중세 이탈리아 코무네에 관한 개관을 제시하는데, 구엘프와 기벨린에 관한 유용한 설명이 있다(pp. 200~218).

Herbert L. Kessler와 Johanna Zacharias, *Rome 1300: On the Path of the Pilgrim*(New Haven: Yale University Press, 2000)은 첫번째 희년에 관해 쓴 것이다. *Bonifacio VIII e il suo tempo. Anno 1300 il primo Giubileo*, ed. Marina Righetti Tosti-Croce(Milan: Electa, 2000)는 로마의 2000년 희년을 기념하는 전시회 카탈로그다.

중세 정치사상에 관해서는 Antony Black의 *Political Thought in Europe 1250~1450*(Cambridge: Cambridge University Press, 1992)이 유용한 개관서다. *Journal of the Warburg and Courtauld Institutes* 5(1942): 198~227에 실린 Nicolai Rubinstein의 "The Beginnings of Political Thought in Florence"는 초점을 더욱 한정한 연구다.

단테가 포레세 도나티와 주고받은 소네트에 관해선 풍부한 주석을 곁들인 Kenelm Foster와 Patrick Boyde, *Dante's Lyric Poetry*(Oxford: Oxford University Press, 1967)에 나와 있다. 소네트 텍스트와 번역은 vol. 1, pp, 148~55: 주석은 vol. 2, pp. 242~53. Piero Boitani의 *Dante's Poetry of the Donati*(Leeds: Maney Publishing, 2007)는 『신곡』에서 이 피렌체 확대가족의 역할을 검토하고 있다. Anthony Cassell, "Mostrando con le poppe il petto"(Purg. xxiii 102), in *Dante Studies* 96(1978): 75~81은 새로 임명된 피렌체 주교가 1310년에 도입한 사치 금지법, 즉 여성의 옷이 몸통의 일부라도 드러낼 경우 파문한다는 법을 인용하고 있다.

Erich Auerbach의 *Mimesis: The Representation of Reality in Western*

Literature, trans. W. Task(New York: Doubleday Anchor, 1957)는 「지옥」 10곡에 나오는 파리나타와 카발칸테에 관한 고전적 설명을 담고 있다.

2장

T. S. R. Boase의 *Boniface the Eighth, 1294~1303*(London: Constable, *1933*)은 단테가 혐오했던 교황에 관한 꼼꼼한 전기로, 사후 재판에서 보니파키우스에게 씌워진 혐의와 그에 대한 증언(ch. 14: "Trial without Verdict," pp. 353~79)이 들어 있다. 또한 Jean Coste가 편집하고 서문과 주석이 있는 *Boniface VIII en procès: Articles d'accusation e dépositions des témoins*(*1303~1311*)(Rome: Fondazione Camillo Caetani—L'Erma di Bretschneider, 1995) 참조. 이 묵직한 책(거의 1000페이지에 이른다)에는 또다른 중세 이탈리아 시인 Jacopone da Todi가 보니파키우스에게 한 악담이 실려 있다(pp. 65~69). 아르놀포 디 캄비오가 제작해 피렌체 새 대성당 정면의 눈에 잘 띄는 자리에 세운 조각상 디자인에 관해서는 *Arnolfo: Alle origini del Rinascimento fiorentino*에서 논의되고 있다. 주 출입구 왼쪽 세번째 단에 있는 보니파키우스의 조각상이 있는 대성당 정면 복원 모델은 피렌체의 무제오 델로페라 델 두오모에 그 조각상과 함께 전시되어 있다.

켈레스티누스 사건에 관해서는 Valerio Gigliotti(University of Turin), "Celestine V According to Dante: Law and Literature"(2010년 미시간 캘러머주에서 열린 45차 국제 중세 연구 회의에서 발표된 논문, 곧 출간 예정)

가 켈레스티누스의 퇴위를 둘러싼 법적 논쟁을 분석하고 있다. B. Mc-Ginn, "Angel Pope and Papal Antichrist," in *Church History* 47(1978): 155~73은 이 일화를 더 넓은 맥락에서 조명하고 있다.

Daniel Waley, *The Papal State in the Thirteenth Century*(London: Macmillan, 1961). William M. Bowsky, *Henry VII in Italy: The Conflict of Empire and City-State, 1310~1313*(Lincoln: University of Nebraska Press, 1960).

Kenelm Foster, "The Canto of the Damned Popes, Inferno XIX," in *The Two Dantes and Other Studies*(London: Darton, Longman and Todd, 1977)는 보니파키우스에 대한 단테의 비난을 13세기 교황청의 음모와 비행이라는 더 넓은 배경 속에 훌륭하게 놓고 있다.

3장

Codice diplomatico dantesco, ed. R. Piattoli(Florence: Gonnelli, 1940)는 단테의 생애에 관해 현존하는 모든 문서 증거를 인쇄했다. Stephen Bemrose의 *A New Life of Dante*(Exeter: University of Exeter Press, 2000)는 확고한 사실들에 관한 냉정하고 믿을 만한 설명이다. Giovanni Boccaccio 의 *Life of Dante*, trans. Philip Wicksteel(London: Oneworld Classics, Ltd., 2009)은 그보다는 상상의 요소가 많다. 이 작은 책에는 Leonardo Bruni 의 *Life of Dante*가 부록으로 실려 있으며, Giovanni Villani의 *Chronicle* 에서 발췌한 단테 관련 짧은 자료도 들어 있다.

현존하는 단테의 모든 편지는 Paget Toynbee, *The Letters of Dante*(Oxford: Clarendon Press, 1920)에서 읽을 수 있다. Claire E. Honess가 번역하고 주석을 단 Dante Alighieri, *Four Political letters*는 정치적 편지들은 약간 구식 영어로 소개하고 있다. Giancarlo Savino는 『신곡』의 자필 원고를 *L'Autografo virtuale della "Commedia,"*(Florence: Societa Dantesca Italiana, 2000)에서 재구성하고 있다.

Charles T. Davis의 *Dante's Italy and Other Essays*(Philadelphia: University of Pennsylvania Press, 1984)는 단테의 세계에 관한 여러 측면을 다룬 에세이집으로 "Education Dante's Florence," "Dante's Vision of Histroy," "Brunetto Latini and Dante" 등이 포함되어 있다. 브루네토의 동성애 의혹을 제기하는 학자들은 André Pézard, *Dante sous la pluie de feu*(*Enfer, chant XV*)(Paris: J. Vrin, 1950); Richard Kay, *Dante's Swift and Strong: Essays on Inferno XV*(Lawrence: Regents Press of Kansas, 1978); Peter Armour, "Dante's Brunetto: The Paternal Patarine?" in *Italian Studies* 38(1983): 1~38 참조. John M. Najemy, "Brunetto Latini's 'Politica,'" in *Dante Studies* 112(1994): 33~51은 격동기 피렌체라는 배경과 관련해 브루네토의 정치사상을 검토한다.

『신곡』의 알레고리에 관한 참고문헌은 방대하지만, 여기서는 몇 가지 핵심 자료만 추리기로 한다. Erich Auerbach의 "Figura"라는 중대한 에세이는 1938년 독일에서 첫 출간되었고 *Scenes from the Drama of European Literature*, trans. R. Mannheim(New York: Meridian, 1959), pp. 11~76에서 볼 수 있다. Johan Chydenius, "The Typological Problem in Dante: A Study in the History of Medieval Ideas," in *Commentatio-*

nes humanarum litterarum(societas Scientiarum Fennica) 25, no.1(1958): 1~159는 중요한 기여를 한 또하나의 자료다. Robert Hollander, *Allegory in Dante's Commedia*(Princeton, NJ.: Princeton University Press, 1969) 역시 그렇다. 이 책 82쪽의 Charles Singleton 인용은 "The Irreducible Dove," in *Comparative Literature* 9 (1957): 129~35에서 확인할 수 있다.

도판과 관련해서는 Peter Breige, Millard Meiss, Charles S. Singleton, *Illuminated Manuscripts of the Divine Comedy*(Princeton, NJ; Princeton University Press, 1969)는 중요한 참고서적으로 남아 있다. Sandro Botticelli, *The Drawings for Dante's Divine Comedy*(London: Royal Academy of Arts, 2000)는 현존하는 모든 드로잉을 복제한 멋진 책이다. 단테의 지옥에서 벌과 구상미술의 관계는 Anthony K. Cassell의 *Dante's Fearful Art of Justice*(Toronto: University of Toronto Press, 1984)에서 탐색되고 있다.

『신곡』의 특징적인 레이아웃을 보여주는 초기 다섯 종의 필사본—자필 원고가 어떤 모습일지 짐작하게 해주는 ms. Trivulziano 1080을 포함해—에 대한 고품질 디지털 이미지는 DVD Dante Alighieri, *Commedia*, ed. Prue Shaw(Florence and Birmingham: Sismel-SDE, 2010)에서 볼 수 있다. Società Dantesca Italiana 웹사이트(http://www.dantesca.it)는 이 시의 현존하는 모든 필사본의 목록을 소개하고, 그중 몇몇 필사본의 완전한 디지털 이미지를 제공하고 있다.

William Anderson, *Dante the Marker*(London: Routledge and Kegan Paul, 1980).

4장

Hugh Kenner의 서문이 있는 *Translations of Ezra Pound*(London: Faber and Faber, 1963)에는 "Donna me prega"를 포함해 파운드가 번역한 카발칸티의 모든 시가 들어 있다.

단테는 귀족성이란 부(富)나 가족 연줄이 아닌 내면적 지성과 감수성으로 결정된다는 생각을 갖고 있는데, 이는 『향연』 4권과 그의 시 "Le dolci rime d'amor, ch'i solia"에서 탐색되고 있다. 이 시에 붙인 Foster-Boyde 주석(Foster와 Boyde, *Dante's Lyric Poetry*, 앞에서 인용: 텍스트와 번역, vol. 1, pp. 128~39; 주석, vol. 2, pp. 210~28)은 특히 유용하다.

Estela V. Welldon의 *Playing with Dynamite*(London: Karnak, 2011)는 범죄 관련 역동적 심리치료의 맥락에서 강박적 성폭행범을 치료하는 핵심으로서 충동과 행동 사이에 끼어드는 생각이라는 개념을 발전시킨다.

Patrick Boyde, *Human Vices and Human Worth in Dante's Comedy* (Cambridge: Cambridge University Press, 2000)는 『신곡』에 반영된 윤리적 가치들을 고전, 그리스도교 체계, 궁정 윤리 체계 등과 관련해 분석하며, 이런 배경에서 단테의 오디세우스에 대한 평가로 결론을 내린다.

5장

Charles T. Davis의 *Dante and the Idea of Rome*(Oxford: Oxford University Press, 1957)은 이 주제에 관한 고전적인 연구서다.

Alan C. Charity, *Events and Their Afterlife: The Dialectics of Christian Typology in the Bible and Dante*(Cambridge: Cambridge University Press, 1987).

6장

늑대인간(Wolf Man)의 삼위일체 강박증은 Tom McCarthy가 "Letting Rip: The primal scene, the veil and Excreta in Joyce and Freud(최초 발표는 International James Joyce Symposium, Dublin, 2004; published in *Hypermedia Joyce Studies* 5, 2005)에서 인용하고 있다. Tom Phillips의 석판화는 *Dante's Inferno: The first part of the Divine Comedy of Dante Alighieri*, trans., and illus. Tom Phillips(London: Thames & Hudson, 1985)에서 볼 수 있다.

Saint Augustine, *The Trinity*, trans. Stephen McKenna, C.SS.R.(Washington, D.C.: Catholic University of America Press, 1963). 인간 정신의 삼위일체적 성격에 관한 아우구스티누스의 생각은 9권, 10권 11권에 드러나 있고, 10권 11장과 12장은 기억, 이해, 의지에 초점을 맞추고 있다.

단테가 생각하는 창조에 관해 더 자세하고 뉘앙스 가득한 설명은 Patrick Boyde의 *Dante Philomythes: Man in the Cosmos*(Cambridge: Cambridge University Press, 1981)에서 볼 수 있다.

성서에 숨어 있는 삼단논법에 관한 오툉의 호노리우스 인용은 G. Cremascoli, "Allegoria e dialettica: sul travaglio dell' esegesi biblica al tempo di Dante," in *Dante e la Bibbia*, ed. G. Barblan, (Florence: Olschki, 1988), p. 165.

V. H. Hopper, *Medieval Number Symbolism* (New York: Pantheon Books, 1953).

Ernst Robert Curtius, *European Literature and the Latin Middle Ages*, Willard R. Trask가 독일어판에서 번역(New York: Columbia University Press, 1938).

Jacques Le Goff, *The Birth of Purgatory*, trans. Arthur Goldhammer(Aldershot, England: Scolar Press, 1984).

Marc Cogan, *The Design in the Wax: The Structure of the Divine Comedy and Its Meaning* (Notre Dame, IN: University of Notre Dame Press, 1999).

Dante Encyclopedia, ed. Richard Lansing(London: Routledge, 2010)에 David Robey가 쓴 항목("Hendecasyllable"과 "Terza rima")은 이 장과 '보격에 관한 보충설명'(377~382쪽)에 실린 내용을 확장하고 있으며, 특히 단테의 보격, 그리고 『신곡』의 구문과 보격의 관계에 관해 많은 정보를 준다.

7장

이탈리아어에 관한 탁월한 역사가이자 한동안 이탈리아 교육부 장관으로 재직했던 Tullio de Mauro는 몇 년 전 런던 유니버시티 칼리지에서 한 강연에서 이 책 301~302쪽에서 인용한 단테의 이탈리아어에서 두 가지 핵심 사실을 다시금 되새기게 했다.

단테가 사용한 라틴어와 이탈리아어 용어에 관한 몇몇 예는 316쪽에서 인용되었다. 이탈리아인들을 가리키는 단어 latini는 「지옥」 22곡 65행, 「지옥」 27곡 33행, 「지옥」 29곡 88행, 「지옥」 29곡 91행, 「연옥」 7곡 16행, 「연옥」 11곡 58행, 「연옥」 13곡 92행에 사용되었다. 언어를 뜻하는 단어 latino는 「천국」 12곡 144행, 「천국」 17곡 35행에 사용되었고, 라틴 어를 뜻하는 단어 gramatica는 『속어론』 1장 11절 7행, 2장 7절 6행에서 사용되었다.

346쪽에서 인용한 3개 언어로 된 시는 단테의 Rime 중 edizione nazionale no.18이다. ed. Domenico De Robertis(Florence: Le Lettere, 2002) pp. 252~55.

Robert Durling, "The Audience(s) of the De vulgari eloquentia and the Petrose," in *Dante Studies* 110(1992): 25~35는, 『속어론』과 『향연』이 미완성으로 남은 이유는, 독자에 대해 단테가 상반된 감정을 갖고 있었고 자신의 진정한 청중의 성격에, 또는 그들에 대해 자신이 취하고 싶은 태도에 단테가 스스로 만족할 수 없었기 때문이라고 주장한다.

Erich Auerbach, "Sermo humilis," in *Literary Language & its Public in Late Latin Antiquity and in the Middle Ages*, trans. Ralph Manheim(London: Routledge & Kegan Paul, 1965).

이 장에서 인용한 현대 시인들: Osip Mandelstam, "Conversation About Dante," trans. Clarence Brown and Robert Hughes, in *Journey to Armenia & Conversation About Dante*(London: Notting Hill Editions,

2011); T. S. Eliot, *Dante*(London: Faber and Faber, 1965). *Seamus Heaney* 인용문은 Dennis O'Driscoll, *Stepping Stones: Interviews with Seamus Heaney*(London: Faber and Faber, 2008)에서 가져왔다; 그리고 Seamus Heaney, *Finders Keepers: Selected Prose 1971~2001*(London: Faber and Faber, 2002). Heaney가 번역한 「지옥」 2곡 127~132행은 시 *Station Island*의 6부와 Seamus Heaney, *Station Island*(London: Faber and Faber, 1984)에 있다.

Peter Dronke의 에세이 중 「천국」 30곡에 관한 것("Symbolism and Structure in Paradiso 30" in *Romance Philology* 439[1989]: 29~48)과 「천국」 33곡에 관한 것("The Conclusion of Dante's *Commedia*," in *Italian Studies* 49[1994]: pp. 21~39)은 중세 라틴 자료에 관해 타의 추종을 불허하는 저자의 지식과 시적 효과에 관한 감수성을 반영한다. Dronke는 단테의 장미 뒤에 놓인 주요 영감은 시각적인 것보다는 언어적인 것이리라 주장한다. John Ahern, "Binding the Book: Hermeneutics and Manuscript Production in *Paradiso* 33" in *Publications of the Modern Language Association* 97(1982): 800~809는 이 시의 마지막에 나오는 낱장이 묶인 책 이미지의 함의를 중세 책 제본과 관련지어 논의하고 있다.

이탈리아어의 역사에 관한 개관은 Bruno Migliorini, *The Italian Language*; abridged, recast and revised by T. Gwynfor Griffith(London: Faber and Faber, 1984).

일반

Dante Encyclopedia, ed. Richard Lansing(London: Routledge, 2010).

The Catholic Encyclopedia, ed. Charles G. Herbermann et al.(New York: Robert Apppleton, 1906). 이 판본은 온라인으로 볼 수 있다.

John A. Scott, *Understanding Dante*(Notre Dame, IN: University of Notre Dame, 2004)는 단테의 생애와 작품에 관해 포괄적이고 권위 있고, 신중한 최신의 개관을 제시한다.

단테의 작품과 『신곡』의 여러 측면들에 관한 유용한 에세이집은 다음과 같다.

Cambridge Companion to Dante, ed. Rachel Jacoff(Cambridge: Cambridge University Press, 1993).

Dante: Contemporary Perspectives, ed. Amilcare A. Iannucci(Toronto: University of Toronto Press, 1997).

Dante Now: Current Trends in Dante Studies, ed. Theodore J. Cachey(Notre Dame, IN: University of Notre Dame Press, 1995).

The Mind of Dante, ed. U. Limentani(Cambridge: Cambridge University Press, 1965).

Dante: A Collection of Critical Essays, ed. J. Freccero(Englewood Cliffs, NJ: Prentice Hall, 1965).

The World of Dante: Essays on Dante and his Times, ed. Cecil Grayson, for the Oxford Dante Society (Oxford: Clarendon Press, 1980).

Dante in Context, ed. Z. G. Baranski and L. Pertile(Cambridge: Cambridge University Press, 근간).

The California Lectura Dantis의 책들은 이 시의 각 곡을 영문으로 제시하고 있다(수준은 다양하며 일부는 아주 훌륭하다): *Inferno: A Canto-by-Canto Commentary*, ed. Allen Mandelbaum, Anthony Oldcorn, Charles Ross(Berkeley: University of California Press, 1998); *Purgatorio: A Canto-by-Canto Commentary*, ed. Allen Mandelbaum, Anthony Oldcorn, Charles Ross(Berkeley: University of California Press, 2008). *Cambridge Reading in Dante's Comedy*, ed. Kenelm Foster and Patrick Boyde(Cambridge: Cambridge University Press, 1981)에는 이 시 전체에서 10개 곡이 담겨 있다.

Dante in English, ed. Eric Griffiths and Matthew Reynolds(London: Penguin Book, 2005)는 영어로 번역한 단테의 구절들과 초서부터 오늘날까지 단테에게서 영향 받은 영미 시인들의 구절을 싣고 있다.

Lino Pertile가 낭송하는 『신곡』의 텍스트 전체는 인터넷의 Princeton Dante Project Web site에서 들을 수 있다(Http://etcweb.princeton.edu/dante/). 유명한 이탈리아 배우들이 낭송하고 녹음한 각 곡은 CD로 들을 수 있다: Antologia sonora. Collana diretta da Nanni De Stefani: *Letture, Divina Comedia: Inferno; Purgatorio; Paradiso.*

단테 작품의 영역본들

최근의 두 『신곡』 번역본이 훌륭하다. Robert Durling과 Robert Hollander는 탁월한 미국의 단테학자들로 이들의 번역은 단테에게 바치는 평생의 역작이다.

The Divine Comedy of Dante Alighieri, ed. and trans. Robert M. Durling, 서문과 주석은 Ronald L. Martinez와 Robert M. Durling(New York: Oxford University Press, 1996[Inferno]; 2003[Purgatorio], 2011[Paradiso]). 이 책은 원래 텍스트를 한 행 한 행 따라가는 산문 번역본으로, 풍부하지만 지나치게 세세하지는 않은 학술적 주석이 달려 있다. 몇몇 논점에 관한 보충적인 짧은 에세이들은 특정 의문을 풀고 싶어하는 독자들에게는 귀중한 추가적 특징이다.

Dante, *The Inferno*, trans. Robert Hollander and Jean Hollander(New York: Anchor Books, 2002); *Purgatorio*(New York: Anchor Books, 2004); *Paradiso*(New York: Doubleday, 2006). 이것은 약간은 더 시적인 판본으로(Jean Hollander는 시인이다), 나란히 놓인 이탈리아어 텍스트와 긴밀하게 연결되어 있지만, 더욱 자연스러운 또는 시적으로 들리는 영어라는 명목으로 때로는 자유롭게 번역하고 있다. 곡마다 서두에 내용 요약이 붙어 있다(새로 이 시를 접한 독자들에게 매우 유용하다). 주석은 활기차고 유익하면서도 텍스트에 대한 심오한 학문적 지식이 반영되어 있다.

Kenelm Foster와 Patrick Boyde, *Dante's Lyric Poetry*(Oxford: Oxford University Press, 1967). 이 번역서와 주석을 대체할 만한 영문 서적은 상상하기 힘들다.

The "Fiore" and the "Detto d'Amore": A Late 13th-Century Italian Translation of the "Roman de Rose," Attributable to Dante, trans., 덧붙인 서문과 주석은 Santa Casciani와 Christopher Kleinhenz(Notre Dame,

IN: University of Notre Dame Press, 2000).

The New Life of Dante Alighieri, trans. Dante Gabriel Rossetti(London: Ellis and Elvey, 1905). 이 번역서의 구식 영어는 번역자가 이 이상한 작은 책에 붙인 "섬세하고 친숙한 아름다움"이라는 말과 야릇하게 어울리는 것 같다. 이보다 최근에 나온 더욱 읽기 쉬운 판본은 *Dante's Vita Nuova*, 번역 및 덧붙인 에세이는 Mark Musa(Bloomington: Indiana University Press, 1973). 이 시의 이탈리아어와 영어 텍스트가 들어 있어 유용하다.

Dante, *The Banquet*, 번역 및 덧붙인 서문과 주석은 Christopher Ryan(Saratoga, CA: Anma Libri, 1989).

Dante, *De vulgari eloquentia*, ed. and trans. Steven Botterill(Cambridge: Cambridge University Press, 1996). 이 어려운 텍스트에 대한 단연 최고의 영문 판본이다.

Dantis Alagherii Epistolae: The Letters of Dante, ed. Paget Toynbee, 수정된 텍스트에 서문, 주석, 색인, 기도 순서에 관한 부록이 포함되어 있다(Oxford: Clarendon Press, 1920).

Dante, *Monarchia*, ed. and trans. Prue Shaw(Cambridge: Cambridge University Press, 1995). 영문 텍스트는 History of Political Thought의 Cambridge Texts 시리즈 종이책(Cambridge: Cambridge University Press, 1996)으로만 볼 수 있다.

The Temple Classics의 책 *A Translation of the Latin Works of Dante Alighieri*, trans. A. G. F. Howell과 P. H. Wicksteed(London: J. M. Dent, 1904)에는 Philip Wicksteed의 Questio de aqua et terra 번역이 실려 있다.

단테의 모든 작품에 대한 영문 번역은 온라인 Princeton Dante Project Web site(원 텍스트와 나란히 번역문이 있어 유용하다)와 danteonline.it 에서 볼 수 있다.

전자 자료

The Dartmouth Dante Project. 앞에서도 말했지만 이 소중한 자료에는 『신곡』에 대한 초기의 모든 주석서들과 나중의 많은 주석서들이 포함되어 있다.

The Princeton Dante Project는 단연 가장 포괄적이고 믿을 만한 단테 웹 사이트다. 여기서는 『신곡』에 대한 페트라르카의 이탈리아어 텍스트, 홀랜더 번역, 모든 소품의 텍스트와 번역문, 풍부한 역사적, 해석적 주석, 그리고 Dartmouth Dante Project와 나머지 세계적인 Dante 사이트의 링크를 제공한다.

The Web site of the Societa Dantesca Italiana는 www.danteonline.it 에서 찾을 수 있다. 이는 학자들이나 일반 독자에게나 또하나의 소중한 자료다. 현존하는 모든 필사본의 목록은 물론, 단테에 관한 모든 언어의 학술적 참고문헌이 있으며, 이 참고문헌은 주기적으로 업데이트된다.

Dante Alighieri, *Commedia*, ed. by Prue Shaw(Florence and Birmingham: Sismel-SDE, 2010). 이 DVD에는 초기 필사본 중 가장 중요한 다섯 종 전체를 복제한 최상의 디지털 컬러 이미지가 들어 있다. 앞부분의 에세이는 이 시의 편집자가 처하는 문제들을 개괄적으로 소개한다. 옛 분위기를 내기 위해 전자 매체를 사용한다는 역설이 있지만, 이 이미지들은 단테의 동시대인들이 이 시를 읽었을 때의 경험을 독자들이 직접 느끼게 해준다.

감사의 말

이 책의 원고 전체, 또는 일부분을 읽고 건설적인 제안을 해준 친구들과 가족들, 존 디키, 클레어웬 제임스, 주디 데이비스, 피터 마시, 질 골든, 마이클 홀링워스, 줄리오 렙스키에게 감사를 드립니다. 혹시라도 부족한 점이 있다면 말할 것도 없이 제 탓입니다. 또한 특정한 관심사를 함께 토론하거나, 둘도 없이 소중한 실질적 도움을 주었던 나머지 친구들 로제타 밀리오리니 피시, 잔카를로 브레스키, 실비아 가부초 스튜어트, 애덤 베레스퍼드, 엘리자베스 모질로 하웰, 존 내지미에게도 감사드립니다.

이탈리아어 텍스트가 인용된 부분의 출처는 단테 알리기에리, *Le opere di Dante Alighiere*(Milan: Edizione Nazionale e cura della Società Dantesca Italiana, 1996~67; 2nd ed. Florence: Le Lettere, 1994) 가운데 *La Commedia secondo l'antica vulgata*, a cura di Giorgio Petrocchi, vol. VII 입니다.

이탈리아어와 라틴어 번역은 모두 제가 했지만, 다른 번역자들의 작품에서 도움을 받았습니다. 3장의 *Roman de la Rose* 부분은 Guillaume de Lorris와 Jean de Meung의 *The Romance of the Rose*, trans. Charles Dahlberg, 3rd ed.(Princeton, NJ: Princeton University Press, 1995)의 것입니다. 1장 제사로 쓴 키케로의 *De amicitia* 인용은 E. S. Shuckburg의 번역을 사용했습니다. 5장 제사로 쓴 오시프 만델스탐의 말은 Clarence Brown과 Robert Hughes가 번역한 그의 *Conversation about Dante*에서 인용했습니다.

나머지 제사와 인용:

"Dedication" 발췌("What is poetry that does not save/Nations or people")는 *Collected Poems 1931-1987* by Czeslaw Milosz. Copyright ⓒ 1988 by Czeslaw Milosz Royalties, Inc. Reprinted by permission of Harper-Collins Publishers.

T. S. Elliot의 "Little Giddings" 발췌는 *Four Quartets*, Reprinted by kind permission of Faber and Faber Ltd.

"An Arundel Tomb" 발췌는 *The Complete Poems of Philip Larkin*, by Philip Larkin, edited by Archie Burnett. Copyright ⓒ 2012 by The Estate of Philip Larkin. Reprinted by permission of Farrar, Straus and Giroux, LLC and Faber and Faber Ltd.

William Faulkner 발췌는 *Requiem for a Nun* reprinted by permission of Radom House.

Richard Feynman 발췌는 *The Character of Physical Law*. Copyright ⓒ 1967 Massachusetts Institute of Technology, by permission of the

MIT Press.

2장과 5장의 제사로 쓴 W. H. Auden 발췌는 "In Memory of W. B. Yeats," by permission of Random House. "Time..worships language and forgives/Everyone by whom it lives"는 Vintage edtion of *Selected Poems*, Expanded Edition by W. H. Auden, edited by Edward Mendelson에 수록된 시의 일부.

7장 제사로 사용된 Auden의 인용은 *Poets at Work* by Charles D. Abbott, W. H. Auden, and Karl Shapiro에서 발췌. Copyright 1948 by Harcourt, Inc. and renewed 1976 by Henry David abbott, Karl Shapiro, and Rudolf Arnheim. Reprinted by permission of Houghton Mifflin Harcourt Publishing Company. All right reserved.

"Station Island" 발췌는 *Opened Ground: Selected Poems 1966–1996* by Seamus Heaney. Copyright © 1998 by Seamus Heaney. "The Redress of Poetry" 발췌는 *The Redress of Poetry* by Seamus Heaney. Copyright © 1995 by Seamus Heaney. Reprinted by permission of Farrar, Straus and Giroux, LLC and Faber and Faber Ltd.

마지막으로 케임브리지대학교 출판부에서 출간된 나의 영역본 *Monarchia*(Monarchy, Cambridge Texts in the History of Political Thought, CUP, 1996)의 연대기("Principal Events in Dante's Life")를 재수록하게 허가해주신 케임브리지대학교 출판부에 감사드립니다.

지도와 다이어그램

피렌체 지도(그림 4와 7)는 Paget Toynbee의 *A Dictionary of Proper Names and Notable Matters in the Works of Dante*, revised by Charles S. Singleton(Oxford: Clarendon Press, 1968)에서 채택해 단순화했다. 그림 7은 또한 John M. Najemy, *A History of Florence, 1200−1575*(Oxford: Blackwell Publishing Ltd., 2006), p. 8의 세부를 결합한 것이다. 단테의 우주 다이어그램(그림 2)은 Toynbee의 *Dictionary*에서 채택했다. 이탈리아 중부 지도(그림 5)는 Daniel Waley, *The Italian City Republics*(London: Weindenfeld and Nicholson, 1969), p. 213의 지도를 대강의 기초로 삼았다.

연옥과 천국의 다이어그램(그림 26과 28)은 *Commedia*: Dante Alighieri, *Commedia*, con il commento di Anna Maria Chiavacci Leonardi(Bologna: Zanichelli; *Purgatorio*, 2000; *Paradiso*, 2001)에서 Anna Maria

Chiavacci Leonardi의 주석을 채택해 단순화한 것이다. 모든 지도와 다이어그램은 Claerwern James가 그린 것이다.

일러스트레이션

그림 1. 단테의 지옥 구상을 묘사한 보티첼리의 드로잉(ms. Reg. lat.1896, f. 101r). By kind permission of Bibliotecca Apostolica Vaticana.

그림 3. 예배당 밖에서 난봉꾼들에게 몰린 구이도 카발칸티: 보카치오의 『데카메론』 6, 9, 필사본 삽화(ms. Ital. 63, f.243v). By kind permission of the Bibliotheque national de France. RMN.

그림 6. 피렌체 로자 델 비갈로의 14세기 프레스코에 그려진 예배당. ⓒ 2013 Photo Scala, Florence.

그림 8. 「지옥」 19곡을 그린 보티첼리 드로잉 세부. 단테가 교황 니콜라우스 3세에게 말을 걸고 있다. By kind permission of the Kupferstichkabinett, Gemáldegälerie―Staatliche Museen zu Berlin. BPK.

그림 9. 조토의 프레스코화에서 남아 있는 일부. 1300년 희년에 설교하는 보니파키우스, 산조반니 인 라테라노 바실리카, 로마. Akg-images.

그림 10. 아르놀포 디 캄비오가 1300년 피렌체의 새 대성당 정면에 만든 보니파키우스 조각상. 지금은 무제오 델로페라 델 두오모에 있다. The Art Archive.

그림 11. 1302년 3월 단테와 나머지 구엘프파 백당 성원들에게 내려진 사형선고를 기록한 피렌체 국립 아카이브 문서(*Libro del chiodo*, p. 15). Su concessione del Ministero per i Beni e le Attività Culturali; divieto di ulterioro riproduzioni o duplicazioni con qualsiasi mezzo.

그림 12. 「지옥」 10곡의 서두 F.10r, ms. Triv. 1080 of the Archivio Storico Civico Biblioteca Trivulzaiana; copyright ⓒ Comune di Milano — tutti i diritti di legge riservati.

그림 13. 창조주 그리스도로서 바다 괴물의 배에서 나오는 요나, 라벨로의 대성당 설교단 장식 모자이크, 1272. ⓒ 2013 Photo Scala, Florence.

그림 14. 영국 국립 도서관 ms. Egerton 943의 서두 삽화: 꿈꾸는 자로서의 시인. By kind permission of the British Library.

그림 15. 인노켄티우스 3세의 꿈속에서 라테라노 교회를 들고 있는 성 프란키스쿠스, 아시시의 산프란테스코 바실리카에 있는 프레스코. The Art Archive.

그림 16. 부다페스트대학교 도서관 『신곡』 판본의 서두 삽화(ELTE University Library Cod. Ital. 1, f. 1r): 생각에 잠긴 시인. By kind permission of the Eötvös Loránd University Library.

그림 17. 홀컴 홀 필사본 서두 삽화(ms. Holkham Misc. 48, p. 1), 지금은 보들리언 도서관에 있다. 생각에 잠긴 시인. By kind permission of the Bodleian Libraries, the University of Oxford.

그림 18. Vat. Lat. 4776, fol. 1r의 서두 삽화. 창조적 작가로서의 시인.

By kind permission of the Bibliotheca Apostolica Vaticana.

그림 19. ms. Triv. 1080의 서두 삽화. Archivio Storico Civico Biblioteca Trivulziana: 문장 처음의 대문자를 통해 시의· 세계로 걸어가는 단테와 베르길리우스. Copyright ⓒ Comune di Milano—tutti i dritti di legge reservati.

그림 20. 도둑들의 변신을 지켜보는 단테와 베르길리우스. 『신곡』의 샹티이 필사본. By kind permission of the library of the Musée Condé, Chantilly. RMN.

그림 21. 성직매매자들과 함께 있는 단테와 베르길리우스. 홀컴 홀 필사본(ms. Holkham Misc. 48, p. 28). By kind permission of the Bodleian Libraries, the University of Oxford.

그림 22. 「지옥」 24곡을 묘사한 보티첼리의 드로잉 세부: 베르길리우스의 도움으로 바위를 기어오르는 단테. By kind permission of the Kupferstichkabinett, Gemäldegalerie—Staatliche Museen zu Berlin. BPK.

그림 23. 「연옥」 12곡을 묘사한 보티첼리의 드로잉 세부: 이마의 P 자가 사라졌음을 느끼는 단테. By kind permission of the Kupferstichkabinett, Gemäldegalerie—Staatliche Museen zu Berlin. BPK.

그림 24. 「연옥」 10곡을 묘사한 보티첼리의 드로잉 세부: 대화에 여념이 없는 단테와 베르길리우스. By kind permission of the Kupferstichkabinett, Gemäldegalerie—Staatliche Museen zu Berlin. BPK.

그림 25. 7대 죄악이 어떻게 잘못된 사랑에서 나왔는지 보여주는 단테의 연옥 다이어그램; 1515년 베네치아의 Aldo Manuzio가 출판한 『신곡』의 초기 인쇄본, 지금은 밀라노의 국립 브라이덴세 도서관에 있다. By kind permission of the Ministero per in Beni e le Attivita Culturali; divieto di ulteriore riproduzione o duplicazione con qualsiasi mezzo.

그림 27. 「지옥」 27곡을 묘사한 보티첼리의 드로잉 세부: 사기술의 상담자들을 내려다보는 단테와 베르길리우스. By kind permission of the Kupferstichkabinett, Gemäldegalerie —Staatliche Museen zu Berlin. BPK.

그림 30. ms. Triv. 1080의 텍스트, Archivio Storico Civico Biblioteca Trivulziana. Copyright © Comune di Milano —tutti i dritti di legge reservati.

그림 31. 「천국」 26곡을 묘사한 보티첼리의 드로잉 세부: 아담에게 말을 거는 단테. By kind permission of the Kupferstichkabinett, Gemäldegalerie —Staatliche Museen zu Berlin. BPK.

그림 32. 「지옥」 21곡을 묘사한 보티첼리의 드로잉 세부: 군대를 소집하는 악마의 특이한 나팔. By kind permission of the Kupferstichkabinett, Gemäldegalerie —Staatliche Museen zu Berlin. BPK.

그림 33. 「지옥」 18곡을 묘사한 보티첼리의 드로잉 세부: 사람 배설물 속에 빠진 아첨꾼들. By kind permission of the Kupferstichkabinett, Gemäldegalerie —Staatliche Museen zu Berlin. BPK.

옮긴이의 말

좀 부끄러운 얘기부터 해야겠다.

  나의 첫 『신곡』 읽기는 친구에게서 빌린 세계문학전집 중의 한 권으로 시작되었다. 아마도 청소년용으로 읽기 쉽게 산문으로 풀어쓴 책이었던 것 같다. 화려한 삽화들 덕분에 시각적으로 즐거웠던 기억은 있었지만, 그 책을 다 읽은 것 같지는 않다. 다만 그때 『신곡』에서 받았던 충격은 똑똑히 기억한다. 모처럼 아는 이름이 등장해서 반가웠는데, 소크라테스, 플라톤, 아리스토텔레스 같은 유명한 철학자들이 천국에 가지 못하고 지옥에 있는 게 아닌가. 단테의 세계관은커녕 그리스도교 세계관에 대한 이해조차 없었던 나는('예수 천국 불신 지옥'도 그때는 몰랐나보다), 그런 위대한 인물들조차 천국에 들여보내지 않는 편협함에 실망해서 그후 흥미를 잃어버렸던 것 같다. 책에서 배운 철학자들이 없는 천국은 나의 천국이 아니었다. 그 시절 나의 편협함, 아니 무지 때문에 이후로도 『신곡』을 가까이하기는 쉽지 않았다.

사실 그 철학자들은 지옥의 첫번째 원에 있었으니, 나의 첫번째 『신곡』 읽기는 거의 시작하자마자 중단되었던 셈이다. 이후로도 『신곡』 읽기는 자꾸 중단되곤 했다. 내가 가진 『신곡』 번역서는 오히려 다른 책들보다 때가 많이 타기는 했지만, 끝까지 제대로 읽은 기억은 없다. 필요한 부분이나 흥미로운 부분만 주로 읽곤 했고, 끝까지 읽으려 시도했다가도 「천국」에만 들어가면 늘 비틀거렸다.

　개인적인 생각이지만, 『신곡』 읽기에서 가장 힘든 점은 주석을 보지 않고서는 내용을 제대로 이해하기가 어렵다는 것이다. 아니, 이는 나만의 생각이 아닐 것이다. 많은 독자들의 경험도 비슷하지 않을까. 『신곡』은 워낙 엄청난 대서사시인지라 수많은 인물이 등장하고, 우리에게 익숙하지 않은 시대와 지역, 사건들이 나오기 때문에 웬만큼 서양 문화에 익숙한 독자라고 해도 주석 없이 술술 읽어나가기는 힘들 것이다. 그리고 주석 또한 상당히 분량이 많아서, 텍스트를 보다가 주석을 찾아보고, 그리고 읽다 만 텍스트를 다시 찾아 읽고, 그렇게 오락가락하다 보면 흐름이 끊어지기 마련이다. 『신곡』의 이해를 돕기 위해 공들여 넣은 주석이 한편으로는 걸림돌이 되는 곤란한 상황이 늘 벌어진다. 그렇게 하다보면 줄거리를 따라가기도 버겁고, 하물며 운문의 맛까지 음미하며 읽는다는 것은, 『신곡』이 처음인 독자들에겐 거의 불가능한 일이다.

　주석과 텍스트를 오락가락하는 그런 수고로움을 덜어주는 책이면 좋으련만, 그러나 이 책의 저자 프루 쇼는 그것이 이 책의 목표가 아니라고 한다. 저자의 목표는 "당장 『신곡』을 집어들고 읽고 싶다는 욕구에 불타게 만드는 것이다." 매우 야심 찬 그 목표 뒤에서 단테의 그림자가 어른거리는 느낌이 드는 것은 나만일까.

이 책은 『신곡』의 내용들을 7개의 테마로 묶어서 각 장을 구성하고 중요한 에피소드 중심으로 이야기를 풀어나가며, 동시에 자연스럽게 단테의 삶과 세계관을 소개한다. 이 책이 단테와 베르길리우스의 저승세계 여행을 순서에 따라 요약하는 대신에 우정, 권력, 삶, 사랑, 시간, 수, 말 등의 주제로 엮은 점은 중요한 특징인데, 이런 형식을 사용한 저자의 의도가 개인적으로는 매우 기발하다고 생각된다. 각 테마와 관련된 에피소드들이 지옥과 연옥, 천국 등 어느 한 부분에 국한되지 않고 두루 퍼져 있으니, 독자가 만약 이 책을 읽은 후 『신곡』을 집어든다면 읽다가 도중에 중단할 가능성은 크게 줄어들지 않겠는가. 『신곡』의 순서를 따랐다면 막상 『신곡』을 읽다가도 어디서든 쉽게 중단할 수도 있을 텐데 말이다. 『신곡』을 읽게 만든다는 저자의 목표는 이 책의 형식 자체가 어느 정도 기틀이 되지 않았나 한다.

또하나, 이 책의 강점으로 여겨지는 것은 그와 같은 테마를 통해서 『신곡』의 저자 단테의 삶이 매우 입체적으로 그려진다는 점이다. 단테의 생애에 관해서 백과사전적으로 개괄하는 글은 수없이 접할 수 있지만, 그런 글을 통해 우리가 인간으로서 단테의 면면을 알기는 힘들다. 저자 프루 쇼는 인간 단테의 모습을 이 책 전체에 걸쳐 생생하게 소개하는데, 그로 인해 단테는 우정과 사랑에 고뇌하는 문인, 현실의 부패한 정치·사회·종교에 분노하는 개혁적 선동가, 정치적 야심가이자 언어적 천재, 그리고 어쩌면 최초의 근대인으로서 모습도 드러낸다. 그렇게 『신곡』의 저자 단테를 조금 더 자세히, 친밀하게 알게 된다면, 그 저자의 역작인 『신곡』을 읽어나가는 데 큰 힘이 된다는 건 두말할 필요도 없다.

결국 이 책은 『신곡』을 읽기 위한 독자 여러분의 독서력을 레벨업시키기 위한 도구로 쓰였지만, 무엇보다 테마별 구성 덕에 독창적인 내러티브를 완성함으로써, 자칫 『신곡』을 위한 주해서가 될 뻔한 위치라는 한계에서 벗어나 독자적인 『신곡』의 길잡이로서 훌륭하게 자리매김했다고 생각한다.

내가 그 옛날에 『신곡』 읽기에 실패했던 것은 그리스·로마 신화와 성서로 대표되는 서구 문화의 큰 줄기를 전혀 몰랐기 때문이다. 서구 문화를 몰라서 『신곡』을 읽지 못했던 것처럼, 『신곡』을 모르면 문학, 미술, 영화, 드라마 등 서구 문화의 상당 부분을 그냥저냥 흘려보내게 될 것이다. 단테 시대의 세계에 관해서는 조금만 인터넷 검색을 한다면 아주 풍부하고 아름다운 시각 자료를 찾을 수 있고 단테 사이트에서는 이탈리아어로 낭송하는 『신곡』의 청각 자료까지 들을 수 있으니, 이 책을 시작으로 독자 여러분의 『신곡』 세계관을 확장해보는 것도 좋은 경험이 되리라고 본다.

이 책은 예전에 나온 적이 있었다. 사라질 뻔한 좋은 책이 다시 빛을 볼 수 있도록 기회를 주신 출판사에 감사를 드린다. 개인적으로 애착이 가던 책이라 이전 판본에서 미흡했던 부분은 약간 다듬었다. 부디 이 책이 단테를 저승세계로 안내하는 베르길리우스처럼, 독자 여러분을 『신곡』으로 안내하는 좋은 길잡이가 되기를 바란다.

찾아보기

(*는 단테의 저술)

지은이   프루 쇼 Prue Shaw

시드니대학교, 피렌체대학교, 옥스퍼드대학교에서 공부했다. 피렌체에서 박사학위를 위해 공부하던 시절, 피렌체와 그 도시가 낳은 위대한 시인에 대한 사랑을 키웠다. 케임브리지대학교와 런던대학교에서 이탈리아어와 이탈리아 문학을 가르쳤다. 유니버시티 칼리지 런던의 명예연구원이다.
단테의 중세 라틴어 논문 『제정론』 및 『신곡』의 이탈리아 국가판(Edizione Nazionale)을 편집했다. 그가 번역한 『제정론』 영문판은 프린스턴 단테 프로젝트 웹사이트(www.princeton.edu/dante)와 이탈리아 단테협회 웹사이트(www.danteonline.it.)에서 사용되고 있다. 2000년에는 영국 왕립학회에서 주관한 전시회 〈보티첼리의 단테: 『신곡』 드로잉〉의 자문으로 활동했다.

옮긴이   오숙은

한국 브리태니커 회사에서 일한 뒤 전문번역가로 활동하고 있다. 옮긴 책으로 『세상과 나 사이』 『먼저 먹이라』 『위작의 기술』 『문명과 전쟁』(공역) 『식물의 힘』 『공감 연습』 『게으름 예찬』 『우리가 간직한 비밀』 『리커버링』 『등대지기들』 『거기 눈을 심어라』 등이 있다.

단테 『신곡』 읽기

7가지 주제로 읽는 신곡의 세계

초판 1쇄 발행 2024년 1월 5일
초판 2쇄 발행 2024년 4월 15일

지은이 프루 쇼
옮긴이 오숙은

기획 오경철 | 편집 이희연 이고호 | 디자인 이정민 | 마케팅 김선진
브랜딩 함유지 함근아 고보미 박민재 김희숙 박다솔 조다현 정승민 배진성
저작권 박지영 형소진 최은진 서연주 오서영
제작 강신은 김동욱 이순호 | 제작처 천광인쇄사 경일제책사

펴낸곳 (주)교유당 | 펴낸이 신정민
출판등록 2019년 5월 24일 제406-2019-000052호

주소 10881 경기도 파주시 회동길 210
전화 031.955.8891(마케팅) | 031.955.2692(편집) | 031.955.8855(팩스)
전자우편 gyoyudang@munhak.com

인스타그램 @gyoyu_books | 트위터 @gyoyu_books | 페이스북 @gyoyubooks

ISBN 979-11-92968-88-9 03800